奈丝小姐的格子间

赵跃 作品

Miss Nice's Cubicle

当代世界出版社
THE CONTEMPORARY WORLD PRESS

图书在版编目（CIP）数据

奈丝小姐的格子间 / 赵跃著. —北京：当代世界出版社，2017.5
ISBN 978-7-5090-1201-7

Ⅰ.①奈… Ⅱ.①赵… Ⅲ.①长篇小说—中国—当代 Ⅳ.①I247.5

中国版本图书馆CIP数据核字（2017）第086939号

书　　名：	奈丝小姐的格子间
出版发行：	当代世界出版社
地　　址：	北京市复兴路4号（100860）
网　　址：	http://www.worldpress.org.cn
编务电话：	（010）83908456
发行电话：	（010）83908409
	（010）83908455
	（010）83908377
	（010）83908423（邮购）
	（010）83908410（传真）
经　　销：	全国新华书店
印　　刷：	北京天宇万达印刷有限公司
开　　本：	710毫米×1000毫米　1/16
印　　张：	20
字　　数：	369千字
版　　次：	2017年6月第1版
印　　次：	2017年6月第1次
书　　号：	ISBN 978-7-5090-1201-7
定　　价：	42.00元

如发现印装质量问题，请与承印厂联系调换。
版权所有，翻印必究；未经许可，不得转载！

序

多年之前,初识作者。当时,他刚从加拿大回国,人十分幽默。大伙儿问他有没有移民,他骄傲地说"没有"。有朋友不解,好不容易出国了,为何不移民?他讲了个故事。

当年,赵同学在加拿大被一家世界五百强的企业录用,他是相当的骄傲。进办公室第一天,他突然沮丧了——他遇到了一位比他大许多的中国移民,同样的工作这位哥哥干了二十年。赵同学似乎看到了自己老去的样子。一年后,他便辞职,带着中国护照回了国。根据他爱折腾的性格,这事儿他干得出来。

回国后,他从一个普通员工一下干到了管理层,带起了团队,拿起了高薪。就在大家羡慕嫉妒恨的时候,这家伙突然裸辞。这次,他彻底更改了人生——放弃大公司的高职高薪,开始从事清贫的文学创作。

这次,他又让很多人不明白了。赵同学和我说,他对文学就像我对电视,不是职业,而是信仰。人生除了物质,还有精神。我理解他,更支持他。

完成根据自己留学经历创作的小说后,他说要写一部职场小说。一年后,他把小说原稿给我看。能将残酷的职场写得如此幽默爆笑,又充满斗智斗勇的桥段,真是难为这小子。至于故事讲的什么,我不想剧透。只能说,这几年他在职场没白混,各色人等在他的故事里粉墨登场,上演了一场办公室版的"甄嬛传奇"。

"不择手段的是人杰,不改初衷的是英雄。"作者以幽默风趣的语言展现了一个真实的社会,爆笑之后让人反思。

有些观点,我举双手赞成;有些观点,我和赵作家还在争论。不过,这并不代表谁一定正确，谁一定就错。经历不同、角度不同，自然观点也会有所不同。一本好的小说除了情节精彩，更要引起争论，引发思考，这才是最重要的。

生活中，我们不必刻意追求别人的道路。淡定从容，追寻自我，真正的快乐只有自己才能体会！

央视主持人　季小军

目录
Contents

第一章
001 职场边缘的苦恼

第二章
013 深陷别人的战争

第三章
024 会武功的女白领

第四章
037 不小心就被利用

第五章
048 当心脚下有"火坑"

第六章
059 见招拆招

第七章
073　随时随地听命

第八章
088　妥协也是前进的神器

第九章
103　会议室的潜规则

第十章
116　虎口脱险

第十一章
129　办公室里都有个不要脸的

第十二章
146　降住领导的如来神掌

第十三章
161　别拿自己不当爷

第十四章
177　谣言让你华丽转身

第十五章
194　有后台的日子不平静

第十六章
210　书本里没有的辟邪知识

第十七章
225　重伤

第十八章
243　筹码

第十九章
263　一个朴素的梦想

第二十章
280　别想白占了便宜

第二十一章
296　终于明白

尾声

第一章

职场边缘的苦恼

夜色的浓重并没有将这座超级都市带入酣睡之中,相反,整座城市披挂起绚烂的霓虹,扭动起妩媚的妖艳,张扬着落日的狂欢。

就在高楼大厦的丛林中,一片二十世纪六十年代的红砖楼显得格外暗淡低调。破旧的门窗与外面的世界格格不入。就在这片低调的小区某栋住宅楼里,一位年轻姑娘正站在阳台上,手杵着下巴,竭力远眺。

"倩倩,你说人到底为什么活着?为了吃?为了喝?为了钱?为了权?真没劲!"姑娘突然说道。

客厅里,另一位年轻姑娘坐在沙发上,玩着手里的平板电脑:"怎么,职场受打击,开始研究哲学了。什么时候到庵里剃度,千万通知我,必须去观摩!"

阳台上提问的姑娘叫陶菁菁,一个出生在小城市,觅食在超级大都市,刚刚毕业于普通院校的小女子。从幼儿园到象牙塔,人生四分之一的旅途上,陶菁菁都是最遵守校规校纪、最听从老师号令、对父母言听计从的那一个。她在学校里是出了名的"Nice to everyone",同学们赠她一别称"奈丝小姐"。

沙发上作答的姑娘叫周碧倩,陶菁菁的大学闺蜜,二线城市的光荣市民,毕业后在一家公关公司工作。在周碧倩眼里,陶菁菁就是个乡下来的,孺子不可教也的小土妞。

陶菁菁叹了口气:"我还没那勇气。我就是搞不明白,怎么工作干得越多,心灵创伤就越大?"

"奈丝,你要是想不开,决定往下跳,就找个高点儿的地儿,四层可摔不死人。"

周碧倩的话让陶菁菁觉得晦气。她转身离开阳台，一屁股坐在沙发上，"我只是感慨一下人生而已，也许人活着就是为了搞懂为什么活着！"

周碧倩一笑，"奈丝，你一个七八线小城市的小市民跑大城市来混什么呀！回家乡找个工作多好。在这儿，你就是个电视台的小实习生，连工资都不给你发。有意思吗？"

陶菁菁抬手拿起靠枕，抱在怀里，"唉，别看是份儿不给钱、白出力的实习工。按我老妈的话，只要领导给我转了正，我就算在大城市扎下了根儿，永远与小城市说拜拜了。工作稳定了、户口解决了、找个靠谱的把婚一结、两人攒钱付个首付、再生个一男半女，这就是我老妈为我制定的人生规划。"

"你老妈给你制定的道路真朴实。问题是，你自己想怎么活着？搞清自己想要什么，这路才能走下去吧！要不然，走一半轮胎就得爆了，趴在人生的半路上，可是件求生不能、求死不得的事儿。"

"我也不知道。眼前一片苍茫的人生沙漠，没有路标，也没有灯塔。"

"那你就为你老妈的梦想活着吧！赶紧转正，赶紧在大城市扎根儿。快马加鞭，别让你老妈的梦想破灭！"

陶菁菁一声叹息，"别提这个，提了我就想上阳台！我们主编傅冬苓和副主编郑天华，职位一副一正。关系呢，如同磁铁的两极，一正一负，相生相克，水火不容。最倒霉的就是我，完成主编的任务，副主编不满意；完成副主编的任务，主编不满意。不管怎么吃苦耐劳，我都是个错。腰别梦想，爬出校墙，结果摔了个遍体鳞伤！"

"Too young, Too naive！你就是傻！人家让你干什么，你就干什么？"

"都是工作，当然都要干了。"

周碧倩无奈地瞥了陶菁菁一眼，"奈丝，给你灌一桶汤药，你也没得救了。"

陶菁菁蹭到周碧倩身上，"倩倩，你在学校就是学生会主席，经验丰富，教教我呗。"

陶菁菁放下平板电脑，"今晚，姐姐我就免费传授你一招。"

"说说说，赶紧说。"

"马屁，拍马屁！光干活，那是傻干，傻子才会傻干。"

陶菁菁挠了挠脑袋，"马屁？怎么拍啊？"

周碧倩一脸苦闷地看着陶菁菁，"看来，我得手把手教你了。像你这种职场边缘人物，千万别因为领导给你个微笑，就觉得自己是领导的人，跑到领导面前多嘴多舌。一句话说错了，你就得落个惨不忍睹。好多事情可不像表面那么简单，要多观察！想成为领导的心腹，可不是一两句甜言蜜语就成的。"

"这么复杂？好像比期末考试还难。"

周碧倩扬起一脸得意的表情，"以您现在入门级的办公室地位，最好以行动代替语言。我建议你时不时地帮你们领导买杯咖啡，给领导留个纯朴懂事儿、百依百顺的好印象。这样既不会因为多嘴而坏了事情，又向领导们表了忠心，让他们知道你心里装着她们。"

"好使吗？"陶菁菁半信半疑地问道。

周碧倩没什么信心地望着陶菁菁，"普通人用这招儿，准成！可换成您，不好说！"

清晨的阳光透过玻璃窗，渗进客厅。突然，"砰"的一声，陶菁菁的房门大开。

站到周碧倩房门前，陶菁菁用力猛击门板，"周碧倩，还不起床！迟到了，又扣工资！"

没反应……

"赶紧起了！再不起来，一百元又被资本家没收了。**Money**和睡觉不能兼得，选一个！"

从门板后传来一阵痛苦地呻吟："起床，起床，必须起床！"

"我走了，不等你了！"

"喂，别忘了昨晚教你的马屁咖啡。今天就给你们领导用上，保准让你提前十年完成你妈交给你的转正任务。"周碧倩在卧室里大声喊道。

地铁站里人山人海。陶菁菁苦苦等了三十多分钟，终于被身后蜂拥而上的人群连推带搡地涌进车厢。陶菁菁站在车厢中间，被几个老爷们儿团团围住，动弹不得。

陶菁菁身后站着位和她年龄相仿的高富帅，名叫周邰。此刻，陶菁菁和周邰只不过是路人甲乙，没有任何交集。

下一秒……

突然，陶菁菁猛地转身，"啪"的一声，狠狠给了周邰一记耳光。男女老少的目光全部聚焦在周邰的脸蛋上，光溜水滑的皮肤表面整整齐齐印了张陶菁菁的小手印。

"流氓！"陶菁菁怒斥道。

说实话，周邰真是冤枉。顶在陶菁菁屁股上的根本不是男人的"万恶之源"，而是周邰电脑包的一角。无缘无故挨了一耳光，周邰瞪大了眼睛，莫名其妙看着面前怒目而视的陶菁菁。就在这时，地铁猛地停了，陶菁菁被甩进周邰的怀里。

地铁广播："市中心站到了，请先下后上。"

陶菁菁狠狠将周邰推开，急急忙忙地挤出地铁。

上班的白领从地铁口涌出。陶菁菁随着人群，疾步走出地铁口。突然，陶菁菁别致的手机铃声响起："带红箍的来啦！带红箍的来啦！……"

陶菁菁接起电话："妈！"

"工作怎么样了？"

"妈，这问题昨天回答过啦！"

"领导有没有跟你提转正的事情？这可是大事，你可抓紧咯！你要多找领导谈心，让领导对你有个好印象！"

"妈，您能不能别天天提问转正的事儿？领导要大发慈悲给我转了正，我第一个通知您！"

一听闺女不上进的语气，老妈立刻火了："陶菁菁，我告诉，每年几百万大学生毕业，找份儿工作容易吗？不是谁想在这种大企业实习就能实习的！你要不努力，实习期一过，再想留下，门儿都没有！到时候，你就一辈子喝西北风吧！我和你爸可养不了你一辈子！"

陶菁菁哀求道："妈，我二十多岁，大学毕业，还靠啃老过日子，我也压力山大，渴望正式加入工人阶级的心情比您还急迫。可这是我说了算的事情吗？我保证竭尽全力，不辱使命！妈，我不和你聊了，马上要迟到了。迟到了，不给转正！"

听说要迟到，老妈立马把电话挂了——耽误什么，都不能耽误女儿转正的事儿。

古代有官场，现代有职场。穿过马路，就是陶菁菁的职场——电视台的所在地，一栋艳光四射的摩天大厦。进场之前，陶菁菁决定尝试尝试周碧倩传授给她的溜须拍马大法。

她拿起电话，声音甜甜的："傅姐，我是小陶。我在楼下的咖啡店，要不要帮您带什么？您要摩卡？好的，好的，好的！"

"郑姐，我是小陶。我在楼下的咖啡店，要不要帮您带什么？您要摩卡？好的，好的，好的！"

作为实习生,陶菁菁不会,也没有资格为工作、为升职、为加薪、为奖金与办公室里的老资格们拼个你死我活。她给领导带杯咖啡,只是想讨份工作,养活自己。这一点办公室里的绝大多数人都明白,所以当陶菁菁端着两位领导的咖啡走进办公室时,绝大多数人都选择无视她的马屁行径。假如陶菁菁不是实习生,假如她是他们其中的一位,别说给领导买咖啡,就连和领导多耳语一句,办公室里都得闹个鸡飞狗跳。员工和汽车一个道理,越老越不省油!

就在一片和谐的气氛中,主编傅冬苓的得意门徒,办公室里最尖酸刻薄的女记者张丽娜带着蔑视的目光挡在陶菁菁面前。

"陶菁菁,这么早就去拍马屁呀!够敬业啊!"张丽娜开始开弓放箭了。

陶菁菁自知惹不起面前这位,只好挤出一丝苦笑,"早,丽娜姐!"

没等张丽娜反应,陶菁菁加快脚步从张丽娜身边一闪而过,直奔领导的办公间。

此刻,没有谁能够阻止陶菁菁人生前进的脚步。别说张丽娜,就是一群流氓横刀立马挡在眼前,为了转正,她也要把咖啡稳稳当当地放到两位领导的办公桌上。

来到郑天华的办公间外,陶菁菁将一杯咖啡小心翼翼地安置在桌子上,一杯紧紧握在手里,就像军人护卫手中的钢枪。

"请进!"

声音落下,陶菁菁推门而入。

"郑姐,您的咖啡。"

"小陶,谢谢你!放桌上就行。"

陶菁菁将咖啡平平稳稳地放在桌子的一角,"郑姐,没事儿,我出去了?"

"好的!"

陶菁菁正要推门出去,又被郑天华叫了回来,"小陶!"

陶菁菁心里暗自高兴:周碧倩这招儿果然好用,看来领导这是要报答我了,估计要给我一份儿美差!终于可以告别扫地打水的日子了!领导分配的工作一定要好好干,必须展示一下我的工作能力。

陶菁菁兴冲冲地转过身,"郑姐,有事儿您说,我马上去办!"

郑天华目不转睛地盯着桌子上的那杯咖啡,听到陶菁菁说话,才把目光抬起来,望着对方,嘴唇微微抖动了一下,接着又停了。

陶菁菁有点急不可耐,"郑姐,有事儿您说!"

"出去把门关上。"

陶菁菁呆站在原地,心想:送了杯咖啡,就让我关个破门?这种低级差事对我的人生会有什么重大意义?

看陶菁菁在原地发愣,郑天华便问道:"小陶,你还有事吗?"

陶菁菁突然惊醒,"没……没有。"

出了郑天华的办公间,陶菁菁来到傅冬苓的办公间。此刻,傅冬苓正站在写字台前讲电话,满面桃花,看样子聊得十分开心。接过陶菁菁手里的咖啡,傅冬苓漫不经心地喝了一口。刹那间,傅冬苓脸上的桃花化作一团恶气,将喝进嘴里的咖啡一滴不落地吐回杯子里。

"这是人喝的吗?这点事情都做不好,你还能做什么?"

从傅冬苓手里接过混合着唾液的咖啡,陶菁菁终于明白郑天华为什么让她把门关上。有史以来,正副主编破天荒地统一了思想:这点事情都做不好,你还能做什么?

原来,主编傅冬苓同志只喝 Costa 的咖啡,而副主编郑天华同志呢,专情于 Starbucks,可陶菁菁一紧张竟然把两位办公室大咖的咖啡给搞混了。

陶菁菁垂头丧气地出了领导的办公间。张丽娜让人毛骨悚然的目光像支毒箭再次向她射去,让陶菁菁那本来就已经受惊的心脏更加乱了阵脚。

"陶菁菁,你这咖啡怎么又端出来了?这马屁咖啡,看来不见效果啊!"张丽娜发出一阵尖酸刻薄的冷笑。

办公室里凡是有视力的,都毫不掩饰地盯着陶菁菁,迫不及待想围观一下她是怎么献丑的。当然,不都是看热闹的,也有少数同情的目光。但陶菁菁清楚,此时此刻决不会有人为她挺身而出。这种蠢事不仅无利可图,还会自找麻烦,这间办公室里能喘气的没有一个是傻瓜。

陶菁菁不知所措地站在原地,就像当众被张丽娜扒光了衣服。屈辱,屈辱到她有撕烂张丽娜那张烂嘴的冲动。可是以陶菁菁在办公室里的地位,她只能有幻想的冲动,而没有实现冲动的勇气。陶菁菁还是选择压低自己的脑袋,躲过张丽娜可憎的目光,快步走回自己的工位。

"陶菁菁,你这道行也太浅了,我看你得拜师学艺才行!"说完,张丽娜意犹未尽,转向死对头程晓弈,"程晓弈,你当年也是实习生,也没见你送过咖啡呀!你教教你师妹,怎么能让领导把一个实习生变成正式工。"

程晓弈,女,27岁,社会新闻部的节目策划,和张丽娜是死对头。这位女侠道行也不潜。想当年，程晓弈也是通过实习身份来到社会新闻部。不过人家根本不用送咖啡，程晓弈的表哥是郑天华的大学同学。

所有人立刻把目光转移到程晓弈脸上。程晓弈一脸镇静，两手敲打着键盘，没搭理张丽娜。

"呦，程晓弈，你今天怎么也害羞起来了？"张丽娜不依不饶。

程晓弈不慌不忙地停下打字，转过头，心平气和地说道："陶菁菁！"

躲在电脑屏幕后的陶菁菁心底一片凄凉：我招谁惹谁了？我也没偷谁窝里的狗崽子，干吗都出来咬我呀？干脆装聋——听不到！

程晓弈并不准备放过陶菁菁，"陶菁菁，干吗躲着我？是不是我没有丽娜姐对你那么好啊？"

陶菁菁今天算是"中奖"了。不论她是躺着、坐着、趴着，还是蹲着，这子弹是拐着弯儿要往她身上落。

陶菁菁硬着头皮："晓弈姐，我刚才在查 Email，没听见。"

"陶菁菁要学怎么拍领导，你得跪求我们丽娜姐！从小编辑到大记者，在领导面前红得发紫，不是一般人拍得出来的！这你都没看出来，眼睛长哪儿去了？"

从程晓弈嘴里喷出一口腔暗器。全办公室的人都看得出来，暗器的终极目标不是陶菁菁。这暗器的威力在于隔山打牛，隔着陶菁菁这道山，打的是张丽娜这头牛。陶菁菁也不傻，她决定躲，打死也不开口，遍体鳞伤总比死无全尸要好得多。陶菁菁这么一撤，张丽娜和程晓弈不得不直接面对面作战。

张丽娜气急败坏："程晓弈，你什么意思？"

程晓弈鄙视一笑，"丽娜姐，这您都听不出来。我夸你有本事啊！从小编辑到大记者，鸡都升天啦！"

张丽娜怒不可遏，"你说谁是鸡？"

"哟，我又没说你是鸡，你急什么啊！"程晓弈不慌不忙。

突然，从办公室深处传来一阵笑声。张丽娜怒目圆睁，四处查看。刚才那些急着看戏的旁观者，现在要么低头忙自己的，要么假装低头忙自己的。

张丽娜又把发狠的目光聚焦在死敌程晓弈的脸上，"程晓弈，别仗着有人撑腰，就觉得自己是个东西！"

程晓弈依然是不急不躁，"丽娜姐，您可是我的偶像，我一直向您学习着呢！"

"程晓弈！你……"

"上班时间，这么热闹啊！有工资发，又不用干活，真是羡慕死了！"

随声，一位三十五六岁、满身名牌的中年女人出现在办公室。程晓弈和张丽娜之间的冲突到此为止，大家的注意力也转移到中年女人身上。进来的中年女人叫袁虹。多年前，只是一个没名没利的小主持人。后来，嫁了个传媒公司的总裁，一下子被捧火了。可就在袁虹主持事业如日中天的时候，她竟然辞了职，摇身成了文化公司的老总。

袁虹和副主编郑天华的关系特别好，两人不是姐妹胜似姐妹。所以，为了提高节目的收视率，栏目部常请袁虹回来客串一下，袁虹也从不推辞。

有人说道："袁姐，最近忙什么呢？好一阵子不来了，想死我们了！"

满身珠光宝气的袁姐受到大伙的热烈追捧，弥漫在办公室里的硝烟顷刻间化为乌有，到处都是和谐社会的音容笑貌。

"去了趟欧洲。"袁姐的语气就像去趟菜市场一样随便，"来来来，每人一份儿。"

每次从国外回来，袁虹都会给大家带礼物。袁虹的礼物可不是随随便便的地摊儿货，都是货真价实的名牌，什么兰蔻的唇膏、CD的香水、香奈儿的粉底，诸如此类。

"菁菁，这是给你的。"

虽然陶菁菁只是个小实习生，可袁虹从来都不会忘了她。这让平时受气的陶菁菁很是感动。

"谢了，袁姐！"

"菁菁，转正了吗？"

面对这个问题，陶菁菁只能无奈地摇摇头。

"没什么大不了的。在这儿待烦了，就去姐那儿，工资肯定让你一夜进入小资生活。"

袁虹的话总是能劈开云雾见青天，让陶菁菁心情大好。

袁虹又来到张丽娜面前，"丽娜，多日不见，你这嘴唇怎么又见薄了！"

袁虹的声音铿锵有力，在张丽娜面前完全一副高高在上的态度。袁虹讥讽的语气和用词让张丽娜脸上有点挂不住了。

"女人的嘴唇薄了显得尖刻，宽厚些才性感。这是我特意从法国给你带的口红，准保让你更上镜。"袁虹继续说道。

张丽娜脸上的纠结立刻被"特意从法国给你带来的口红"冲得烟消云散。以讥讽和教训的口吻开场，又以圆滑的词句余音绕梁般将局面控制在自己手里，做人做到这份儿上，也是登峰造极了。

袁虹走进郑天华的办公室。

看到袁虹进来,郑天华放下手里的稿子,打趣地说道:"看来欧洲的风水不错啊!袁总裁又俏了!"

袁虹一屁股坐在郑天华对面的椅子上,将礼物放在办公桌上,"给你的!别说我小气啊!我走这段时间,傅冬苓没找什么麻烦吧?我进来的时候,看到晓弈和张丽娜打起来了。"

郑天华面带笑容,"这就像每天吃饭,一顿不吃,饿得心慌。"

袁虹:"有什么样的领导,就有什么样的下属。我这心操得真不是地方,晚上一起吃饭吧!我有事儿和你说。"

早上,周邰在地铁里被陶菁菁无缘无故打了一耳光,到了中午还是火辣辣的疼。周邰回到自家别墅,保姆给开了门。

看见儿子进来,周邰母亲的脸上立刻笑开了花,"儿子,回国体验生活,体验得怎么样?"

周邰拿起桌上的水杯,一饮而尽,"挤,到处都挤。"

周邰母亲突然一惊,"呦,儿子,你这脸谁打的?妈找他去。"

周邰无奈地看着姐姐,"妈,您这是什么眼神儿啊!这么远您也能看见?服了您了!"

周邰母亲坐到儿子身边,仔细端详儿子那张红肿的脸蛋儿,"告诉妈,谁打你了?手印还留着呢,谁这么狠!告诉妈,妈找他算账去!"

"误会!就是一误会!"

周邰母亲把手放在儿子红肿的脸上比了比。她看了看自己的手,又看了看周邰的脸蛋儿,"掌印还没妈的手大呢!是女孩子打的吧?"周邰的母亲目光中充满了期待,"跟妈说说,是不是有女朋友了?啊?跟妈说说!"

周邰无奈地看着老妈,"有,我会通知您!您就别操心了。"

"和妈说说怎么了?怕妈找她去?"

周邰无奈地坐在沙发上,不说话。

周邰母亲噘起嘴,"你妈算是白养你了,连句实话都不和妈说!儿子,有照片没,让妈看看。放心,妈肯定不找她。打就打,白打,让妈看看照片成不?"

下午,阳光透过巨大的玻璃,不断地加热办公室里的空气,让人感觉燥热。

"陶菁菁！陶菁菁！"张丽娜声嘶力竭的叫喊声在办公室里回荡。

陶菁菁慌忙来到张丽娜面前，"丽娜姐，您有事儿？"

"你把桌上这些节目入库！"

抱起带子，陶菁菁出了办公室，飞奔在走廊上。眼看电梯就要闭门，她高喊道："等等，等等，还有人，还有人！"

还好，没白喊叫，电梯的门又开了。

陶菁菁上了电梯，一位中年男人问道："几楼？"

陶菁菁擦了把头上的汗，"四楼！"

男人没按，直勾勾地盯着陶菁菁。

陶菁菁立刻心生厌恶：你说这年代的男人都怎么了？见个有姿色的姑娘就迈不动步。唉，也不能全怪他们，也怪姐姐我长得太漂亮。

自恋之后，陶菁菁讥讽地问那男人："有什么问题吗，大叔？"

中年男人也没生气，平静地说了一句话，"闺女，这是往上走的！"

陶菁菁满脸通红地跑出电梯，冲进楼梯间，直奔四楼。

陶菁菁喘着粗气，回到办公室。屁股刚接触到办公椅上，同事王姐出现在她面前，这也是位资深员工。陶菁菁赶紧起身，表示自己对前辈的尊重。

王姐将一封快件塞给陶菁菁，"这个马上送收发室，今天必须发出去，对方等着要！"

"好的！我马上去！"

陶菁菁刚要行动起来，又被王姐拦下，"你发完邮件，到楼下给我买杯红茶，加点糖，太苦我喝不了。"

陶菁菁再次领命，冲出办公室。

王姐的快递发了，茶也冲好了。陶菁菁本想歇息一下，一位姓李的姐姐像一阵春风扑面而来，"菁菁呀，我看你也没什么事儿做。你把这些材料复印两份，送到新闻综合部！"

这位姐姐一点儿没客气，还没等陶菁菁答应呢，就把一打又厚又沉的材料塞到她怀里，扬长而去。

这时，主编傅冬苓正坐在办公桌后，签署一份文件。然后，将文件交给对面站着的张丽娜。

"你把这份节目改版计划送到总编室审批。"

张丽娜接过文件,"傅姐,咱们要改版?"

"现在每周一期节目,以后改成每天一期。"

张丽娜看上去很兴奋,"那咱们部门可以扩充人马了?"

傅冬苓看了张丽娜一眼,"我看你们现在一个都闲得很,不用招新人。你给主编室送过去。对了,主编室没批之前,不要张扬,管好你的嘴。特别是不能让郑天华知道。"

"傅姐,您放心!我明白。"

拖着疲倦沉重的脚步,陶菁菁走进了洗手间。坐在马桶盖儿上,陶菁菁感觉这个世界突然安静了。朦朦胧胧中,耳边响起一阵手机铃声。

"喂!"

"奈丝,你干吗呢?迷迷糊糊的。"手机里传来周碧倩的声音。

"我在'室外桃源'。"

周碧倩咯咯地笑了,"躲厕所里小憩呢?可以啊,悟性挺高。昨天刚教你,你今天就用上了。"

"我是这栋大楼里,给别人泡茶泡得最多的人、收发快件最频的人、为了别人的事儿跑断自己腿儿的人、打印文件如山的人、名字被唤次数破世界纪录的人。累啊,累得我想回娘胎里休息十个月!"

"这您就别想了,医学还没高超到你要求的境界。人生是条单行线,你只能硬着头皮往前走。"

陶菁菁有气无力地说道:"这些人也太能使唤人啦,他们是想把我活活累死!倩倩,你说什么时候我才能熬出头啊?"

"喂喂喂!说话小心点,没准儿旁边的马桶上坐的就是你们领导。"

周碧倩的话音刚落,厕所隔断间的门就被敲得咚咚咚直响。

"陶菁菁!陶菁菁!"传来张丽娜吼声。

陶菁菁立刻挂上电话,提心吊胆地走出隔断间。

张丽娜正横刀立马地站在面前,气势汹汹地质问道:"陶菁菁,刚才和谁交心呢?"

陶菁菁知道这下是被活生生抓了个现行,只能低头,保持沉默。

"说啊,继续说!有什么不满意的,我给您找领导解决去。"

陶菁菁装作一脸委屈,"丽娜姐!我……我真没对您不满意。我说的是程晓弈。"

张丽娜露出一丝得意的笑容,"行了,行了,陶菁菁!看着挺傻,这脑子里的弯儿转得还挺快。正好,我这儿有点儿事儿你去办了。"

"您说,您说!"

张丽娜把一文件袋递到陶菁菁面前,"马上送到主编室,别让郑天华和程晓弈看到!否则,你就滚蛋!"

接过文件袋,出了洗手间,陶菁菁长出了一口气。

电梯停了,陶菁菁正要往里冲,程晓弈迎面步下电梯。

"菁菁,慌慌张张地去哪儿啊你?"

"丽娜姐让我把文件送主编室。"

"什么文件?我看看!"

陶菁菁突然意识到自己多嘴了。

见陶菁菁不愿交出文件,程晓弈把脸往下一拉:"陶菁菁,可以啊!站到张丽娜一边儿了,可算是有人罩着你了。"

"晓弈姐,我……我没站她那边儿。"

"没站就好,拿来我看看!"

小胳膊拧不过大腿,陶菁菁也只有缴枪不杀。

程晓弈抽出文件袋儿里的文件,翻了两页,"你先别去主编室了。"

"晓弈姐……那……那去哪儿啊?"

第二章

深陷别人的战争

陶菁菁带着一脑门子的汗,跟着程晓弈走进郑天华的办公间。

"天华姐,咱们节目要改版,您知道吗?"

郑天华突然一愣:"上次老总监提了一次,只是问了问可行性。不过,咱们还没开会讨论呢!"

程晓弈把从陶菁菁那里缴获的文件袋儿交给郑天华。

郑天华看过文件,"傅冬苓要把周播改成日播,又不招人……"

"这不得把人加班加死啊!这么干下去,大家非辞职不可。"程晓弈立刻怒发冲冠。

郑天华略带思索,"前几天开会,除了节目要改版,还有就是节省预算。"

"傅冬苓也太缺德了吧!她拍领导的马屁,把我们给卖了。"

郑天华表情严肃,"最重要的是,我们现在的人员根本做不到每天出一期节目。如果这么做,唯一的办法就是拉低节目质量。"

陶菁菁站在一边,听着郑天华和程晓弈的对话,大气都不敢出。

郑天华靠在椅子上,犹豫了片刻,"小陶!"

陶菁菁的心咯噔一下,心想:"完蛋了,双方殴斗,把我当成靶子了!"

"啊?郑姐!"她心惊胆战地回答道。

郑天华:"这文件你先不要送主编室了,先放我这儿。我会交给上级领导。"

陶菁菁心里叫苦:这不等于宣布我死刑嘛!这要是让张丽娜知道,我……两边都是爷,谁我也惹不起,干脆给我一枪算了!

"小陶,有问题吗?"郑天华问道。

"郑姐……张丽娜她……"

听到张丽娜的名字，程晓弈就像狮子闻到了血腥味儿，立刻从草丛里窜了出来，"甭管张丽娜，她就是傅冬苓的狗。"

陶菁菁心想："你说的没错，我也同意。可就是因为这样，所以张丽娜才会肆无忌惮地撕咬我啊！"

没有办法，陶菁菁只好从了。

不想遇到谁，偏偏遇到谁。陶菁菁刚回到工位，张丽娜一张铁青的脸出现在她面前。

"让你送主编室的文件，你送了吗？"

陶菁菁差点小便失禁，慌不择路道："哦……我……我送……送了！"

"陶菁菁，你紧张什么？"

"我……我见您我就紧张。"

张丽娜竖起眉毛，"陶菁菁你什么意思？"

"我……我没什么意思！在领导面前，我……我就紧张。"

听到领导两个字，张丽娜脸上显露出意洋洋的样子，"你去，给摄像老单打个电话。通知他，明天下午两点有个采访，让他把机器带上。"

说完，张丽娜扭捏着身体，走了。

张丽娜说的老单是社会新闻部的摄像。办公室里，大多数人都有自己的假想敌。唯独老单是个老好人，和每个人的关系都不错。当然了，除了陶菁菁之外。不是说他和陶菁菁两人关系不好，而是人家老单根本不惜和陶菁菁建立关系，从来没搭理过陶菁菁。在他眼里，陶菁菁好像在这间办公室里就没存过。

陶菁菁拨通了老单的电话，毕恭毕敬地说道："单哥！是我，小陶。"

"你们怎么没完没了啊！告诉你们领导，你们那个活儿我不会迟到，我会提前半个小时到。"老单很不耐烦地回答道。

陶菁菁拿着电话，满脸莫名其妙，心想："老单真是个怪人。大家都是在一个栏目部工作，虽然工种不同，但也不至于分你们和我们啊！"

陶菁菁问道："单哥，您都知道啦？"

"你们不是刚给我打完电话吗？后天下午两点。放心，我会提前到。"

陶菁菁一愣，"不是说，明天下午两点吗？"

老单："改成明天了？"

"对呀，明天下午两点。"陶菁菁肯定地回答道。

老单犹豫了一下，"这个……明天不行啊！明天我要上班，不方便。"

陶菁菁一脸疑惑，"这个老单，还真是奇怪。明天上班不正好去采访嘛！是不是年纪大了，脑子转不动了！"

老单继续说道："明天不行，只能是后天。告诉你们老板日期改不了，要么后天，要么你们找别人！"

说完，老单把电话给挂了！

陶菁菁来到张丽娜的工位前。张丽娜正在打电话，抬头白了陶菁菁一眼。

"我有事儿，先不和你说了！"张丽娜挂上电话。

陶菁菁："丽娜姐，单哥说明天去不了。要去，只能后天去。"

"后天？后天老单请了病假。"张丽娜瞪着陶菁菁，"你没听错吧，陶菁菁？"

陶菁菁胆战心惊地站在张丽娜面前，"应该没听错吧？"

"陶菁菁，你长耳朵是干吗用的？这点事情你都搞不明白吗？"

"单哥好像就是这么说的。"陶菁菁委屈地看着张丽娜。

张丽娜凶神恶煞般上下打量着陶菁菁，"好像，好像，你能说点儿靠谱的吗！你整天在办公室里晃来晃去，脑子里想什么呢？还能工作吗？"

"丽娜姐，单哥是说他只能后天去。"

"没看出来呀，陶菁菁，原来你是辩论队队长啊！你给我解释解释，老单后天请了病假，他怎么去？他怎么去？"

陶菁菁低头不敢再说什么。

张丽娜瞪了她一眼，"赶紧走！赶紧走！别在我眼前晃。"

带着缴获来的改版策划，郑天华来到老总监办公室。

"天华，坐坐。"老总监坐在办公桌后，摘掉老花镜，"找我有事儿？"

"想和您谈谈关于我们组改版的事情。"说完，郑天华将傅冬苓的改版计划交给老总监，"这是傅冬苓的计划书。"

老总监接过计划书，戴上老花镜，仔细看了一遍，说："天华，你对这计划有什么想法？"

"按照日播，每周七档节目的需要，我们的人员实在不足。"郑天华将另一份报告交给老总监，"这是我们组人力资源表和工作量统计表。"

老总监聚精会神看过报告，点了点头，"天华，那你的建议是？"

015

郑天华直言不讳地说道："这个计划完全没有操作性，需要重新来做。"

老总监又点了点头，摘下老花镜，"天华啊，你有没有想过，如果你和傅冬苓不能统一意见，就会产生矛盾。一旦出现矛盾，工作就很难进行了。"

张丽娜走进茶水间，一眼看到坐在窗边椅子上的老单。张丽娜直奔老单而去，一屁股坐在老单对面："老单，你是不是对我有意见啊？"

老单嬉笑，"这话怎么说啊？咱俩不是兄妹，胜似兄妹。哥哥怎么会对妹妹有意见呢！"

张丽娜："去去去，谁是你妹呀！我让你明天和我去采访，你是十万个不愿意去呀！"

老单一惊，"明天有采访吗？没人通知我啊！"

张丽娜鄙视地看着老单，"呦呦呦，还挺能装啊！套上盔甲，你比兵马俑还像兵马俑！老单，后天你请病假，装病吧？"

"年纪大了，最近身体一直不好。"

"老单，你得了吧！你是去跑私活儿吧你！"

老单脸上掠过一丝惊恐，很快又恢复平静，"您这是从哪儿打听到的小道消息啊？别听他们胡说八道。"

"陶菁菁刚给你打过电话，你和人家说你明天上班去不了，后天放假才能去。承不承认干私活？"

老单一愣，"妹妹，你怎么认识陶菁菁？"

张丽娜得意地说道："老单，我看你真是老糊涂了。陶菁菁是咱们栏目部的实习生，我让她联系你明采访的事儿。"

老单恍然大悟，"刚才给我打电话的是咱们栏目部的实习生？咳，我还以为演出公司的秘书呢！那个小秘书也姓陶。"

张丽娜不依不饶："你赶紧请我吃饭，不然我可管不住我这嘴。让傅姐知道了，你就自己兜着吧！"

老单嘿嘿一笑，"没问题，没问题，妹妹选地儿。对了，那个实习生不会去和领导汇报吧？"

"放心，有我在呢！刚让我教训一顿，她不敢。我可选地儿啦？"

"妹妹，哥哥得谢谢你。你就随便选吧！"

办公室就是狼群，总会有地位最低的一只，随时准备被戏耍、被欺辱、吃得最少、干得最多。为了生存，它能做的就是等待，等待翻身的那一天。

下班的时间到了，大家都很自觉地结束了一天的工作，各回各家，各找各妈。空荡荡的办公室里，只有剩下陶菁菁奋力地敲打着面前的键盘。在社会新闻部干了大半年，作为实习生，陶菁菁没什么具体工作。她忙，那是因为同事们把杂七杂八的活儿都丢给她做。同事们下班了，陶菁菁还得继续完成同事们没有完成的事业。

手机响了。

"喂！"

"我下班了，一起吃饭吧！"是周碧倩的声音。

"本姑娘正奔跑在通往希望的田野上！"

"又加班？您真是个孝顺孩子，为老妈的梦想奉献终身！"

"老妈供养我到现在，我必须不辱使命！要不你来找我吧！"

"找你？从我这儿到你那儿得一个多小时！"

"正好！你来了，我就差不多加完了。来吧，来吧！"

周碧倩无奈，"好吧！"

挂上电话，办公室里又响起陶菁菁敲打键盘的声音。

一辆保时捷凯宴开进一条古老的巷子，在一家大院门前停了。郑天华和袁虹下了车。两扇紧闭的大门气宇轩昂，动人心魄。大红色的门漆在街灯下散发着炫耀的光芒，拳头大小的金色门钉一颗颗陷在红色的门面上，两只黄铜做的狮面一左一右，嘴里各衔着大拇指粗的铜环。换成过去，这儿住的不是王爷，就是总督。现在，成了一家服务有钱人的私家菜馆儿。

郑天华随着袁虹走进包间，坐在实木椅上。

"吃顿饭，至于来这种价格不见底的私家菜馆儿吗？"郑天华说道。

"什么至于不至于，既然有人开，就一定会有人消费。赚钱干吗，不就是花嘛！留着也带不到上帝那儿去。你带去了，上帝也不收，嫌你票子印得太难看。"

"你今天穿得可够露的，前面那两块肉都快翻出来了。刚才那门童眼睛都不知道往哪儿放了。当心，全透明的真丝衫儿撑不住，你那两块肉全掉出来。"

袁虹不以为然，"现在还能露露，等人老珠黄，你就是全脱了，都没人看，还得嫌你恶心。"

"袁虹，我发现你变了。自从离婚之后，从穿戴到思想，由里到外没一地儿保留原样的。"

"我又不是谁的故居,干吗保留原样!告诉你件事儿。我有男朋友了,年轻有为。"

"有多年轻?"

"比我小。"

"多大?"

"二十七。"

"袁虹,别折腾自己了。我知道你心里还有老吴,干脆复婚……"郑天华的话还没说完,就被袁虹打断,"老吴心里只有你,没有我。"

"你看你,又来了。"

"你有什么打算?你老公不醒,你就这么一辈子耗下去?我和老吴已经离了,你们俩在一起,我真不介意。真的,只要你们幸福。"

"你又胡说,我和他就是同学,没别的。"

郑天华的电话响了,她接起电话:"喂……我和袁虹吃饭呢!"

"谁啊?"袁虹问。

郑天华看着袁虹,没回答。

"老吴?一定是老吴。让他来,让他过来。"说着,袁虹一把抢过郑天华的电话,"老吴,我,袁虹。你赶紧过来!我和天华等着你啊!你不来不开席,赶紧的!"

说完,袁虹就把手机挂了,交还给郑天华,"老吴马上过来。"

郑天华无奈地叹了口气。

袁虹却毫不在乎地说道:"没事儿!我和老吴是和谐离婚,谁也不欠谁,也没谁对不住谁,我们现在是好友。再说,你在这儿,他巴不得来呢!"

陶菁菁加完班,整座城市已经是灯火通明。她挽着周碧倩的胳膊,走进一家快餐店。

"你加班,领导知道吗?"周碧倩问道。

陶菁菁摇摇头。

"你傻啊!"周碧倩看着陶菁菁,就像发现了外星人,"领导不知道,你这班不白加了吗?"

"为什么?"

"只有领导看见了,你的辛苦才有可能算在你的账本上。你忙死,领导一无所知，那不是白忙吗？必须在领导的视线里忙，不忙都得装忙。"

"这也太虚伪了吧！"

"你可千万别为虚伪感到羞愧。现在谁不虚？你不虚你就是傻子。"

"看来我的血管儿里还在流淌着谦逊谦卑、任劳任怨的美德！"陶菁菁感叹。

"我呸！什么美德啊！那就是糟粕，都是领导用来糊弄像你这些没脑子的！"

陶菁菁叹气，"人在矮檐下，不得不低头。为了生存，我这个具备反抗精神，却没有反抗能力的小女子也只能这样了。谦逊谦卑地服从差遣，谦逊谦卑地为别人加班。"

私房菜的特点就是"精致"。怎么来诠释"精致"呢？那就是，摆得有艺术感，看起来有骨感，舔一下有口感，放开了吃不敢。袁虹不是小气人，每样菜量虽少，可样式多，一桌摆不下，又加张小桌。

"小陶在你们那儿实习半年了，不能老让人家白干吧？人民当家做主可半个多世纪了！干活，不给工钱，你们这可是带头回到解放前！坚决不能让历史的车轮倒转。"袁虹边吃边说。

"现在台里不招人，没名额。"郑天华回答。

"天华同志，我发现你现在是越来越虚伪了。什么名额不名额的，你们当领导的想去要个名额还不容易？"

"没你想的那么简单。我不去要，陶菁菁也许还有进来的希望；我要是去要了，傅冬苓肯定不同意进人，陶菁菁一点儿戏都没了。我不想因为我和傅冬苓的私怨，耽误了她。"

"想想办法！总会有办法的，不能让人家白干活。"

"现在，什么都是交易。人家要能从你身上看到好处，才肯给你办事。不然，什么事儿都难办。"

袁虹叹了口气，"也是！现在这个社会，有背景的什么都不干，工资福利一样也不少拿；没背景的，恨不得把自己血都抽干了，可还是什么都拿不到。就是苦了这些没背景的外地孩子了。"

"晓弈想从策划转为记者，这事儿还得和傅冬苓周旋。现在，办点儿事儿难着呢！"

郑天华话音刚落，房间的门开来了，进来一位四十多岁的中年男人。

"老吴，你怎么才来？"袁虹抱怨道。

老吴一屁股坐下，"怎么，今天有什么喜事儿要庆祝？"

"咱俩复婚啊!"袁虹挑逗地看着老吴。

"咱俩复婚,排场得搞大点啊!就这儿,也太小家子气了吧!"老吴调侃道。

"看见没!"袁虹对郑天华说,"这就是一个高智商的男人对一个女人失去兴趣的表现:既不得罪你,同时让你知道你和他之间只会有相互调侃的友谊,绝不会有真正的爱情。玩笑,你永远是他心中的一个玩笑。"

"得,算我话多,我赔礼道歉。"

"说正经的,"袁虹说道,"郑天华同志要结婚了。"

老吴嬉笑的脸皮一下子绷起来,"什么时候的事儿?我怎么不知道?和谁结婚?你怎么不和我商量商量?"

不等郑天华解释,袁虹抢先一步,"郑天华同志,你看到没,这就是老吴对你和对我的不同。"

老吴,全名吴全立。别看名字叫"无权利",却是传媒公司的老总,手下员工就一千多号。郑天华在美国读书那会儿,就认识老吴。当时,老吴和郑天华的现任老公董季礼都是郑天华的学长。

仨人在美国的感情生活比较复杂,老吴和郑天华的现任老公是铁哥们儿,老吴每天都约郑天华一起上自习,郑天华必须看到她现任老公董季礼在,才答应去上自习。最后,郑天华和董季礼结了婚,老吴和郑天华两口子依然是好朋友。回国之后,郑天华和老公董季礼双双进入电视台工作。董季礼年轻有为,父亲又是管媒体的官员,很快就升为频道副总监,郑天华也成了当时台里为数不多的主编级女性。

老吴没走仕途,走的是创业。老吴虽然没有显赫的家庭背景,可在传媒界有同学,创业初期董季礼和郑天华帮他拉了不少关系。这就是失了爱情,却不失友情的结果。如果想当年吴全立和董季礼为郑天华闹翻了脸,估计今天他也坐不上总裁的位置。

老吴没结婚。在别人眼里,他是因为忙于事业。郑天华和董季礼都明白,老吴心里还装着当年对郑天华的感情。最后,在郑天华和董季礼费尽心思的设计下,老吴和袁虹走到了一起。不过,两人最后还是决定离了。散了婚姻,不散感情,老吴和袁虹依然是朋友。袁虹的文化公司还是老吴帮着搞起来的。

郑天华和董季礼虽然感情很好,可抵抗不过命运的安排。两年前,董季礼亲赴地震灾区做采访,半路上,遇到山体滑坡。命是抢救回来了,却成了植物人。郑天华一个人带着女儿,从未放弃过对董季礼的治疗。

"行了,行了,你别紧张了。我逗你玩儿呢!"袁虹接着说道,"放心,郑同志结婚,你肯定是第一人选。"

虽然老吴对郑天华的心思是司马昭之心路人皆知,可真把这心思摆在台面上说出来,还是很尴尬的一件事情。中国人嘛,含蓄是民族文化的核心。

老吴赶紧转移话题,"我下星期去欧洲,二位有时间否?费用我出。"

袁虹一脸怒气,"你是不是故意的啊!明知道我刚从欧洲回来。"

"天华,你呢?"老吴问道。

"台里太忙,真没时间。"

"我要是你,我就去。"袁虹说,"又不用花自己的钱!老吴,改去北美得了,我报名。"

"这……公司暂时还没计划。"

"别扯,什么公司计划!你是老板,你的计划就是公司计划!老吴,我就瞧不上你这点,虚伪!"

老吴呵呵一笑,"下次,下次一定安排去北美。"

"得了吧你!说话还能靠谱点吗!对了,通知你啊!我找了个男朋友,可比你小。我一会儿叫他过来,你可别受不了!"

"袁虹!"郑天华说道,"这都几点了,一会儿就散了。下次吧!"

袁红不依不饶,"这才十点不到,夜生活还没开始呢,不能撤。这顿老吴请,一会儿去酒吧,我请。"

吃过饭,陶菁菁和周碧倩手挽手在商场闲逛。两人也不想买什么东西,就是想放松放松紧张的神经,白天的八小时实在是让人透不过气。

"不就是杯咖啡,至于这么矫情嘛!灌到肚子里,过不了两小时都成了尿酸。为了杯咖啡,至于批斗我嘛!"陶菁菁抱怨道。

周碧倩的目光从一个橱窗滑到另一个橱窗,漫不经心地回答道:"你傻呀!那和咖啡没什么关系好不好,主要是你们两个领导互相瞧不上。"

"瞧不上谁,就去找谁决斗,干吗拿我撒气!"

"命中注定你就是奈丝,忍了吧!"

"喂喂喂,你的任务是劝我,不是给我添堵!"

"等你当了领导,成了刀俎,你也会毫不留情地阉割下属。现在你的地位也只能忍着。不过,两条腿你不能一起抱。"

"什么意思啊?"

周碧倩停住脚步,"那家店不错,咱们去看看。"

进了服装店，周碧倩就像小鸟回到森林，欢欣雀跃。

陶菁菁迫不及待："倩倩，你把刚才的话说完好不好！"

周碧倩拿着衣服，在镜子前照来照去，"俩马屁不能一起拍呀！你想啊，两条腿并一块儿，你还能抱得住。两腿一岔，就你在下面，尿肯定浇你头上！找条腿粗的抱，死磕一人儿。你要选边站队。"

"唉，我还以为你有什么好主意呢！我那儿敢呀！两人有一个反对的，我都转不了正。再说，二位老大也从没表露出有收我做门徒的意愿。我拿张热脸去贴一冷屁股，很可能搞得自己惨不忍睹。成人的世界，好复杂，好无奈啊！"

周碧倩翻开衣服的价格标签，撇了撇嘴，"嗯，是个问题。必须仔细研究一下。"

周碧倩从架子上又拿起另一件，"奈丝，你看这件怎么样？"

陶菁菁看了一眼价格标签，"四百九十九！就这么块儿布？不值，不值。换季打折，也就九十九。"

周碧倩看上去有些失望，把衣服放了回去。

"还有我们栏目部的那个张丽娜，她怎么那么不是人呢！没事儿就欺负我。今早要不是袁姐赶到，我非被羞辱得跳楼不可。"

"你们那个大腕儿主持又来了？"

"是啊，刚从欧洲回来。"

"给你们发东西了吧？"

陶菁菁从包里掏出一瓶高档香水，递给周碧倩。

"哇！她送的？几百块呢！"周碧倩拿着香水，感慨地说道，"有了钱，才能仗义疏财。没钱的，看来只能人穷志短了。"

"送你吧！反正我从来也不用香水。"

回到家，陶菁菁洗了个澡，然后靠在床头看一本英文书。突然，周碧倩推门闯了进来。

"奈丝，看什么呢？少儿不宜吧！"周碧倩跳上床，还一把抢过陶菁菁手里的书，"呦，英文单词速记！你要考托福出国呀？"

"想出国，但交不起学费！"

"那你看这干吗？上学的时候不学，现在浪费时间！"

陶菁菁夺过被抢走的英文书，"这叫自强不息！"

"得了，您还是先休息休息吧。我请你吃冰激凌去！"

沿着黑漆漆的街道，陶菁菁和周碧倩两人往超市方向行进。

"唉！一入职场深似海，尊严从此成路人。在象牙塔里修炼了四年，应该成仙呀，怎么出来就不值钱了呢？"陶菁菁唉声叹气地说道。

"以前学校是炼金子，现在都改行种白菜了，出来的产品当然不值钱啦！奈丝，别没事儿想那么多没用的。在学校比智商，走进社会拼情商，好好培养培养你那PM2.5的情商才是重点！"

陶菁菁突然想起了什么，"对了，差点儿忘告诉你件事儿。"

周碧倩："说！"

"今天张丽娜让我把傅冬苓做的节目改版策划案送到主编室审批，结果被我们副主编郑天华给拦下了。"

"拦下是什么意思？"

"郑天华没让我送。"

"为什么不让你送？"

"她说改版策划案有问题。"

"那傅冬苓和张丽娜知道吗？"周碧倩问。

陶菁菁摇摇头，"张丽娜问我，我说已经送去了。"

周碧倩瞪大了眼睛，"你干吗不说实话？"

"我要说实话，张丽娜又该端盆洗脚水往我身上泼。她脚太臭，我可受不了。反正，郑天华说她会送给上级领导。"

周碧倩不断地摇着头。

陶菁菁心慌意乱地追问道："怎么？我又犯错误了？"

"奈丝啊，奈丝，你真是名跳水健将，一猛子就扎进你们正副主编的战争汪洋中了。"

"不……不会吧？我也没做什么呀？"

"您还没做什么呢？傅冬苓让你送文件，郑天华肯定以为你是傅冬苓的人。可是，文件又是从你那儿被郑天华拿走，你还撒谎，傅冬苓必须认定你是为郑天华工作的地下党啊！可实际上呢，你谁的人都不是。结果只有一个，被下油锅的人就是你，炸奈丝。"

周碧倩的话让陶菁菁心惊胆战，她紧紧抓住周碧倩的胳膊，"那怎么办？"

"辞了，不干了！此处不留爷，自有留爷处。来我们公司，虽说公关公司是乙方，靠卖笑过日子，可赚得不少啊！有吃、有穿、有钱赚，笑笑算什么呀！"

第三章

会武功的女白领

周邰躺在床上，脑子里回想着陶菁菁在地铁上怒目而视的画面。想着想着，他突然笑了！

周邰母亲推门走了进来，"儿子，想什么呢？"

"妈，下次进来之前敲门成吗？"

"妈进儿子的房间还得敲门？没听说过。"

"这叫隐私，您得尊重我的隐私权。"

"在国外留了几年学，还学会什么隐私权了！行行行，我下次尊重你的隐私权。"

"妈，您不睡觉，跑我这儿来干吗？"

"儿子，女朋友的事儿还没和妈讲清楚呢！妈睡不着啊！"

周邰一脸无奈，"真没女朋友。妈，您就饶了我吧！"

"那这脸是怎么回事儿啊？你得和妈说清楚吧！"

"是个女孩儿打的，可我不认识她！"

"你小子学会耍流氓了，还！"

"妈，您看我是耍流氓的料嘛！"

"我儿子确实不是那块儿料。这点你是继承你爸的了。想当年，不是我主动，你爸一辈子都不敢表白。跟妈说说，女朋友是老外吧？这外国女孩儿和咱们也沟通不了啊，文化差异大了去了。以后，你有了孩子，她能让你妈我带吗？"周邰母亲叹了口气，"老外，就老外吧！只要我儿子喜欢，我也就不管了！"

周邰从床上蹿到地上，"妈，您这都扯哪儿去了。赶紧回去睡觉，我爸在房里孤单寂寞着呢！"

周邰的母亲回到自己的卧室，严肃地对丈夫说道："我告诉你，你儿子可谈恋爱了。"

周邰父亲靠在床头，打着电脑，"他这个年龄，早该谈恋爱了。我看，他发育有点儿晚了。"

周邰母亲看着丈夫，"你就不关心关心你儿子和什么人谈恋爱？"

"什么人？只要不是男人就行！"

"谈恋爱这事儿，你儿子藏着掖着。我估计啊，是个金发碧眼的外国姑娘。"

周邰父亲放下电脑，摘掉眼睛，"看来你儿子是要给咱们家换换血统。"

周邰母亲叹了口气，"到时候，怎么和儿媳妇沟通啊，你说？"

"用不着沟通。到时候，各有各的生活，谁也别打扰谁。"

"那不成！我是他妈，我不管他，谁管他？"

"你还以为你能一辈子统治你儿子？年代不同了，咱们也得换换观念。洗洗睡吧，这心你操了也没用。"

夜色浓重，知了在树上不停地嘶喊。

超市门前，周碧倩掏出二十块钱，塞给陶菁菁，"奈丝，你去买冰激凌，我打个电话。"

"我这儿有钱。"

"你出力，我出钱。拿着！"

超市收银台后，站着一位十七八岁皮肤黝黑的小伙儿，大家都叫他小四。小四白天在发廊里当学徒，晚上就在这家超市看店。小四的头发很有型，两个鬓角基本剃光了，脑袋中间的头发却一点没剪，直立在左脑和右脑之间，像道参差不齐的篱笆。

小四："陶姐，一共十八块五。"

陶菁菁边掏钱，边说："小四，你这发型很酷啊！"

小四很高兴，不自觉地摸了摸刺猬般的头发，"我们老板专门给我设计的。"

"我听说你不在发廊做了。"

小四把剩下的钱找给陶菁菁，"必须干到这个月底，不然老板不给工资。"

陶菁菁看着小四的发型，"晚上睡觉……"

小四很聪明，立刻领会了他陶姐姐的意思，"侧着睡，压不着。早上起来，再打上点儿发胶,没问题。"

陶菁菁点点头,表示佩服。

看到陶菁菁走出超市,周碧倩慌忙挂了手机。

来到周碧倩面前,陶菁菁把剩下的一块五毛钱递给周碧倩。周碧倩还挺大方,"你拿着吧,就算小费!明早还能买张鸡蛋灌饼。"

"现在鸡蛋灌饼都涨到五块钱了。"

突然,从身后蹿出一道黑影,一把夺走周碧倩手里的电话,拼命地往前跑。

"抢劫!抢劫!有人抢手机。"周碧倩大声叫喊。

不知道从哪儿来的一股力量,陶菁菁拔腿冲向劫匪。

"奈丝,奈丝!别追了,危险!赶紧回来。奈丝……"

周碧倩冲进超市,"小四,小四!快……"

"倩姐,你怎么了?"小四问道。

"你陶姐……你陶姐去追抢劫犯了。"

小四随着周碧倩冲出超市。

小四:"往哪儿跑了?"

周碧倩伸出手指。

二话不说,小四冲了过去,周碧倩紧随其后。

陶菁菁的视力不是一般的好,无论那劫匪怎么往黑处里钻,都逃不过她雷达般的双眼。街道上,劫匪和陶菁菁一前一后你追我赶!突然,不知道前面的黑影脚下绊到了什么东西,扑通一声栽倒在地。

陶菁菁冲上去,就是一脚,"让你跑!我让你跑!你跑,你跑啊你!"

派出所。

陶菁菁、周碧倩和小四坐在椅子上,对面一名民警正在做笔录。

"你叫陶菁菁?"民警问。

陶菁菁点点头。

"是你的手机被抢了?"

周碧倩立刻举手,"我,我的手机被抢了。"

民警看了一眼周碧倩,又转向陶菁菁,"练过跆拳道?"

陶菁菁摇摇头。

"学过功夫?"

陶菁菁又摇摇头。

"你踢断了人家的两根肋骨。"

周碧倩和小四立刻把敬佩的目光投向陶菁菁。

夜幕下,派出所的蓝色灯箱格外扎眼。派出所前的街道上,偶尔有车灯划过。陶菁菁、周碧倩和小四走出派出所。

"小四,谢谢你!"陶菁菁说道。

小四冲陶菁菁嘿嘿一笑,"我也没出啥力,就是旁观了一下陶姐的佛山无影脚。来这儿以前,我在我们那儿的武校学过。今天看了陶姐,我还是差了一大截子,陶姐你真牛。如果学武,肯定是一代女侠啊!"

周碧倩扑哧笑了,"小四,马屁没这么拍的!在这儿,学武没有?你还不如学学怎么拍马屁,不仅能防身,还能晋级。"

小四挠了挠脑袋,似乎没听懂。

"小四,你回去吧!让老板知道,又要骂你了!"陶菁菁说。

小四:"哦,那我走了!陶姐!"

小四走了,陶菁菁和周碧倩漫步在小区的街道上。

"奈丝,你这几脚确实让人刮目相看!多大的阶级仇恨啊,肋骨都被你踹断了!"

"活该他倒霉!本宫正郁闷呢。有机会打人不犯法,那就狠狠地、丧心病狂地、发自肺腑地发泄一下。今天早上,我还遇一色狼,竟敢摸我屁股。"

周碧倩一声惊叫,"你真遇到传说中的色狼?"

"最近倒霉呗!不过,那色狼让我给了一大耳光!"

"奈丝,我看你最近肝火太旺,还是去看看中医吧!"

"这又不是我的错。对待这些坏人,必须实行暴力专政,决不能让他们为所欲为。"陶菁菁叹了口气,"那色狼,长得还挺帅,有点像韩国影星李敏镐。可惜,是个色狼!"

生活在这座城市里的每个人心里都揣着一件,或者很多件他们渴望得到的东西。人们的一言一行、一举一动无一不在为他们的欲求服务。

"菁菁！来来来，快过来，大姐给你留着座呢！"离着老远，陶菁菁就听到楼下早餐摊大姐热情洋溢，且极富有亲情的嗓音。

对这位大姐，没人知道，也没人在乎她姓甚名谁，可她却记得楼上所有人的名字。

早餐摊儿大姐笑容满面："菁菁，裙子真漂亮，显得你特有气质。我儿子长大了，就让他找个你这样的做媳妇儿。"不知道是知识水平有限，还是图省事儿，大姐讨好客户的话几十年如一日，完全出自同一个模板，没一点创新意识。上次，她是这么夸陶菁菁的："菁菁，牛仔裤真漂亮，显得你特有气质。我儿子长大了，就让他找个你这样的做儿媳妇儿。"和今天唯一的不同就是"牛仔裤"和"裙子"的区别。如果有一天，陶菁菁一丝不挂地出现在这位大姐面前，她会夸陶菁菁什么呢？她肯定会说："菁菁，你肤色真好，显得你特有气质。"不过她一定不会说："我儿子长大了，就让他找个你这样的做儿媳妇儿。"

前戏做完，大姐言归正传："菁菁，今早儿想吃点儿啥？大姐给你拿。"

"一根油条，一杯豆浆。"

"你们这些白领啊，白天黑夜的，辛苦得很。每天一个鸡蛋，准保你脑力充足。"接着，大姐会像位母亲，在陶菁菁盘子里放个茶叶蛋。最后，作为一个生意人，她会毫不犹豫地多收陶菁菁一块五毛的鸡蛋钱。

"小兔崽子还不赶紧走！上学再迟到，我打烂你屁股。"当然，这番狠话不是放给她那些尊敬的客户，而是教育她上初中的儿子。对陶菁菁这个不沾亲不带故的旁人，大姐能热情似火，完全是为陶菁菁兜里的五块钱，而对儿子的严厉才是发自大姐内心的关爱！

早餐摊儿大姐那点儿虚伪的面子活儿一早就被陶菁菁识破了，可陶菁菁一点也不讨厌她。碰上刮风下雨，大姐不出摊儿，陶菁菁心里反而空落落的，人生似乎不完整了。也许，大姐是这个世界上唯一一位拍陶菁菁马屁的人吧！谁不喜欢有人拍马屁呢！看来，大家都是俗人，都需要有人拍马屁，境界谁也不比谁高哪儿去。

十字路口，绿灯亮起，一辆奔驰 SUV 呼啸而过。

周邰母亲握着方向盘，"这几个月在你二叔那儿实习，好好干，别给你妈我丢脸。"

周邰拍着胸脯，"这您就不用担心了。"

"你别觉得自己是周副总监的侄子就欺压百姓。你二叔最近在竞聘部门总监，你别给你二叔添乱。你要是敢惹祸，我就断了你的钱粮，给我滚回美国，自己打工交学费。你妈说得出，做得到。"

"我就当自己是被发配边疆的庶民,见谁都喊爷,隐姓埋名,成了吧!"

"这几年在美国,你小子学点儿什么啊?嘴越来越贫,一点儿都不像我。"

"您也太虚伪了!您这是变着法儿批评我爸吗!说实话,您比我爸能说多了!"

周邰的母亲将车停在路边,周邰开了车门跳下车。

周邰母亲叮嘱道:"记住,别给我闯祸!"

"知道了,知道了!"

周邰母亲从钱包里抽一张信用卡,递给周邰,"拿着用,别给我胡花,我这儿可有短信提醒。"

周邰笑嘻嘻接过信用卡,竖起大拇指,"老妈,您太仗义了。放心,为了您的这份儿仗义,我绝对不惹祸,好好干!"

周邰母亲:"走吧!走吧!"

陶菁菁出了地铁口,沿着街道向办公大楼走去,突然一只粗壮的胳膊阻拦住她前进的道路。

陶菁菁沿着胳膊往上看,看到了那人的肩,接着看到了那人的脸。吓得陶菁菁一脑门子的汗,拦住她的人竟然是昨天在地铁上被她闪耳光的色狼周邰。

"你……你要干什么?不要碰我啊!我……我会报警的。"

说完,陶菁菁用力推开周邰,夺路而逃。周邰跟在陶菁菁身后,紧追不舍。眼看距办公大楼还有几步之遥,周邰再次将陶菁菁拦下。

陶菁菁这次毫不客气,飞起一脚,将周邰撂倒在地。

"色狼,让你跟着我,让你跟着我。告诉你,姐姐不是好惹的!"说完,陶菁菁飞身冲进办公大楼。

办公大楼的洗手间里,陶菁菁洗了把脸,用纸巾擦干。她掏出化妆盒,对着镜子,重新补妆。

边补妆,陶菁菁边骂道:"该死的变态,姐姐我脸上的那些粉粉膏膏可都是用钱换来的,害得姐姐今天在脸上用了两遍钱。姐姐可是擒过贼的,再敢尾随姐姐,姐姐就再海扁你一次。"

重新装修过脸面之后,陶菁菁风风火后地冲出洗手间。猛然,她撞在一个人的怀里,跌倒在地上。陶菁菁龇牙咧嘴地坐在地上,一只大手伸到她面前。陶菁菁抬头，目光落到了那人的脸上，竟然是被她痛打两次的周邰。

现在，陶菁菁有两种选择：要么惊叫，要么撕心裂肺地惊叫。好吧，陶菁菁毫无意外地选择了后者。

从楼梯间里冲出两名保安，将陶菁菁和周邰一起押解到行政部。行政部经理袁大头亲自出马审问。为什么叫他袁大头？因为他脑袋圆咕隆咚不长毛，在阳光下会闪闪发光。除了脑袋，袁大头的肚子也很圆，像十月怀胎的孕妇。

袁大头咳嗽了两声，拉长了官腔问陶菁菁："你叫什么名字啊？"

"陶菁菁。"

"多大了？"

"二十一。"

"什么时候进台的？"

"八点五十到的。"

袁大头放下手里的笔，抬起那又大又沉的圆脑袋，白了陶菁菁一眼，"我问你工龄！"

"哦，工作半年了。"

"怎么进台的？"

"走进来的。"

那又大又沉的圆脑袋再次抬起，又白了陶菁菁一眼，"我问你怎么被招进来的？是通过校园招聘、社会招聘，还是内部推荐进来的啊？有没有亲属在台里工作啊？"

陶菁菁心里清楚，必须回答内部推荐，因为这说明你在台里有关系。

"内部推荐！"

陶菁菁的回答果然无误，袁大头不可一世的态度立刻慈善了。

"小同志，你们领导是谁啊？"

"傅……傅冬苓。"

陶菁菁的声音还没掉在地上，袁大头双眼顿时放出敬畏的目光。看来，傅冬苓这条大腿够粗，在行政部都赫赫有名！

随着傅冬苓这仨字儿的出现，对陶菁菁的审讯到此为止。袁大头把枪口对准周邰，厉声喝道："你叫什么名字？"

"周邰。"

"周台！"袁大头毫不隐讳地露出鄙视的笑容，"级别不低啊！工作多久了？"

"第一天实习。"

答案显然错误！袁大头的眉毛立刻横了过来，就像抓获了阶级敌人。

陶菁菁心里感叹："唉，看着长得俊俏，原来是个没脑子的。人家还没摸呢，自己就把底裤亮出来了。"

袁大头怒斥道："刚来第一天，就调戏妇女，胆儿不小啊！哪个学校的？像你这种不学无术的浑小子，还来这儿实习！知道这是什么地儿吗？行了，我通知你们学校，把你退回去。你不用实习了！"

周副总监的办公室里，秘书小秦将一杯茶水放在周副总监面前的办公桌上。

"王副总监那儿最近有没有什么消息啊？"周副总监问道。

秘书小秦："王副总监那儿没听说有什么消息。"

周副总监叮嘱道："咱们部门老总监眼看就要退休了。王副总监对总监的位置盯得很紧，你要多留心！"

秘书小秦连连点头，"是是是，我一定会多留心！"

"我侄子周邰今天去傅冬苓她们部门实习。你一会儿给傅冬苓去个电话，问问到没到。"

秘书小秦："我现在就去。"

傅冬苓办公桌上的电话响了。

她拿起听筒，"哪位？"

"傅姐，我是小秦。周副总监让我问问您，周邰有没有去您那儿报到。"

尽管是讲电话，傅冬苓还是条件反射般地展现出一脸媚笑，"周邰还没来。让周副总监放心，等周邰来了，我会好好安排的。"

"那就谢谢您了，傅姐！"

"小秦，你太客气了！让周副总监放心！"

行政部办公室，袁大头和蔼可亲地看着陶菁菁："这位女同志，你有什么要求尽管提出来。我们会按照规章制度严肃处理这件事情。"

看着就要被清退的周邰，陶菁菁心生怜悯，"要不……要不算了！来实习也不容易，算了吧！大家都是同志。"

袁大头一脸正气，"那可不行！我们行政部一直是按照台里的规定办事儿，绝不允许徇私枉法。"

"那我能走吗？今天还有一个重要采访，我们领导盯着呢！"

袁大头坐在椅子上寻思了片刻，"这样吧！我给你们领导打个电话，让她来领你走。"

这话给陶菁菁吓出一身冷汗。她清楚，这要是傅冬苓来了，非手撕了自己不可！

陶菁菁赶紧阻拦，"不用，不用，我自己能走。"

袁大头义正词严，"这是规定。"

袁大头拨通了傅冬苓的电话，陶菁菁心里一片凄凉。

袁大头："傅主编吗？我是行政部的小袁。"

傅冬苓："小袁，有什么事儿？"

"傅姐，你们部门有个叫陶菁菁的，现在在我这儿呢！"

"怎么，她违反台里规定了？"

"没有，没有。她是受害者。不过，按照规定，需要直接领导签字才行。"

傅冬苓推托地说道："这样啊！我一会儿有个会。要不，您给我们副主编郑天华去个电话，看看她有没有时间？"

袁大头满脸笑容，"行行行！您忙您的。"

袁大头又给郑天华去了电话。没几分钟，郑天华来到行政部的办公室，陶菁菁赶紧从椅子上起身。

袁大头殷勤地对郑天华说道："天华，真是不好意思。你这么忙，还得麻烦你来一趟。请坐，请坐。"

"既然知道麻烦我们领导，干吗非让我们领导来领人！死胖子，真他妈虚伪。"当然，这话是陶菁菁在心里骂的。

郑天华把目光投向周邰，"他是……"

"今天刚来的实习生。一会儿，我和人事部联系，这种不务正业的大学生该退就退了。"

郑天华没搭理袁大头，直接问周邰，"你叫什么名字？"

"周邰。"

郑天华笑道："这也太巧了！他是分到我们栏目部的实习生。"

"哟，你看，这真是巧。"

"这个我也带走吧！"郑天华说。

袁大头转向陶菁菁和周邰，"按照台里规定，我是要严格处理你们的。既然你们领导来了，这次就算了。"

郑天华感谢过袁大头之后，带着陶菁菁和周邰离开了行政部。

陶菁菁和周邰随着郑天华回到办公室。

傅冬苓迎面走了过来，"天华，你去哪儿了？部门主编室刚来过电话，让你把下星期的节目策划交了。"

"去接实习生。一会儿我就去主编室。"

听到"实习生"三个字，傅冬苓整张脸立刻妩媚起来，"你就是周邰？你好，你好！"

周邰一愣，"您好！"

傅冬苓转脸，命令陶菁菁："你去总务，给周邰领台电脑。"

总务处办公室里，陶菁菁将填好的单子递给一名男职员。

男职员仔细审核后，指着单子，"把申领者的名字填在这下面。"

"我是替别人领。"陶菁菁说。

"谁用电脑就填谁的名字。"

陶菁菁拿起笔，在申请表上填上"周邰"两个字。

职员再次拿过申请表，看了一眼，笑了，"这名字起得好！在电视界，就是如来佛祖的代名词啊！"

"新来的实习生。"陶菁菁不吝地说道。

"实习生？"男职员惊诧地问道，"让他自己来取电脑啊！你还伺候他？"

陶菁菁无奈地笑了笑，"没办法！花样美男，领导看着高兴，心里喜欢。"

"你们领导是女的吧？"男职员问道。

陶菁菁点点头。

"得，那你这样的小姑娘就得是干活的命了。"

写字台后，周副总监正审阅文件，突然有人敲门。

"进来！"

门开了，周邰走了进来，一屁股坐在办公桌对面的椅子上。

"二叔！"

周副总监摘下眼镜："你小子第一天上班，感觉如何啊？"

周邰跷起二郎腿，"还成！办公室装修得挺阔绰，就是人有点闷，一个个板着脸。"

周副总监笑了："在资本主义念过几天书，就不习惯社会主义的严肃性啦？"

"叔，我这不是报效祖国来了嘛！"

"好好干，别到处招摇你是周副总监的侄子，知道吗？别给我惹祸。"

周郆拍着胸脯，"叔，您放心。我明白，特殊时期，要格外谨慎。等您坐上总监的位置，我再为所欲为不迟。"

"你这小子，别到处胡说八道！"

周郆嬉笑，"我明白！"

周副总监满意地点点头，"我和你们两个主编都打过招呼了。工作上有什么要求，直接和她们说就行，做事情要低调。"

"知道！有人问，我就说学校推荐来的。"

"这还差不多！好好做事，别给我丢脸。"

"叔，这必须的！"

陶菁菁连拖再拽的好不容易把装有电脑的箱子弄出电梯，步履艰难地行进在通往办公室地走廊上。

陶菁菁擦了一把头上的大汗，嘴里嘀咕着："周郆，周郆，不就是名字起得好吗，有什么了不起的！一个男的长得跟花姑娘似的，还好意思大白天抛头露面！我要是你，我先去整整容，整出个爷们儿样儿！"

突然，一只男人的手拍在陶菁菁的肩膀上。陶菁菁猛一回头，身后站着的正是周郆。

"色狼，你别碰我！我可喊救命了！"

周郆转到陶菁菁面前，一把抱起电脑箱子的另一端，"我帮你！"

"你搞清楚好不好，是我帮你！色狼。"陶菁菁一把将电脑箱子推进周郆怀里，转头就走。

周郆抱着箱子在后面紧跟，"麻烦您点事儿，别给我改名成吗！我姓周，不姓色。"

陶菁菁头也不回，"色狼！"

"无缘无故被您打，又无缘无故被您冠了名。我不记得咱俩上辈有仇啊？"

陶菁菁猛地停住脚步，转过头，咬牙切齿，"地铁上，你竟敢摸……你竟然敢摸姐姐的屁股。告诉你，你要是再敢碰姐姐，姐姐就废了你，让你没资格做男人！最好见到姐姐就滚远点儿，明白吗？"

周邰紧走两步，来到陶菁菁耳朵根儿旁边。

陶菁菁吓一跳，"你要干什么？"

"我抱着箱子，我能干什么？我就是想说，"周邰压低声音，"摸您屁股的真不是我。"

"色狼！"

"真不是我，我发誓，向上帝发誓！"

陶菁菁冷笑，"上帝？中国不流行这个。"

周邰拦住陶菁菁，"我真没摸！真的！"

"你发誓！你发誓，你要是色狼，你就永远找不到工作，下辈子也找不到工作。"

周邰放下箱子，举起右手，"我发誓，我要是在地铁上摸过你……你屁股，我永远找不到工作。下辈子，下下辈子，下下下辈子，都没工作。"

周邰放下右手，诚恳地望着陶菁菁。

听到这样的重誓，陶菁菁也于心不忍，"别傻站在这儿，把箱子搬办公室去！"

回到办公室，陶菁菁一屁股坐在办公椅上，拿起桌上的水杯，一口气干了。这时，手机响起。

陶菁菁接起电话："你还记得给我打电话？……行了，行了，别甜言蜜语了。不吃这套……好吧，这次就原谅你……亲一个……有同事怎么了？男同事，女同事？没例外，赶紧！……这还差不多。Bye Bye！"

程晓弈走了过来，放下手里的带子，坐回工位上。

"菁菁，谁啊？看你幸福得一塌糊涂！"

陶菁菁羞涩地笑了，"男朋友！"

"青梅竹马呀！"

"他哪有那资格，大学的同班同学。"

"你男朋友在外地工作？"

"他们公司最近在南方开了个分公司，暂时派他去那儿工作一段时间。"

"什么时候吃喜糖啊？"

陶菁菁哀叹了一声，"没车没房，早着呢！"

"怎么，你还在观望啊？"程晓弈问道。

"不是我不同意，是他！他都没和他父母说过我俩的事儿。他说，他没车又没房，暂不通知他父母。他一个男的，没车没房，找了个我这样有上进心，又不嫌弃他的女人。他父母知道了应该是件高兴的事儿！怎么他还有顾虑了？"

"有两种可能。一种可能，他自卑，怕你父母嫌弃他；二呢，就是个托词，他就是不想和你结婚。"

陶菁菁一脸苦笑，"不能吧！他不是那种人。"

"希望是前一种。这世界，雄鸟儿多，什么样都有。碰了你，不负责任的有；不敢碰你，怕负责的也有！总之，贱男和怂男俯首皆是。"

突然，从傅冬苓的办公室里传出一阵咆哮。

"张丽娜！张丽娜！"

张丽娜慌慌张张、连蹦带跳地冲进傅冬苓的办公间。办公室里，其他人都在为没叫到自己的名字感到庆幸。

"傅姐，找我有事儿？"

傅冬苓怒目圆睁，"你自己说，我为什么找你？"

"我……我不知道。"张丽娜哆哆嗦嗦地回答。

"昨天让你送的改版计划送哪儿去了？"

"主……主编室！"

"你送到主编室了？"

"啊……送……送了！"

傅冬苓气得浑身上下直哆嗦，"张丽娜，你还学会撒谎了。主编室说从来就没收到咱们的改版计划。"

"我……送……送了！"

"那你的意思是我冤枉你了？觉得委屈是不是？要不要我给你赔个礼道个歉！要不，开个全体大会，我当着大家伙的面给你道歉？"

张丽娜吓得差点没趴地上，"昨天，我让陶菁菁把改版计划送到主编室了。陶菁菁，她……"

就在这时，办公桌上的电话响了。

傅冬苓瞪了张丽娜一眼，接起电话，"喂……好的，好的！我马上过去。"

放下电话，傅冬苓指着张丽娜的鼻子，"我有事儿要出去。你赶紧去找陶菁菁，改版计划千万不能落到郑天华手里。"

"我去！我去！我马上就去！"

"别到处张扬，听到没有？"

张丽娜连忙点头。

"等我回来再找你算账。"傅冬苓丢下一句狠话，走了。

第四章

不小心就被利用

张丽娜出了傅冬苓的办公室,气势汹汹直奔陶菁菁而去。

"你给我出来。"

"哦!"陶菁菁乖乖地跟在张丽娜身后。

两人来到楼顶的天台,张丽娜恶狠狠地盯着陶菁菁,"你把昨天的文件送哪儿去了?"

"送……送主编室了。"陶菁菁支支吾吾地回答。

"放屁!你送主编室,为什么主编室没收到?"

"不是……不是……我送的。"

"不是你送,是谁送的?"

"是……是……"陶菁菁一脑门子汗,"是……郑姐送的!"

张丽娜咬牙切齿地看着面前的陶菁菁。

傅冬苓走进老总监办公室。郑天华也在,这让傅冬苓心里很是不踏实。

"小傅,坐坐坐。"老总监笑眯眯地说道。

傅冬苓坐在郑天华旁边。

"小傅啊,你对你们部门节目改版有什么想法啊?"老总监问道。

傅冬苓看了一眼郑天华,"我的想法是把节目从周播改成日播。"

老总监笑了,"小郑和你的想法一样,你们俩真是心有灵犀一点通啊!不过,你们有没有想过,经费问题啊?我算了一下,你们目前的状况,不增添人手的话,日播会造成节目质量下降啊!"

老总监的目光从傅冬苓和郑天华脸上掠过,"台里要求我们改版,但我们经费有限。这种情况下,我给你提个建议。暂时改成周六和周日两档,二位觉得呢?"

傅冬苓又看了一眼郑天华,没先表态。

"您说得对!"郑天华说。

傅冬苓赶紧追上:"对对对,您说得对。"

看到傅冬苓回到办公室,张丽娜赶紧跟了进去。

"傅姐,我查了,陶菁菁把策划案给了郑天华。"

傅冬苓气得脸色铁青,一手拍在桌子上,咬牙切齿地说道:"我就知道,这事儿郑天华没安好心。陶菁菁,一个小小实习生竟敢挖我的墙角,还想转正?天下哪有这么便宜的买卖。"

"就是!傅姐,让她走人算了。"

"让她走人,那可是便宜郑天华了。"

"那我们……"

傅冬苓一阵冷笑,"我让他们窝里斗。你过来。"

晚上,周碧倩坐在沙发上,盯着手里的电脑。从门口传来一阵钥匙开门的声音,接着陶菁菁走了进来。

周碧倩:"又加班了?"

"为了美好的明天,不加不成啊!"陶菁菁边换鞋边说,"辛苦上半生,才能安定下半生。"

"昨天秘密文件的事儿,张丽娜今天给你用了灌辣椒水儿?还是钉竹签钉啊?"

"她没那设备,只能就近取材。本想用口水淹死我,可我已经修炼成金刚不坏之身。随意让她骂,我就是低头不说话。有吃的吗?饿死了,饿死了!"

周碧倩指了指着厨房,"给你留了面。"

周邰家的别墅。

周邰母亲端着水果盘来到儿子房间外,本想推门就进。想了想,还是抬手敲了敲门。

"请进!"从房间里传来周邰的声音。

周邰母亲笑眯眯地走进儿子的房间,"儿子!妈这次可是尊重你,敲门啦!"

周邰看着电脑,"您终于跨入文明社会了,恭喜!"

周邰母亲笑着把水果盘放在儿子面前，然后坐在床边。

"儿子，妈尊重你一次，是不是应该有所回报啊！"

"您老有话直说！"

"儿子，跟妈说说恋爱过程呗！自从嫁给你爸这个老东西，妈是再也找不回恋爱的感觉了！你给妈讲讲，也让妈回味回味年轻时的爱情。"

周邰转过身，看着自己的老妈，"我跟您说实话，我今天找到打我那姑娘了。我俩在一办公室，还坐对面。"

"姑娘长得怎么样？"

周邰掏出手机，递给姐姐，"我偷拍的。"

周邰母亲拿过手机，"呦，长得还真不错！看上人家姑娘了吧！"

"有个性，我就喜欢有个性的。"周邰回味无穷地说道。

"儿子，那你得抓紧啊！用不用动用你二叔的权势，尽快把这事儿给定了？"

"妈，又不是封建社会，绑家来就能成亲。"

"那倒是！不过，长成这样的姑娘，基本都有男朋友。儿子，别泄气。只要她没结婚，妈就帮你把她霸占过来。"

"妈，您都是什么精神境界啊！"

"真没出息！还没开战，你小子就缴枪了。只要没结婚，那就有人生自由。不怕不识货，就怕货比货。咱也不强求，咱就对她好，姑娘肯定会比较的。"

"这要是古代，您绝对是明教教主！"

"你小子什么意思？"

"邪教啊！"

"一看你小子就没好好读金庸先生的著作。谁创办的大明朝？邪教创办的大明朝，懂不懂！这事儿妈给你做参谋。不就是个小姑娘嘛，搞不定她，妈这大半辈子算白活！"

吃过周碧倩的爱心面条，陶菁菁一屁股坐在沙发上，抱起靠枕。

陶菁菁："又是偶像剧？高富帅不要身边的白富美，抛下亿万财产，非要死去活来和女屌丝私奔吧？灰姑娘的故事，咱们这年龄就甭看了，假！"

"奈丝，白天你还没现实够，晚上回来还要继续现实？就你这种生存方式，也太累了吧！现实太真、太残酷、太伤人！你就当这是精神毒品，麻醉一下自己受伤的人生。明早儿睁眼继续现实，继续受伤。"

"你先别麻醉了，陪我聊聊天！"

陶菁菁顺手把电脑合上。

周碧倩无奈地从沙发上坐起来,"行,我陪聊!一分钟多少钱?"

"这月电费,我贡献。"

"成,就这么定了。"周碧倩欢天喜地地憧憬道,"终于可以开灯睡觉了!体验一下挥霍浪费,又不用心疼钱的感觉,领悟一下奢侈的真谛。"

"你看你这点儿出息。哎,我们办公室来了个新实习生,你猜猜他叫个什么名字?"

"男的女的?"

"男的!"

"帅吗?"

"一个男的长得跟朵花儿似的,一点男人味儿都没有。"

"奈丝,你呀,就是个老冒。现在最受欢迎的就是花样美男,越开得像花,越招人喜欢。"

"话题跑偏,我让你猜他叫什么。"

"不会叫李敏镐吧?"

"李敏镐可比不了!人家叫'周台',台长级的。傅冬苓听了这名字都笑成一朵狗尾巴花了。谁说名字不重要?以后我有了娃,直接起名'×总'。一叫起来,王总、周总,或者侯总。不管什么总吧,反正是个受国人尊重的名儿。"

周碧倩起身,从冰箱里掏出一冰激凌,转身又回到沙发上,"怎么,想换人了?"

"换什么人?"陶菁菁莫名其妙地问道。

"你不是要给你娃起名字叫什么王总、周总、侯总吗,你男朋友可姓张!"

陶菁菁叹了口气,"别提他,提他我更火!毕业半年,张军碰我的次数屈指可数。"

陶菁菁伸出五指,在周碧倩面前晃过,"我说的屈指,是屈一只手的五根手指。从他每天只做五件事:上班、加班、出差、吃饭、睡觉。'碰我'简直成了他的负担。"

周碧倩不说话,舔着冰淇淋。

陶菁菁愁眉苦脸,"倩倩,你说张军是不是不爱我了?"

周碧倩一愣,"这……你得去问他!我哪儿知道?"

"不提他了!"陶菁菁灰心丧气地说道,"过几天,我得去改名。陶菁菁这名字听起来太小资,可不如周邰这俗名有震撼力。我也要改个又俗又震撼的名字,就叫——陶宝。"

"陶宝这名字够俗,够震撼。我也得换个名,就叫余额宝,再找个叫支付宝的老公,这辈子就完美了!"

陶菁菁唉声叹气,倒在周碧倩肩膀上。

周碧倩:"你还郁闷什么呀!你这千年的媳妇也算是熬成婆了。这小子以后就得在您的脚底板儿下求生存了!奈丝,你也算升级了。无聊了,拿这小子撒撒气。张丽娜怎么欺负你,你就加倍欺负他。人类历史就是弱肉强食。你呀,也别觉得不好意思,心慈面软是对自己的犯罪。"

周碧倩的一席话让陶菁菁茅塞顿开,"对呀!从张丽娜那儿学来的满清酷刑终于有了用武之地啦!明天我就给那花男浇盆热水,让他体验体验残酷的美丽!哎呀,想想,心情就美丽得不得了!"

豆大的雨点毫不客气,劈头盖脸地往下砸。从地铁钻口涌出的小白领们被砸得纷纷逃散,钻进形状各异的摩天大楼。

陶菁菁撑着伞,一路小跑,冲进办公大楼。正要进办公室,身后突然有人喊她的名字。

这声音让陶菁菁身体猛地一颤,她转过头,"早啊,丽娜姐!"

"跟我去咖啡厅吃早餐!"

"我……我吃过了,丽娜姐!"

"好,那你不用跟我去了。"张丽娜一拉脸,转身就走。

招惹君子,别招惹小人;招惹小人,别招惹毒妇。陶菁菁只好跟着张丽娜去了咖啡厅。

太阳出西边儿出来了,张丽娜竟然给陶菁菁买了杯咖啡。老虎突然学猫叫,把陶菁菁吓得够呛,心惊肉跳地坐在张丽娜对面儿。

"陶菁菁,你听说咱们节目改版的事儿了吗?"

"哦……听……听说了一点点。"陶菁菁支支吾吾地回答道。

"陶菁菁,你可真够可怜!摊上这事儿。"

陶菁菁的心脏差点没被吓成骨灰,心惊胆战地问道:"丽娜姐,我……我又摊上什么事儿了?我没得罪谁啊!"

"看你没出息的样儿。你没主动得罪谁,不过……"说到这儿,张丽娜停了,喝起了咖啡。

"不过"是个严重的转折词儿,好事儿肯定转成坏事儿。这半年来,为了能够转正,陶菁菁是提心吊胆,就是打个喷嚏都怕飞出的唾沫星惊扰了办公室里的哪位大神,怎么经受得住张丽娜这么吓唬。

"不过什么呀?丽娜姐。"陶菁菁哀求道。

张丽娜放下咖啡,不紧不慢地说道:"你虽然没得罪谁,不等于人家看你顺眼呀!转正的事儿,你就先别惦记着了。"

陶菁菁差点脑溢血,"丽娜姐,无论是最近,还是以往,我没招惹过谁啊?"

看到陶菁菁往自己设计的圈套里钻,张丽娜是无比的自豪。

"傅姐本想通过改版把你签成正式员工。可惜啊,有人就不想让这事儿成,你转正的事儿瞎了!"

陶菁菁有点儿晕,她想:傅冬苓改版,压根儿就没我什么事儿!怎么又成了要给我转正了?想到这儿,陶菁菁不由自主地说道:"啊?可我听说傅姐只想把节目改成日播,但没想招人啊!"

张丽娜一瞪眼。陶菁菁心里咯噔一下,知道自己又没管好自己的嘴。

"陶菁菁,你听谁造的谣?"张丽娜质问道。

陶菁菁低头,不敢作答。

"陶菁菁你也甭替她们披着藏着。"张丽娜一脸嚣张的气焰,"不就是程晓弈和郑天华嘛!"

陶菁菁苦笑。

"陶菁菁,你在家是不是排行老二啊?你都二到家了!相信郑天华她们,还不如相信你能给嫁给金秀贤得了。傅姐计划把节目改成日播,在领导面前先不提增加预算的事儿,是怕上级领导不批。等上级领导同意改版了,再提增加预算,招新人进来。到时候,领导不同意也不行。没人干活,改版失败,领导也跟着丢人!对不对?"

陶菁菁琢磨了琢磨,"是啊!有道理。"

"在郑天华和程晓弈不惜余力地作梗下,上级领导只同意把节目改成两档。大家工作量增加了,还不招新人,你也就别想转正。"

陶菁菁又有点儿晕,"那……她俩这么做,也没什么好处啊!"

"陶菁菁,你真傻,还是装傻啊?如果傅姐的建议被领导采纳,咱们部门不仅扩大,给我们的预算也会增加。领导表扬的是傅姐,员工也都会感激傅姐。你说,郑天华她们能愿意吗?肯定不愿意!"张丽娜的自问自答让谎言更加形象逼真,"她俩为了自己的利益,宁可牺牲大家的利益。你说缺德不缺德?"

谎话越没底线，就越逼真。

陶菁菁被蒙得一愣，"那……那是挺缺德的。"

"缺德事儿，她俩干多了。你是不知道！"张丽娜舌头是挂不上挡了，张嘴还想继续给郑天华和程晓弈玷污点其他事儿，可手机没给她机会——响了。

张丽娜接起电话："傅姐……好的，我马上来。"

对于傅冬苓的召唤，张丽娜是片刻都不敢耽误。她匆忙收起电话，扔下陶菁菁，匆忙返回办公室。

张丽娜得意扬扬地来到傅冬苓的办公室。

"傅姐，昨天您出的招儿，今天我都给陶菁菁用上了。"

傅冬苓心神不定地坐在办公桌后，"陶菁菁怎么说？"

"陶菁菁是个二丫头，听什么信什么。我估计，她把郑天华和程晓弈的骨头嚼三遍都不解恨。等她把这事儿往外一传，"张丽娜摇着头，"郑天华的名声绝对又烂又臭。"

傅冬苓情绪仍然不高，她用鼻子"嗯"了一声，"昨天来的实习生，你见了吗？"

"看见了！看那架势，不会又是哪家的皇亲国戚吧？"

傅冬苓沉着脸，"是咱们部门周副总监的亲侄子。你说，他进哪个部门不好，非要来咱们节目，真是麻烦！"

"傅姐，周副总监的侄子来咱们栏目部，不是好事儿吗？说明周副总监重视咱们部门呀！"

傅冬苓狠狠地瞪了一眼张丽娜，"好事？咱们部门总监很快就要退休，周副总监和王副总监都在竞争总监的位置。这个时候，周副总监把他侄子送到咱们部门。你把他的人伺候高兴了，王副总监怎么想？"

"那就别理他侄子。"

傅冬苓猛地从椅子上直起身，"不理？张丽娜，你跟了我这么多年，整天脑子里想什么呢！我不理他侄子？哪天他被扶了正，我就得从这个办公室搬出去。"

傅冬苓从办公桌后走了出来，紧锁眉头，踱过来，踱过去。突然，她停下脚步，"以后，你来负责周副总监的侄子。他有什么要求，你尽量满足他，千万别招惹他。"

张丽娜苦笑，"傅姐，王副总监要是知道了，那我不就惨了嘛！"

"王副总监不是你这个层面要考虑的问题。"

"傅姐，为……为什么啊？"

"为什么，为什么！你就会问为什么！部门哪个总监认识你是谁？如果周副总监PK掉王副总监，周副总监自然会感谢你对他侄子的关爱。你有他侄子这层关系，不就攀上周副总监的关系了，我也方便在他面前替你说话！如果王副总监成了咱们部门的总监，他也不认识你。有我，你怕什么！"

张丽娜品了品傅冬苓说的话，确实有点儿道理。她也就没再找托词，把伺候周副总监侄子的活儿接了。

上学的时候，有人带着你走；进了社会，双眼一蒙，自己摸着走。前面有雷区，要么为别人趟路，要么让别人为你趟路。你是领导，你选哪个？傅冬苓当然不会自己去趟路，她心里摆了两副棋。如果周副总监成功PK掉王副总监，周副总监自然会感谢她对他侄子的关爱。虽然是张丽娜的功劳，可这功劳肯定会落在她的头上。就像她对张丽娜所说，哪个总监会认识张丽娜这个级别的人呢？反过来，假如周副总监被PK掉，那也不怕。如果王副总监怪罪下来，她把张丽娜往上一交，向领导表示自己忠贞不渝的立场。

张丽娜编造谎言的功力可算了得，陶菁菁幼小的心灵被彻底蒙蔽了。回到办公室，一屁股坐在椅子上，咬牙切齿地。

陶菁菁这么轻易中招儿，也能理解。谁把别人的生路给断了，谁都遭人恨。可惜，陶菁菁恨错了人。唉，谁让这孩子单纯，好蒙呢！

周邰拿下耳塞，"陶师姐，您这脸色郁闷，心情很不阳光啊！"

"没一个好人！"陶菁菁嘴里嘟囔着。

"全社会都在为'正能量'雷鼓助威，到您这儿怎么就没好人了？要是没好人了，这'正能量'不就成瞎掰了吗？您这可是反社会现象。"

周邰本想说两句玩笑，哄陶菁菁乐乐，可适得其反。

"去去去，一边去！"

就在陶菁菁怒斥周邰的时候，郑天华正好从两人的工位前经过。

看到郑天华，周邰有礼貌地打招呼："郑姐，早！"

"早！你们俩聊什么呢？"郑天华微笑地说道。

"我正向陶师姐鼓吹正能量呢！"周邰回答。

看到周邰向郑天华献媚的样子，陶菁菁就一肚子火。不过，别说有火，就是有桶炸药，陶菁菁也得憋着。

"早,郑姐!"陶菁菁不情愿地说道。

郑天华笑了,"嗯,年轻人就该有正能量。"

说完,郑天华走回自己的办公间。

周邰:"郑姐虽说是领导,可每天对大家笑容满面,办公室的精神环境多健康,到处散发着正能量的飘香。"

陶菁菁一撇嘴,"正能量个头!你才来几天呀,她放个屁你还闻不出味儿来呢!郑天华这叫笑里藏刀。她心里只有自己,满脑子全是溜须拍马。"

周邰眨巴眨巴眼睛,"看来您对郑姐的阶级仇恨不浅啊!"

陶菁菁突然意识到又没管住自己的嘴,又吐露了心声,赶紧补充,"别胡说八道!去去去,沏杯茶去。"

她抄起茶杯,墩在周邰眼前,"赶紧去!"

周邰一笑,"您干吗不自己去?"

陶菁菁瞪起眼睛,"我是老员工,你是新来的,让你干吗你就干吗!这是办公室潜规则,懂吗?"

"陶师姐,你要潜我啊!有点儿突然,心理和生理上都没啥准备!怕您失望。要不我先锻炼锻炼!"

陶菁菁气愤,"你个小流氓,去死!"

周邰站起身,"陶师姐,您想喝什么茶?红茶、绿茶、岩茶、茉莉花茶,还是奶茶?"

"去茶水间,有什么茶倒什么茶!姐姐我今天的心情很是不美丽,让你干什么你就干什么。"

"陶师姐,有委屈,有冤情,向我倾诉。我给您鸣冤昭雪去。"周邰拍着胸脯。

"就你?我是没什么盼头了。你就别废话,赶紧把陶姐姐的茶端回来,熄熄心头上的火!"

郑天华正在整理办公桌上的杂物,程晓弈推门进来。

"天华姐,这周的节目策划案做完了。"

"晓弈,咱们组来了个实习生,叫周邰。"

"坐陶菁菁对面的那个小男孩儿吧?"

郑天华转过身,"他是咱们部门周副总监的侄子。"

"怪不得,傅冬苓对他比对亲爹还孝顺。天华姐,听说咱们部门老总监要退休了。周副总监和王副总监都在拼了命地竞争总监的座位。估计,有戏看了!"

"晓弈，这种事情不要乱说。"

"部门的人都在说这事儿。"程晓弈不以为然。

"他们说他们的，你听听就行，千万不要出去传。很多事情咱们不知道，所以不要去猜测。"

程晓弈点头，表示已经领悟了领导的用心。

"你和周邰保持正常的工作关系就行，别走得太深，不要有站队的嫌疑。要想不找麻烦，就别轻易站队。何况我们也不想站队，做好自己的本职工作最重要。对了，转记者的事儿，你别太着急。我记着呢！"

"谢谢，天华姐。"

"行，没别的事儿，你去工作吧！"

站队，有人把它当作职场晋升的法宝。跟对了人，选对了立场，自然一人升官，鸡犬升天。不过，也有人不喜欢站队，不想把自己卷入他人的战争，以免城门失火，殃及池鱼。在两个副总监的斗争当中，郑天华选择不站队、不传话、不表态、不想得罪谁，也不巴结谁，保持中立、把工作干好、不出差池、不授人以柄。

给陶菁菁沏完茶，周邰直奔他二叔办公室。

周副总监靠在办公椅上，"你小子待不住了？没事儿，多学习。主动找你们两个领导要任务，年轻人对待工作要积极。"

周邰在办公室里转来转去，这儿看看，那儿看看，"二叔，我们那个副主编郑天华，人好像不太好。"

周副总监收起笑容，脸色阴沉，"你听谁说的？"

"当然是听群众反映！二叔，以后我就是您的斯诺登，监听告密，向您反映社会现状。"

周邰找他二叔的目的只是想给陶菁菁出出气，没想到周副总一手拍在办公桌上，吓了他一跳。

"我告诉你小子，你是来这儿实习的，不是来当八卦记者的，这些事情给我少参与。你还年轻，看到的只是表面。人家说什么，你就传什么，最后倒霉的是你自己。"

周邰灰溜溜被赶出了他二叔的办公室。

走廊上，陶菁菁抱着箱打印纸，拖着沉重的脚步往办公室方向走去。周邰从电梯出来，看着不远处陶菁菁狼狈的背影，笑了。

加紧脚步，周邰来到陶菁菁面前，"陶师姐，辛苦辛苦！"

"笑什么笑，赶紧拿着。"

陶菁菁将整箱打印纸塞进周邰怀里，抹了把头上的汗，"你跑哪儿去了你？"

"我……我去洗手间了。"

"洗手间？这么长时间？我看你是偷懒了吧！下次，去洗手间之前必须申请。小的不能超过五分钟，大的不能超过十五分钟。"陶菁菁揉着腰，"差点累腰折咯。你还站在这儿干吗？赶紧动起来。**Move，Move，Move！**"

陶菁菁龇牙咧嘴地回到自己的工位。还没坐稳，张丽娜鬼一般飘到眼前，将一打稿子扔在陶菁菁的办公桌上。

"校对完之后，敲到电脑里。我下午要用！"说完，张丽娜转身，扬长而去。

中午十二点，人类都去吃饭了，只有陶菁菁这个靠吸收电脑辐射来获得能量的超人还在加班加点地为张丽娜干活儿。自从陶菁菁出现在这间办公室，张丽娜就把苦活儿、累活儿、种种杂七杂八人类不愿干的活儿，全抛给陶菁菁。

"张丽娜你这个隐藏在人民当中的帝国主义分子，肆无忌惮地榨取我的剩余价值。为了转正，我忍，我忍，我忍！"饥饿、烦躁、愤怒三条皮鞭不断抽打着陶菁菁的忍耐，手指下的键盘发出震耳欲聋的轰鸣声。

没一会儿，陶菁菁的忍耐便在键盘的轰鸣中轰然崩溃。

第五章

当心脚下有"火坑"

就在电脑即将面临惨不忍睹的摧残之前,周邰走进办公室。此刻,陶菁菁无法形容自己激动的心情。

"你!"

"我?"

"废什么话啊,赶紧过来。"

"陶师姐,一起吃饭去吧!"

"吃饭不急。小周子,你坐我这儿。"

"干吗?"

"让你坐,你就坐。"

周邰被陶菁菁强行按在办公椅子上。

陶菁菁指着桌子上的稿子,"这些我都校对完了,你把这些都敲到电脑里。一个字都不能敲错,听懂了吗?"

周邰点头。

"你开始敲吧!"

"陶师姐,您别站着,坐我边儿上,看我工作。男女搭配干活不累,有陶师姐在身边,我心里踏实,就不会敲错。"

陶菁菁敲着周邰的脑袋,"想什么呢,小子?什么时候了!姐姐我该去补充能量了!"

"我也没吃。"

"废寝忘食,这成语老师没教过你?现在是给你表现的机会,认真把工作做完，等领导回来，好好表扬你。"

"陶师姐，这都什么年代了！这样太不人性了吧！"

"你别不服。办公室就是个论资排辈的地方，姐姐我比你早来半年，就能压死你！记住，别打错字。要是打错一个字，实习这几个月你可就没好日子过了。"

陶菁菁拿起包儿，好不惭愧地走出办公室，完全一副张丽娜的范儿。

陶菁菁还是很有良心，吃过午饭，给周邰带了盒外卖回来。进了办公室，再找周邰，周邰踪影皆无。

"嘴上没毛儿，办事不牢！小周子，等你回来，满清酷刑给你上一百遍，绝不重样儿！"陶菁菁正嘟嘟囔囔地诅咒周邰，周邰溜溜达达地走进办公室。

"你跑哪儿去了？我让你走了吗？"陶菁菁横眉立目，"工作没完成，我告诉你，你可闯大祸了。"

"什么大祸？"周邰看上去似乎惊恐的模样。

"你把陶姐姐惹火了。"

周邰抬手看了看表，"您不是说，小的五分钟嘛！我这才四分半，应该算提前完成任务。"

陶菁菁又急又气，"你把稿子打完了吗你？"

"打完了！当然，打完了！"

陶菁菁赶紧坐在电脑前，盯着显示器，一字一句地检查。

"检查，必须仔细检查，找出错误，狠狠批这小子一顿，展示一下我的权威。"陶菁菁心里琢磨着一定找出个错儿，哪怕是个标点符号，也要发发威。没一会儿，她失望了，"见鬼了，这么多页竟没一个错字儿。真是活见鬼了！"

下午，一阵高跟鞋的响声在办公室里奏起，声音由远及近，张丽娜出现在陶菁菁面前。

"陶菁菁，稿子打完了吗？"张丽娜喊道。

陶菁菁："打完了，打完了。发您邮箱里了。"

张丽娜转身走了，陶菁菁擦了擦额角上的虚汗。

"陶师姐，用得着对她卑躬屈膝吗？对这种欺负人的人，必须要强硬对强硬，武功对武功，下次她就不敢了。"周邰在一旁煽风点火。

陶菁菁并不买周邰的账，"去去去，你懂个屁！记住，办公室里地位最低的是你，我比你高，张丽娜比我高。我怎么对她，你就得怎么对我。刚才那是示范给你看。你要敢强硬对强硬,武功对武功,我……"陶菁菁抬起拳头,"我就让你吃糠咽菜,折磨,明白吗?"

"那我对你百依百顺,对张丽娜强硬成吗?"周邰嬉笑说道。

陶菁菁果断回答:"不成!你不想在这儿混了你?老老实实的,别给我找麻烦。"

这个时候,陶菁菁还能关心周邰,这让周邰很感动,"陶师姐,你是个好人。你认可姐弟恋吗?"

"你小子脑袋里怎么每天想的都是男女之事呢!该干吗干吗去!姐姐没工夫逗你玩儿。"

"陶师姐,你应该找个机会来个农奴翻身把歌唱,灭灭张地主的嚣张气焰。"

"唉,暂时还没集结那么强悍的力量。我就把她当个屁,每天下班前把她放了,不要影响我的私人生活。"

周邰:"您这是阿Q精神,精神二锅头,自己醉自己,管用吗?"

陶菁菁恶叹,"当下,阿Q精神对咱们这些刚参加工作的童养媳来说可是救命良药,虽然苦点儿涩点儿,总能保住工作吧!工作,工作,用工作把自己埋了,达到精神窒息的状态。你就能把自己当一机器,除了干活什么都不想了,想多了会痛。这经验,我免费教你。"

"陶菁菁,陶菁菁!"办公室响起地主婆张丽娜的喊叫声。

陶菁菁赶紧奔跑着来到张丽娜面前,"丽娜姐,我有打错吗?打错了,我改!"

张丽娜确实想找几个错别字,骂陶菁菁几句,展示一下她的权威,可周邰没给张丽娜机会,半个错字都没有。

张丽娜用白眼球翻了陶菁菁一眼,"下午,你把上星期录的专题节目全部录到线上,主编室催着要呢!"

陶菁菁在心里竖起一根中指,"靠,又他妈推给我一活儿!你工资怎么不分我一半呢!"

"丽娜姐,明天下班之前,我一定做完。"陶菁菁说道。

"明早儿之前就得完成。"

陶菁菁一脸的不愿意,"全部录到线上要十几个小时呢!"

张丽娜瞪了陶菁菁一眼,"那你还不赶紧去?"

"我忍,我忍了!为了工作、为了饭碗、为了父母的期望、为了花出去的银子、为了亲朋好友的羡慕,我忍了,我全都忍了。"陶菁菁边往工位走,边开始用"正能量"来熄灭她心中的怒火。

回到工位，看到无所事事的周邰，陶菁菁心里是一片欢喜，"幸好，我再也不是办公室里的那块垫脚石啦！哇咔咔咔！"

"喂，会把节目上线吗？"

"什么是上线？"周邰目光中充满了求知的渴望。

"这么普及而且重要的技能，学校没教过你？"陶菁菁的脑袋左右不停地摇摆，似乎从内心深处为周邰感到终身遗憾，"你以后怎么从事新闻工作？唉，真是愁死人。"

说句实话，把录制好的节目放到线上，这么没有技术含量的工作，任何一所学校都不会教，否则就是误人子弟。事实虽是如此，可被陶菁菁这么一包装，周邰对这么一项无聊致死的工作来了精神。

"陶师姐，您百忙之中抽点时间教教我呗！"

"这个……"陶菁菁皱着眉头，看上去很为难的样子。

"陶师姐，我请你吃饭！"

陶菁菁装作勉为其难的样子，"好吧，还有点时间。跟我去机房，我教你。"

陶菁菁带着周邰行进在去机房的路上，想到今晚有人替她加班，陶菁菁对自己的崇拜如潮水般滚滚而来。

会议结束，各路主编、副主编从会议室鱼贯而出。傅冬苓手里拿着日记本，现身在会议室外的走廊上。

王副总监道的秘书陈建东从身后赶了过来："傅姐！傅姐！"

傅冬苓停住脚步，"建东，有事儿？"

"傅姐，我给您提供个选题，你看看能不能上？"

陈建东低头打开公文包，从包里掏出一份宣传册，递给傅冬苓。

傅冬苓接过宣传册，翻看了几页，"呦，商业画展！建东，这样的商业新闻台里有规定，不能上新闻节目。"

陈建东一惊，"是吗？这个我还真不清楚！王副总监的一个亲戚把这资料给我，我还没来得及看呢！这事儿我也没和王副总监说，就自作主张给您看了。不行就算了，没关系。"

傅冬苓把宣传册还给陈建东，两人并肩走在走廊上。

陈建东："咱们老总监要退休了。两个副总监上去一个，这就空出个副总监的职位。听说，有人提名郑天华。这事儿您听说了吗？"

傅冬苓眉头一紧,"这事儿我没听说啊!"

陈建东鬼祟地一笑,"现在,您不就听说了吗!对了,王副总监很欣赏您的工作能力。如果有机会,他还想提名您呢!"

傅冬苓停住脚步:"建东,你把画展的资料给我,我回去研究研究,看看能不能上。"

陈建东把手里的宣传册交给傅冬苓,"您回去看看,要是违反台里规定,那就算了,又不是什么大事儿!"

职场就是座大戏院,要么是看戏的,要么是导戏的,可千万别做唯一的演员,要演也得拉上几个一起演。回到办公室,傅冬苓盯着桌子上的画册,她想到了副总监的位置,也想到了郑天华的名字。

什么叫工作能力?工作能力就是把领导安排下来的,不好办的事情办妥了,而且不违反任何规章制度。但傅冬苓想的不只是工作能力这一层,她想要得更多。

傅冬苓拿起电话,"程晓弈,到我办公室,把节目策划带着。"

没一会儿,程晓弈推门进了傅冬苓的办公间。

傅冬苓端坐在办公桌后,冷冰冰地质问道:"没人教你要敲门吗?"

程晓弈板着脸,一百个不乐意。

傅冬苓继续问话:"节目策划做完了吗?"

节目策划一向归郑天华管,即使傅冬苓有问题也会直接去找郑天华。今天,她一反常态问程晓弈策划的事儿。这个非常举动拉响了程晓弈的防空警报,看来敌机要轰炸了。

程晓弈:"节目策划应该归天华姐审批。"

"程晓弈,你比狗还忠诚啊,到哪儿都护着自己的主子!你知不知道在这间办公室里谁才是你的主子?不想干了是不是!"

程晓弈拉着脸,不情愿地把手里的策划案交给傅冬苓。傅冬苓装模作样地随便翻了两页,然后将策划扔在桌子上。

她拿起画展的宣传册,扔给程晓弈,"把这个也加到策划案里,拿去给你的主子批,满意了吧!"傅冬苓说道。

程晓弈翻看完宣传册,说道:"台里有规定,凡是商业性活动不允许上新闻。"

傅冬苓恶狠狠吼道:"要不,你去找王副总监的秘书。告诉他,这条新闻上不了!"

程晓弈也不示弱,"您要说能上,那就上呗!我又没责任!"

"你哪只耳朵听到我让你上新闻了?我让你拿给郑天华去审批。"

程晓弈转身就走。

傅冬苓在身后说道:"告诉你主子,这是王副主任秘书送过来的,让她小心点儿审。"

从傅冬苓办公间出来,程晓弈便一头扎进郑天华的办公间。程晓弈把刚才发生在傅冬苓办公间的对话一字没落地讲给了天华。郑天华拿着画展的宣传册,靠在办公桌上,陷入沉思。

程晓弈说:"台里明令禁止不允许上商业新闻。傅冬苓这不是明摆着把热油往您身上泼嘛!不批,得罪王副总监。批了,被周副总监抓到,您非成替罪羊不可。"

"这事儿我好好想想。晓弈,你先回去工作吧!"郑天华说道。

傅冬苓埋在策划里的这枚地雷,郑天华看得一清二楚。和傅冬苓共事这么多年,郑天华已经习惯了这种表面一团和气,背后捅刀子,在斗争中前进的工作方式。这次,她决定去找傅冬苓,当面锣,对面鼓,把事情说清楚,这个责任要担,也得是傅冬苓自己去担,脏水别想往别人身上泼!

郑天华推门而进,傅冬苓装着没事儿似的问道:"天华,你找我有事?"

郑天华单刀直入:"晓弈说,画展这题材您同意播了?"

"我可没说过这话!策划一直是你负责,我只是让她拿去给你审批。能不能播,你决定,我可不想有人说我垂帘听政。"傅冬苓起身,看了看表,"这事儿归你管,我就不参与了,我马上有个会。"

道高一尺,魔高一丈。傅冬苓说完,拿起包,头也不回地走了。

下午四点,睡神光顾了办公室里陶菁菁的小隔断间。陶菁菁坐在办公椅上,手挂着下巴,上眼皮和下眼皮不停地往一块儿黏糊。

"陶菁菁!"

一声厉喝,陶菁菁猛然惊醒。张丽娜站在面前,横眉冷对地盯着她,就像盯着个出卖同志的叛徒。

"陶菁菁,我不是让你把节目录到线上吗?我看你睡得挺开心,梦里转正了是不是?"

"丽娜姐,新来的实习生在机房录着呢!"

张丽娜鄙夷地上下打量着陶菁菁,"哟哟哟!陶菁菁,你可以啊!学会使唤人啦!自己的活儿自己干,这儿可不是养大小姐的地儿!"

这话真让人愤怒！陶菁菁举起藏在心中的重拳，恶狠狠地击在张丽娜那张大面饼般的脸上。

"还不去！"张丽娜又吼。

怒潮在陶菁菁心中激荡澎湃，"张丽娜，你千万别落在我手上。你要是落在我手上，我每月给你开一万元，专门给我打扫厕所。打扫不干净，我也不扣你工资，我让你吃屎，吃一口本宫还赏你二百。你要想多赚钱，那就屎尿混着吃，一口我多给你加五十，给你凑整儿。她这种人，金钱比尊严更重要，宁可吃屎，也不会辞职的。"

想到这儿，陶菁菁心里不免难过。她觉得现在自己不也正是如此吗，为了工作，说白了就是为了钱，任张丽娜欺凌，也不愿辞职。

周邰正坐在电脑前，聚精会神地盯着屏幕，手里的鼠标不停地滑动，干劲十足。陶菁菁站到周邰背后，拍了拍他肩膀。

周邰转过身，"陶师姐！"

"去去去！回办公室玩儿去。"陶菁菁把刚才的怨气撒在了周邰头上。

周邰并不在意，微笑着说道："陶师姐，您歇着！这活儿没难度，我保质保量给您做完。"

陶菁菁拉着长脸，"歇什么歇！去去去，一边儿玩去。"

周邰被陶菁菁轰走了。

张丽娜端着杯咖啡站到周邰的工位前，咖啡杯被轻轻放在周邰面前。周邰抬头，莫名其妙地看着张丽娜。

张丽娜一脸假惺惺地微笑，"小周，工作很辛苦吧！"

"闲着没事儿干，是件挺辛苦的事儿。丽娜姐，给分点儿活呗！"

张丽娜："这儿没什么你能干的活儿啊！"

周邰摇了摇头，"看来，我就是一多余的。"

周邰这么一抱怨，张丽娜心里慌张起来。她觉得自己说的话确实不太好听，肯定是得罪了这位周副总监的侄子，刚才的咖啡算是白倒了。

张丽娜赶紧解释："小周，你误会了。我的意思是，你现在养精蓄锐，等有重要任务，我一定叫上你。"

就在这时，周邰的手机响了。

"不好意思，我接一电话。"周邰说道。

"你忙，你忙。"张丽娜知趣地走了。

周邰拿起手机，靠在座椅上，"妈，有事儿？"

"儿子，你说的那姑娘坐哪儿啊？我怎么没找着啊！"

周邰从椅子上站起身，四处张望，"妈，您在哪儿呢？"

走廊上，周邰的老妈正探头探脑往办公室里张望。周邰出了办公室，站在老妈面前，"妈，您是怎么进来的？"

"别不把你二叔当干部！"周邰的母亲边答，边继续往办公室里张望。

周邰无奈，"妈，您别看了，人不在。"

周邰母亲转过身，看着周邰："人呢？我今天特意来给我儿子把把关，让妈给你鉴定鉴定。"

"在楼下机房呢！"

周邰母亲立马拉着周邰，"走，带妈去机房。"

周邰实在不想带老妈去看陶菁菁，不知道老妈会干出什么惊天地泣鬼神的窘事。不过，周邰老妈的功力实在让人叹为观止。周邰给出的所有不见陶菁菁的托词全部被他老妈的太极推了回去。

母子两个停步在机房门口。

周邰母亲迫不及待地问道："哪儿？哪儿？给妈指指。"

"妈，你小点儿声！"周邰闹了个大红脸，指了指坐在角落里的陶菁菁。

"等等！"周邰的老妈从兜里掏出眼镜，卡在鼻梁上，认真仔细观察陶菁菁。周邰母亲点了点头，"嗯，人长得挺好，气质也不错，和当年你妈属一个类型。"

周邰："欣赏完了，走吧！马上下班了。"

周邰母亲看了看表："我等姑娘下班，你也在这儿等着。"

周邰吓一跳，"妈，您想干吗？"

周邰母亲斩钉截铁地回答道："我请你俩吃饭。"

周邰苦笑，"妈，您饶了我成吗？"

"儿子，在爱情上，男人脸皮得厚。弱肉强食，不管在非洲草原，还是在人类社会，通用。工作也好，爱情也好，敢抢才是王道！"

周邰再次无奈，"妈，她下不了班。"

"为什么？"

"加班！"

周邰母亲突然喜出望外，拍着周邰的肩膀，"儿子，机会呀！今晚留这儿陪姑娘！陪聊一宿，那比看十场电影管用多啦！"

下班，机房里的人渐渐少去。陶菁菁归心似箭，可不得不忍受职场的牢狱之灾——加班。就在陶菁菁心烦气躁之时，周邰手里拎着麦当劳的外卖，出现陶菁菁面前。

"陶姐，咱俩一人一份。"

看到面前的周邰，陶菁菁都想掉眼泪，办公室里还从来没人对她这么好过。不过，陶菁菁还是决定保持对周邰这傻小子的高压，以确保她在周邰心中至高无上的地位。

"弟弟，下次想讨好姐姐，打个电话先，问问姐姐想吃什么！麦当劳，你想毁了姐姐的身材是不是！"

"好吧，那我自己吃两份！"周邰没再谦让。

陶菁菁一把抢过他手里的麦当劳，"看你是新来的，姐姐给你次面子。"

郑天华离开办公室，准备回家。她边沉思，边低头走路，心里琢磨着画展的事儿。

"天华，才下班啊！"突然，有人和她打招呼。

郑天华猛一抬头，原来是姜副台长。

"姜台，您好！"

姜台微笑道："天华，走路还在想工作呢？"

"没有，就是有点儿累。"

"要注意休息啊！"

"您也要注意身体！"

郑天华和这位姜台的关系说远，绝对不远。郑天华刚来频道工作那会儿，姜台是频道的总监。郑天华能做到副主编的位置，除了能力，一定不能忽略当时这位时任总监的赏识和提拔。

姜台继续问道："天华，听说你们频道要空出个副总监的位置啊？"

"老总监要退休，估计要提拔上去一个吧！"

"你呀，对工作认真，在其他事情上就欠思考。"

"您的意思是……"

"我听说你和傅冬苓都在考虑范围内。你还年轻，好好干！"

判断自己在领导心目中什么地位，其中一个重要指标就是看领导透漏给自己什么样的内部消息。你在领导心里屁都不值,晚上团队聚餐你都是最后一个被通知。领导器重你,信任你,天塌下来,你都比别人提前一个月挖好洞,藏起来。

"姜台,谢谢您!"

"天华,回去好好休息,我先走了。"

望着姜台的背影,郑天华终于明白,傅冬苓这次费尽心思给自己挖火坑不仅仅是要推卸责任,更是为了副总监这个位置。

机房墙上的挂钟直指二十二点。有家的、有爱的、有泡的、有私生活的、有能力在外面找乐子的全都走了。陶菁菁是想回家,可回不去。看着身边玩手机的周邰,陶菁菁心里感叹:"哎,一定是被本宫的美貌吸引住了,舍不得走!没办法,窈窕淑女君子好逑嘛!"

自恋之后,陶菁菁问:"你怎么还不回家?"

"必须陪师姐到曙光降临的那一刻。"

这话让陶菁菁美得心里起泡泡:看来这傻小子真是被我的貌美如花吸引了!不然干吗又送粮食,又送水,还主动陪本宫加班。本宫自知不是倾国倾城,不过倾倒个栏目组还是有自信的。可惜本宫已经是有主儿的女人啦,不然还是可以泡泡这傻小子,还蛮帅的。

想完这些,陶菁菁又问周邰:"你是不是特别喜欢加班啊?"

周邰挑了挑眉毛:"目前没反感。"

陶菁菁从椅子上站起身,"来来来,你坐这儿。"

周邰:"干吗?"

"让你坐你就坐。"

周邰糊里糊涂地被按在陶菁菁的座位上,然后陶菁菁收拾好自己的包。

周邰:"陶师姐,你走啊?"

"我看你这么喜欢加班,剩下的光荣任务就交给你了。革命尚未成功,任务依然艰巨,你可别偷懒。明天早上,我来检查工作。"

陶菁菁抬腿就走,周邰拉住陶菁菁的胳膊。

"干吗?干吗?我跟你说,这可是组织考验你的时候,你可别露怯。"说完,陶菁菁扬长而去。

虽然已经是晚上十点,地铁里人还跟下饺子似的。挤了两站地,电话响了,是陶菁菁那个工作在外地的男朋友。

陶菁菁接起电话："张军，你什么时候回来……啊！！！你回来了？怎么不早告诉我……有大客户！那好吧！回家见……你没在家？在哪儿？KTV……我不去，累！要是有人给我腾地儿，我就趴着回去……为什么必须去……你的客户怎么啦……好吧，好吧，我现在过去。"

尽管累，尽管不想去，可陶菁菁没办法，她这个在电视台的工作是她男友招揽客户的一张名片。为了男友能多赚点钱，陶菁菁只能自己受累！

KTV 包间里有烟、有酒、有笑、有唱，比国庆节的天安门广场还热闹。

"我给各位介绍一下。这是我老婆，陶菁菁，在电视台工作，主编！"

最后一句话让唱歌的都放下麦克，朝陶菁菁泛起微笑。看！社会地位和体面的工作有着密不可分的关系，这就是为什么许许多多的男男女女挖空了心思非要往上爬不可。地位越高，得到的表面尊重也就越多。

给大家介绍完之后，按惯例张军把陶菁菁带到 KTV 包厢里社会地位最高的客户面前，单独介绍。

"菁菁，这是张总！张总的公司可是全国五百强啊！"

眼前这位张总长着个西瓜般的脑袋、青蛙般的身体、色狼一样的眼睛、火腿肠般的嘴唇，一看就是改革春风吹起来的暴发户。

"您好，张总。"

张暴发户像接见外宾一样，伸出他的右手，陶菁菁也不得不伸出手。然后……陶菁菁能感到张暴发户手里那股让人恶心的体温。

"陶小姐，这么年轻就是能在电视台做主编，了不起啊！"

"新闻媒体，我都熟。经常和总监们吃饭，都是朋友。有事儿，您找我。上个新闻，做个专访，肯定没问题。"

大家别误会，吹牛的人不是陶菁菁，是张军。现在陶菁菁根本没心情吹牛，她最关心的是，这暴发户什么时候能放开她的手。张暴发户根本没理张军，继续握着陶菁菁的手，"陶小姐，你的皮肤好白啊！在我们南方也很难找出像你这样皮肤白嫩的女孩儿。"

"真他妈搞不懂，KTV 里这么暗的灯光，他能看出我的肤色？"陶菁菁心里骂道。

张暴发户两只发情的蟾蜍眼开始在陶菁菁身上扫上来扫下去。陶菁菁真想立刻变成非洲女人。她心里火，但也不好发作！男友还得靠她这张电视台的名片和白嫩的双手和人家签合同。

第六章

见招拆招

花天酒地一直到深夜一点。毫无意外,张军喝得像头死猪,倒在床上,一动不动。

早上,陶菁菁从床上爬起来,张军已经不见了踪影。陶菁菁已经习惯了这种生活,该上厕所上厕所,该吃早餐吃早餐,该准备上班准备上班,就像昨晚男友从来没回来过。

周碧倩今早是格外的安静。平时这个时间,她早就在客厅里窜来蹦去地急着找钥匙,或者钱包,或者公交卡,反正每天她都会有点什么东西不翼而飞。

敲敲周碧倩的房门,陶菁菁高声呐喊:"还不起床,迟到了!"

"我今天不去公司!"隔着门板,周碧倩的叫喊声直刺陶菁菁的耳膜。

"你病了?"

"没有,下午去见个客户,我直接去客户那儿。"

"那我走了!"

"Bye Bye!"

清晨,阳光就把空气加热得雾气昭昭。下到一楼,陶菁菁就一头大汗。想到还要挤地铁,她全身上下每个毛孔不由自主地往外大把大把地挤水。

陶菁菁正集中精力往车上挤呢,电话里响起了微信通知。她没工夫看,赶紧挤上地铁,不迟到才是重点。一鼓作气,她占据最后一块儿可以落下双脚的位置。

掏出手机,原来刚才是张军发来的微信:"在机场,回苏州。"

陶菁菁回:"嗯。"

张军又问:"上地铁了?"

"上了。"

"手机没忘带吧?"

"废话。忘带,还能给你回微信吗?"

"该带的都带好。"

"放心,都带着呢!"

"到哪儿了?"

"到单位还早着呢!"

"钱包带了吗?工卡没忘家里吧?没带工卡,你可进不去你们单位。"

"带了,带了,都带了。不和你说了,挤死我了!"

天哪,这男人要是啰唆起来,让人想跳车。

张军将手机被放回床头柜上,一只手将周碧倩搂在怀里。

周碧倩的手指在张军的嘴唇上划过,娇嗔道:"你这么对陶菁菁,就不怕雷劈?"

张军:"你都不怕,我怕啥?"

周碧倩:"还想蒙骗她多久?"

张军:"她在电视台工作,对咱俩都有好处。"

周碧倩:"现在的男人是不是都把'利'字挂在眼皮子底下,感情滚一边儿去?"

张军的手在周碧倩的胳膊上滑动,"胡说!"

周碧倩:"你能骗陶菁菁,也就能骗我!"

张军举起右手,"我发誓,我绝对不会骗你的!"

"发誓?"周碧倩笑了,"这东西现在可不值钱!不过呢,我不是陶菁菁。你要是敢骗我,我就亲手让你穿越回清朝。到宫里做太监,你都不用检验,直接合格!"

欺骗其实在你知道被欺骗之前就已经开始了。爱情最受伤的部分不是分手的那一刻,而是在你知道被欺骗那一刻之前被欺骗的那部分。那个时候,你依然像头兢兢业业的奶牛,一如往日、毫不保留地将爱从身体里挤出,一口口喂给他。而他不仅喝你的奶,还和她一起嘲笑你的傻。换谁谁都受伤,除非你真傻。

陶菁菁的一只脚刚迈进办公室,就听见一阵阵鼾声。办公椅上,周部睡得不省人事。陶菁菁刚要去推周邰，傅冬苓鬼一样悄然无息地出现在她面前。

"周邰怎么了？"傅冬苓问道。

"啊？昨晚，昨晚他加班来着。"

陶菁菁的大脑还没来得及反应，嘴就不由自足地往外吐字。面临死亡，小便失禁，估计就这情况，身体根本不受中枢神经控制。

傅冬苓眉头紧锁："加什么班？"

"把上星期的节目上线。"

"张丽娜不是早就上完了吗？"

傅冬苓的每句话就像锋利的刀子架在脖子上，随时有往下按的可能。回答错误，血溅当场。

"昨天下午，丽娜姐让上的。"

傅冬苓脸色阴沉，"张丽娜呢？"

"丽娜姐还没来。"

"她来了，让她去我办公室！"傅冬苓声音压得很低，语调里的怒气却足以轰倒一面城墙。要是傅冬苓早生几年，修环路，拆城墙，足可以发挥她的作用。

傅冬苓刚一转身，程晓弈便冲陶菁菁竖起根大拇指。

看着傅冬苓进了办公间，陶菁菁忍不住内心的好奇，"晓弈姐，什么意思？"

"表扬你干得好啊！"

"我没干什么啊？"

程晓弈笑了笑，没回答。这就好比说"你猜"，让人心里难受得很。这时，郑天华走进办公室，招呼程晓弈进了办公间。

郑天华放下手里的包，"画展的事儿，你让张丽娜去。告诉她这是王副总监秘书的活儿，傅冬苓批准，分给她的。"

"张丽娜能去吗？"

"你先就这么说，我估计傅冬苓放下来任务，她能去。"

"就怕她去问傅冬苓。"程晓弈担心。

郑天华也皱起了眉头，寻思了片刻之后，"她去问也好！采访总要分给记者做，即使把这个画展分给张丽娜，也是正常。傅冬苓不好说什么。"

张丽娜迈着飘逸的步伐上班来了。

陶菁菁壮着胆子，"丽娜姐。"

张丽娜用鼻子"嗯"了一声。

"丽娜姐，傅姐找你。"

"找我？"张丽娜这会儿可不敢再用鼻子嗯了，"傅姐找我干吗？"

在自我保护的条件反射下，陶菁菁不由自主地回答道："不知道！"

张丽娜瞪了陶菁菁一眼，没再说什么，慌慌张张地进了傅冬苓的办公间。

傅冬苓面色铁青，整张脸往下拉着，办公间里充斥着一股拉出午门、斩立决的杀气。

张丽娜战战兢兢地问道："傅姐，您找我？"

傅冬苓将手里的笔"啪"地往桌子上一拍，吼道："你脑子烧坏了是不是？"

在陶菁菁面前，张丽娜是只高傲、凶狠、耀武扬威、肆无忌惮的藏獒。到了傅冬苓这儿，张丽娜摇身一变，成了只被主人一脚踢到墙角的吉娃娃，连毛都没能力竖起来。

张丽娜同志哆哆嗦嗦没敢问。

傅冬苓指着张丽娜的鼻子，"上星期的节目你不是说早就上线了吗？你给我解释解释，为什么周副总监的侄子昨天干了一晚上？张丽娜，你想干什么？把我说的话当放屁了是不是？"

"我……我没让他干呀！"

"我没工夫儿听你解释，给我滚出去！"

张丽娜转身刚要走，又被傅冬苓叫住，"你一会儿送周副总监的侄子回家。"傅冬苓又寻思了片刻，"还是我亲自去吧！"

尾随傅冬苓，张丽娜灰溜溜地出了办公间。她那恶毒的目光第一时间就寻上了陶菁菁，就像陶菁菁强奸了她男朋友，还抢走陪伴了她多年的宠物猫。

傅冬苓来到周邰桌子前，轻声唤道："小周……小周……"

周邰揉了揉眼睛。

傅冬苓的语调温柔得就像心疼亲生儿子，"昨晚加班了吧？回家休息吧，今天不用上班。"

"没事儿。"周邰回道。

傅冬苓又问，"你家住哪儿？"

"西三环。"

"正好我要去西边办事儿，捎你一段。"

傅冬苓把周邰带走了，剩下恶狠狠瞪着陶菁菁的张丽娜。

"陶菁菁！"

听到张丽娜充满阶级仇恨的声音，陶菁菁五脏六腑都跟着颤抖。

"丽娜姐！"

"你把上星期的节目重新上一遍。"

"已经……已经上完了！"

张丽娜丧心病狂地吼叫道："你没长耳朵？我让你重新上一遍。"

就在这时，程晓弈突然站了出来，"张丽娜。"

张丽娜不耐烦地回答道："干吗？"

"有个画展的采访，王副总监秘书派的活，傅姐让分给你做。"

张丽娜脸上立刻绽放出对未来充满无限希望的光芒，这可是个立功赎罪、千载难逢的好机会。

谎言随处可见，这是个不得不让人痛心的事实。不过，不是所有谎言都是用来伤害的。比如说，傅冬苓去西三环办事儿，压根就是说谎。在这个谎言中，没有人受伤，双方都得利。周部可以舒舒服服地回家，傅冬苓也获得了她想要的东西。

将周部送回家，返回办公室的傅冬苓立刻去找周副总监。

"小傅，找我有事儿？"周副总监问。

"周总，向您汇报一下周部最近的工作情况。"

周副总监立刻警觉起来，"这小子闯祸了？"

"没有，没有！小周工作特别认真。没有小周，我们整个星期的节目今天就入不了数据库，我们就得受批评。"

周副总监立刻笑容满面，"这小子还有这本事？"

"小周昨天主动要求加班，熬了一晚上。我刚把他送回家。"

周副总监目光中透着满意，也不知道是为了周部的努力工作，还是傅冬苓亲自送他侄子回家。

"小傅啊，我把这小子交给你啦！你得好好带我培养培养他。"

"一定，一定！"

老奸巨猾、老谋深算、滴水不漏，仨词儿全贴在傅冬苓身上都不为过。傅冬苓就像从未来穿越回来的女巫，解决了一件将来可能会给自己带来麻烦的问题。

傅冬苓得意扬扬往办公室走，迎面撞来脚步匆匆的张丽娜。

"干吗慌慌张张的？"傅冬苓问。

"联系采访。"

"什么采访？"

"您不是让我做画展吗？"

"画展？什么画展？"

张丽娜从包里掏出宣传册，递给傅冬苓。

傅冬苓的脸色立刻铁青，"谁让你去的？"

张丽娜支支吾吾地回道："程晓弈说是您让去的！"

"你……你去……你去把程晓弈叫来！"傅冬苓气得说话都哆嗦了。

张丽娜不敢耽误，一溜烟跑去找程晓弈。

办公间里，傅冬苓冷面坐在办公桌后的椅子上，张丽娜怒目站在一旁，气氛如同国民党军统特务的审讯室。

程晓弈站在傅冬苓面前，"有事儿？"

从傅冬苓的鼻孔里窜出两道火光，"是你说，我让张丽娜去这个画展的？"

程晓弈理直气壮，"这活儿不是您给的吗？"

"我是让你加在这周的节目策划里，拿去给郑天华批。"

程晓弈站在原地岿然不动，"天华姐说这画展不需要加策划里。反正是您同意了，作为临时增加的选题让张丽娜去做就行。"

傅冬苓大怒，"谁说我同意了？"

程晓弈："你要是不同意，那就不去呗！"

傅冬苓的脸由青变紫，肌肉不断地抽搐，大喝一声："你出去！你给我出去！"

程晓弈扭身就走，一丁点留恋都没有。

看着程晓弈离开办公室，张丽娜问道："傅姐，咱们到底去不去啊？"

显然，张丽娜问的不是时候。傅冬苓死盯着她，鼻孔里喷着粗气，胸口一鼓一瘪一鼓一瘪，嗓子眼儿里发出呼噜呼噜的声音，如同被激怒的眼镜蛇。

"张丽娜，你做了这么多年记者，每天想什么呢？台里明文规定，这种商业新闻不能做，你不知道？要是让周副总监知道这是王副总监秘书给的活儿，你我就都别想干了。张丽娜呀，张丽娜！你脑子冻住了是不是！"

"我……我知道台里有规定。可是……程晓弈说，是您让做的。"

"放屁，我什么时候让你做了！"

"程晓弈说的。"

"她说我让你去上吊,你死不死?你不知道她是郑天华的人吗?"

"那……那就不去采了?"

"王副总监秘书放下来的活儿,是你说不去就不去的吗?你还能再愚蠢点儿吗?"

傅冬苓怒了,确实怒了。虽然怒在张丽娜身上,根儿却是郑天华。这条新闻不写在策划里,台里追究下来,就和郑天华没关系了。不仅搞不掉郑天华,火还得烧到自己身上。

张丽娜的眼泪在眼眶里转啊转啊,她委屈!本想讨好上司,结果被骂个狗血喷头。不过,她不恨傅冬苓,她恨的是程晓弈。

傅冬苓收了收火气,"行了,你先去联系采访吧!采访的时候把周郜带上。新闻报尾,把他名字也加上。还有,画可以上镜,人也可以上镜,但采访只能谈中国美术的发展方向,一个字也不要涉及这次画展,最好在采访两个书法协会的人。"

"王副总监的活儿让周副总监的侄子去?让周副总监知道,麻烦不是更大嘛!"

"让你去,你就去,其他的用不着你操心!"

陶菁菁拿着带子,正要按张丽娜的指示把上星期的节目重新上线,却被程晓弈拦腰劫下。

"菁菁,你帮我把这条新闻的片尾改一下。怎么改都在带盒上写着呢。谢谢你啊!"程晓弈的语气出奇的温柔。

温柔是温柔,但温柔也能一刀把人捅死。程晓弈明明知道张丽娜让陶菁菁重新把节目上线,还要陶菁菁给她改片尾,这不是为难陶菁菁吗?要是完不成张丽娜的任务,陶菁菁可是难逃张丽娜这一劫。

"晓弈姐,我得去把上星期的节目弄到线上。不然,丽娜姐……"

程晓弈脸上透出一阵得意的笑容,"你不用管她!你去改片尾。她要是找你麻烦,让她来找我。"

在这间办公室被压迫了大半年,还从来没人这么替陶菁菁说过话,撑过腰。

陶菁菁心里是欢天喜地,一种农奴翻身把歌唱的感觉油然而生。

革命高潮很快退去,留在滩上的是陶菁菁的诚惶诚恐,"程晓弈为我撑腰并不重要,重要的是张丽娜会不会发飙。要是她发飙,在傅冬苓面前一定不会讲我的好话,那我转正的事儿想都不要想了。还有,程晓弈嘴上说为我撑腰,一旦张丽娜发飙,她会不会为我站出来?"

陶菁菁忧心忡忡地走到电梯口，猛然撞到了一脸青筋的张丽娜。见到张丽娜的一瞬间，陶菁菁的感觉竟然是喜出望外。

"丽娜姐，节目还上线吗？"

陶菁菁主动，不为别的，就想找个机会告诉张丽娜，程晓弈让她去改片子，她也没办法。

"上个屁！"张丽娜看都没看陶菁菁，仰着头，与陶菁菁擦肩而过。

她这么无视陶菁菁的存在，陶菁菁体内却充满了喜悦和快乐，甚至是一种幸福。看来，能被张丽娜忽略是陶菁菁人生最幸福的一件事儿。陶菁菁拔腿冲向楼下的机房，踏踏实实地给程晓弈改片子去咯。

机房和大学考试前的自习室差不多，去晚了根本没位置，还有人摆了杯水占座。

"你拿水杯占座，姐姐用屁股占座，爱咋咋地！"陶菁菁一屁股坐下。

过了一个小时，麻烦来了。一个大美妞，胸前摇着两只篮球站到陶菁菁面前。"大篮球"怒目盯着陶菁菁，就像陶菁菁霸占了她家五平方米的洗手间，"喂，你没看见这机器有人用吗？"

"脸美、胸大，到我这儿不起作用，誓死捍卫领土主权！"陶菁菁没搭理"大篮球"。

"赶紧起来，这机器我早就用了！"

"这机器我也早用了。"

"大篮球"指着桌子上的水杯，"看见这杯子没，早上我就在这儿了！"

陶菁菁指着桌子上昨天被她用笔戳的几条疤痕，"昨天我就在这儿了！"

"赶紧起来，别不要脸！"

"就不要脸了，怎么着吧？"

"大篮球"脸憋得通红，"坐坐坐，坐死你！有本事你就立个牌位。"

陶菁菁不吵、不闹，也不生气，更不看"大篮球"一眼。不是怕她，是陶菁菁要专心改晓弈姐的片子，这才是她的正事儿。

陶菁菁感觉今天的地铁速度比平时快好几倍，这完全属于心情产生的错觉！哼着小曲儿，陶菁菁进了门。周碧倩正躺在沙发上，看时尚杂志。

"捡银子啦？靠上高富帅了？"周碧倩问。

"今天没被欺负呗！你的客户搞定没？"

"什么客户？"

"早上，你不是说去见客户吗？"

"哦……对……谈得差不多了！"周碧倩从沙发上一跃而起，"奈丝，咱们出去吃吧！"

"昨晚张军请客户唱 K，把我这月生活费都捐了。"

"他回来了？"

"一大早又走了。"

"我请你！"

看来，周碧倩是把客户搞定了，有钱赚了。

陶菁菁随着周碧倩来到商场吃喝一层。祖国经济一片大好，炒菜店、火锅店、烧烤店、西餐店，店店门前排长龙。人们边吃边喷，边喷边吃，景象壮观。"舌尖上的中国"这标题明显起得小气了，改成"口水淹没的中国"更波澜壮阔些。

等位的时候，旁边坐着俩姐妹儿，年龄和陶菁菁差不错。陶菁菁无意听她俩讲话，可两人说话声太大，估计是广播学院毕业的。

"看场电影七八十，抢劫啊！"一姐妹儿抱怨道。

另一个随声附和："就是！真他妈坑爹！现在什么都涨价，就是工资不涨，还让不让人活啦！"

"可不是嘛！去年我就没涨工资，房租钱还是我妈给我掏的。"说完，姑娘低头翻了会儿手机，突然大叫，"哎呀！"

陶菁菁被惊叫吓了一跳，刚才还想上厕所，一紧张，给憋回去了。

姑娘接着叫道："下周有大片！"

"好啊，好啊！下周末正好不上班。"

陶菁菁被这俩姑娘搞郁闷了！刚儿还骂人家坑她们的爹，现在又要主动把自己的爹拿出去让人坑，什么心态啊！

就在这时，周碧倩突然高喊："贱！"

周碧倩的答案给得够精准，这俩姑娘确实有点儿贱。

"一对儿贱货！"周碧倩接着骂道。

人家愿意贱就贱呗，也不用这么激动啊！这不是找打架嘛！俩姑娘直往陶菁菁和周碧倩这儿瞪眼，气氛有点紧张了。

"真他妈是绝代双贱！"周碧倩的声音比美发店的大喇叭还响。

俩姑娘对陶菁菁和周碧倩已经是怒目而视了。

周碧倩毫不畏惧地从椅子上蹿起来,"我靠,还他妈想动手!奈丝,赶紧起来,帅哥都被欺负了。"

怎么还出来个帅哥?陶菁菁被周碧倩的话给搞蒙了。顺着周碧倩的目光往前捋,一个六十多岁凶巴巴的老太太伙同一个三十多岁的泼妇正围攻一位二十多岁的帅哥。

这种情况陶菁菁必须见义勇为,和周碧倩并肩抗敌,绝不能让帅哥受辱。周碧倩的目的也许是因为那是个帅哥,而陶菁菁是出于团伙心态。原因很简单,那帅哥是给陶菁菁干活的。作为他的老大,陶菁菁有义务保护她的手下的安全。陶菁菁和周碧倩冲上前去,将帅哥挡在身后,直面两名悍妇,做老大的感觉油然而生。

周碧倩冲着那老的先开火了,"你还要不要脸了?年纪大就可以满世界不要脸是吗?白活了,知不知道'廉耻'俩字儿怎么写?越老越混蛋,越老越他妈不是东西……"

说实话,陶菁菁觉得周碧倩话说得过了,毕竟那是个长辈。真不知道那老太太做了什么,让周碧倩这么咬牙切齿。

周碧倩将自己的来势汹汹一气呵成。开始还挺管用,吓得一老一少一愣一愣的。很快,那年轻女人有了反应,而且很激烈,奔着周碧倩的头发伸出魔爪。

是非曲直留着以后再辨吧!团伙心态再次在陶菁菁心中赢得了统治地位,伸出一拳,正中靶心,那年轻泼妇捂着左眼踉跄向后退了两步。

这是陶菁菁自娘胎里爬出以来,第一次对人挥拳。陶菁菁用"惊诧"两字来纪念她人生中的这个第一次。周碧倩吃惊地瞪着陶菁菁,身后的帅哥也被陶菁菁的动作大片整得傻了眼。

对面的一老一少再没敢轻举妄动,估计是在衡量敌我实力。老太太对泼妇耳语了两句,两人便转头撤了。围观的人群也败兴散了,有几个刚来的还抱怨没看到高潮部分。

"我给你们介绍一下。"陶菁菁对周碧倩说道。

"你俩认识?"周碧倩的嗓门比刚才吵架时还高出三个分贝。

"周邹,我们栏目部新来的实习生。她叫……"还没等陶菁菁说完,周碧倩再次惊叫,"哟,人长得帅,名字也够有气魄的!"

"真给我丢人,至于嘛,像是从来没见过男人似的。"基于这种情况,陶菁菁只能临时换词儿,"她叫周碧倩,我室友。"陶菁菁本来没想说室友,想说的是好友，可是实在觉得有些丢脸！

"你一人儿跑这儿来干吗？还和俩女的打架，没出息！"

"陶菁菁，你怎么说话呢？"周碧倩冲上来当好人，"这事儿能怪帅哥吗？他给那老太太让座。谁知道那老不要脸的竟然把座儿给了那小不要脸的，她还真好意思往下坐！"

周碧倩这两句话为陶菁菁刚才那一拳扫平了道德路上的障碍，不然陶菁菁会内疚很长一段时间。

"帅哥，刚才是美女救英雄。现在，英雄是不是该请美女吃饭啊？"周碧倩还真不客气。

"英雄？周碧倩，你比郭德纲还郭德纲。"陶菁菁当然要在小弟面前表现出不懈的样子，以保持自己在他思想中至高无上的地位。

周邰很爽快："你们点，我请！"

陶菁菁瞥了他一眼，"请什么请？你又不赚钱。"

"喂，奈丝！你是他媳妇儿，还是他妈呀？"

周邰嘿嘿傻笑，"奈丝？"

"闭嘴！这是你叫的嘛！"陶菁菁立刻将周邰拉近距离的行为扼杀在摇篮里。

周邰继续，"走吧，我请！刚卖了血，绝对请得起。"

周碧倩激动得闭不上嘴："这辈子还没喝过帅哥的血呢！赶紧走着。"

周碧倩这顿胡吃海塞，一点儿没委屈着自己。酒足饭饱之后，陶菁菁提议AA。周邰不同意，说陶菁菁为他出了那一拳，他一定要请。陶菁菁当然不同意，那一拳不是为他，是为了周碧倩。周碧倩不同意陶菁菁那一拳为了她。周邰同意周碧倩，觉得陶菁菁就是为了他。周碧倩同意周邰，陶菁菁肯定不是为了她。

最后，服务员出了个主意，先让周邰把账付了。然后，再讨论怎么分账。最后，还是周邰把账给结了。

和周邰分别的时候，周碧倩将恋恋不舍演绎得淋漓尽致，还约周邰周末去酒吧玩。周邰问陶菁菁去不去，周碧倩回答去。周邰欣然同意。

回家路上，有件事儿陶菁菁必须和周碧倩解释清楚。

"我那一拳真是为你出的！"

"为谁不重要！重要的是，有人请吃饭。"

"我可不想欠他人情。"

"他觉得他欠你人情。"

"可我不是为了他。"

"你傻呀！白捡个人情，你还不偷着乐。"

"可事实是，我不是为了他。"

"可事实是，他死心塌地地认为你是为了他。帅哥绝对对你有意思。"

"那你得把张军勾搭跑了，好给我腾出空间放帅哥！"

周碧倩一点没客气，"为了你的幸福，就这么定了！"

中午，下起了大雨。食堂一下子爆满，吃饭的队伍看起来像万里长城，一眼看不到尾。陶菁菁和程晓弈好不容易找了个空座位。

陶菁菁毕恭毕敬地说道："晓弈姐，你先去买饭，我给你占座。"

程晓弈走了，陶菁菁视死如归地坚守座位。几拨人冲过来，欲抢夺饭位，结果在陶菁菁的顽强抵抗下，败下阵去。

程晓弈端着餐盘回来，"菁菁，你去吧！我给你看着。"

"谢了，晓弈姐。"

陶菁菁和程晓弈买饭的顺序看上去都很随意。其实质内容，可不像看上去那么简单。幻想一下，陶菁菁要是先去买饭，那就等于在饭桌上，陶菁菁先动筷子。领导不动筷子，下属就开始胡吃海塞，往轻里说，陶菁菁是没礼貌，无教养；往重里说，她完全没把领导放在眼里。如果她爸、她妈，或者她家里的某位亲属是她领导的领导，陶菁菁尽可在饭桌上发挥你追求自我的天性。可目前，这条件不成立。

陶菁菁回来，桌上除了程晓弈，还多了栏目部的摄像老单。

碰到前辈，陶菁菁得谦逊谦卑地打招呼："单哥！"

老单朝陶菁菁笑了笑，表示他已经注意到陶菁菁了。然后，接着吃盘里的菜。

"老单，听说张丽娜下午有个采访，找你去了？"程晓弈边吃边问。

"嗯！还要带实习生去。"

天上掉馅饼的感觉在陶菁菁心里油然而生。一高兴，嘴上就没把门的，陶菁菁不由自主地说道："没人通知我下午有采访啊！"

老单瞥了陶菁菁一眼，"没说带你，是新来的那个实习生。"

"来了半年，我也没轮到一次出去采访的机会。凭什么周邰一来，就安排他去采访！"这两句话陶菁菁心里说的，但程晓弈似乎听见了一样。

"幸亏没去，不去就对了！"程晓弈故意敞开嗓门对陶菁菁说这话。

这话溜进老单的耳朵里之后，刺激了老单的某条神经，他的眼神立刻从百无聊赖变成了风声鹤唳。

老单放下筷子，"晓弈，周碧倩要去什么画展啊？"

摄像的工资和他们每天干多少活有关，多干多拿，少干少拿。所以，和工资没关的事儿，他们从来不打听。记者找他们，他们就跟着去，采什么他们不关心，只要有钱拿就行。可老单对下午的采访显得非常有兴趣，盯着程晓弈，饭都不吃了。

程晓弈故意把满脸涂上一层厚厚的茫然，"我不知道啊！"

老单连忙追问："所有的采访不都在策划里写着吗？"

程晓弈撇着嘴，"策划里下午可没她这个采访。"

不仅老单，陶菁菁也好奇了，问："策划里没有采访，那张丽娜干吗去呀？"

"谁知道她哪儿弄来的采访？"程晓弈不屑地回答道。

老单立刻起身，"有点事儿，我先走了！"

看着老单的背影，陶菁菁问程晓弈："晓弈姐，单哥饭还没吃完怎么走了？"

"老狐狸！"看陶菁菁盯着她，程晓弈赶紧把话题岔开，"菁菁，昨天片尾你改得不错！"

陶菁菁彻底晕了。

程晓弈几句话给老单搞得心里没底。在办公室里混了几十年，无缘无故被推坑儿里的事儿老单见多了，他就怕这命运哪天轮到自己头上。老单急匆匆离开食堂，直奔郑天华的办公间。他必须打探清楚张丽娜这个采访到底怎么回事儿，心里才能踏实。

老单敲了两下门，郑天华的声音从玻璃办公间里传出来，"请进！"

老单推门而入，笑呵呵地说道："天华，还没吃饭去？"

"吃过了。坐坐坐，我给你倒杯水去。"

老单赶紧拦下郑天华，"不用麻烦，不用麻烦。下午丽娜有个采访，想让我跟她去。我就是想问问，你这儿有没有别的安排？"

郑天华一愣，"丽娜下午有采访？"

"是个画展，她没和你说？"

郑天华呈现出惊讶状，"张丽娜没和我说呀！"

说郑天华说谎吧，也不是。张丽娜确实没通知郑天华采访时间。但郑天华确实知道这次采访的事儿。中国的语言艺术真是博大精神！

"对了,老单!"郑天华拿起桌子上的文件,递给老单,"台里刚刚发的文件,再三强调不允许干私活,一经发现,严格按台里规定处理。这是文件。你是摄像组的头,回去传达一下,别惹出没有必要的麻烦!"

老单在台里混了二十多年,鼻子比狗还灵敏。他嗅得出来,张丽娜下午干的是私活,不然郑天华不能不知道。不过,干私活这种事儿,领导一般都是睁一只眼闭一只眼,只要不犯原则错误,都惊不起波澜。再说,张丽娜也不是第一次干私活,郑天华心里肯定清楚。可为什么这次郑天华要强调台里禁止干私活呢?老单嗅不出来。

郑天华接着说道:"老单,听说你最近身体不好。"

"年纪大了,这摄像机啊越来越沉了。"

"要注意身体,没必要的采访就不要去了,闹出病来可就不好了。"

老单眨巴眨巴眼睛,"那是,那是!天华,没事儿,我就走了。"

"好!一定要注意身体啊!"

"一定,一定。那我先出去了。"

下午,办公室的人都在打蔫儿。突然,办公室的门被猛地推开,张丽娜慌慌张张闯了进来,直奔陶菁菁。

"陶菁菁!老单呢?"

"我又不是你养的牧羊犬,专门替你圈着老单,和我喊什么!"陶菁菁心里不服。不舒服归不舒服,表面还要尊敬,惹不起嘛!

陶菁菁:"中午,单哥还在。要不给他打个电话?"

"这还用你说。打电话能找到他,我还问你?"张丽娜咬牙切齿,"马上要去采访,这个老单死那儿去了?"

程晓弈坐在椅子上,幸灾乐祸地看着张丽娜,"丽娜姐,老单请病假,走人了。您这采访没了摄像,哎哟,也不成啊!不过,领导交给您的任务,再怎么千辛万苦,您也得想办法完成不是!"

张丽娜瞪了一眼程晓弈,冲出办公室。看来她现在真是没心情和时间与程晓弈斗嘴。

大人物有大阴招,小人物有小阴招。足够聪明,你见招拆招;不够聪明,你只能挨招。老单确实是个拆招高手,闻点味儿,跑了。真是保全了自己,围困了他人。不过也没办法,也只有这样才能让自己不掉进别人的坑儿里。

第七章

随时随地听命

程晓弈心情极好,请陶菁菁去咖啡厅连吃带喝。

想起张丽娜憋不住尿的着急样儿,陶菁菁心里就快活。她扬眉吐气地问道:"晓弈姐,老单临时撤火,张丽娜的采访这下去不成了吧?"

"她肯定到楼下娱乐部去借摄像,她和男摄像关系都好着呢!"程晓弈鄙视地一笑。

"晓弈姐,老单中午吃饭的时候还好好的,怎么突然就病魔缠身了?"

"这采访谁去谁倒霉。老单这条老泥鳅,闻着点儿味儿就跑了。"

"晓弈姐,什么味儿啊?"

程晓诡异地一笑,没再往下说。

陶菁菁不是那种可以举一反三的聪明,但也绝没单纯到非要等人家把答案翻出来给她看,才会明白的地步。她看得出来,程晓弈心情好,绝对不只是因为张丽娜猴急般地找摄像。今天下午的采访一定是个能让张丽娜栽跟头的活儿,而程晓弈一定等着看后面的戏呢!

好奇心逼着陶菁菁不得不继续问下去,"晓弈姐,到底怎么回事儿?你说说呗,也让我庆祝庆祝!"

"台里有严格规定,商业新闻一律不能播。"

"那张丽娜还敢去?"

程晓弈把声音压低,"王副总监秘书派下来的活儿,和王副总监总会有关系,张丽娜她敢不去嘛!王副总监和周副总监,两人为竞聘总监的职位你瞧着我、我瞧着你。这新闻要是被周副总监活捉,可就不是小题大做了,那可就是大题猛做了。"

陶菁菁心里咯噔一下，不是为了张丽娜，是为了周邰。

"周邰这傻小子怎么办？雄心壮志来到电视台，没两天就无缘无故被拐进了火坑！张丽娜你自己想上吊，还得拉着一个，缺不缺德啊你！"想到周邰即将要面对的厄运，陶菁菁心中不由地燃起对自己命运的叹息，"我和这傻小子又有什么区别呢！今天被推进坑里的是他，明天也许就是我。"思绪到这儿，陶菁菁有点小伤感，"不行，在这傻小子踩雷前，必须把他拯救出来！"

借口去洗手间，陶菁菁跑出咖啡厅，找了个没人注意的地儿，赶紧给周邰打电话。

"陶姐，我采访呢！"接到陶菁菁的电话，周邰还挺兴奋。

"方便讲话吗？"淘菁菁说话就像个小毛贼。

"陶姐，您的电话必须方便。"

陶菁菁的意思是张丽娜在不在他附近，显然这小子没能理解。陶菁菁不得不冒风险直接问，"张丽娜在你边儿上吧？"

"您找丽娜姐？等等，我去喊她。"

这傻小子实在让陶菁菁生气，陶菁菁赶紧叫住他："喊什么喊，我找你！"

"有事儿，陶姐？"

"你赶紧回来！"

"回哪儿？"

"回台里！"

"采访完，我就回去。"

"马上回来。你……你就说你病了，感冒、发烧、拉肚子，随便找个理由。"

"有必要吗？"

"让你回来，你就回来！"

"陶姐，这活儿一完，我就回去。等我啊！我给您发张帅哥的照片，想我就看看照片！陶姐，我得赶紧走了。丽娜姐叫我呢！"

周邰把陶菁菁电话给挂了。没几秒钟，他还真给陶菁菁发来张照片。

"做妈的义务我都尽了，事到如此只能听天由命。希望这次老天长眼，别在多个蒙冤入狱的。不过，有件事儿必须和傻小子强调。"想到这些，陶菁菁又微信周邰，"别和张丽娜说我给你打过电话。"

等了半天，周邰也没回。陶菁菁心里又开始忐忑不安，她是担心周邰单纯，嘴上没挡，把她刚才的电话当笑话跟张丽娜说了。到时候，张丽娜非来一盘儿手撕陶菁菁不可。

到了下班时节,陶菁菁也没等来周郜的消息。她又不敢再给周郜打电话,心情很惆怅。陶菁菁恨自己没记性,充什么雷锋啊!搞不好,这一次又要深陷凌辱。

伴随一系列的胡思乱想,陶菁菁走出办公大楼。一抬眼,她看到路边正在东张西望的程晓弈。

陶菁菁上前打招呼:"晓弈姐,你还没走?"

"等我表哥。"

程晓弈能留在台里,就是因为这个表哥的关系。所以嘛,对陶菁菁这个做梦都想转正的实习生来说,十分好奇程晓弈这个无所不能的表哥到底长个什么呼风唤雨的样子!

可能是陶菁菁迟迟不肯挪动脚步,探头探脑的样子引起了程晓弈的警觉。

程晓弈问:"陶菁菁,你也等人?"

"哦,没,我没等人。"

"那你先走吧!"程晓弈开始赶人了。

"哦,我先走了。晓弈姐,明天见!"

八卦心里真是不要脸的最强后盾。嘴上都说走了,可陶菁菁这脚就是不肯挪动。苍天有眼啊!就在这时,一辆黑色大奔雄赳赳气昂昂地跨过三条车道,稳稳停在陶菁菁和程晓弈面前。

"怪不得程晓弈能留在台里,人家有个大款的表哥。"陶菁菁心想。

"我先走了!"程晓弈说道。

"Bye Bye!"

程晓弈和大奔离陶菁菁而去。很遗憾,那个大款表哥的脸蛋儿陶菁菁一眼都没瞟到。

程晓弈系好安全带,"哥,今天请我哪儿吃去?"

"牛排怎么样?"

"好啊!挑个我吃不起的地儿啊!"

"你个大记者还有吃不起的地儿?"

"什么大记者啊!我现在就是个小策划。你和天华姐说我想转记者的事儿了吗?"

"说了,她说一有机会就给你转。"

"不创造机会,哪会有机会啊?哥,这事儿你得帮我催。现在不摧,谁还主动帮你办事儿啊!你都混到总裁的位置上了,这事儿还用我教你呀!反正,你不骚扰天华姐,我就骚扰你。"

"小丫头片子,别猴急!我答应你的事情一定给你办了。你今天找我不是说有情况汇报嘛!"

"放心,你这顿牛排不会白请的。透露给你一个重要情报,天华姐正和傅冬苓竞争副总监的位置呢!"

"什么副总监?"

"听说我们频道有个副总监的位置要空出来。"

"这可是利好消息。"

"要是天华姐能成副总监,距离程晓弈程主编横空出世也就指日可待了。不过,有傅冬苓到处挖坑儿,我担心天华姐哪天看不清掉下去,我这个副驾驶也得车毁人亡。"

"所以,你得帮天华盯着点儿。你就是第三只眼,妖魔鬼怪逃不过你的金睛。"

"哥,你别忽悠了,我又不是猴哥。这事儿得靠你。"

"我?我又不是你们台领导。"

"精神上,招数上,必要的时候,金钱上支持!你得帮天华姐支支着儿,她毕竟是个女人,没你们男人坏。"

"男人怎么就被你归到坏人堆儿里去了?"

"这个你别管!你要管的就是协助我当上主编,前提是天华姐必须升职,有权势提拔我。这就是你当下最重要,最紧迫,时时刻刻牢记的任务。"

大奔停在一家高级西餐馆门前。

一个年轻人跑上前,恭恭敬敬地给开了车门。两人进了大厅,女领班热情地上前,"吴总,你的位置已经安排好了。"

这个吴总就是吴全立,郑天华的同学,程晓弈的表哥。

陶菁菁挤进地铁站,抢着往车厢里钻,抢着霸占一个落脚的地儿,抢着推开人群冲下车,抢着刷卡出站。终于不用抢了,她擦把额头上的汗,衣服裤子湿了个透,浑身上下带着股浓重的人堆儿味儿。

挤完地铁,回到住处冲个痛快澡,真是久"汗"逢甘露啊!澡冲了一半,悲剧了——陶菁菁现真想一口咬死周碧倩。

"周碧倩!"陶菁菁声嘶力竭。

"干吗?"

"水卡充值了吗?"

"呀,我忘了!"

"我全身都是肥皂泡,怎么办?"

"那怎么办?"

"我问你呢!"

"我现在去充值。"

"物业早就下班了。"

"那怎么办?"

"你进来!"

"干吗?"

"我也涂你一身。"

周碧倩还真进来了,手里拿着陶菁菁的手机,"奈丝,有人找你。"

陶菁菁接起电话,"喂!"

"陶菁菁!"祸不单行,这话真有道理,电话里吼陶菁菁名字的人是张丽娜,"陶菁菁,赶紧给我回办公室。"

"丽娜姐,我现在……"

电话断了。

"周碧倩,怎么办?地主婆张让我去办公室。"

"啊?几点了都!这不是剥削嘛!"

陶菁菁:"要是剥削就好了,估计我是让新来的实习生给卖了。善心不能随便发。"

周碧倩无奈地看着陶菁菁,"你又做好人不得好报的事儿了吧?我告诉你多少遍了,助人为乐那是想当年的事儿。"

"先别说这个。我这满身泡泡怎么办?"

"冷静!冷静!让我想想。"突然,周碧倩跑出浴室。

"你干吗去?"

"求雨!"

陶菁菁全身裹着泡沫,老老实实在浴室里等着,不知道周碧倩会有什么创意。没一会儿,客厅里传来一阵敲门声。周碧倩和一男的说话声隐隐约约掉进了陶菁菁的耳膜上,不过分辨不出两人说什么。

又过了一会儿,周碧倩在客厅里兴奋地高声喊道:"奈丝,赶紧出来,扛活儿!"

裹着浴巾,陶菁菁来到客厅。

周碧倩得意扬扬地站在七八桶桶装纯净水前,"行了,**Problem solved**!"

"还没用过这么高级的洗澡水呢!倩倩,你脑袋里装的是什么 **CPU** 啊?拿出来给国家做做贡献,美帝的高科技一夜之间都让他们成古董。我太崇拜你了。"

"拍马屁的话,以后慢慢说。赶紧,把你的小身板冲干净,回公司卖身去。你省点儿用,一会儿我也泡个澡,今晚来个纯净水浸泡玉体,享受一下金钱带来的奢侈!还有明早儿用的水也得省出来。"

清理完身上残余的肥皂泡,陶菁菁风一般冲出家门。为了不迟到,更是为了给张丽娜嘴上留德的机会,陶菁菁奢侈地挥手叫停了一辆出租车。挥手的那一瞬间,陶菁菁是痛并快乐着。快乐,是因为一挥手就有人服务。痛,则是因为陶菁菁要为这服务付出金钱的代价,可从毕业到现在她一个大子儿都没赚到。

上了车,司机问:"您去哪儿?"

陶菁菁把地址告诉了司机。司机顺口说了一条路线,可陶菁菁觉得有点儿绕。司机一副很不耐烦的样子,叽叽歪歪叨咕了五六条路线,然后说:"我不知道哪条近,你说怎么走咱们就怎么走。"

陶菁菁只知道公交地铁线,不知道打车该怎么走。只不过,她凭着惯性思维,绝对不能听司机的建议,他建议的肯定绕。无奈,陶菁菁随意选了一条,车子便上路了。

夜空下,城市开始点燃起五颜六色的灯光。马路上,汽车一辆挨着一辆,动弹不得,堵得陶菁菁焦头烂额,心慌意乱,"这样下去肯定是要迟到的,祖宗百代又要遭张丽娜的侮辱了。为什么这个城市总是让人堵呢?"

"师傅,靠边停吧!"

师傅二话没说把车靠在路边。陶菁菁付了钱,下了车,直奔最近的地铁站。虽然地铁人挤人,挤得一身臭汗,至少它不堵啊!为了不给张丽娜有骂自己的机会,为了给自己留点儿尊严,陶菁菁只能让肉体忍受折磨了。

陶菁菁一口气跑出地铁站,直奔办公室。

"不管张丽娜怎么严刑拷打,必须一个字儿都不能说,以免言多必失。唉,又得经历一场腥风血雨，精神损失惨重。无所谓了，只要不让我走人，希望就在前方。"一路上，陶菁菁不断加固自己脆弱的神经。

陶菁菁冲进台大门，闯进办公室。里面漆黑一片，半个人影都没有。尽管上气不接下气，但陶菁菁一定要做一件事，就是大骂张丽娜。不骂，陶菁菁非得抑郁症不可！

还有一件事儿，陶菁菁也得必须做，这事儿也和张丽娜有关。喝了口水，她拨通了张丽娜的电话，把语气重新调到尊敬模式，"丽娜姐，您在哪儿？"

"你到了？"张丽娜问。

"到了好一会儿了！"

陶菁菁知道她没说事实，可现在社会就流行这个。

"我马上就到。"

从张丽娜说她马上就到的那一刻起，一直到她出现在，足足过去一个多小时。和张丽娜一起进来的还有周邰。这小子还冲陶菁菁挤了挤眼儿，挑一挑眉毛。

"小流氓！懒得搭理他，就当他是空气。"陶菁菁瞥了一眼周邰。

张丽娜把一盒带子扔在桌上，理所应当地对陶菁菁说道："今晚必须把这条新闻赶出来，明天要上。对了，报尾的时候把小周的名字也加进去。这新闻有他一半功劳。"

陶菁菁把带子从桌子上捡起来，心想："毒妇！出了问题，周邰做替罪羊才是你的目的吧！"

张丽娜矫揉造作地对周邰说："小周，我开车送你回去吧！"

"晕菜，骨头都给我听酥了，晚上回家必须补钙。"陶菁菁心里嘲笑道，"不过，也能理解。快三十的人了也没个男朋友，见到这么年轻的帅哥，生理上很难把持得住。"

"谢了，丽娜姐！几个哥们儿一会儿过来接我，晚上有活动。"

"那我就先走了，有事儿给我打电话。"

"好。"

临走前，张丽娜再次叮嘱："陶菁菁，这条新闻的主旨是中国书画的未来发展方向。做跑题了，你可要负责任！"

"怪不得，张丽娜急三火四找我来加班，原来是计划好了要把责任推给我。真够恶毒的！"

尽管陶菁菁对张丽娜的诡计心知肚明，可她也只有服从的份儿。看着张丽娜扬长而去，陶菁菁不得不赠给她一根纤细的中指。

办公室里只剩下陶菁菁和周邰。陶菁菁心烦,也没什么和周邰好说的,转身去楼下的机房。周邰就像根儿尾巴,拖在陶菁菁屁股后面,也进了机房。

"陶师姐,你坐这儿。靠窗户,空气新鲜,对皮肤好。"

这小子马屁拍得还算是时候,本宫心情小有愉悦。陶菁菁心头暗喜,问道:"你不是有活动吗?还不走?"

周邰又开始朝陶菁菁挤眼睛。

"小周子,你眼睛里是不是起痱子了?"

周邰笑嘻嘻地说道:"我骗张丽娜呢!"

陶菁菁心情立刻大好!她最讨厌的人被骗,她的手下骗了她最讨厌的人,两件事儿都可喜可贺!

但陶菁菁还是装出一副为人师表假惺惺的样子,批评周邰,"丽娜姐好心送你回家,你怎么还骗人家?小周子,这可就是你的不对了。"

"我想和陶姐学习编片子嘛!"

"你个大老爷们儿,说话别嗲声嗲气地成吗?爷们儿就是爷们儿!告诉你啊,我可不是搞慈善的。"

周邰从书包里掏出两块巧克力,"进口巧克力,市值百元!去年买的,一直没舍得吃。"

"你想害死我呀!"

"嘿嘿,陶姐!我刚买的,专门用来拜师学艺。"

陶菁菁夺过周邰的巧克力,"这还差不多!我问你,你和张丽娜怎么才来?害我等了半天。"

"吃饭来着!"

"那她着什么急,让我赶紧过来?"

"她有病呗!"

"这小子是不是马屁班培训出来的啊,话都说到我心坎里去了。"陶菁菁心里这个舒服,她问周邰,"小周子,你是不是当张丽娜的面儿也说我有病啊?"

周邰一脸的冤枉,"哪能!最讨厌她专横跋扈。这活儿本来是她的,凭什么非让您做啊?"

"尽管这小子嘴上抹了蜜糖,不过我还没摸透他到底是什么路数。也许是个小密探,所以暂时还不能向他表露我的真实态度。"想到这儿,陶菁菁说道,"又没让你做,你急个什么劲儿啊?"

"谁的工作谁做，现在可是人民当家做主的时代！"

"警告你啊！在媒体工作，莫要当愤青。"

"为什么？"

"现在你的任务是学好怎么编片子。以后留在台里，这就是你每天要做的工作。乱七八糟与你没关的事儿少发表意见。特别是敏感问题，你刚出校门，还什么都不懂呢！"

批评完周邰，陶菁菁心里又痛快又美丽：人说女孩子身上或多或少都会有母性的光辉，我不得不承认这是个事实啊！

"行，我以后紧跟陶师姐的步伐。"

陶菁菁似乎想起来了什么，她问："喂，我给你打电话的事儿，你没和张丽娜说吧？"

周邰嬉笑，"咱俩之间的秘密怎么能让别人知道呢？"

"没正经，你怎么这么没正经。男人不能没正经，知道吗？"

这片子做得陶菁菁是胆战心惊，就怕一不小心越过商业新闻这条红线，到时候自己和周邰都要受牵连。除了担心之外，也是有开心的一面。那就是，陶菁菁可以高高在上指挥周邰干活，让他怎么做他就得怎么做。做错了，陶菁菁还能狠狠批评他，他还不能还嘴。原来，让人快乐的根源是心理阴暗面得到充分的满足！

估计，很多正气凛然的人士不承认这个事实。其实，想论证这个问题很简单。用脚趾头想想，你欺负人的时候一定比被人欺负时快乐，这就是例证。你可千万别说你这辈子没欺负过别人，那可就是谎话了。

周邰看了看表，"陶师姐，我去打个电话。"

"去吧！去吧！"陶菁菁俨然把自己当成了个小头目，话里话外透着领导阶级对下属的俯视感。

周邰来到走廊，站到窗口"妈，我加班呢，晚点儿回去。"

"儿子，不是无缘无故加班吧？"

"工作没完，当然要加班了。"

"妈不是说这个意思。陶姑娘也在加班吧？"

"啊，是啊！"

"儿子，就这么干！女人的心是需要感动的。"

周邰无奈，"妈，您这话让我怎么感觉目的性这么强呢？"

"目的性越强，动力才越足啊！"

"得，我先不和您侃了，我得回去工作了。"

"别忘了晚上送陶姑娘回家！"

"我知道了！"

周邰老妈挂上电话。

周邰的父亲问道："对你儿子的感情生活，你还挺积极。"

周邰的母亲叹了口气，"太早谈恋爱吧，父母担心。这从不谈恋爱的，父母也担心。周邰二十几岁了，第一次对异性感兴趣，我怕他没经验。"

"你就不怕你的经验过时了？"

"你呀，就是一木头脑袋。无论什么时代，女人想法都差不多，这个过时不了。"

"你开一爱情顾问公司，我入一股。"

片子做到报尾部分，在良心的召唤下，陶菁菁决定提醒周邰，"你的名字非要加在新闻报尾里吗？"

"加啊！军功章也有我的一半，干吗不加？"

"要是有什么问题，责任也有你一半。别说我没提醒你！"

"陶姐，这片子是你编的，你也把你名字加上？"

"我可没你那么虚荣。"

做完片子，陶菁菁和周邰走出办公大楼，时间已经是深夜。

"陶姐，这么晚了，我打车送你回去吧！"

周邰这小子还挺绅士，不过陶菁菁还是决定自己回家。她没有别的想法，周邰还是个学生，不赚钱。

"坐地铁不会有危险，陶姐我的佛山无影脚你又不是没领教过。"

"那是因为我不是流氓！这么晚了，我还是送你去地铁站吧！"

在周邰的坚持下，陶菁菁只好同意。

昨晚工作太猛，早上陶菁菁起来有点儿晚。只能省下吃早饭的时间，饿着肚子，去上班。

陶菁菁脚步匆匆来到办公楼下，突然手机响了。

"喂！"陶菁菁掏出手机

"哪儿呢？"说话的是周邰。

"楼下，楼下！"

"赶紧，赶紧！傅冬苓傅主编正召集开会。其他人都到了，就差你了！皇上早朝，小心被斩！"

陶菁菁不敢怠慢，收起电话，风驰电掣般冲进大楼。

会议室里，傅冬苓高坐在头把交椅之上，一副君临天下的表情。

傅冬苓咳嗽了一声，问："人都到齐了吧？"

话音刚落，会议室的门突然大开，陶菁菁披头散发出现在众人的目光当中。傅冬苓就像只被惹怒了的斗牛犬，死死地盯着陶菁菁。陶菁菁猫腰儿，在最后排找了个位置坐下。

傅冬苓又咳嗽了两声，"现在开会。"

"主人，那家伙又给你来电话啦！"一阵叫喊声从陶菁菁的包里飞出。

陶菁菁一脑门子汗，赶紧掏出手机，给关了。

傅冬苓："陶菁菁，铃声不错啊！你都当主子了。"

全体哄堂大笑。

陶菁菁知道自己招惹了她的最高领导，赶紧道歉："对不起，对不起！"

傅冬苓瞥了一眼陶菁菁，"现在社会上各种现象频出，我们新闻人一定要紧贴社会，急人民之所急，痛人民之所痛，为人民反映问题，这是我们新闻工作者的职责所在。"

趁着傅冬苓唱高调的时候，陶菁菁偷眼环顾四周。郑天华稳稳坐在椅子上，脸上无风也无雨，相当的平静。程晓弈应该是还没睡醒，手支着脑袋，正在给上下眼皮劝架。张丽娜比程晓弈早来到这个世间几年，道行比程晓弈深一些，直勾勾盯着傅冬苓脸上的某个部位。

"眼睛不用挂窗帘都能睡得着，张丽娜你真是位马屁高手。"陶菁菁心里敬佩，她又转眼看老单。老单一只手捂着肚子，按顺时针揉来揉去。整间会议室里，专心致志听傅冬苓喷的只有周邰一个人，像打了鸡血似的，看来准备要干一番大事业。

傅冬苓继续："所以啊，我们要多做贴近社会，反映社会问题的报道。我建议，把关心孤儿作为重点报道。大家有什么意见没有？我和上面的领导沟通过，频道领导都很支持孤儿这个选题！当然，如果你们有更好的选题，更贴近民生的。都说说，大家讨论一下！"

既然有高层领导支持，谁还敢反对啊！会议室里一片寂静。

"既然大家没意见,那就这么通过了!谁还有要讲的?"

又是一片寂静。

"好,那就散会!"

会议室门大开,无精打采的人们陆陆续续地走了出来。陶菁菁找了个没人的地方,打开手机,给周碧倩回电话。

"奈丝,干吗挂我电话?"周碧倩对陶菁菁的大不敬感到气愤,给予斥责。

"唉,别提了!傅冬苓一大早就抽风,开什么早会。讲了两句半,就散了。你说领导怎么这么喜欢开会?"

"你们还算好的。我们是星期一计划会,星期二进度会,星期三协调会,星期四落实会,星期五总结会。除此之外,每天早晚还有各俩会。"

陶菁菁叹了口气,"这证明人类是群居动物,喜欢聚!"

"奈丝,你呀完全属于初级进化思维。开会,只能证明一点,人类都有做孤家寡人的瘾。"

"倩倩,你这思路我没懂!"

"你要是懂了,就不是奈丝了。开会最主要的目的是让领导过足当皇上的瘾,其他都是次之。领导坐在椅子上,被一群臣子围着,向他汇报,听他胡喷,他可以对属下指手画脚。领导对开会有瘾,和吸毒嗑药一个道理。不开,领导就心慌意乱、浑身痒痒。自我价值没地儿实现,领导心不甘情不愿。"

"倩倩,我太佩服你了!分析得淋漓尽致呀!傅冬苓就这样儿,一开会,全身都抖着皇上的劲儿!张丽娜恨不得高喊吾皇万岁万万岁!"

周碧倩和陶菁菁在电话里一阵自娱自乐地大笑。

周碧倩:"明天周末,约帅哥酒吧去!"

"帅哥?什么帅哥?"

"奈丝,你这脑子里装的都是尾气吧!就是你们办公室那个叫周邰的长腿欧巴啊!"

"您下次能不能说清楚点儿。他又不姓帅,帅哥这俩字儿怎么也和他联系不上啊!我又不是写推理小说的。"

"你别忘了把帅哥明晚的时间给预定了!"

"你足以证明,女人也好色!当然不是全部,像我这样的就不好色。"

"行行行,你不好色!你不好色,你咋不做尼姑?你不好色,你咋一毕业就和男性同胞同居啊?笑话我!"周碧倩说到这停了,压低声音,"我领导又喊人了,帅哥,约帅哥,记住了!"

散会之后,程晓弈随着郑天华进了办公间。

"天华姐,傅冬苓怎么了?她关心起孤儿来了,男人都能生孩子了!"程晓弈讽刺地说道。

郑天华微微一笑,"昨天新任副市长到孤儿院慰问,台里专门派记者去跟拍。副市长非常关心孤儿们的成长,听说还要给孤儿院拨款。"

"傅冬苓隔山要拍副市长的马屁?这马屁也隔得太重峦叠嶂了吧!她够得着吗她?"

"新副市长上任,带来很多执政新思路。市里很重视媒体对这些新思路的宣传,台里领导要求我们要跟上形势。晓弈,这事儿我们得全力配合。"

"她拍马屁,还得让咱们配合?"

"不管拍谁的马屁,关注孤儿这事儿做得没错。"

"可她是拿孤儿给自己做嫁妆!"

"不管做不做嫁妆,帮助孤儿是好事。如果我们给她作梗,道德上我们站不住脚,台领导也会不高兴。"

程晓弈点点头。

"晓弈,你不是一直想转成记者吗?这次,我想让你去参加采访。"

"真的!太谢谢了,天华姐!"

"陶菁菁在咱们栏目部半年了,工作挺认真负责,可以让她做你的助理。"

"好啊!可是傅冬苓能同意吗?"

"这个你不用担心。你回去做个系列节目的策划,一定要做好。节目不是她傅冬苓一个人的,是整个部门的,明白吗?"

"明白!"

节目做好了,副市长满意,台长满意,频道总监满意。这些满意对傅冬苓、郑天华,还是程晓弈,甚至包括陶菁菁都没坏处。至于好处,傅冬苓、郑天华和程晓弈是肯定的。陶菁菁嘛,算是在转正的道路上多了一个筹码。这筹码什么时候产生作用,就要看机会什么时候拜访她。

程晓弈离开郑天华的办公室没多久,郑天华就去找傅冬苓。傅冬苓此刻并没有在自己的办公间,她正在去往周副总监办公室的路上。

"请进!"

傅冬苓推门而入。

周副总监一脸笑眯眯的样子,"冬苓!坐坐坐。"

傅冬苓恭敬地坐在沙发上,"昨天我让周邰去做了个采访,是关于中国书画发展方向的。今天,拿给您看看。"

"这小子刚来,能行吗?"

"我看做得不错。我把带子拿来了。我知道这是非常时期,您审审。如果可以,今天就播了。如果哪儿有问题,我们再改。"

新闻画面是商业画展的画,可采访内容确实中国书画的发展方向,还采访了书法协会的几位名人,这就不好说这是条商业性新闻了。再加上这是周副总监侄子的处女作,傅冬苓百分之九十九确定周副总监不会在这片子上找麻烦。周副总监这关过了,就万事大吉。

还剩百分之一不批的可能性,那也没问题。王副总监怪罪下来,就说新闻已经做好了,但被周副总监给毙了。王副总监自会以为这是周副总监在找他的麻烦,这事儿就和自己撇清了关系。

几十年的办公室修炼,傅冬苓把自己炼成了个人精,出本关于人际关系学的书绝对没问题,而且绝对火。

新闻报尾:实习记者,周邰。

周副总监的笑容更加灿烂了,傅冬苓踏实了。

"您看……"

"小傅,你觉得这片子怎么样?审片子可是你的责任哦!"周副总监竟然没吐口。

"做得不错!"

周副总监满意地点点头,"你是主编,播不播你决定。你一定要仔细!有什么违反台里规定的,一定不能播!在这方面,谁的面子也不能给!"

傅冬苓心里明白,周副总监对这片子没意见。不过,出于多年来在职场养成的警觉性,这些推卸责任的话是一定要说的。没有这份小心,也坐不上副总监的位子。

"一定,一定!我一定把好关。"

回到办公室,傅冬苓把带子交给张丽娜,让她赶紧播了,以免夜长梦多。傅冬苓刚交代完任务,郑天华不请自来。

"你出去吧!"

傅冬苓把张丽娜打发走了，办公室里只剩下她和郑天华两人。

傅冬苓问郑天华："找我有什么事情？"

"关于孤儿选题的事儿！"

看来，郑天华是想找麻烦。傅冬苓一脸的不高兴，冷冷地说道："孤儿这个选题是上面领导同意的。我们也开过会，大家也没什么意见。如果你觉得这个选题不妥，你去找领导好了。只要领导说不行，我们就不上。你来找我，没用！"

郑天华面不改色："您误会了。我觉得这个选题非常好，我们确实应该为孤儿做些事情。"

一向和自己唱反调的郑天华突然称赞起自己，傅冬苓有些意外。不过，傅冬苓并没有因此而放松半点警觉，她要搞清楚这次郑天华到底要卖给她什么药！

傅冬苓冷言冷语地问道："有什么高见，赶紧说，我还有事儿！"

对于傅冬苓的讥讽，郑天华似乎并不在意，心平气和地说道："我有个提议，让程晓弈也参加这次报道。"

傅冬苓觉得郑天华的提议简直可笑到了极点，自己怎么可能让敌人的想法就这么随意得逞。不过，既然郑天华敢这么明晃晃地提出要求，一定是有备而来，一场恶战是避免不了了。

傅冬苓的脸又往下拉了两尺长，"这个不可能。程晓弈是个策划，没资格采访。"

第八章

妥协也是前进的神器

对于傅冬苓的断然拒绝，郑天华却笑容不改。

"既然领导这么重视孤儿这个选题，我建议就把这个选题做成一个系列节目。昨天新任副市长慰问了孤儿院，还要大力支持慈善事业。我们就给副市长做个专访，作为系列节目的第一期。记者中最资深的就是张丽娜。我提议，这个系列节目就交给张丽娜负责。"

郑天华推举张丽娜，这让子弹已经上膛的傅冬苓一愣，"你……你觉得张丽娜合适？"

"您还有其他人选？"郑天华反问。

"没有！没有！"傅冬苓开始刀枪入库，"天华，我觉得你的建议很有建设性。这个系列节目的想法实在是太好了，这么好的选题，就应该做深，做大！"

"傅姐，要做系列节目，恐怕张丽娜一个人忙不过来。所以，我刚才建议让程晓弈参与采访，周部和陶菁菁做助理。组成个四人专题小组，由张丽娜任组长，全面负责。"

傅冬苓寻思了片刻。既然郑天华主动下了一步和棋，她也不想把棋下死。

"天华，你这么说我就明白了。那就让程晓弈锻炼锻炼，看看她有没有这个能力。"

想在办公室里生存，必须学会斗争，但也必须学会相互妥协。如果傅冬苓不同意郑天华的建议，郑天华必然找出各种理由反对张丽娜做这个选题。二虎相争，很多时候是全都受伤。正副主编一斗的结果：张丽娜和程晓弈全部出局。这个道理傅冬苓明白。

不过，谁也不会为这一刻的妥协蒙蔽了双眼。暂时的妥协，只不过是双方用来打造各自利器的工具而已。

傍晚的时候突然刮起一阵狂风，接着雷声、雨声、车轮声、人们的叫喊声，声声入耳。

陶菁菁站在地铁口，抬头看着不太可能会停的落雨。

她掏出手机，"倩倩，在哪儿呢？"

"在家！"

"我没带伞，你来地铁口接我吧！求你了。"

周碧倩叹了口气，"又不是大家闺秀，怎么这么矫情！跑，撒了欢儿地往家跑。没金钱和权势给咱们这些贫下中农添砖加瓦，人生的道路只能靠咱们自己的腿儿跑出来。我坚信，这雨挡不住陶菁菁同志向未来冲刺的脚步。千万别气馁，穿过大雨，保证你的意志会更加坚强。别站着，赶紧行动起来！"

有周碧倩这么一煽动，陶菁菁望着如子弹般汹涌的雨点们，勇气还真汹涌澎湃了。她一口气跑回住处，浑身上下就像是从洗衣机里刚爬出来的。在门外抖了半天水，陶菁菁才进屋。周碧倩正靠在沙发上，边吃苹果，边看杂志。

陶菁菁将鞋甩在地板上，"倩倩，你也被雨砸回来的吧？"

"傻呀，这么大雨！我让我们公司一男同事送我回来的。"

"那你干吗让我冲刺？"

周碧倩嬉笑："我不想动，所以随便鼓励了你一下。谁知道你还来真的！你要是坚决坚持让我去接你，我能不去吗？！'成功贵在坚持'这么普遍的一句正能量，你没听过？"

"周碧倩同学，你对友谊也太残酷了吧！"

周碧倩上了阳台，摘下一条毛巾，递给陶菁菁，"我这是教你怎么走向成功。下次求人的时候，一定要坚持不懈。对方拒绝你一百遍，你就求对方一百〇一遍。脸皮越厚，成功率越高。"

"您这都是什么人生原理啊？和教科书怎么都反着，廉者不受嗟来之食。"

周碧倩死死盯着陶菁菁，就像欣赏一双从古代穿越来的三寸金莲，"哇，您就是教育成功的典型案例呀！不受嗟来之食？那不是二吗？等着饿死，心眼儿死不死啊！赶紧洗澡去。地铁里挤了一身臭汗，在搅拌上雨水，还让不让人活了。"

陶菁菁嗅了嗅自己的衣服，捏着鼻子冲进洗手间。

周碧倩站在洗手间门外，高声喊道："喂，帅哥明晚的时间，你book了吗？"

"什么?"

"长腿欧巴,你约了吗?"

"啊!"陶菁菁在洗手间里一声惊叫,"我给忘了!"

昨天的一场雨将天刷得蔚蓝,阳光透过玻璃照在办公室的一角。张丽娜打来电话,让陶菁菁去楼下给她收个快递。

没过一会儿,张丽娜从傅冬苓的办公室出来,陶菁菁毕恭毕敬地把快递交给她。张丽娜脸上半点谢意都没有。张丽娜不仁不义的态度,陶菁菁都习惯了,她也不图张丽娜的感谢,只要张丽娜别找她麻烦,让陶菁菁不减肥都愿意。

"周邰呢?"张丽娜问。

"刚才还在,这会儿不知道去哪儿了。"

"你跟我来。"

陶菁菁跟着张丽娜往傅冬苓的办公间走去。陶菁菁背后冒起阵阵凉风。她不知道又做错了什么,招惹了这位老大!避免不了,又是一顿劈头盖脸的训斥。

陶菁菁鼓足勇气,用双腿撑住摇摇欲坠的上半身,站立在傅冬苓面前。

"就她自己?"傅冬苓冷冷地问道。

"小周不在。"张丽娜立刻回答。

傅冬苓把目光转向陶菁菁。陶菁菁条件反射般地低下头,以免与傅冬苓的目光撞车,发生事故。

"今天早上的会,你参加了吧?"傅冬苓问。

陶菁菁赶紧回答:"参加了!参加了!"

傅冬苓继续:"我们要做一个关于孤儿的系列节目。由张丽娜负责,你和周邰协助。对了,程晓弈也会协助张丽娜的。这节目很重要,你们要全力以赴,听张丽娜的安排,知道吗?"

第一次参与采访,就是个这么重要的任务!看来,陶菁菁对张丽娜的俯首帖耳没白费。此刻,在陶菁菁心里,傅冬苓和张丽娜的面目瞬间变得不像以前那么可憎了,她体内甚至产生了感激的化学反应,甚至还想流泪呢!

"傅姐,我一定努力!"

"你俩出去吧!"

"周邰回来,我叫他?"张丽娜问。

傅冬苓低着头看着手里的文件,不紧不慢地说道:"不用!我自己找他!"

离开傅冬芩的办公室，陶菁菁有个预感，成为一名正式记者指日可待。这消息就像在陶菁菁膀胱里憋了两小时的尿，必须散出去。

陶菁菁掏出手机，兴冲冲地拨打周碧倩的号码，"哎，下班，酒吧街。"

"帅哥去不？"周碧倩问。

"必须去，不去是不允许滴！"

"小白兔变大灰狼，基因突变了！奈丝，你今天怎么这么痛快？"

"领导终于认识到了我的重要性，给我派了一重要的活儿。Sooner or later，我将光荣地成为工人阶级。"陶菁菁得意地说道。

"可以啊，你这壶千年的冰水终于煮开了！晚上你请客啊。不过，亲姐妹分老公，把话说清楚，我可没钱借给你！"

"关键时刻，周碧倩你也太不给力了。听到这消息，你应该主动要求付账，作为鼓励。"

"鼓励您？"周碧倩惊讶地叫道，"把我自己卖了，也鼓励不起呀！"

"小气样儿。不管你借，我去卖身成了吧！"

"提醒你，别忘了让客户披雨衣。搞出人命，没医保，还得自费去医院。"

"去死！下班再联系哈！我得工作去了。"

"够积极地啊！"

"勤劳创造财富。"

周碧倩叹了口气，"奈丝啊，奈丝，你这脑子里的石头，我什么时候能搬完啊？光干活、傻勤劳的命运只能是被剥削！"

"等我把南墙撞倒了，你再来安慰我吧，哈！我得赶紧回办公室，不然又得被系上偷懒的绶带。"

来到楼下大厅的提款机，一鼓作气，陶菁菁取了一沓红艳艳的钞票。在下午阳光的反射下，陶菁菁的脸蛋儿被一张张百元人民币印得都红润了。

"陶姐！这么多Cash！"

身后跳出个周邰，吓陶菁菁一跳。

"晚上酒吧，我请！"

"No，My treat！"

"是不是中国人？讲母语成吗？"

"哪能让您请啊，我请！"

陶菁菁瞥了这小子一眼，"瞧不起我，是不是？"
"你又不比我富裕多少。"
"什么意思？"
"我不用交房租，您不是还得交房租吗？"
"我有劳动报酬，你有吗？"
周邰耸了耸肩。

"我哪有什么劳动报酬，我只是想装装胖子。这不能怪我，只能怪那万恶的虚荣心。反正有虚荣心的不只我一个。谁不虚荣，那就站出来，让我瞧瞧。我倒想数数，不是人类的有几个。"回办公室的路上，陶菁菁又开始给自己的虚荣心擂鼓助威。

快下班的时候，秘书进了王副总监的办公室。
"王总，画展播了。"
"周言山那儿不会有什么问题吧？"
秘书赶紧回答："我看了，挑不出什么毛病。而且那条新闻是周副总监侄子做的，他应该不会找麻烦。"
王副总监在椅子上把腰板儿直了起来，就像刺猬遇到黄鼠狼一样警觉。
"周言山的侄子来咱们频道工作了？我怎么没听说？"
秘书赶紧解释："他侄子在频道做实习的。"
"哦！是这样啊！这个傅冬苓到底是不是周言山的人？"王副总监问道。
"从这件事儿上看，应该不是！"
"嗯！"王副总监又慵懒地靠在椅子上，"傅冬苓还是很有能力的嘛！"
"她在台里几十年了，做事情不会出纰漏的。"
"嗯！还是老同志会办事。"
本是一劫，却让傅冬苓做得讨好了两个副总监。未来副总监的位置看来距离傅冬苓更近了一些。

下班不像放学，不需要铃声，只要老板不威胁、不强迫、不给一笔合理的加班费、员工脑子不进水，所有办公楼里的白领们会比遵守交通规则更遵守这一时间。
结束了一天的工作，陶菁菁和周邰出了办公室，上了电梯。周邰按下地下三层的按钮。

"你脑子导航装反了吧!去地下室干吗?"

"地下室里有财宝!"

周邰硬将陶菁菁拉进地下三层的停车场,将陶菁菁塞进一辆黑色的SUV!陶菁菁必须惊叫。让她受惊的不是周邰未经允许把她塞进车里,也不是周邰有辆黑车,而是那黑车前头挂了四个圈儿,而且型号是Q7。

"妈呀!小周子,这是你的车?"

"借的!"

陶菁菁鄙视地看了周邰一眼,"切!还以为你是富二代呢!干吗借辆车开?"

"豪车加美女,面子大了去了!"

"虚荣心,又是一虚荣心,到处都是虚荣心。"

"有虚荣心不好吗?没虚荣心,就没有赚钱的动力!"

"除了钱还能想点儿别的吗?唉,这也不能怪你,现在是全民皆为金钱奋斗的时代!没钱就没尊严!有了钱,才能视金钱如粪土。"

车子启动,从发动机里冲出来的声音真是让人如痴如醉。出大门的时候,从保安的目光中陶菁菁似乎寻回了丢失许久的自尊。尽管这车子不是她的,陶菁菁的虚荣心还是被勾引了上来。

天还没黑,周碧倩就花枝招展地立在大街上,那露皮露肉的装束诱惑着过往男人的目光。周邰把"四个圈儿"停在周碧倩面前。周碧倩一点儿反应都没有,还在不停地盯着路过的每一辆出租车,小嘴儿不停地念叨着什么。

陶菁菁按下窗控按钮,在她和周碧倩之间的那块墨色玻璃悄然无声地落下。陶菁菁骄傲地把头探出Q7的窗外,有行人开始往她这边看。陶菁菁的心情就像站在了喜马拉雅的顶峰,霸气!

陶菁菁冲着周碧倩高喊道:"肉都卖光了,还不上来!"

周碧倩看到陶菁菁,更确切地说,她看到陶菁菁坐的车,扯开嗓门惊叫道:"我靠,不会吧!"

跳上车,周碧倩抚摸着全皮座椅,抬头仰视半开的天窗,接着把脑袋伸进驾驶和副驾驶之间的空隙,手指在控制台上擦过。

"周邰,你的车?"周碧倩问道。

"借的!"

"管谁借的?男的?女的?"

"男的！"

"介绍认识认识呗，还从来没见过富二代呢！"

陶菁菁扔给周碧倩一瓶矿泉水，"喝口冰水，冷静冷静！"

"奈丝，你都是有主儿的人啦，坐前面干吗！"

就这样，周碧倩把陶菁菁轰下了副驾驶，她自己上了位。

"指挥一下，去哪儿？"周邰问。

"不是去酒吧街吗？"陶菁菁说。

周碧倩不屑地说道："开这么阔绰的豪车，不在宽阔的社会主义道路上奔上几圈，那也太对不起经济繁荣的大好局面了。"

陶菁菁在这座城市生活了几年，还真没在环路上兜过一个整圈儿。记得第一次她和张军发生肢体冲突，陶菁菁一口气跑到校门口，打了辆车。本想着是要把泪水洒遍整个环路，让全城都知道她的委屈。可车上的价格表蹦了两蹦，陶菁菁就放弃了这个需要付费的想法。

今天周碧倩的建议圆了陶菁菁多年来未实现的梦想，陶菁菁举双手赞同。不过很快，陶菁菁便为她冲动做出的决定懊悔不已。

"我怎么就忘了周碧倩的心愿之一是去内蒙古放马呢？"陶菁菁捶胸顿足。

马路上，周碧倩如同骑上了一匹骏马，手里挥舞着马鞭，飞奔在草原上，"超！超！超！超了它！超！超啊！"

周邰一踩油门，前面的普通桑塔纳立刻变成了后面的普通桑塔纳。

周碧倩肯定觉得超个普桑太小儿科，又指着右前方的一辆宝马，"快！快！快！加速！在快点儿！"

周邰真是老实，周碧倩让他干啥他干啥。两脚油门，宝马也跑后面去了。

"我靠，3系！"看样子周碧倩没瞧得上人家，还挺遗憾的样子。

突然，车子往右一晃。周碧倩没系安全带，被甩了一趔趄。再抬头，刚才的宝马已成功挤到了前头。车窗里，还伸出一手指。

"靠！"回手，周碧倩将安全带牢牢系在身上。姿势、神态，绝对一名活生生准备杀敌三千的杨门女将，"必须超了它！"

四个圈儿一使劲，与宝马齐头。周碧倩放下车窗，伸出中指。四个圈儿再一使劲，领先了。周碧倩收起中指，给出拇指，朝下。四个圈儿第三次使劲，后面的宝马不见了。

一辆警车摇着警灯，将周邰的车拦截在马路边。从车里下来个年轻警察，比周邰这几个人也就早毕业两三年的样子，个子很高，长得也很帅气。

年轻警察还挺有礼貌，敬了个礼，"请出示驾照。"

周邰翻出驾照，老老实实交给警察。一旁的陶菁菁松了口气，她本以为周邰是无照驾驶，会进监狱。现在看来，劳教改造的可能性不大。

年轻警察严肃地说道："超速行驶，罚款200，扣6分。"

周碧倩从周邰的身后钻了出来，一脸的无辜可怜，"警察叔叔！"

年轻警察抬头看了一眼周碧倩，"同龄人，不用这么客气！"

"警察哥哥！"周碧倩立刻改口。

陶菁菁一抖，起了一身的鸡皮疙瘩。

周碧倩继续，"警察哥哥！念我们是初犯。您深刻地教育教育我们，我们深刻地知错就改，绝不敢再犯。别罚款，别扣分，求您了还不行嘛！"

陶菁菁、周邰、年轻警察全都一身鸡皮疙瘩。

还没等警察哥哥反应过来，周碧倩是声泪俱下，"警察哥哥，我们再也不敢了！"

周碧倩这么一哭，哭得年轻警察也有点慌了神，"我这还没教育你呢，你就哭成这样。我还敢教育你吗？还是罚款扣分吧！"

"别别别！"周碧倩擦了把眼泪，"我不哭了还不行嘛！"

年轻警察："这次就原谅你们！记住了，要严格遵守交通规则。为了别人，更是为了自己。懂吗？"

"懂！懂！懂！"周碧倩痛彻心扉地说道。

警车扬长而去。陶菁菁等人回到车里，周碧倩从包里掏出化妆盒，仔仔细细地给自己哭花的小脸蛋儿又擦油又打粉。

"继续，继续！看我干吗？"陶菁菁喊道。

"还……还继续？"周邰问道。

周碧倩放起化妆盒，"继续啊，速度与激情续集走起呀！"

周邰揉着肚子，"饿了！体力不支，需要补充能量！"

周碧倩藐视地盯着周邰，"海拔挺高，体积也不小，可你这续航能力也太差了吧！"

周邰求饶："倩姐姐，改天找个没警察的地方玩儿吧！见了警官，我手就抖。"

周碧倩遗憾摇晃着脑袋，"性格决定命运！唉，你完全没有做富二代的潜质！"

"倩姐,你这也太猛了,没精神准备。"

"我也要饿死了!吃饭去吧!"陶菁菁赶紧接上。

"刚开始,就结束啦?你俩也太没劲了吧!继续走着,赶紧的。拿出点儿伪二代的气魄来!没啥,咱得装啥,懂不!"

陶菁菁和周邰齐摇头,"不懂!"

民意如此,陶菁菁也没办法。

"奈丝,你真是块儿奈丝!走啦,吃饭去啦!"

陶菁菁拱手,"谢谢周师太,饶了我和小周子各一命。"

很多人天生喜欢喧嚣吵闹,就像周碧倩,前脚刚踏上酒吧街上的第一块儿方砖,便热血沸腾,胸也挺了,臀也翘了,腰也软了,眼睛放大了,面色红润了。

周碧倩带着陶菁菁和周邰进了间她常去的酒吧。陶菁菁想坐在角落,周碧倩却非要暴露在所有人一眼就能看得到的位置上。

"没准儿今晚周碧倩同学就嫁了,没准儿还是个富二代,绝不能耽误闺蜜的终身大事。"想到这些,陶菁菁便从了周碧倩。

周邰、陶菁菁、周碧倩仨人围坐在酒桌旁。周碧倩高高举起她那纤细白嫩的胳膊,招呼着服务员。

"三杯马提尼,一打啤酒!"周碧倩点酒的熟练程度就像拿出钥匙开自己的家门。

"我还是可乐吧!"旁边的周邰说。

"你是不是爷们儿?软饮料!能像爷们儿一样硬起来吗?"周碧倩鄙视地说道。

"开车,不能喝酒!倩姐总不忍心到狱里探视我吧!"周邰解释。

"切!两杯马提尼。再来一听软饮料,给这位花姑娘!"

酒吧里,雷击般的音乐轰轰作响。周碧倩摇摆着妩媚的身体,将杯子里的酒一饮而尽。

周碧倩放下酒杯,"周邰,谁给你起的名儿?够忽悠的啊!"

周邰挠挠头,"哎哟真是,这么重要的事儿我怎么没打听打听!"

周碧倩大笑,"你是真纯,还是假纯啊?有女朋友吗?老实说!"

"女性朋友,有!"周邰很肯定地回答。

周碧倩指着周邰的鼻子,"你这种,一看就是假纯,一点儿都不老实。我问你有没有女朋友,是和你上床的那种,只交心不上床的不算!"

问问题时，周碧倩似乎带着几分醉意。陶菁菁心里清楚，这点儿酒还不够周碧倩一泡尿的！分明是假借醉酒调戏小男孩儿。

陶菁菁："周碧倩同志，别调戏纯纯情少男成吗？"

周碧倩看了一眼陶菁菁，"你先把你的酒喝了，才有资格说话。"说完，周碧倩又转向周邰，"你到底有没有？痛快点儿。"

"按照这么分门别类的话，那就是没有。"周邰回答。

一阵放荡的笑声过后，周碧倩对陶菁菁说道："这小子还是个处男！"

陶菁菁赶紧把脸遮起来！其实陶菁菁是假纯，装给周邰看的。毕竟在工作上，她是周邰的前辈。为人师表嘛，装正经是必要手段。

"呦呦呦，奈丝！你能不装吗？"周碧倩一百个看不起陶菁菁的行径。

陶菁菁决心必须装到底，即使被揭穿，也千万不能半途而弃。否则，不仅当场颜面尽失，在周邰心中她的崇高地位和伟大形象也会万劫不复。这种情况，决不能让它发生。

"说点正经的，成吗？"陶菁菁依然装着一副正人君子的面孔。

"哎哟喂！"周碧倩对陶菁菁的假正经是一脸的不屑，"上次您给我讲的有色笑话算不算正经的啊？"

"糟糕，原形要毕露！"陶菁菁赶紧阻止周碧倩，"别胡说！"

周碧倩更加得意，"周邰，你这位女同事不仅长得斯文，经常戴副没片的眼镜，讲的有色笑话不仅不辱斯文，还颇有诗意。你听着啊！"

不管陶菁菁怎么在桌下踢周碧倩的腿，人类已经无法阻止她了。

周碧倩喝了口酒，清了清嗓子，"锄禾日当午，清明上河图。"

刚从国外回来的周邰是大眼瞪小眼。

周碧倩："没懂？"

周邰摇摇头头。

周碧倩又一阵放荡的笑声，"傻小子，我是锄禾，你是当午啊！"

酒不醉人，人自醉！周碧倩牵起周邰的手，"走，跳舞去！"

"你不去？"周邰问陶菁菁。

"乡下人，只爱好二人转！"周碧倩替陶菁菁回答道。

周碧倩拉着周邰跳进舞池。

陶菁菁坐在椅子上，看着周碧倩窈窕的身躯，心里感慨，"进了舞池，周碧倩艳光四射，我都想做个同性恋勾引她上床了。周碧倩比我漂亮，比我开朗，比我能赚钱，现实面前她总是那么不吝。但是我比她学习好，每次考试她的答案都是我提供的。可那又怎样呢？爬出校园，跌进社会，没人会记得我比她学习好过。我羡慕她，甚至有时是一种崇拜。"

陶菁菁脑子里正胡思乱想，一个满头黄毛的男青年一屁股坐到陶菁菁对面，"妞，交个朋友呗！"

陶菁菁一点没客气，"去去去，滚一边儿去。"

"呦，有个性！哥哥，我喜欢！"黄毛青年耍起了无赖。

就在陶菁菁被黄毛小痞子纠缠时，身后突然有个女人喊道："陶菁菁！"

"这间酒吧里认识我的所有人都在下面的舞池里抖着呢！"陶菁菁边想边转身往后看，叫她名字的竟然是袁虹。

袁虹来到陶菁菁面前，"这是你朋友？"

黄毛青年看对方人多，转身跑了。

陶菁菁："谁知道从哪钻出来的土行孙，非要和我交朋友。"

郑天华站到陶菁菁面前。这可是个意外，陶菁菁怎么也没想到一向端庄典雅的郑天华会来这种蹦蹦跳跳，与高雅毫无瓜葛的地方。不过，郑天华着装依然高雅，就像艳红的玫瑰丛中一枝洁白的百合。当然，袁姐打扮得就是玫瑰丛中最艳丽的那一朵。

"郑姐，您也来这儿？"

"怎么，我太老了是吗？"郑天华玩笑地说道。

"当然不是！我只是没想到在这儿会遇见到领导，紧张！"

郑天华笑了，袁虹也笑了。

"妈呀！"一声惊叫从不远处传来。

陶菁菁知道她又要丢脸了。

"你……你不是著名主持人嘛！袁……袁……袁什么来着？"

不知道是跳舞跳的，还是见名人激动激的，周碧倩上气不接下气，像是得了哮喘，而且还是个说话口吃的哮喘。

"袁虹！"袁虹稳稳地回答道，那神闲气定的样子估计这样的伪粉丝见多了。

"对，袁虹，袁虹！给我签个名吧，我特喜欢你主持的节目！"

不管人家答应不答应，周碧倩从包里掏出笔和纸端在袁虹面前。

"姐姐，能别这么给我丢脸成吗？地上连个缝儿都没有，装修得太不人性化了。"这个时候，陶菁菁真是后悔今天来酒吧。她赶紧介绍，"这是我……我室友周碧倩！"

"你好！"袁虹很礼貌。同时，接过周碧倩的笔和纸，"刷刷刷"写上了自己的大名。写的估计是草书,估计看出来是袁虹俩字儿的人不多。唉,名人签名都这样儿。

周碧倩拿回签名,如获至宝,"谢谢,谢谢!"

"这是郑姐!"陶菁菁接着介绍。

"您就是菁菁栏目部的主编?"

"副主编。"郑天华平静地回答说。

这时,周邰端着两杯酒也上来了。

"周邰,你也来了!"郑天华笑着说道,"你们好好玩儿吧!不打扰你们了。"

袁虹和郑天华找了个相对清静的地儿坐下,服务生端来酒水。

郑天华埋怨袁虹:"我说不来吧!都是年轻人来的地方。"

"不到六十,不到中年!"袁虹端起酒杯,"咱们才三开头,干吗整天把自己划归到老女人的行列!女人,就该向武则武前辈看齐。"

"和你那个小萌男朋友的感情,跋山涉水到什么境界了?"郑天华问。

"换了!"

"换了?还嫌不够年轻?不是准备找个更小的吧?警告你,十八岁是底线。"

袁虹品了口酒,"换了个教授,政法大学的,出了不少书呢!"

"这次来真格儿的啦?"

"什么真的假的啊?走在一起就是真的,走不到一起都是假的!我现在只求一起走一段儿,不求走到尾。对了,老吴最近和你联系了吗?"

"通过两次电话,也没说什么。"郑天华回答道。

"和你说件事儿,你就当没听见,别去找老吴。"

"什么事儿?"

"你先答应我,我再说。"

"好,我答应你,不找老吴。"

"你们部门要从主编里面提拔一个副总监,你知道吗?"

"知道。"

"老吴想找机会,帮你活动活动!这事儿你也别想太多。和老吴在一起这么多年,我了解他。他这么做是为了你,不过你要是拿下副总监这个位置,对他也是有好处的。不用觉得欠他,也没必要阻止他,你就当不知道。"

郑天华微微一笑。

"舟舟怎么样了?"袁虹问。

舟舟，郑天华的女儿，在美国上初中。

"暑假回来！"

"老董呢？"

"还是老样子。"

"天华，还是那句话，别等了！"

"医生说还有希望。"

"说实话，我真佩服你。别说是老吴，我要是个男的，我也会爱上你！"

郑天华笑了，"女人不傻，男人不爱是吗？"

"有时间我找教授出来，咱们一起吃顿饭！帮我把把关。"

"你不是说，不动真格的嘛！"

"合适就动真的，不合适就当消遣。感情又不是法律，没黑白之分。"

时间越往凌晨去，酒吧里人越多，个个欢天喜地的样子。时到凌晨，周碧倩倒在周邰肩膀上，似乎是哼着什么歌，听不太清。陶菁菁确定周碧倩喝多了，一喝多她就哼唧。

周邰叫来服务生，陶菁菁正准备结账。服务生却通知陶菁菁，账已经有人给结了，是两个中年女人给结的。一定是袁虹姐和郑天华。可再找她们，两人已经离开了酒吧。

周邰是把周碧倩从酒吧一直抗到停车场，又塞进车里。然后，拉开车门，跳上车。

"你们住哪儿？"

"出了停车场往右，上了路我告诉你怎么走。"

陶菁菁住的是栋老掉牙的古董楼，没电梯。幸亏是四楼，要是再高一层，背着周碧倩的周邰非就义在四层半的楼梯上不可。

周碧倩被安放在床榻上，身体僵直，表情呆滞，双目紧闭，人事不省。陶菁菁和周邰低头站在床边，此情此景与八宝山里的场景有些雷同。

周邰看了一眼身边陶菁菁，"她没事儿吧？"

陶菁菁盯着床上木棍子般挺直的周碧倩，"没事儿！演唱会还没开始，少安毋躁！"

陶菁菁的话音刚落，周碧倩立马配合，开唱。这么多年的朋友没白交，太给面子了！

陶菁菁掐了下表，去掉前边报幕和后面谢幕的时长，周碧倩一共哼唱了四十五秒。有帅哥在，周碧倩比平时多唱了十秒钟。演唱会完毕，周碧倩又恢复到僵直状态。

"完了？"周邰问。

"免费的就这一场。"

"掏钱还能来一场？"

陶菁菁瞥了一眼周邰。

"不演，我可走了？"

陶菁菁看了眼墙上的挂钟，再有三个小时天就亮了。

"要不，你就在沙发上凑合凑合！也许，有加场。"陶菁菁说。

"在女生家过夜，不太好吧？"

"怎么，怕我非礼你？"

"您想非礼，我也拦不住啊！"

"放心，非礼也不会非礼你这种货色。我给你拿枕头。"

"我怕我管不住自己。万一梦游进您房里，事情就大了。到时候，您非嫁不可了！"

陶菁菁挥起拳头，"姐姐我好久没练拳脚了，正好你尽尽孝心。"

周邰嬉笑："陶姐，非要留我过夜，舍不得我走？"

陶菁菁："别误会。我怕你开车有危险，万一落个残疾，我于心不忍。"

陶菁菁留周邰住这儿，不是为欣赏周邰的色相，完全出于对周邰驾驶安全的考虑。折腾了几乎一宿，开车实在不安全。

阳光未到之前的凌晨静悄悄的，陶菁菁躺在床上，客厅里周邰的鼾声传进她的耳朵。陶菁菁从床上拿起一条毛巾被，来到客厅，给周邰轻轻地盖好。

看着周邰平静的脸蛋儿，陶菁菁内心又开始自吹自擂了，"我能不是当妈的料嘛！谁能娶了我，真是幸运中的幸运，相夫教子啊！"

陶菁菁转身回到自己的房间。周邰微微睁开双眼，拿起毛巾被的一角，放在鼻子上，上面带着女孩儿特有的香味儿。在香味儿的缠绕下，周邰再次进入梦乡。

周六清晨，一阵大风吹过，天突然放蓝，蓝得让人一下子接受不了。一辆小轿车停在小区门口。一个四十多岁的男人从车里钻了下来。站在小区楼下，男人仰头看着那栋六十年代的红砖楼。

"下车，下车！都下来。"男人喊道。

在男人的呼唤下，从车里钻出一系列家庭成员：一个六七岁的男孩儿、一位和男人年纪相仿身体臃肿的妇女、一位凶巴巴的老太太，还有一干巴老头。一伙儿人齐抬头，看着那红砖楼，目光中充满了对未来美好生活的期望。

阳光照进客厅。沙发上，整整齐齐地摆放着枕头和叠好的毛巾被，周郁踪影皆无。卧室里，陶菁菁两腿夹着被子，睡得一塌糊涂。

突然，一阵急促的门铃声。陶菁菁在床上翻了个身，不动了。

门铃声继续。

陶菁菁昏昏沉沉地，愤恨地从床上坐起来，不耐烦地叫道："来了，来了！"

那门铃声依旧不停地叫喊着，一副不唤出陶菁菁死不休的架势。陶菁菁出了卧室，跌跌撞撞穿过客厅，一不小心小腿磕在茶几的角儿上，疼得她龇牙咧嘴，与茶几相撞得肉皮都青了，可那门铃是一点同情心都没有，叫喊得更加疯狂。

第九章

会议室的潜规则

陶菁菁一瘸一拐来到门前,开了门。房东一家从老到小,整整齐齐展现在陶菁菁面前。

"还没起呢吧!真不好意思!"房东笑嘻嘻地说道。

"您有事儿?"

"小陶,你们下半年的房租还没交呢!"

原来,房东是为了钱来的。不过,租人家的房产,总不能白住,房东来要钱也很正常。

"哦,你们进来坐吧!"陶菁菁昏昏沉沉地说道。

"不进了,不进了!一会儿我们就走。"

"那你等会儿,我给你拿钱去。"

陶菁菁转身正要去拿钱,房东突然把她叫住:"小陶,你等等。那个什么,你看现在通货膨胀,物价都涨了,房租是不是也得涨一点啊!"

"哦,涨多少?"

"四百!"

"那好吧!你等着。"四百就是四百,四百除以六,四舍五入一月才多了六十七块钱,陶菁菁也就不计较了。

"等等,等等!小陶啊,我是说每月涨四百!"

"啊!"陶菁菁心上就像被扎了一针,那个疼啊,就连腿上的伤她都忘了,"每月四百?你不是开玩笑吧!通货膨胀也没这么涨啊!简直是通货胡吹。"

"小陶啊,我知道你们不容易,大哥也不容易啊!"房东闪身亮出身后的一家老小,"你看,我上有老下有小,大哥我也得养家呀!是不是?"

陶菁菁看着房东一脸受害者的样子,也是无奈,"可是,一个月涨四百,太多,要不两百吧?"

房东媳妇的妈托着一张横肉的老脸,从队伍中脱颖而出,"别在这儿废话了。要住,就把房租交了。不想住,就赶紧走人。"

老丈母娘唱完黑脸儿,房东带着红脸儿再次粉墨登场,"妈,人家没说不住。"

房东又转向陶菁菁,"你也体谅体谅大哥的难处。"

"那你等等,我和室友商量商量。"

"好好好!"房东不耐烦地说道,"你们商量商量。"

陶菁菁怎么敲门,周碧倩房间里就是没动静。

房东在门口探头探脑地喊道:"怎么样?商量好了吗?如果实在嫌贵,你们可以找个便宜点的。前几天,中介找我,每月多给我六百,我没同意。你们俩小女孩儿住,干净,我放心!我赔点儿就赔点儿。"

最能体现周碧倩人生价值的时刻,她却不在。术业有专攻,陶菁菁不是擅长讨价还价的女孩儿,在房东的威逼利诱之下,她只好缴械投降。

陶菁菁回到床上,很快又成了猪二师兄。不知过了多久,该死的门铃又开始嗡嗡作响!

"别逼我!逼急了,姐姐整身禽流感传染你全家!"

不管陶菁菁怎么抒发感情,门铃就是不停。陶菁菁挣扎着爬到门口,抬手把门铃的电池卸了。

"终于安静了,陶菁菁你太有才了!"陶菁菁刚夸完自己,手机在卧室接力般地响起。

陶菁菁连滚带爬地拿起电话,"你想死啊,这么早打电话!"

"开门!开门!"

"你回家吧,让我安安静静地睡个自然醒成嘛!算我求你哈!"

"你要不开门,我可砸啦!"

无奈,陶菁菁再次打开生了锈的铁门。周郜这厮正站在门外,脸上拎着可恶的微笑看着她,手里拎着两大袋子外卖。

"看在你这片孝心的份儿上,饶了你。买喝的了吗?"陶菁菁问。

"可乐,雪碧。"

"回答不正确。"

"早餐奶！"

暗号对过，陶菁菁放周邰进了门。

可能闻到食物的气味儿，周碧倩揉着眼睛从卧室里晃了出来。她得到的第一个儿消息就是涨房租了。

周碧倩一声惊叫，"你就答应他了？"

"不答应怎么办？房东把他孩子、孩子他娘、孩子她娘的娘和孩子她娘的爹一并带来。一副养家糊口、苦大仇深的架势，搞得我好像在剥削他。我能不答应嘛！"

"叫我啊！"

"我叫了！你表哥猪八戒都被我唤起来了，您就是死活不醒。从下月起，每天三袋儿方便面的饮食标准都不得不往下调了，这还让人活不活了。"

"剥削真是让人幸福的快捷键！等姐姐有了钱买了地，也要过过剥削的瘾。"周碧倩说道。

听到二位佃户的抱怨，周邰立刻出了个听上去非常动听的主意，找有关部门告房东随意乱涨价。

"告？你是从外星来的吧？还是从打土豪分田地的时代穿越回来的？"周碧倩嘲笑道。

"总有地方说理吧？"周邰说道。

"说什么理呀？人家的房子愿意租多少钱，人家就租多少钱。嫌贵，你可以搬，没人拦着你。奈丝，这叫什么来着？"

"市场经济！"陶菁菁轻车熟路地回答道。

周碧倩叹了口气，"佃户的日子不好过啊！所以，发展经济才是硬道理，赚Money，有了Money就能当地主。没权，没钱，伤不起！"

周邰："我请你俩看电影，修复'刚需'受伤的心灵。"

周碧倩："那得晚饭一块儿带上。"

周邰是个爽快人，晚上不仅请陶菁菁和周碧倩吃了顿豪华大餐，还去看了电影。不仅只看电影，还买了好多爆米花。电影散场，周邰开车将陶菁菁和周碧倩送到小区门口，将车停在马路边。

"谢谢你的电影和晚餐！"周碧倩说道。

"太客气，太客气！以后，还需陶师姐多关照，今晚就算我拍马屁。"

陶菁菁："放心，本宫以后一定罩着你！"

周碧倩："罩住罩不住先不说，至少我们奈丝有决心。小周子，再接再厉，下星期接着请！"

周碧倩话音刚落，"砰"的一声，前面一辆倒车的轿车毫不客气地顶在 Q7 的前脸儿上。

昏暗的路灯下，从前面的轿车里窜出一对儿中年男女。

还没等周邰说话，中年妇女指着周邰的鼻子，"你会不会开车？你会不会开车？没看到前面有车吗？！"

周邰突然一愣，"是你倒车撞了我！"

男的冲了上来，"小兔崽子，撞了车还想不承认！"

周邰无奈地摇了摇头，"您这是什么教育出身啊？回去重修幼儿园，估计是来不及了。也没个道德补习班，不然您二位绝对有资格报名。"

"你什么意思？你什么意思？"男的吼道。

"没意思，没意思，赶紧报警吧！"

女的赶紧说道："天都这么晚了，我们还赶着回家呢！要不，你就陪五百算了。我们也就不追究了。把警察叫来，不仅罚款，还得扣你分儿。"

"私了？"周邰问。

"私了！"男的回答。

"不行！"周邰说。

"你……"那男的瞪着眼睛没词儿了。

就在这时，一辆警车停到面前。

"我报警了！"周碧倩说道。

警察刚从车里出来，那一对男女便冲了上去，来了个恶人先告状。十分钟之后，那对男女低头认罪了。原来，周邰车上配了行车记录仪。真是无赖太多，防身必备啊！

和周邰告别，周碧倩恋恋不舍地望着 Q7 消失在城市的黑暗当中。陶菁菁只能动用武力，将周碧倩的脑袋拧过来。

陶菁菁："你是留恋帅哥？还是留恋豪车？"

"帅哥驾豪车，载我去别墅，完美世界呀！"

"我祝你美梦成真。到时候，我住你家，不用租房子了！"

周碧倩撇了撇嘴,"我宁愿出钱给你租套房子,你也别住我家。"

"你也太没良心了吧!"

"三防:防火,防盗,防闺蜜!"

"干吗防闺蜜?"

"怕被偷老公呗!"

"我是那种人吗?"

周碧倩打了一嗝,"我不相信这个会给人染色的社会,太复杂,太善变、太具有欺骗性。现在你是白的,时间长了,谁知道你被会染成什么色!虽然不能未卜先知,总得防患于未然吧!"

自从郑天华在酒吧给陶菁菁买了单,这事儿让陶菁菁一直心怀忐忑。在她的思潮里,只有她给领导买咖啡的份儿,让领导给她掏腰包简直就是自己的罪过。星期一上班,陶菁菁就去找郑天华,忏悔赎罪去了。

陶菁菁把装钱的信封放在郑天华面前的办公桌上,"郑姐,谢谢您!这是星期五酒吧的钱。"

"见到袁虹,你把钱给她吧!"

"要不您替我把钱给袁姐吧!"陶菁菁不假思索地脱口而出。

郑天华抬头冷冷地扫了陶菁菁一眼,"你还是自己给她吧!没别的事儿,你可以出去了。"

陶菁菁立刻晕。她原本预测领导看到自己能够主动还钱,会很高兴。谁不喜欢钱呢!如果有谁主动还陶菁菁的钱,陶菁菁就会很高兴,不贪财的人哪里去找?可没想到,遇到个逆向行驶的郑天华,看到钱还不高兴了。陶菁菁实在是搞不明白,这次她又哪儿得罪了郑天华。

陶菁菁郁闷地出了郑天华的办公间,恶霸张丽娜站到她面前。

"陶菁菁!十点开会!"

"知道了,丽娜姐!"

陶菁菁看了看表,距开会时间还有半个小时。她决定给周碧倩打电话。这位公关姑娘聪明伶俐,脑子里的点子排着队往外走,走上一个月也见不到尾。周碧倩一定能帮她把郑天华的心思拆解清楚,以绝后患。

"周碧倩同志,必须救命!"

"停停停,先别告诉我!让我猜猜,看我第六感准不准。"

"喂，我现在是悲痛欲绝！你这家伙竟然把我的痛苦当成了娱乐节目。"

"一定又招惹了你们领导！"

"已经招惹了，怎么办？"

"你还真以为我是大仙儿！你不说怎么回事儿，我怎么知道怎么办！"

"早上我去郑天华那儿，还她星期五酒吧的钱……"还没等陶菁菁说完，周碧倩就像突然挨了一刀，"啊！你傻了吧！领导请你吃喝，你还去还钱？"

"她也不欠我的，干吗让人家请！"

"你知道单纯是什么意思吗？说你单纯就是说你笨！你也太单纯了，你都单纯到家了！人家领导请你吃喝是表示对你好、器重你、把你当自己人。你非要把钱还给人家！你什么意思啊？对领导有意见？想和领导划清界限？"

"我没这意思！真没这意思！"

"你有，或者没有，你的行为就摆在那里！办公室不是法庭，不提供律师，不给你机会解释，也没人听你解释。办公室里能喘气儿的都把自己当成法院院长，每时每刻都在为自己的利益宣判。只要能在办公室里一息尚存，他们宁可枉杀一千，也决不漏网一人！"

周碧倩的话把陶菁菁吓着了，"那我怎么办？"

"等着被诛杀吧！"

"周碧倩同志，我知道你武功高强。救人一命胜过有人送你劳力士。赶紧帮我想想办法！"

"唉，好吧！我再传授你一招，叫礼尚往来！"

"请我们领导吃一顿？"

周碧倩伤心欲绝地叹了口气，"奈丝，你已经单纯到无可救药的地步了！哪个领导敢吃你一个时刻都想转正的、没有任何背景、穷得要死的实习生的饭啊？你得送她礼物，不能太贵。太贵你们领导不敢收，但也不能是地摊儿货！而且，还得找个她不能拒绝的理由。"

"能告诉我为什么吗？"

"向领导表示你知恩图报的衷心啊！领导不在乎你那点儿钱，他们都比你有钱。领导在乎谁是她的人，谁能百分之百地服从她的命令、跟随她的脚步。"

"那我送什么合适啊？"

"嗯……"周碧倩思考片刻，"你就送化妆品吧！要外国牌子的，商场售价六七百元左右的。你就说你爸前几天出国考察，从国外带回来的。"

"我爸没出过国啊！"

"说你单纯真是抬举你了!你就说你爸出了,谁能查啊!再说,出国考察的能是一般人吗?不是国企高层,就是政府官员。你们领导听了肯定会高看你一眼。"

"哎呀!有了你这个高参,我真是逢凶化吉,转危为安啊!周碧倩,你真是再世华佗!"

"靠,和华佗有毛关系?"

"你治愈了我这颗即将粉碎的心,这比癌症还高危,我刚才差点儿没跳楼!我要去开会了。晚上回去,我多亲你两口,爱死你了!"

距开会时间还有十分钟,张丽娜已经在会议室里候着了,这说明今天的会议主持是傅冬苓。如果是郑天华主持,早到的应该是程晓弈。

陶菁菁走进会议室,"丽娜姐!"

张丽娜哼了一声。

虽然会议室里的座位没贴名签,可在每个人心里座位的次序是已经排好的。每个人按照自己的职位、级别、资格对号入座。你坐错了就会被视为对别人的不尊重,甚至会被认为你有夺权篡位的野心,会被对方视为政敌。

陶菁菁永远忘不了第一次参加栏目部的周例会。那一次,她错坐了张丽娜的位置。那场噩梦整整持续了一个星期,张丽娜对付她比对付杀父仇人还要恶毒一千倍。直到陶菁菁弄清原因,向张丽娜赔礼道歉,这事儿才算了了。

陶菁菁老老实实地坐在自己该坐的位置上。又过了一会儿,程晓弈进来了。这位大姐,陶菁菁也是惹不起的。

"晓弈姐!"陶菁菁恭恭敬敬。

程晓弈微微笑了笑,也没说什么,坐在自己的位置上。周邰不慌不忙地走进会议室,这个陶菁菁就不用打招呼。按排名,这小子得坐陶菁菁之下,可这小子一屁股坐在傅冬苓的位置上。

陶菁菁是个好心人,不能见死不救,赶紧掏出手机给周邰发微信:"别坐那儿,坐我边儿来。"

周邰色迷迷地看了陶菁菁一眼。

陶菁菁预感,周邰肯定是把她的好意给想歪了。

果然,周邰回:"你求我!"

陶菁菁狠狠瞪着他,回:"求你个屁!"

周邰又挑逗地看了陶菁菁一眼,回:"你不求我,我就不和你坐一块儿。"

"这小子还真以为我在和他调情。你要自己找死,我也无能为力。"干脆陶菁菁不搭理周邸了。

傅冬苓进了会议室，看到周邸，迟疑了一下，竟然没发飙。对于傅冬苓的反常举动，陶菁菁简直是震惊。

"我靠！难道'周邸'这个名字能辟邪？"陶菁菁暗想。

傅冬苓不慌不忙地说道："小周，帮我个忙！"

"您说！"

"你帮我把办公桌上的笔记本电脑拿来。"

周邸起身去拿傅冬苓的笔记本。回来的时候，傅冬苓已经霸占了他的座位。还是说句公道话吧，应该是周邸霸占了傅冬苓的座位在先。

周邸坐到陶菁菁边上，还给陶菁菁发了条微信，"我来了。"

陶菁菁回："你还是去死吧！"

会议开始，主要内容是分配工作。专题小组组长：张丽娜；记者：程晓弈；助理：陶菁菁；实习生：周邸。

虽然陶菁菁只是个小助理，但对于她来说这是向着转正迈出的一大步。对于张丽娜来说，专题组组长虽是个拿放大镜都找不到的小官儿，但说明领导有意将她向管理型人才培养。张丽娜回家给祖宗烧香的心都有，绝不会有任何异议。至于程晓弈，这次排名虽在张丽娜之下，但终于实现了她转为记者的心愿。再说，她根本就没把组长张丽娜放在眼里，她的领导是郑天华，其他人都作废。可能这就是领导们想要的忠心耿耿吧！

周邸就不用说了，傻呵呵的，让他干啥他都高兴。会议结束，皆大欢喜！只有一件事儿陶菁菁不理解：为什么郑天华没有参加这次会议？

回到工位，周邸凑到陶菁菁身边，"陶姐，你说早上傅姐让我给她拿笔记本电脑，可从始至终她就没用过。"

"今天你怎么长心眼儿了，观察这么仔细？"

"她要是不用，干吗让我去拿？浪费我时间和体力！"

"她是领导，有权浪费这间办公室里任何一个人的时间和体力。"

"凭什么啊？"

"凭她是领导啊！想在办公室里活下去，就得要习惯经常被领导浪费。对了，下次开会我让你坐哪儿你就坐哪儿。"

"非找机会让我和你亲近亲近？"

陶菁菁无奈地看着他,"车可以乱停、包可以乱放、会议室里的位置是不能乱坐的。我的地位比你高,你地位在我之下,必须坐我下边。这叫等级,懂吗?"

新官上任三把火。刚上任没几个小时,张丽娜就以专题小组组长的名义召集大家开会。参加此次会议的最高领导莫过于张丽娜。于是她一进会议室就一屁股坐在平时傅冬苓坐的位置上,俨然已经把自己当成了领导。

张丽娜如此嚣张,陶菁菁看不过眼。从张丽娜进会议室那一刻,程晓弈的那张脸就已经铁板一块了。

"今天我们专题小组第一次开会。作为组长,我来安排下一步工作。第一期节目,我们要做副市长的专访。我已经和傅姐说过了,傅姐非常重视这次专访。如果大家有什么更好的想法,可以说说!"别说,张丽娜说话的劲儿还真有点儿傅冬苓的范儿。

张丽娜看陶菁菁,陶菁菁看程晓弈,程晓弈看手机,陶菁菁再看周邰,周邰又看张丽娜。一圈儿下来,沉默,谁也没发言。

"如果没意见,下面我就具体安排一下每个人的任务。"张丽娜煞有其事地说道,"程晓弈,你负责联系市政府,把专访副市长的具体时间定下来。还有,别忘了联系孤儿院。"

程晓弈没说话,也没看张丽娜一眼,继续玩手里的手机。

"程晓弈,我的话你听到没有?"

程晓弈终于抬起头,瞥了一眼张丽娜,"听到了。"

张丽娜一脸凶狠的表情,不过这次没搭理程晓弈,"陶菁菁,你把专访要问的问题整理出来,明天交给我。"

"哦,好!"

"周邰,你先熟悉一下我们的采访流程,还有编辑设备的使用。有什么不懂的地方就问陶菁菁。"张丽娜又转向陶菁菁,"陶菁菁,周邰遇到什么问题,你要及时帮他解决。"

"好的。"

"好,今天就到这儿,散会。"

张丽娜刚要抬屁股走人。

突然,有人发言了:"那你干什么呀?"

"我?我是专题小组的组长,当然负责统筹安排!"

还没等程晓弈继续问下去,张丽娜走人了!

"真把自己当鸡毛了！"骂完了，程晓弈也抬屁股走人了。

程晓弈从会议室出来，去找郑天华。没别的目的，就是控诉张丽娜的嚣张气焰。

"天华姐，您也不管管！"

郑天华笑了，"怎么了？"

"张丽娜还真把自己当领导了，太嚣张了！"

"和傅冬苓比呢？"

"那倒是没傅冬苓嚣张。"

"那我去找总监管管傅冬苓，你觉得行吗？"

程晓弈想了半天，"干吗让她当组长啊？根本不需要组长。"

"不让她做组长，傅冬苓能同意让你负责采访吗？晓弈，要想得到东西，必须学会两件事：交换和合作。"

"我知道了，天华姐。那专题小组的事儿您还管不管了？"

"晓弈，你好好干！需要我的时候，我一定管。"

郑天华给焦躁的程晓弈吃了颗定心丸，程晓弈又有底气了。

程晓弈出了郑天华的办公间，雄赳赳气昂昂地从陶菁菁的办公桌前经过。没一会儿，张丽娜仰着脑袋出了傅冬苓的办公间，从陶菁菁的办公桌前经过。

有领导撑腰和没领导撑腰就是不一样。有领导撑腰的那就是领导的化身，浑身上下都带着霸气，没事儿找事儿都没事儿。没领导撑腰的那就是搓衣板儿，谁逮着谁用，没事儿都被找点儿事儿。看着这两位领导面前的红人，陶菁菁是羡慕嫉妒恨。

下午的办公室，空调给过了头，室内温度和储藏猪肉的冷库相比有过之而无不及。办公室里的人们都换上了秋装，陶菁菁的短裙完全抵挡不住这样的人造严寒，坐在椅子上直打哆嗦。

没一会儿，周郜不知从哪儿弄来两件男人的衣服，一件套在他自己身上，一件递给陶菁菁。

陶菁菁嗅了嗅，还好没烟味儿，"哪儿来的？"

"我有朋友在化妆间管服装。"

"你还有这门路！"

"想要哪个主持人签名，找我！五块钱一签。"

"能合影吗？"

"当然！十块钱一照，带签名的十五。"

"你就吹吧你！"

就在这时，一陌生中年男子大摇大摆地走进办公室。那男的个头一米八以上，肩膀很宽，胸很厚，浓眉大眼，高鼻梁。走起路来挺胸抬头，气势如虹。陶菁菁眼珠差点没掉下来。

"喂！"周邰推了陶菁菁一把。

"干吗？"

"你喜欢老男人？"

"要你管！"

"再过二十年，我比他成熟。"

陶菁菁转过头，集中目光在周邰脸上，"唉！太嫩，你太嫩了知道吗？"

就在陶菁菁对付周邰的时候，那中年男人已经进了郑天华的办公室。

"谁啊？"周邰问。

"不知道！你一大老爷们没事儿打听这干吗？干活去！"

这时，陶菁菁办公桌上的座机响了。

"去去去！"终于有机会把周邰赶走了，陶菁菁拿起电话，"喂。"

"小陶！"电话里的声音是郑天华，"帮我倒杯茶。"

"好的！"

陶菁菁端着茶杯来到郑天华的办公间门前，想到要见到刚才那男的，心里不免有点儿小紧张。

"稳住！稳住！陶菁菁，你的兴趣对象不是老男人。"

陶菁菁定了定神，走进郑天华的办公室。

中年男人一条腿搭在另一条腿上，坐在郑天华办公桌对面的椅子上。很放松，就像坐在自己的办公室里，应该和郑天华很熟。

陶菁菁："郑姐，茶沏好了。"

"谢谢你，小陶。"郑天华说。

陶菁菁把茶杯放在中年男人面前的桌子上。那男的身上竟然带着股香水味，手指上没戴戒指，手表挺大个儿，上面有排外国字儿，不认识那是什么牌子，黑皮鞋，黑袜子……几秒钟之内，陶菁菁就观察了诸多细节。

陶菁菁出了办公室，办公间的玻璃门严丝合缝地扣在一起。

郑天华这才说话："老吴，今天怎么有时间跑我这儿来了？"

吴全立没急着回答，起身，在办公间里转了一圈，最后停在窗边，向外张望，"外面的风景不错啊！"

郑天华依然坐在办公桌后的椅子上，看着吴全立，"没法儿和您的总裁办公室比！"

吴全立又走到墙边，目光扫过墙上挂着的几张照片，"我们是乙方，办公室再大也得听你们甲方安排。这照片上都是谁啊？"

"我们频道各栏目部的主编，还有频道领导。"

吴全立继续盯着墙上的照片，"听说你们频道总监要退了，两个副总监不甘寂寞啊！"

郑天华是个从来不对领导品头论足的人。听完吴全立的话，她只是笑，没发表任何评论。

"上去一个副总监，就空出一个副总监的位置。"吴全立转过身，看着郑天华。

郑天华明白吴全立在暗示什么，不过她不想主动把这事儿挑明了。一，她不想主动欠吴全立人情；二，在没搞清楚吴全立今天来的动机之前，还是装糊涂得好。

郑天华不紧不慢地说道："台里的事情不好说。搞不好老总监一走，空降一个总监来，也没准儿！"

吴全立继续看着郑天华，"天华，你就对这个副总监的位置不感兴趣？"

"感兴趣也没用，我也说了不算啊！老吴，说说吧，今天找我有什么事儿？"

"没事儿，我就不能来看看你？"

"这么多年，今天你可是头一次进我的办公室。"

吴全立笑了，坐回椅子上，"老董在的时候，我哪敢儿往你这儿钻啊！老董会嫉妒的。"

郑天华笑了，"好啦，说正经的吧！"

吴全立直了直腰板儿，"听说你们台要搞制播分离。大部分节目都要外包给外面的制作公司去做，台里只管审查和播出。"

"你消息比我灵通，我还真没听说这事儿。"

郑天华没撒谎，她确实没听说过这事儿，但台里也确实要搞制播分离。只不过，这次改革打头阵的不是郑天华所在的新闻频道。

"据可靠消息，你们要在综艺频道搞试点。我得求你帮我找找关系啊！"吴全立终于说明了来意。

"你不是和我们台里的人很熟吗？"

"再熟，也都是利益关系，不是朋友啊！这事儿必须找一个和上面关系特别好，而且上面能够信得过的人才行。姜副台长以前在你们频道当过领导，你和老董不都是他一手提拔的。所以，我来找你啊！"

"这么历史悠久的事儿你都打听得到。老吴你不做FBI，可惜了！和我说实话，你在我们台里安插了多少眼线？我们台长家的门牌号你都知道吧？"

"天华，这事儿真要拜托你了。"

"联系倒是可以。不过……"郑天华有些犹豫，"我也不知道能不能说上话，毕竟他离开我们频道好多年了。"

吴全立双眼一亮，"只要能坐下来聊聊就行。"

"你可别做违法乱纪的事儿，姜台可不是拿钱能买通的人。"

"放心，就是认识认识，让他了解一下我们公司的实力。"

"那我试试！"

吴全立把话题给转了，"天华，副总监的位置，我觉得你应该争取。在财力和精神上，我百分之百支持。"

无论是出于对郑天华的关心，还是出于某种交换条件的暗示，这话吴全立还是说了。

第十章

虎口脱险

下班时间到了,办公室里没一个提起屁股走人的,大家似乎都在兢兢业业地埋头苦干。谁让傅冬苓和郑天华都没走呢!领导不动,谁也不想让领导看到自己先动。

陶菁菁也没动。不过即使领导走了,她也动不了。她是越到下班越忙,因为别人没干完的活儿都扔给了她。陶菁菁的手机响了,是她亲爱的老爸打来的。

陶菁菁来到走廊,接起电话,"老爸!"

"菁菁,工作怎么样?"

"老爸,我有个好消息告诉你。我们要做一个非常重要的系列专题报道,台里领导特别重视。我们主编让我进专题小组,做记者助理。我很快就能转正喽!"

虽然是对着手机说话,可陶菁菁依然是眉飞色舞,跟过年似的。

"好事,好事,老爸期待你的好消息。"

"爸,您身体怎么样?我妈最近没欺负你吧?"

"我身体挺好的!让你妈和你说话。"

"陶菁菁,陶菁菁……"这时,张丽娜的吼声在走廊里回荡。

"爸,下次再和我妈说吧!我得回去工作了,估计今晚得加班。"

"菁菁,注意身体啊!"

"放心吧,老爸!我先挂了哈。"

就在电视台的办公大厦楼下,陶菁菁的父亲揣起手机。

旁边的母亲急切地问道:"菁菁怎么样了?"

"闺女挺好!领导挺重视她,让她参加一个很重要的节目。她说,做完这节目就能转正。"

"能转正,我就放心了!"母亲很高兴。

"晚上闺女要加班。"

"我来看病的事儿千万别告诉菁菁。让孩子安心工作,转正是大事儿。"

父亲点头同意,"咱俩找个旅店先住下。"

老夫妻牵着手,消失在人群中。

张丽娜左手拎着她那路易斯威登的高档挎包,右手握着车钥匙,来到陶菁菁面前。

从张丽娜这副架势分析,陶菁菁敢肯定,傅冬苓和郑天华一定是下班走人了,而且张丽娜肯定要把她没干完的活儿扔给自己做。

张丽娜:"一会儿快递来送张光盘,地方站送来的。我把你电话给他们了,你把光盘收好。千万千万别弄丢了!明天要上新闻,千万别弄丢了。"

"好的,丽娜姐,我记住了!"

"千万别弄丢了,重大活动,上面领导钦点的!"

"我知道了,丽娜姐。"

张丽娜踩在几厘米高的高跟鞋上,三步一扭、两步一晃地离开了办公室。

尽管陶菁菁被张丽娜抓来加班,可这次张丽娜并没有得到陶菁菁的诅咒。领导分配给陶菁菁的工作很明确,专题组助理。作为助理,收发快递是陶菁菁的本职工作。现在加班与以往不同,以前陶菁菁是为别人的业绩加班,现在陶菁菁是为她自己的业绩加班。

如果所有的活儿张丽娜都自己承包了,陶菁菁这个助理岗位也就完全失去了存在的意义。现在都是定岗定编,没了岗位,还要人干什么。这一点陶菁菁心里明白。她期望张丽娜什么活都不想做、都不愿意做、都不去做、都由她来做。她肯定认真做、仔细做、任劳任怨地去做。

"助理姐姐,等谁呢?"周郘出现在陶菁菁面前。

陶菁菁很严肃:"工作!"

"反正我没事儿,我陪你。办公室空荡荡的,一个人太孤独、太寂寞、太无聊!"

陶菁菁自认为她刚才回答得很严肃,很有威严。可周郘这小子还是嬉皮笑脸,没一点儿做实习生该有的温顺和谦卑!

陶菁菁很生气,"去去去,该干吗干吗去!"

要是张丽娜这么和陶菁菁说话,陶菁菁早就灰溜溜地走人了。可周邰这小子脸皮真比城墙厚,不仅没走人,还一屁股坐在陶菁菁边上。

"领导不是让我和您学习嘛!师姐不下班,师弟也不敢先走啊!"

"你不陪女朋友啊?整天在这儿穷泡!"

"陶姐姐,你真有男朋友?"

"有!"陶菁菁斩钉截铁地回答道。

"真有假有?怎么看着不像呢!"

陶菁菁狠狠地瞥了这小子一眼,"怎么不像?"

"每次加班,怎么也没见有男士来接师姐啊?"

陶菁菁瞪着周邰,"你以为人人都像你,游手好闲,靠爹娘吃饭!男人要工作,要有事业,你懂嘛你?"

虽然大道理陶菁菁讲得像个名人,事实上周邰的问题确实让她想了。陶菁菁是个女人,一个小女人。无论是心理上,还是身体上,她不仅需要男朋友的甜言蜜语,更需要和男朋友时不时在一起挤一挤,感觉男友的爱,感觉男友的存在。每次受了气,被欺负加班,顶着夜色走出办公大楼的时候,陶菁菁最希望能够看到路灯下张军等待她的身影。可是,每次那灯下站着的人都与陶菁菁毫不相干。

有件事儿,陶菁菁跟谁都没说。上次张军回来,让她陪客户唱K。其实,那天是陶菁菁的生日。陶菁菁忘了,张军没想起来,周碧倩也忘了,没人记得起她的生日。直到第二天在地铁上翻手机,老爸老妈发来的生日祝福才让陶菁菁想起自己的生日。当时,她差点哭了。可进了办公室,忙起来,把哭的事儿给忘了。

陶菁菁没怪张军,也没生周碧倩的气。自己都不记得自己的生日,凭什么责怪他们呢!现在这个社会,每个人都在为生存忙碌着,陶菁菁理解。不过,她还是有一个小小的心愿,希望张军爱她比爱自己的事业稍微多一点,一点点就好!当然,不是说要让男友为她放弃事业。她只需要男友表示一下就行,哪怕就一个短信!

办公室里,陶菁菁等了两个多小时,也没见到快递的影子。不过,这两个小时也没闲着。和周邰这小子瞎贫,陶菁菁回顾了一下大学时代的美好生活。电话响了,打断了陶菁菁对大学时代的缅怀。

"台门口,好的!我马上下去拿。"

陶菁菁刚要冲出办公室,被周邰拦住,"你怎么不带包?"

"我得把光盘送回来。"

"不就一张光盘嘛!装包里,明天带来不就成了,干吗费劲再爬一遍楼!"

陶菁菁想想也是。于是,她取了光盘,在台门口等周邰出来。没一会儿,那辆Q7停在陶菁菁面前。

周邰的脑袋从车窗里探出来,"上车!"

"这到底谁的车?你还没还?"

"我爸公司的!"

"你还真是富二代?"

"小公司,最值钱的就是这辆车,充门面的。"

"那也成啊!"

上了周邰的车,两人兴高采烈地去了市中心。

人和财之间需要缘分。你俩有缘,随便买张彩票,躺在床上就几千万。你俩没缘分,攒多少钱都是给别人准备的。陶菁菁就是后者,一个和钱没缘分的可怜虫!上星期五酒吧,钱没嘚瑟出去,但也没攒住,这次给郑天华买了化妆品。

"陶姐,你要买化妆品提前告诉我。我让人从香港给你带,比这儿便宜多了。"

"下次?不会再有下次了。香港再便宜我也用不起这个价位的化妆品。这哪是化妆品啊,简直就是把一沓人民币搅碎了,磨成末儿,往脸上糊。"

"嫌贵,还买?"

陶菁菁没回答,她转移了话题,"小周子,我请你吃饭!"

"好啊!"

今天周邰没和陶菁菁客气,估计看出陶菁菁有钱来了。不仅不客气,周邰还选了个一碟凉菜就能吃进陶菁菁几天伙食钱的地儿。

看了菜单上的价格,陶菁菁虽然心肝儿颤抖,可这次她也想开了,"反正姐姐我与钱无缘,花吧!今天不吃进肚子里,明天不定又落到谁腰包里了呢!"

吃完饭,送完陶菁菁,周邰回到家。他一头栽倒在床上,看上去很郁闷。他老妈却兴高采烈地推门而进。

"儿子,送陶姑娘回家了?"

"妈,你又不敲门!"

周邰母亲一脸委屈,"我敲了,你没听见。儿子,想什么想得脸上都有褶了。

男人的皮肤也需要保养。"

周邰把枕头往脑袋上一捂,"陶姑娘今天把身世全招了!"

"是吗?她和你交心都交到这份儿上了,好事儿啊!"

"好什么好啊!人家有男朋友,而且是大学时的初恋。"

周邰母亲皱了皱眉头,"她男朋友干吗的呀?"

"在外地工作。两人正为创建美好未来共同努力着,志同道合,难解难分。"

"这么说,咱要是第三者插足,不太好!"

周邰呻吟道:"真正的爱是把一个人深深地藏在心底,远远地望着她,就是一种幸福!"

"儿子,你没事儿吧?"周邰母亲把手放在周邰的额头,"没发烧啊!怎么就开始说戏词儿了!儿子,你说的都是自欺欺人的话,只有无能的人才用这些话粉饰自己的无能。无论是商场厮杀,还是爱情火拼,勇往直前才是真理。"

周邰把脑袋从枕头底下抽出来,"妈,你是不是找了个九〇后做秘书?从哪儿学来的这些高深莫测的理论,思想境界完全位于国民前列。"

午夜十二点,陶菁菁突然给周邰打来电话。

"陶姐姐,不是梦见我了吧?噩梦,还是美梦?"

"梦见你个头!光盘是不是在你车里呢?"

"什么光盘?"

"快递送来的那张光盘。"

"不知道!明天早上我看看。"

"你现在就去看!"

"这都几点了!"

"快去!"

"好,我去我去!找到了给你回电话!"

"没找到,也给我回电话。"

坐在床上,陶菁菁心急火燎地等周邰的消息。一分钟,两分钟,三分钟……足足过了十分钟,生命就像走过了十年,依然没有周邰的消息。

陶菁菁再次拨通周邰的电话,"喂,找到没有?"

电话里传来一阵抽水马桶的声音。

周邰提上裤子,"还没开找呢!刚去了趟洗手间。"

"还不赶紧找。找不到,明天就是咱俩最后一面。"

"不至于吧!"

"怎么不至于!张丽娜不杀了我,她也得逼我自己跳楼。快找!"

周邰撅着屁股在车座下面摸来摸去,电话又响了。

"怎么这么久?找到没有?"陶菁菁着急。

"没有!坐垫底下都找了,没在车上!"

陶菁菁一屁股坐在床上,"完了,这次死定了!我应该把光盘送回楼上的。"

"不就是一张光盘嘛,什么了不起的啊!"

周邰不屑的态度让陶菁菁出离了愤怒,"对你来说当然没什么了不起!光盘丢了,他们就得让我走人!"

"不可能!不会因为一光盘,就开除一个记者的。"

脱缰的情绪已经由不得陶菁菁的理智去控制了,她用几乎接近嘶吼的嗓音喊道:"我也是实习生,和你一样,实习生!没有光盘值钱,你现在高兴了吧!"

陶菁菁没心思再和这小子说半个字了,挂断电话,眼泪不由自主地掉下来。不为别的,只为了那些受过的委屈,为了那些付出的努力,为了失望的父母,为了自己大意而丢掉的前途,为了她今晚之前所做的一切努力。

一大早,陶菁菁就到了办公室,等着张丽娜的到来,等着对她的宣判。等待中,时间被拉得好长……好长……陶菁菁脑子里全部塞满收拾物品滚蛋的画面。陶菁菁不幻想会有什么奇迹发生,因为这间办公室从来不会为她准备奇迹,有的只会是对她的嘲笑。

十点整,张丽娜急匆匆进了办公室。见到陶菁菁,就喊道:"陶菁菁,赶紧把昨天送来的素材给我,中午要上新闻。"

"丽娜姐,没……没了。"

"没了?什么没了?"

"光盘……光盘没了。"

张丽娜像匹受惊的母马,直勾勾地盯着陶菁菁,目光里到处都是惊恐,到处都是绝望。陶菁菁知道这下她是闯下大祸了,这祸都把张丽娜吓得浑身发了抖。

"没了?你去找啊!还不赶紧找去!"张丽娜边声嘶力竭地叫喊,边将陶菁菁办公桌上的文件全部扔到地上。

"丽娜姐,我找了一晚上了!都没有。"

张丽娜两排牙齿咬得咯吱吱作响，一只手死死抓住陶菁菁的胳膊，用力往外拖。另一只手高高举起，指着傅冬苓的办公间，歇斯底里地号叫着，"去！你去说，说你把素材搞丢了！去啊！你去说，说你把素材搞丢了。"

陶菁菁的身体跟着倾斜，身上的每块肌肉惊恐得紧紧贴在骨头上，脑子里一片空白，站在原地任由张丽娜推搡。所有人的目光都聚集在陶菁菁和张丽娜身上，估计他们一辈子都没见过这样激动人心的微电影。

陶菁菁被张丽娜足足骂了十分钟，这十分钟从张丽娜嘴里喷出来的恶毒词语足以撞翻一辆火车。

十分钟之后，周郜出现在陶菁菁和张丽娜面前，从包里掏出那张光盘。

"陶姐，这是你的光盘。"

张丽娜一把抢过光盘，而陶菁菁直接给了周郜一记耳光。这次该轮到陶菁菁歇斯底里了，"好玩儿是吗？这么玩儿我，特痛快是吗？"

这情景让那些围观观众的瞳孔比刚才又放大了一圈儿，就连张丽娜都看得目瞪口呆。

周郜没有反击，抱歉地说道："对不起，陶姐！"

此刻，全体目光集中在陶菁菁脸上。

"看什么看？要不要买票再看一遍？"

全体目光下垂。

这事儿就这么过去了，陶菁菁没被开除，她也没再和周郜说过一句话。不过，从这天下午开始，不知道为什么，好多同事开始打听陶菁菁和频道周副总监的关系。

办公室是个流言扎堆儿的地方。不知道什么时候，飞来顶帽子，扑哧扣你脑袋上，你想摘都摘不下来。

茶水间里，王姐和李姐两个老员工正在咬耳朵根子。

王姐："你听说了吗？现在都传，陶菁菁是周副总监的私生女。"

李姐："你也听说了？"

王姐："大家都这么说！"

这时，张丽娜走进茶水间，凑了过来，"你俩聊什么呢？"

李姐："丽娜，你没听说关于陶菁菁的事儿？"

"陶菁菁？陶菁菁怎么了？"

王姐："有人说，陶菁菁是周副总监的私生女。"

张丽娜不屑，"得了吧，王姐，陶菁菁哪有那好命啊？不可能。"

李姐翻着难以置信的白眼儿说道："这可不好说。即使不是私生女，那也有关系。不然，陶菁菁敢大庭广众之下打周副总监的侄子。打完白打，什么事儿都没有！"

王姐赶紧接上，"丽娜，你还是去打听打听，无风不起浪啊！陶菁菁万一真有什么来头，你平时……还是小心点儿好！"

茶水间里的谈话让张丽娜一上午都没心情工作，万一陶菁菁是隐藏的皇亲国戚，自己可就惨了。

吃过午饭，她来到陶菁菁的工位前，柔声细语地说道："小陶，有没有时间去喝杯咖啡啊？"

陶菁菁是极不想和这个恶霸去喝什么咖啡。想起那天张丽娜对自己发疯的样子，陶菁菁就恶心。可陶菁菁又必须和她去喝咖啡，因为她没有拒绝张丽娜的实力。

台里的咖啡厅在三楼，人不多。张丽娜找了个角落，两人坐下。

"丽娜姐，你喝什么，我去买。"

"不用，不用，你喝什么，我去买。"

陶菁菁简直不敢相信自己的耳朵，"别别别，还是我去买。"

张丽娜将陶菁菁按在椅子上，"跟你说了我买就我买，坐着别动啊！"

没一会儿，张丽娜端着咖啡回来了。

"小陶，我问你点儿事儿？"

"什么事儿，丽娜姐？"

"你和周副总监是什么关系呀？"

"没关系！"

"小陶，你就别谦虚了。"

"丽娜姐，我真没谦虚。"

"你要和周副总监没关系，那你爸肯定和咱们台高级领导认识！不然你敢打咱们频道周副总监的侄子？"

"我……我没打过周副总监的侄子啊！"

"周邰呀！"

"周邰是周副总监的侄子？"

"菁菁，你千万别说你不知道，全频道的人都知道这事儿。而且，你和周邰走得那么近，你就别装了。这咖啡可别让我白请，多少你也透漏点儿内部消息吧！"

"周邰这小子是部门周副总监的亲侄子！"想到这儿，陶菁菁差点儿没从椅子上滑地下。

陶菁菁清楚自己平时对周邰的态度简直可以用"恶贯满盈"来形容。周邰是周副总监的亲侄子，这噩耗简直就是断了她的前程，这次撞到枪口上了。陶菁菁决定请客吃饭，她要主动请周邰那小子吃饭，赔礼道歉以保住自己的实习工作。

说陶菁菁没骨气？换成谁，都得去找周副总监的侄子道歉！不找？别大言不惭行嘛！你毕业没工作试试。房租你不交？水费你不交？电费你不交？电话费、上网费、饭费都向你爸妈要？毕业半年还靠父母养着，陶菁菁觉得自己够无耻的了。为了不继续无耻下去，她决心必须向周副总监的侄子道歉！

回办公室的路上，陶菁菁纠结。早知周邰这么有背景，当初就不那么绝情地把两人的关系一折两段。现在想再续前缘，真是难了。面对面邀请周邰吃饭，陶菁菁是没这个脸了。最后，她决定发微信，文字沟通。

坐到办公椅上，陶菁菁掏出手机，"喂，小周子，干吗呢？赶紧汇报！"

陶菁菁为什么语气还这么不客气？因为心虚，声音大点儿给自己壮胆。

"你转过来不就知道了。"周邰回。

"周邰就坐自己身后，还问人家在干什么，真是没脑子。"想到这儿，陶菁菁的心更虚了。

她调整了一下态度，又发，"晚上一起吃饭吧，你可以免费。"

周邰回了四个字，"请我吃饭？"

"去不去？"陶菁菁有点急躁。

"给个正当理由先！"

陶菁菁寻思了好一会儿，回："给你个机会，解释那光盘的事儿。"

等了半天，周邰也没回。不回，相当于婉拒啊！陶菁菁的心七上八下，如果周邰把自己的邀请拒了，那就等于自己别想再留在台里了，卷铺盖走人的时间到了。

陶菁菁越慌越瞎想，越瞎想越不往好处想。她鼓了鼓气，又给周邰发了条微信，"到底去不去？"

这次周邰回了："张丽娜在我这儿，一会儿再说。"

"这小子语气硬起来了！不就是副总监的侄子嘛，又不是总监的侄子，牛什么牛！"陶菁菁心里这个气。

她忍不住偷着往后看，张丽娜果然正在周邰的电脑上找什么文件。

没一会儿，周邰又发来微信，"下班停车场见！"

"必须讨价还价，不能让这小子看出我心虚来。"陶菁菁下定决心，回微信，"下班大门口见！"

"好吧，你在台门口等我。"

这次吃饭，陶菁菁准备付钱，所以找了个她能消费得起的馆子。馆子装修不错，气氛不错，菜品也不错，价钱不宰人。馆子的生意很火，刚下班的小白领们在门外排起了长队。幸好陶菁菁聪明，提前打电话定了位子。这月陶菁菁花销太大，为防止周邰这小子胡点，自己不至于卖血，陶菁菁不仅订了位置，连菜都事先点好了。

周邰四处张望，"这儿气氛不错！"

陶菁菁可没心情和周邰谈情调，这次吃饭的主要目的是向周副总监的侄子赔礼道歉。不管什么原因，打人就是不对！可一看到周邰这小子，陶菁菁就觉得他像个瘪三！"对不起"这三个字卡在嗓子眼儿里就是吐不出来。

憋了半天，陶菁菁最后准备学猪八戒倒打一耙。

"你是不是对我有意见？"陶菁菁扮演出一份严肃的表情。

"没有啊！没意见。"

"那你干吗戏弄我？"

"陶师姐，'戏弄'这词儿实在是用得严重了。对您，我只有崇拜和尊重。"

"还装蒜！你不是说光盘没在你车里嘛。我一晚上都没睡，头发掉了无数，数都数不清。第二天早上还让张丽娜喷了我一身狗血，到现在还有异味！损失大了我。"

"对不起，对不起！"

听到周邰的道歉，陶菁菁一下子美起来了，她决定得寸进尺，"对不起就完啦？我差点被走人！你知不知道，给我带来多大的精神伤害！"

"当时光盘真没在我车上，我想光盘可能丢在咱们前一天晚上吃饭的地儿了。一早，我就去那儿找，还真找到了。"

陶菁菁没想到，这个往日无亲、近日无故的傻小子竟然能为她这个没有金钱、没有背景的小实习生一大早跑去找光盘！

在这个城市生活了这么多年，所有物件都是那么冷，所有人都是有所图，突然冒出个暖心的，感动得陶菁菁想哭！

"拿到光盘我应该给你打电话。当时一心想着赶紧回台,把盘给你,就把电话这事儿给忘了。"周邰说到这儿停了,莫名其妙地看着陶菁菁,"喂,你……你怎么哭了?"

"谁哭了?"

"脸上什么呀?皮肤渗水了?"

"去去去,讨厌!"

"陶姐,您别哭了成吗?最受不了你们女人掉眼泪!"

陶菁菁不好意思地擦了把眼泪,"对不起啊!不该打你。"

"内疚?"

"嗯!"陶菁菁点点头。

"好办!我打回来,你就不内疚了。"

"你敢!"

就这样,陶菁菁和这小子言归于好。

陶菁菁闪完感动的泪花,还有件事儿要做,就是揭穿周邰的真实身份。不过,陶菁菁动了个小心眼儿。她想,绝不能让周邰看出来自己知道周邰的身份。否则,刚才那点真实的泪花非被周邰认为是演戏不可。

男生们请注意了,再傻的女人也是有心计的!

陶菁菁彻底不哭了,她问周邰:"传言说我是周副总监的私生女。我打你,怎么就和周副总监挂上钩了?"

周邰光笑,不答。

"喂,问你话呢!不说实话,咱俩的友谊就此各回各家,从今往后谁也别搭理谁。"

周邰嬉笑,"周副总监是我二叔。"

陶菁菁装得一副惊讶状,"周副总监是你叔叔?那你不早说?"

"低调!低调!"

"还有什么没招的?别藏着掖着。"

"从我开始往后数三代,爷爷是退休老干部,老爸是上市公司老总,我……我也不在广播学院上学,我在美国加州读书。"

"小周子,潜水潜得挺深啊!有女朋友吗?"

"没有!"

"不信!"

"真没有！要不你试试。做我女朋友，我肯定不拒绝。"

陶菁菁一脸贞洁烈女的节操，"我是有男朋友的人。警告你，别打我主意！"

就这样，陶菁菁再次把周大少给回绝了。

周大少长叹一声，"可惜了！"

"去去去！和你在一起就不可惜？自恋狂！对了，你没到你叔那儿告我黑状吧？"这是陶菁菁最想知道的。

"我没说。"

陶菁菁一脸欣慰的表情。

周邵："但我叔问我来着。"

"骗子！你不说，他怎么会问你？"

"下面人告诉他的呗！"

"那你怎么说的？"陶菁菁紧张起来。

"我说我用美国方式向你展示了我对你的爱慕之情，你就用中国式思维判了我流氓罪，赏给我一耳光。"

"你干吗这么说？"

"你不是要转正嘛！早就知道你是实习生。一直没说，就怕你……"说到这儿，周邵指着陶菁菁的左胸。

"流氓，耳光没白给你。"

"我是想说，怕伤了你那颗价值连城的自尊心！"

陶菁菁的眼泪再次从眼眶中滚落。

沙发上，周碧倩肆无忌惮地摆着让男人流口水的姿势，看着手机。这时，陶菁菁回来了。

"怎么样？得到周大公子的谅解了？"周碧倩问道。

陶菁菁如释重负地坐在沙发上，"放心，全部拍平。"

周碧倩凑到陶菁菁面前，端详陶菁菁的脸，"奈丝，可以啊！花了多少眼泪，骗取周大少的同情？"

陶菁菁伸手搂住周碧倩，"现在我有两个知己。一左一右，此生足以！"

周碧倩推开陶菁菁，"看来，你用眼泪把周邵泡成你的蓝颜知己了！再往下，你就有俩男朋友了！"

"我和他说，我有男朋友。我可是个从一而终的女人，必须断了他跨界的邪念！"

"奈丝，你这门关得也太死了。万一张军有新欢怎么办？"

"他不是那种人！"

"你就这么相信他？我觉得，你最好还是给自己留点儿余地。"

"倩倩，别吓我！你不是有什么瞒着我吧？"

"神经病！张军有没有新女朋友怎么会通知我？我就是说，别太相信男人，给自己装个备胎，没什么不好！"

"那不就是脚踩两只船，我可没那么长的腿。而且，张军对我很好啊！虽然现在两地分居，我和他都在努力，生活总会好起来的！"

"奈丝，你可真是正能量的代言人！"

专题小组的第二次会议在早上十点开始，张丽娜依然坐在领导的位置上。

"今天主要是分配采访任务。"张丽娜拿起桌上的日记本，一副君临天下的气势，"程晓弈，明天你和周邰去孤儿院……"

没等张丽娜说完，就被程晓弈打断，"明天没时间，我要去做副市长的专访。"

张丽娜似乎早知道程晓弈这么说，她淡定地回答道："副市长的专访你不用去了，你去孤儿院。"

"我联系的专访，凭什么不让我去？"

"凭我是专题组组长，所有采访由我统筹安排。"

"好啊！请问组长，副市长的专访您安排谁去？"

"我和陶菁菁去就行！"

听到张丽娜要带自己去专访副市长，陶菁菁感觉就像天上掉块儿一百克拉的大钻戒。陶菁菁对张丽娜竟然产生了感激之情。

程晓弈冷冷一笑，"张丽娜，你也太明目张胆地不要脸了！"

"晓弈姐，你就认了吧！人家是组长，叫你干啥你就干啥呗！你要再闹，没准儿我也去不成了。上帝保佑，您可别闹了。"想到这儿，陶菁菁的良心蹦了出来，"我是不是太自私了啊？其实，张丽娜确实有点那啥。毕竟是程晓弈联系的采访，你这么横刀夺爱，实在太不要Face。"

"程晓弈，有时间多刷刷你的臭嘴！"

"张丽娜，你还真把自己当干部了？"

"我就把自己当干部了，怎么着？有本事，滚蛋，别干呀！"

"我不干，你觉得你能得到什么好处吗？"放下话，程晓弈卷铺盖走人了。

第十一章

办公室里都有个不要脸的

带着愤怒和委屈,程晓弈推门冲进郑天华的办公间。

"又和张丽娜追尾了?"郑天华笑着问道。

程晓弈把事情经过说了一遍。她倒是很诚实,没添油没加醋,陈述了一遍事实。程晓弈在领导面前的诚实要归功于郑天华的多年培养。对自己的领导一定要实话实说,这样领导才能正确地判断事态的发展,才能帮你打赢每场"官司"。

听程晓弈痛诉完张丽娜的罪行,郑天华基本明白了。明摆着,张丽娜一副抢功的架势,而且把周副总监的侄子分给程晓弈也是有意为难。

虽然周邰名义上是程晓弈的助手,可谁敢真拿领导的侄子当助手用?带周邰采访,倒不如说是给程晓弈分配个保姆的活儿。真正能干活儿的还是陶菁菁,没门没派的才是真正干活的人。

程晓弈知道找靠山,张丽娜也不傻,跑到傅冬苓那儿给程晓弈告了一大黑状。不过,她和程晓弈可不一样,添油加醋的活儿张丽娜是驾轻就熟。傅冬苓道行深,怎么可能会被张丽娜蒙骗。

傅冬苓拉着脸,"知道这次专访副市长是抛头露面拿功劳的活儿,你自己为什么不去联系?采访是程晓弈联系的,你非要硬抢。换成是你,你能就这么放给别人吗?"

张丽娜没想到,傅冬苓不仅没有替她出头的动向,反而数落起自己。

傅冬苓继续:"张丽娜呀,张丽娜!你最大的毛病就是对工作太懒散,心思都跑哪儿去啦,啊?如果你继续这么下去,以后怎么做领导?"

这话给张丽娜整晕了，"傅姐，您的意思是？"

"你呀，看问题不要老盯着眼前，要看长远。频道要在每个栏目部安排一个助理主编的职位。"

"您是说让我做助理主编？"

"不是我让你做你就能做得上的，多少人都盯着这个位置呢！郑天华和程晓弈不会轻易就放过这个职位的。我为什么让你做组长？你以为郑天华和程晓弈不想这个问题吗？"

没想到傅冬苓脑袋里藏着这么大一计划，让张丽娜佩服得五体投地。

"傅姐，那你说我怎么做？"

"采访不是你的工作重点，把节目做好，把人管理好，才是你的任务。节目做得好，台里领导认可，那就是你这个组长的功劳。不要把自己局限在小记者的圈儿里，懂吗？"

"懂，傅姐！可专访副市长这么重要的活儿也不能给程晓弈去做啊！"

"这事儿我来处理，你记住我刚才和你说的就行。还有，助理主编的事儿别到处去说。"

"我记住了，傅姐。"

张丽娜迈着官步从傅冬苓办公室出来，胸比平时挺多了，脸上露出得意的笑容。

上午就这么过去了，没人通知陶菁菁和周邰明天的采访到底怎么安排。中午，奇迹出现。傅冬苓和郑天华竟然说说笑笑地一起去吃午饭。办公室里的小朋友们全都惊呆了。

今天的怪事儿接二连三。傅冬苓和郑天华刚走，张丽娜竟然对陶菁菁和周邰发出邀请，说一起吃午饭，她请。周邰说中午和哥们约好了，这下剩下陶菁菁一个人。

现在正是张丽娜和程晓弈交战之时，陶菁菁可不想和张丽娜混在一起。虽然是免费午餐，但很可能要付出比午餐更大的代价。可不去，又没什么正当理由。在程晓弈锐利的目光中，陶菁菁跟着张丽娜离开了办公室。

"菁菁，你吃啊！别客气。"张丽娜一改往日奴隶主的态度，对陶菁菁是和颜悦色，不知道的还以为两人是多年的姐妹。

地主不剥削，改行做慈善，陶菁菁突然不适应了，"丽娜姐，有什么事儿，你说就是了。"

"菁菁，你对副市长的采访有什么想法和建议没有？"

"我？"陶菁菁一脑门子汗，不知道张丽娜又要给自己挖什么坑儿。没弄清张丽娜给自己下的什么药之前，最好控制住自己的嘴，"没，没意见，听从领导安排。"

"听从领导安排是应该的，不过也要有点自己的想法吧！年轻人对工作要有积极的态度，听之任之，那不就成了混日子了。"

一个平时混日子的张丽娜，转身成了人生导师，陶菁菁被彻底搞蒙。

"丽娜姐，我没做过采访，我不太懂。"反正不管张丽娜怎么说，陶菁菁始终保持谦虚谨慎的防御姿态。

"我给你安排一个任务，回去琢磨琢磨专访副市长要问什么问题。把你的想法写下来，明天交给我。"

"真去采访副市长？那……"陶菁菁本想给程晓弈说句公道话，可想想，说了也是找骂，还是算了。

下午，傅冬苓和郑天华又高高兴兴地回到办公室，各自进了各自的办公间。又过了半个小时，张丽娜通知大家开会。傅冬苓进来了，郑天华也进来了，张丽娜乖乖地坐回了自己的位置。

会上，傅冬苓和郑天华谁也没提上午的事儿。傅冬苓重新宣布专题小组组员的工作任务。张丽娜依然是小组长，主要负责团队管理，与上级沟通，与其他团队的资源协调。程晓弈为副组长，主要负责外联和采访。

最后傅冬苓宣布明天副市长的专访还是由张丽娜去做，陶菁菁以记者助理的身份陪同。周郃协助程晓弈去孤儿院采访。

"天华，你有什么意见和想法？"傅冬苓很客气。

"没有！"

虽然张丽娜和程晓弈的冲突外漏，但傅冬苓和郑天华却是有史以来出奇地团结。姜还是老的辣，郑傅二人在这个项目中都看中了自己能得到的东西，谁也不想搞砸，搞砸了对谁都没好处，这就是合作的动力。

快下班的时候，袁虹来了，进了郑天华的办公间。没过一会儿，两人从办公间里出来，叫上程晓弈。仨人去了停车场，上了郑天华的车，走了。

"天华姐，凭什么让张丽娜做副市长的专访？"看来，程晓弈还是不服气。

"不让一让，傅冬苓能同意加个副组长的位置吗？更不可能让你完全负责安排以后的采访啊！"

"专访副市长是重头戏，其他的不都是配菜嘛！"

"晓弈，你刚开始做采访工作，主要任务是积累经验。"

袁虹点了支烟，"晓弈，你天华姐是在给你铺路呢！"

"我没明白您的意思！"

袁虹吐了个烟圈儿，"要做领导，就要熟悉下面的业务。"

"我能做什么领导啊？"

袁虹回答道："很快你们栏目部就要有一个助理主编的位置。如果你能成为助理主编，等你天华姐成了副总监，你就可以名正言顺地成为副主编。"

"天华姐，副总监的位置定了？"程晓弈惊喜地问道。

郑天华说："老总监还没退，八字儿还没一撇呢。助理主编的位置还没正式宣布。晓弈，你心里有数就行，先不要说。"

"天华姐，我明白。"

"下个星期，我们去庙里拜一拜。"袁虹说。

"你什么时候开始信佛了？"郑天华问。

袁虹叹了口气，"命运不是自己想怎样就怎样的！有点儿信仰，有助于心灵净化。"

郑天华开玩笑地说道："幸好当年没介绍你入党，不然我就犯错误了！"

车子渐渐驶离市区。

"怎么走？"郑天华问袁虹。

"向右，过俩红绿灯，再右转，就到。"

郑天华将车停在一座院门前，一位五十多岁的中年女人微笑着向她们挥动着手臂。郑天华、袁虹和程晓弈仨人下了车。

中年女人迎了过来，"你们好，你们好！"

袁虹笑容满面，尊敬地说道："孙校长您好！我介绍一下，这是我朋友郑天华和程晓弈。她们是电视台的，正在筹备一个关于孤儿的专题节目。"

孙校长笑容不减，"好啊，好啊！谢谢你们对孤儿的关心和帮助。"

"您客气了，应该的！"

袁虹又给郑天华和程晓弈介绍："这位就是孤儿院的孙校长。"

大家互相握了手，然后三人随着孙校长进了院子。院子不大，正对着院门是连着的三间平房，房前是一块小操场，操场上摆着一个锈迹斑斑的篮球架，操场右边是一个小花坛和一条甬路，甬路两边还种了几棵小树。

"这外面三间是教室。"孙校长介绍道。

"您这儿收养了多少个孩子啊？"郑天华问。

"一百多个孩子。"

"这么多孤儿？"程晓弈很惊讶。

"是啊！大部分都是有先天疾病，被父母抛弃的。"

"这么多孩子，靠什么生活啊？"程晓弈问。

"大部分靠社会捐赠。"

"政府不管吗？"程晓弈又问。

"我们这样的孤儿院都是民间组织，政策支持有限。"

"你们孤儿院外面也没挂个牌子。"郑天华说。

孙院长笑了，"主要考虑孩子们的心理，总不能把他们的伤口挂起来让他们天天看吧！好多搞慈善晚会的到我们这儿来借孩子们上台。虽然他们给捐赠，但我们都拒绝了。"

"为什么啊？"程晓弈不解。

袁虹接过话茬，"现在很多无良媒体就喜欢把这些孩子搞上台，撕开他们的伤疤，用孩子们的眼泪为自己歌功颂德。这就是无耻！"

孙校长笑着说："几年前，袁虹就一直帮助这些孩子。"

"袁姐，你怎么不早说！"程晓弈很是激动。

"干吗非得在微博上天天夸自己捐了多少多少物资？拿孩子宣传自己？你袁姐我可不是办晚会的。"

郑天华问孙院长："这院子是您自己的吗？"

"我要是有这么大的院子就好了。我以前也在政府工作，后来辞职不干了。在村儿里租了这院子，专门收养孤儿。"

程晓弈："您为什么辞掉政府的工作，办孤儿院呢？"

"没什么崇高的思想境界，就是看着这些孩子可怜，需要个家！这事儿总要有人去做嘛！我带你们去后院的宿舍看看。孩子们还在后面开垦了一块儿菜地。我们夏天吃的菜都是孩子们自己种的。"

郑天华三人回到城里，已经是华灯初上。夜色下的都市到处闪烁着灯红酒绿、跳动着莺歌燕舞、洋溢着土豪的奢华和霸气。

郑天华握着方向盘，"袁虹同志，怎么想起做慈善了？"

"每天为了赚钱、为了炫耀、为了吃喝，干点儿行善积德的事儿，为下辈子讨个好！以免佛祖查起我的账来，上面全是吃喝二字，下辈子非让我投胎当猪不可。"

"你这人，正事儿都不正经说，上辈子肯定是天桥说相声的。"

"晓弈！"袁虹突然义正词严地说道。

"袁姐！"

"今天去孤儿院，目的就是想让你把手里的专题节目做好，让社会多关注孤儿，千万别歌功颂德！"

"放心，袁姐，我一定做好！"

袁虹点了支烟，"好了，下面的任务又是吃喝了！哪儿吃去？我请！"

程晓弈说道："袁姐，我心里难过劲儿还没过呢，没心情吃喝。"

袁虹笑了，"该吃的时候吃，该喝的时候喝，再怎么高尚也还是要回到这个浮华的世界里，只要有份儿心就行！学着接受现实，但也不放弃改变现实！要是每天浸泡在难过的药水里，结果只能是自己中毒。"

郑天华笑道："听你袁姐的吧！她今天是专门给咱俩传经布道的。"

"今天咱们吃全素斋怎么样？"袁虹提议。

"反正你请，我和晓弈不挑！"

大雨倾盆，天地之间混为一体。副市长专访安排在上午九点半。为了避免迟到，六点半陶菁菁就上了地铁。到市政府的时候，人家还没上班，只好在警卫室里候着。八点半，政府的各个部门开始一天的运作。陶菁菁从警卫室的椅子上移师到市政府接待处的沙发上。又过了十五分钟，摄像老单和另一个年轻摄像扛着设备也到了。

老单一见到陶菁菁，便问："张丽娜呢？"

"刚给她打电话，她还在路上。"

老单放下摄像机，从饮水机里接了杯水，和年轻摄像边聊边等。水喝干了，老单又接了一杯，走到陶菁菁边上，"你再给张丽娜打个电话，问她到哪儿了。"

陶菁菁拨通了张丽娜的手机，"丽娜姐，您到哪儿了？"

张丽娜干脆利落答了四个字："马上就到。"然后挂了。

"没说到哪儿，就说马上到。"陶菁菁抬头看着老单。

老单撇了撇嘴，没说什么，又坐回去和年轻摄像聊天。陶菁菁不知道老单撇嘴是什么意思。她也懒得问，干脆也接了杯水，开喝。

外面的雨下得依然如故。距离专访还有五分钟，市政府的工作人员通知陶菁菁他们准备上楼，副市长可以接受采访了。

上楼之前，陶菁菁赶紧给张丽娜再去电话，"丽娜姐，我们要上楼了。您什么时候到？"

"马上！让他们等会儿。"

就这样，张丽娜再次把电话挂了。

"让他们等会儿？他们，我惹得起嘛我！反正和我没关系，是你迟到，又不是我迟到。"陶菁菁心里嘀咕着。

老单问："她到了？"

"她说马上到！"

老单也不在乎，拎起摄像机和年轻摄像进了电梯。

随着工作人员，陶菁菁、老单，还有年轻摄像进了副市长办公室。这是个套间，外面是秘书办公室，里面才是真正副市长办公的地方。透过门缝，陶菁菁看到了副市长巨大的褐色办公桌的一角。陶菁菁那没见过什么世面的小心脏没出息地"扑通扑通"跳个不停。就在陶菁菁每根神经极度紧张的时候，包里的电话嗡嗡震个不停。

"喂，丽娜姐！"陶菁菁弯下腰，尽量压低声音。

陶菁菁也不知道自己为什么要弯腰，也许这样会让声音更小些？反正，第一反应就是把腰弯下，有点儿像电视剧里的小太监，恐惊扰了皇上，被杀了头。

张丽娜在电话里喊道："还有一刻钟我就到。让他们等会儿。"

还没等陶菁菁说话，政府的工作人员平心静气地通知他们："你们可以进去了。"

这让陶菁菁陷入为难境地。陶菁菁不知道是立刻和工作人员进去，还是和张丽娜讲完了电话再进去。

就在陶菁菁犹豫的时候，老单低声催促道："干吗呢？"

情急之下，陶菁菁只好说："丽娜姐，我得挂了。"

挂上张丽娜的电话，陶菁菁凑到老单的耳根低下，"单哥，张丽娜说再有一刻钟她才能到，让咱们等会儿。"

"一刻钟？让副市长等她一刻钟？赶紧，给你郑姐打电话，问她怎么办？"

"哦！"陶菁菁刚掏出手机，老单指了指办公室的门。陶菁菁拿着手机出了办公室的门，在走廊上拨通了郑天华的电话。

"郑姐，副市长的专访，张丽娜还没到。她让我们等她一刻钟，可政府的人让我们马上就采。"

"那你们就别等她了。"

"郑姐，张丽娜不到，谁来采副市长啊？"

"你临时顶一下。"

"我？"郑天华这话吓了陶菁菁一跳。

郑天华问："采访副市长的稿子你都有吧？"

"有，都是我给张丽娜写的。"

"好，那你就拿着这些问题，去问副市长。我让老单全力配合你，你别怕！"

郑天华又给老单去了电话，嘱咐老单这次要全力配合陶菁菁的采访。

老单放下电话，"小陶，天华让你采。"

让陶菁菁专访副市长，形象绝对不是问题，有问题的是胆量。见到副市长的桌脚她俩腿直抖，这要是和副市长面对面、共呼吸，陶菁菁觉得自己非趴地毯上不可。

"单哥，我……我哆嗦，俩腿有点站不住。"

"这有什么可怕的！站直了，这可是机会，从天上掉下来，你得接好了。过了这个村儿，可就没这个店儿了。"

是啊，这可是难得的机会。老单这句话如同给陶菁菁灌了两大桶液体钙片，两条抖动的双腿猛地一下直了。

副市长五十岁左右，黑皮鞋、黑袜子、黑西裤、白衬衫，个头比陶菁菁高一点，看上去很魁梧，肚子前突，从远处看就像个隆起的小山包，但隆得很有派头。脑袋上的头发油亮油亮，黑得让人叹为观止。

从副市长不大的双眼中，射出两道不带任何情感的目光。有点儿让人冷，还有点儿让人恐惧。虽然五十多岁的人，可脸上的皮肤保养得特别好，细皮嫩肉，光滑度也和陶菁菁的差不多。副市长的最大特点是，嘴巴比一般人大一些，可能这就是为什么他口才特别好的原因。

别看陶菁菁是记者，别看陶菁菁提前准备了问题，整个采访完全由副市长主导，陶菁菁坐在他对面就像个听众。副市长的声音抑扬顿挫，铿锵有力，讲话内容让人心潮澎湃，比傅冬苓在会上的发言更激动人心。采访结束之后，副市长还微笑着和陶菁菁握了手，亲切地叫她小陶。

出了市政府大楼,陶菁菁长出一口气:"单哥,我没什么做得不对吧?"

"挺好,你还挺上镜的。"

陶菁菁担心地问道:"单哥,你说张丽娜会不会生气啊?"

"救场如救火!"

"老单说的没错。按理说,张丽娜应该感谢我才是!这个时候,也没见到张丽娜的影子。张丽娜的那句'马上到'真是世界上最不靠谱的一句话。"

陶菁菁正想着,老单突然问她:"小陶,你开车了吗?"

"没有!"

"那你跟我走吧!我正好回台,带上你!"

雨停了,陶菁菁拉下车窗。她似乎很久没嗅到这么新鲜的空气,心情也好久没这么畅快过了!车轮在路面上迅速滚动,发出呲呲的声音,陶菁菁都觉得好听极了。就连十字路口的交通灯,在陶菁菁眼里都成了指挥家。飘飘然,估计就是现在陶菁菁这个劲儿。

老单的电话突然响了,打断了陶菁菁艺术家的心情。

老单拿起电话,"我们采完了。陶菁菁采的……我们在回台的路上,一会儿就到……行,台里见吧!"

老单放下电话,对陶菁菁说道:"张丽娜的电话。"

"丽娜姐到哪儿了?"

"她直接回台了。"

到了台里,还没上楼,陶菁菁和老单就被张丽娜拦在大厅里。

"陶菁菁,你先上楼!我找老单有点事儿。"张丽娜就这么把陶菁菁打发走了。

陶菁菁回到办公室的第一件事儿就是到郑天华那儿报到,感谢郑天华对她史无前例的信任和支持。

郑天华亲切地接见了陶菁菁,"小陶,采访完了?"

"嗯!"

"第一次采访紧张吧?"

"紧张!还没见到副市长,看到他桌子,我的心就往外跳了。"

郑天华笑了,"那你赶紧把片子做出来,我看看你采的怎么样!"

"好的,郑姐,我现在就去做。"

陶菁菁从郑天华办公间出来，决心要以视死如归的态度，坚决完成郑天华交给的任务。

"小陶，帮我去楼下取个快件儿。"王姐不失时机地给陶菁菁的热情浇了一壶凉水。

"王姐，我有个采访，得马上编出来。"

王姐瞥了一眼陶菁菁，"呦，这加入了专题小组，还真抖起来了。那只是根鸡毛，不是令箭。"

陶菁菁一脸无奈，"王姐，我没抖。要不，我帮您去拿。"

"别别别，我可不敢劳您的大驾。你要是手潮，编不出来，非把脏水往我头上泼不可。我可不敢耽误您的大作。"

王姐气急败坏地走了，陶菁菁无奈地看着她的背影。

老单被张丽娜拉进咖啡厅，按在角落的座位上。

老单不太乐意地说道："张丽娜同志，什么急事儿啊？我一会儿还有活儿呢！"

"单哥！"这是张丽娜认识老单以来，头一次叫单哥，"把我加在出镜里呗！"

老单就知道，张丽娜这时候找他肯定没什么好事儿。他故意装傻，问道："你什么意思啊？"

"您把片子改了，把我出镜的画面加里。"

"怎么加？采访是陶菁菁做的，没法给你加啊！"

"你把她的画面剪掉，加上我的不就行了吗？"

"那你也得找个和副市长办公室一样的背景吧！不然，副市长的镜头是一个背景，到你的镜头是另外的背景，那不就搞笑了！"

"这好办，你把背景都改成黑色的不就得了。"

"拍摄时人物后面必须是布好的纯绿色背景，才能在画面中做出黑色的特效。可你这个背景是杂色。理论上可以一帧一帧地把人物抠出来，但那不是一般人能干的活儿。特别是头发，一根根的从背景里往外抠，眼睛都得抠瞎了。这活儿没法做，真没法做！"

"单哥，求你了！这事儿您得帮妹妹一把，按分钟算钱都行！"

老单把脑袋荡得跟秋千似的，"不成，不成！这活儿真干不了！老啦，眼伸儿跟不上啦！"

张丽娜扭动身躯，撒娇地哀求道："单哥，求你啦！按秒给你算钱都行。"

为了能给领导留下勤劳勇敢的印象，为了能够一次性证明自己的工作能力，为了早日成为正式工，陶菁菁连午饭都没吃，一鼓作气，连续奋战数个小时，片子终于出炉。陶菁菁盯着电脑，目光踌躇。想到郑天华对她的器重，想到肩上看着那么多人对她的期望，她突然变得不自信了。

"好不容易抓住个咸鱼翻身的机会，千万别搞砸了。没给郑姐审查之前，必须找个人帮我先看看，以免有纰漏。"陶菁菁想着，拿起手机，"小周子，你回台了吗？"

"早回来了。"

"我在机房，你赶紧来一趟。"

没一会儿，周邰屁颠儿屁颠儿跑来了。

陶菁菁也没和他客气，"小周子，过来过来！帮我看看这片子，做得怎么样！我需要建议，不准拍马匹！"

周邰看了片子，问："副市长专访？不是张丽娜吗？怎么成你了？"

"这事儿和你没关系。别废话，赶紧说说我做得怎么样！"

周邰撇着嘴，不停地摇着头。

"你什么意思啊？"陶菁菁质问道。

"你让我发表意见？"

"赶紧说！"

"让我拍马屁？还是教育你？"

"想死啊你，还想教育我！姐姐我还轮不到你来教育，就说说你作为观众的感觉。"

"我觉得吧……"周邰故作思考状，"这片子做得实在太自恋！你的出镜率比副市长的还高。副市长讲话，镜头就别对着您自己了，画面给副市长啊。要不，干脆别谦虚，直接做成您的个人演唱会，副市长做伴舞的多好。肯定火！"

陶菁菁将周邰从椅子上拎起来，"去去去，该干吗干吗去！别在这儿废话。"

"那我可走了！"周邰站起身要走。

"哎哎哎，你等会儿。"陶菁菁指了指旁边的椅子，"你坐这儿，我改完了，你再帮我看看。"

周邰老老实实地坐下。

"对周邰的态度是，能欺负干吗不欺负。欺负完，他还不生气，那就使劲欺负。没办法，谁让我比他资格老呢！"看着周邰的俯首帖耳，陶菁菁心里又美了。

改完片子，陶菁菁毫不犹豫，再次召唤周邰，"给我看看，这次怎么样？"

"比上次好！"
"你觉得能拿去给郑姐审吗？"
"我认为可以！"
"你别公报私仇，忽悠我！"
"要不，你就说是我做的。"
"去！"陶菁菁从机器里掏出带子，直奔郑天华的办公室。

片子从头到尾走了一遍，郑天华看得很仔细。
"不错！作为一个新人，你能做成这样，看得出来，你很用心了！"
听了郑天华的表扬，陶菁菁心里立刻开了一大朵耀眼的牡丹花，美不胜收。
郑天华继续说："如果能搭配些外景画面就更好了。周邰他们不是今天去孤儿院了吗，你看看他那儿有没有素材你能用上的。"
出了郑天华的办公间，陶菁菁直奔周邰而去。
"喂，把你们孤儿院的素材借我用用！"陶菁菁简直就是命令。
"这个……"
"怎么，你还想不同意？"
"陶姐，求人可不是这种语气。"
陶菁菁瞪起眼睛，"想造反啊，你！赶紧。"
周邰拿出带子，"总要有点儿表示吧！"
"表示你个头，表示！"陶菁菁从周邰手里抢过带子，"去不去机房？"
"去去去！"
这机会，周邰肯定不能放过啊！

下班，陶菁菁返回办公室。
"陶菁菁！"
陶菁菁转头，原来是张丽娜。
"地球反转了，这姐姐每天恨不得吃完午饭就回家，今天怎么还加起班儿来了？"陶菁菁正琢磨，张丽娜已经来到了她面前。
"上午采访的带子呢？"
"我刚做完！"
"给我吧！"
"今晚能播吗？"陶菁菁问。

张丽娜只顾着从陶菁菁手里夺过带子,根本没听她说的话。陶菁菁硬着头皮,只好在重复,"丽娜姐,今晚能播吗?"

张丽娜把带子装进自己包里,"今天播不了,明天播。"

看着张丽娜带着自己的心血扬长而去,陶菁菁心里有点小小失落。

"不想那么多了,还有一项重要任务需要及时完成,通知我认识的所有人,明天看我的专访。这可是本宫第一次出镜,七大姑八大姨,远的近的,所有的亲属必须通知到。"

首先被通知的当然是陶菁菁的老爸和老妈。陶菁菁的老妈在电话里竟然哭了,搞得陶菁菁也掉起了眼泪。

看到陶菁菁回来,周碧倩放下手里的平板电脑。

"奈丝,又加班,你这是要奔小康的速度啊!"

陶菁菁把包甩在茶几上,倒进沙发,"我陶菁菁终于要苦尽甘来、出人头地、时来运转、枯木逢春啦!"

周碧倩摸了摸陶菁菁的脑门,"没发烧啊,嗑药了吧,你!"

"我给你看张照片。"陶菁菁掏出手机,递给周碧倩。

"这男的谁啊?你们老板?"

"我们老板都是女的,继续猜?"

"你新男朋友?"

"去死!我可是从一而终的女人,思想境界高耸入云。"

"人会变的,特别是像你这种涉世之初的初级女人,别把自己形容得那么神圣!只是让你变得筹码还不够罢了!"

陶菁菁:"题跑了!赶紧猜这人是谁。"

"不猜了,脑细胞死亡无数,我得睡会儿。"周碧倩倒在沙发上。

"别睡,别睡!我告诉你这人是谁,你肯定吓一跳。"

"你说。"

"副市长……秘书。我今天专访副市长去了,不过没敢和副市长合影,秘书也行,长得还挺帅。"

"你专访副市长?还是你跟班去专访副市长啊?这可是质的区别。"

"当然是我专访啦!本来是张丽娜,可她迟到了,我们副主编郑天华就让我上了。"

"看来馅饼还真能从天上掉下来。不过,你可要小心,张丽娜肯定对你不只是羡慕嫉妒恨，应该是羡慕嫉妒恨的 N 次方。从今往后，她给你套双小鞋，挤死你，也不奇怪！"

"这是领导安排的，又不是我抢的。"

周碧倩从沙发上坐来，"奈丝，你又傻了吧！虽说是领导安排的，可取代她位置的是你，而且她惹不起领导，只能冲你来。况且，郑天华是她的敌人，对于敌人的跟班儿，她能心慈面软？"

"喂，你别吓我好不好！"

"我说的是事实。"

"不管了，不管了！反正事情都这样了。发奋图强、励精图治把片子做好，其他的都不想啦！"

"什么都不想，那不是傻子吗！不过，我祝你成为中国女版的阿甘正传。"

陶菁菁的专访播出的这天晚上，陶菁菁特别请了周邰来家里吃饭，她亲手下厨做了一大盆炸酱面。也不能怪陶菁菁，炸酱面是她迄今为止会做得最复杂的美食。

这天晚上发生了两件事儿。第一，陶菁菁的专访播了，可和陶菁菁一点儿关系没有，画面都是张丽娜的，就连新闻报尾里都没出现陶菁菁的名字。第二，陶菁菁哭了。

陶菁菁躲在被窝里，眼泪不停地从眼角往下流淌。床头柜上的手机嗡嗡地震动个不停。

"妈！"陶菁菁努力让自己的语气显得平静。

"菁菁，妈不放心你！"

"妈，我没事儿！"

"闺女，天下没有过不去的河。好好工作，等转正了，一切就好了。"

陶菁菁偷偷抹了把眼泪，"妈，您放心！我知道。"

"想不开的时候，给妈打个电话。"

"嗯！"

周邰气得坐在自家客厅的沙发上，脸上透露着对万恶的张丽娜的诅咒。周邰母亲端着一盘水果，放在周邰面前的茶几上。

"儿子，谁惹着你啦？脸跟块铁板似的。"

"陶菁菁被欺负了！"

"呦，那么好的孩子，谁欺负她干吗呀？"

"她做的专访被一个叫张丽娜的给欺名盗世了。这也太无耻了,公开的赤裸裸的不要脸的无耻。"

"这种人漫山遍野,到处都是。儿子你得冷静,冲动可不是解决问题的办法。"

"这事儿我得告诉我二叔,让他主持公道。"

"儿子,你怎么和你二叔说啊?"

"实事求是!"

周郜母亲用叉子叉起一块儿水果,递到周郜嘴边儿,"儿子,你二叔管不管这事儿和实事求是没多大关系。"

周郜看着自己的老妈,"妈,您什么意思啊?我没听懂。"

"你这傻小子,你老妈的意思是,你二叔不一定能管这事儿。"

"我二叔凭什么不管这事儿?"

"你二叔明天会告诉你他为什么不管这事儿的。我觉着,你得准备第二套方案。用上用不上,备着总没坏处。"

"妈,那您给我出个方案。"

"我给你出可以,不过你可别出卖我。"

周郜举起右手,"向上帝发誓。"

周郜的父亲正靠在床上看书。

周郜母亲回到卧室,坐在梳妆台前,"你儿子的梦中情人被人欺负了。"

"这小子准备出手了?"周郜的父亲不紧不慢地问道。

"我教了他两招儿。"

"这事儿你也管?"

"你儿子还是个很有正义感的人。不过,光有正义,没有武器也不行啊!"

周郜的父亲摘下眼镜,"拿起武器可以,可别伤人,更别伤到自己。"

"放心,我出的招儿都是外交解决方案,动口不动手。"

办公室里根本没人在意昨天发生了什么,也没人关心为什么陶菁菁没来上班。你过你的,我过我的,谁在谁心里都无关紧要。

程晓弈急匆匆进了郑天华的办公室,"天华姐,昨天副市长的专访您看了吗?"

"陶菁菁给我看过,做得还不错。"

"昨晚的新闻您看了吗?"

"没有！怎么了？"

"您看看这个。"程晓弈打开网页。

郑天华皱着眉头，"这是陶菁菁做的，怎么成张丽娜了？"

"她把陶菁菁的画面换成自己了。"

郑天华在台里干了十多年，什么样的事情都见过，唯独张丽娜这一招儿偷梁换柱她是闻所未闻。

程晓弈怒骂道："张丽娜真是不要脸的极品，把咱们部门当她自己家开的了。"

"晓弈，你去把老单找来。"郑天华说道。

兴师问罪之前，郑天华决定先要把情况搞清楚。掌握了情况，才能有的放矢，否则很有可能让自己陷入尴尬的境地。

老单跟着程晓弈进了郑天华的办公间，"天华，你找我？"

"老单，有件事儿问你。如果我没记错的话，采访副市长那天，因为张丽娜迟到，临时改成陶菁菁。后来张丽娜又去了吗？"

"没有，那天张丽娜就没去。"

"你看看昨晚的新闻！"

老单眯着眼睛瞧着电脑屏幕。此时，郑天华仔细观察着老单的每一个表情，她要确定这事儿老单参与没参与。

见老单脸上没有一丝的惊诧，郑天华问道："老单，知道这是怎么回事儿吗？"

"这个……"老单很为难的样子。

郑天华的脸色就像块大理石板，又冷又硬，"老单，我希望这事情和你没关系。"

老单看了一眼郑天华，说："张丽娜找过我，让我给她做，可我没同意。估计她找外面人做的。"

"和你没关系就好。咱们共事好多年了，我不希望你栽在这种事情上。"

"天华，你放心。什么能做，什么不能做，我心里清楚。"

老单走了。郑天华又让程晓弈去叫陶菁菁。陶菁菁请了病假，没来上班。郑天华让程晓弈先回去工作。办公间里，郑天华陷入沉思，琢磨着这件事情怎么处理才好。

张丽娜是傅冬苓的人，这事儿百分之九十九是傅冬苓默许的。如果自己管了这事儿，傅冬苓肯定出面干涉，这就把自己和傅冬苓的矛盾摆在台面儿上来了。矛盾激化，对谁都没有好处。

如果自己不管，袖手旁观，对陶菁菁实在是不公平。而且，张丽娜倚仗傅冬苓在自己眼皮子底下敢这么干，实在是没把自己放在眼里。任由她这么嚣张下去，自己在办公室的威信早晚荡然无存！

思前想后，郑天华觉得这事儿自己不能不管。但要管到一个什么程度，必须要把握适度。她决定先不往领导那儿捅。打狗还要看主人，先找傅冬苓谈谈，给傅冬苓个面子，即让她们明白这间办公室不是她们随意兴风作浪的地儿，同时又不会和傅冬苓完全撕破脸皮。

第十二章

降住领导的如来神掌

为了陶菁菁的事儿,周邰愤怒了一宿。上班没进办公室,直奔他二叔周副总监那儿慷慨陈词去了。他的目的就一个,痛斥张丽娜,要求他二叔严厉惩罚张丽娜欺世盗名的丑恶罪行。

他二叔周副总监毕竟是经历过大场面的人,听完周邰的状子,不动声色地说道:"你还年轻!遇到事情少参与、少动嘴、多看、多想、少打抱不平。很多事情并不是你表面看的那样,冲动只会让自己吃亏,懂吗?!"

"叔,您到底管不管?"

"国有国法,家有家规,谁违反了规定,谁就要接受相应的处理。不过,处理事情也是有规矩的,不能说处理谁就处理谁。你们是有直接领导的,事情应该先由他们来处理。我直接插手,不符合台里规定!知道吗!"

周邰心里明白,二叔说了这么多冠冕堂皇的话归结成俩字,那就是"不管"。

"老妈真是老谋深算!二叔的一举一动尽在老妈的掌握之中。"周邰在心里给老妈竖起大拇指,"幸好有老妈预备的第二套方案。按老妈的说,这招儿可是办公室里的如来神掌,我一抬手,那就是无坚不摧。"

"叔!"周邰开始了,"我明白您的意思。本来没想找您,可我琢磨了一晚上,我觉得问题不是表面那么简单。他们欺负我女朋友,就是不给我面子,不给我面子就是不给您面子。没准儿,就是那个姓王的副总监故意找人搞的,为的就是通过我打压您。"

周副总监脸色一沉,"越说越过分!年纪轻轻别往乱七八糟的事儿里搅。去去去,回去工作去。"

周邰武功尽废，屁滚尿流地被他二叔赶出办公室。

"妈，您的如来神掌不管用。我二叔百毒不侵，直接把我轰出来了。"周邰拿着电话向母亲抱怨。

"儿子，你怎么出的招儿啊？"

"我告诉我二叔，是那个王副总监有意利用我女朋友打压他。"

"哎哟！"周邰老妈痛心疾首地喊道，"儿子，你也太直白了。妈不是说了嘛，你要绕着弯说，勾引你二叔让他自己往那个姓王的身上思考。你要采取疑问句，你可以说，是不是有人知道陶菁菁是我女友，故意这么做的呀？你这么问，你二叔自然会想的。"

"和我说的是一个意思吗！"

"傻孩子，咱们是中庸文化，不流行直接表白！有什么事儿，都得围着中心绕着说。你要是直接把箭射到把心儿上，对方接受不了。"

"真麻烦！"

"儿子，校园外边可比里边麻烦多了。只有不怕麻烦的人才能爬到社会的山顶。想俯视别人，就得有颗顶得住被蹂躏的心，加上治得住他人的聪明才智。"

"妈，你又扯远了。"

"儿子，别泄气！等等看。有句话怎么说来着——事缓则圆。忍住，忍住，没到最后一刻，结果都不好说。"

"妈，那我再信你一次？"

"臭小子，不信老妈，你还能信谁！"

郑天华进了傅冬苓的办公室。她不想把自己和傅冬苓的矛盾扩大化，搞成全频道的爆炸新闻。两个领导针锋相对，最倒霉的就是下面的人，而且节目也会受影响。

"天华，找我有事儿？"傅冬苓态度还挺客气。自从和郑天华在孤儿这个专题上取得一致意见之后，傅冬苓对郑天华的态度一直还不错。

郑天华将专访副市长的事儿前前后后给傅冬苓讲了个明白，然后说道："傅姐，你看这事儿怎么办？"

郑天华称傅冬苓为傅姐，而且语气也是征求傅冬苓的意见，暗示自己求和，不求战，你给我个合理的交代，这事儿我就不闹大了。

傅冬苓似乎并不领情，脸色不悦地说道："专访副市长怎么能让一个实习生去做！张丽娜也是为了顾全大局。我们做领导的，更应该从大局考虑！"

傅冬苓不仅不承认张丽娜这么做是错的，话里话外还责怪郑天华当初让陶菁菁专访副市长是思想狭隘。

郑天华强忍怒气，"别的先不说！偷别人的片子，这种事情在台里闻所未闻，影响极坏！"

傅冬苓不以为然，"什么偷不偷的，不就一实习生嘛！她想采访，那就给她安排个采访。总不能因为一个实习生，打击我们老记者的工作积极性吧！"

看来张丽娜和傅冬苓是早已串通好的，敷衍郑天华的台词也是准备好了的。此刻，郑天华真后悔来找傅冬苓。这不能怪别人，只能说自己太心慈面软。太善良了就是自取其辱。在办公室里，软柿子总是被人捏！

"我还有点事情，这事儿以后再谈。"傅冬苓说完，抬屁股走人，将郑天华一个人儿晾在办公间。

想给傅冬苓一个面子，傅冬苓不但不领情，还给了自己一巴掌。事情既然如此，也不必再给谁留情面了，这事儿只能往天上捅。郑天华正要起身去找总监，这时周副总监的秘书突然打来电话，让她去一趟。

郑天华来到周副总监的办公室，没想到傅冬苓也在。周副总监正在批阅文件，傅冬苓坐在沙发上一声不吭地候着。

"周总，您找我？"郑天华说。

周副总监头也没抬，"你先坐。"

周副总监继续忙自己的事儿，两个主编被晾在一边。过了好一会儿，周副总监放下手里的笔，端起茶杯，送到嘴边。周副总监往茶杯里看了一眼，皱起眉头，又把茶杯放回到桌子上。看来，茶杯空了。

傅冬苓赶紧起身，轻轻拿起周副总监青花瓷的茶杯，走到饮水机旁接满热水，然后，又轻轻将茶杯放回周副总监手边，坐回沙发上继续等着。对傅冬苓这一系列马屁动作，周副总监无动于衷，继续忙自己的，看都没看傅冬苓一眼。

过了好一会儿，周副总监终于放下手里的笔，抬起头，端起手边青花瓷的茶杯，品了一小口，然后，看着沙发上坐着的二位主编，漫不经心地说道："我听说昨天副市长的专访出了些问题。"

话到此地，停了，也没继续往下走的意思。

傅冬苓硬着头皮，小心翼翼地问道："您的意思是？"

"你们社会新闻部有人偷了别人的片子,这事情我都知道了,你们还不知道?工作是怎么做的啊?"

周副总监语速不快,也不急,却让傅冬苓心惊胆战,她也不敢往下接了。

看沙发上两个人都不说话,周副总监继续道:"听说专访是个实习记者做的,是吗?"

郑天华干脆利落地回答道:"是,是实习记者做的!"

周副总监看了看郑天华,微微点了点头。

傅冬苓赶紧接过话茬,"派实习记者去做副市长的专访确实是我们的疏忽。"

周副总监将茶杯用力墩在办公桌上,茶水溅得到处都是。不过,周副总监并没有发火,继续不紧不慢地说道:"一个记者连诚实都做不到,还有什么资格做记者。你们说是不是啊?"

傅冬苓赶紧回答:"是是是,您说得没错!"

周副总监看都没看傅冬苓,"出了问题就知道袒护自己的下属,那下属不就为所欲为了嘛!你们做主编的是怎么管理团队的啊?有没有能力继续管理下去啊?"

郑天华没说话,她心里明白周副总监这些话不是冲自己来的。

傅冬苓感觉事情不妙,赶紧接上周副总监的话茬,"张丽娜确实不应该篡改专访,我们一定会严肃处理。"

周副总监又端起茶杯抿了一口,"冬苓,你觉得应该怎么处理合适啊?"

"张丽娜的行为实属恶劣,我建议做开除处理。"

关键时刻,为了保住自己,傅冬苓把一向忠于她的得意门生张丽娜卖得一干二净。

"天华,你觉得这么做合适吗?"

郑天华赶紧回答:"出了这种事情,我们做主编的也是应该承担一部分责任的。"

周副总监脸上终于露出点笑容,"行啦,行啦!也都是老记者了,为台里做了不少贡献。频道发展,正是需要人才的时候。要以批评教育为主,不能伤害年轻人的工作积极性。但是……"说到这儿,周副总监停顿了一下,"这样的错误绝不能再出现!如果在有类似的事情发生,必须严惩!"

傅冬苓不停地点头,"是!是!是!"

周副总监继续,"鉴于是第一次,回去批评教育就行了!有一绝不能有二,下次可不能再犯同样的错误了。再犯,就要严肃处理。"

既让下属领教了自己的威严,又让下属看到自己的宽宏大量,恩威并重。久经沙场的周副总监绝对不是白给的角色。

"天华啊，听说那个女实习生很有潜力。多给新人一些机会，有了人才储备，我们才能放手发展嘛！"

"我和您的想法一样，我们就应该给新人更多的机会。"

周副总监对郑天华的语气听起来完全是老领导在向自己人部署任务，郑天华的回答则表现了下属的想法与老领导的不谋而合。

周副总监和郑天华的默契让旁边的傅冬苓深感不安。

她赶紧顺着周副总监的意思说道："我们在进行一个新人培养计划。上次派周邰去采访就是我们培养新人计划的一部分。现在我们正在搞一个关于孤儿的系列节目，最主要的一个目的就是让新人多参加实践，使他们能够尽快独立完成工作。"

周副总监满意地点着头，"好啊，好啊！今天我语气重了些，二位千万别介意！你们都是台里的功臣，可以说是中流砥柱。我说了这些都是为工作。工作做得好了，事业才有前途。做事一定要三思而后行，千万别一步错步步错，因小而失大啊！"

什么狗屁培养新人计划，完全是傅冬苓编出来拍马屁用的。不过，既然周副总监高兴，郑天华也就不好当面揭穿傅冬苓了。不然怎么说？告诉领导，让您开心的这些话都是骗您的谎话？那不就等于告诉领导"你是傻×"一个性质吗？

周副总监继续说，"好啦，你们都很忙，这个我知道。我就不多占用你们的宝贵时间了，回去工作吧！"

出了周副总监的办公室，郑天华和傅冬苓不约而同在心里画了个大大的问号：陶菁菁到底和周副总监什么关系？其实，答案很简单，就是周邰的那番话："叔！他们欺负我女朋友，就是不给我面子，不给我面子就是不给您面子。没准儿就是那个姓王的总监故意找人搞的，为的就是通过我打压您。"

周邰老妈的如来神掌确实打中了周邰二叔的命脉，周副总监不得不为陶菁菁出面。不是为了别人，只是为了他自己。他要看看，和王副总监站在一起的是傅冬苓，还是郑天华。同时，警告下属不要在自己背后耍小伎俩，他眼睛里可不揉沙子。看来，只要找到事物的根本矛盾，才能让周围的人在不知不觉中为己所用。

傅冬苓一回到办公室，就把张丽娜叫进了自己的办公间。

"周副总监找我和郑天华开会，专门说了你改片子的事情。"

本以为这事儿顶多在傅冬苓这个层面上闹一闹，没想到部门高层都知道了，吓得张丽娜腿都哆嗦了，"傅姐，是不是要处理我啊？"

　　"现在知道害怕了，啊？"

　　"傅姐，不是真的要处理我吧？"张丽娜哭哭啼啼地说道。

　　"周副总监很生气，说你的行为简直是闻所未闻，影响极坏，必须严肃处理。该清退就清退！"

　　张丽娜差点儿没瘫在地上，"傅姐，您得救救我啊！"

　　傅冬苓微微咳嗽了两声，"我不救你，你早就被开除了。郑天华巴不得看你出丑呢！我替你说了不少好话，才把你保住。看你是老记者，又是第一次，这次就不做行政处理。以后别再做这种蠢事，让我给你擦屁股！"

　　"谢谢傅姐，下次肯定不敢了。"

　　"这事儿没这么简单就完了！"

　　"不是不处理了吗？"

　　"今天周副总监这么说，谁知道明天他怎么想！下午你别上班了，去买点水果。陶菁菁不是病了吗，你去看看她，道个歉。"

　　"还要去看她？"张丽娜十万个不愿意的样子。

　　"周副总监千叮咛万嘱咐，以后多给她采访机会。谁知道她和周副总监是什么关系！你还是去拜拜的好，没准儿是尊佛。"

　　"傅姐，有人说陶菁菁是周副总监的私生女。看来这事儿是真的啊！"

　　"我告诉你张丽娜，这话要是传到周副总监那儿，我可保不了你！"

　　"我也是听别人这么说。不过，要说不是，周副总监干吗为一个小实习生出头呢？"

　　"这种事情不能瞎猜，别到处乱传！既然周副总监为陶菁菁出面，你就得小心。最好道个歉，别把事儿搞大了。"

　　"哦！"

　　"出去吧！"

　　陶菁菁是周副总监私生女这事儿傅冬苓早有耳闻。陶菁菁给了周邰一耳光，傅冬苓也看在眼里。这半年，陶菁菁在办公室里一直是受气包的角色，这也是事实。在办公室里修行了几十年的傅冬苓头第一次晕了，她实在看不出陶菁菁背后到底有什么皇亲国戚的关系。当时陶菁菁刚来的时候，人事部的人也没暗示过什么。

　　不过，私生女这事儿听上去太不靠谱，但也不能大意。多方面考虑之后，傅冬苓决定让张丽娜去看陶菁菁，赔礼道歉，以防万一。台里关系复杂，搞不好眼皮子底下就是尊佛,一定要小心谨慎。这个世界上,想不到的事情太多了!

自己没出手,傅冬苓就被周副总监训斥了一顿,郑天华心满意足。离开周副总监的办公室,她去了姜副台长的办公室。从姜台那儿回来,郑天华就给吴全立去了电话。

"老吴,综艺频道的事儿我给你联系了。"

"怎么样?"

"姜台让你明天上午去他办公室。"

"天华,让我怎么感谢你吧?我有个朋友在美国做房地产生意,听他说美国的房子现在是白菜价,我用舟舟的名字投资一套怎么样?就在她学校附近,房子照片我都看了,挺棒的一套,环境也不错。"

"不行,老吴!你要是这样的话,以后我们就不要来往了。"

"天华,你总得让我为你做点儿什么吧!"

"老吴,我还没穷到伸手向你要饭吃的地步。如果有一天我和舟舟真的无家可归,我一定找你。"

"天华,我没别的意思。要不这样,过几天我要去美国,我带舟舟去趟黄石公园玩儿。这你总不会反对吧!"

"别耽误学习就行。"

"放心吧!舟舟也是我闺女,闺女上大学的钱我都准备好了。"

"你别没正经的。明天上午十点,千万别迟到。"

"九点半,我先到你那儿。"

和吴全立通完话,郑天华又把程晓弈叫进了办公间。

"晓弈,你和陶菁菁关系还不错。你有没有听她谈起过周副总监?"

"没有。不过,上次她给了周邰一大耳光后,有人说她是周副总监的私生女。"

郑天华笑了,"谁这么缺德啊?"

"好多人都这么说。"

"听听行,可别跟着传。"

"我知道!陶菁菁和周邰特别好。打了周邰一耳光,两人还好着呢!"

"现在的年轻人越来越西化了。"郑天华笑着说道,"晓弈,你给周邰和陶菁菁安排些采访任务。至于怎么安排,安排什么样的采访,你自己做决定。周副总监今天强调多给新人机会,你就自己看着安排吧!"

"行，我会给他们安排的。"

"为什么女人有大姨妈，男的就没有？为什么有的女人和大姨妈关系好，可我和大姨妈就有仇呢？疼得我直不起腰。为什么张丽娜这种人渣能为所欲为？为什么我付出努力，可还是个被人乱踩的小实习生？"

就在陶菁菁躺在床上，为生理和精神病痛呻吟时，门铃响了。

陶菁菁扛着病体，爬下床，好不容易挪到大门口，开了门。

"陶菁菁。"

陶菁菁真希望是个查水表的，查完了就走人，可现在面前这位竟然是她这辈子最不愿意见到、最无赖、最不要脸的女人张丽娜。

"你家还挺不好找的哎！"张丽娜真不客气，边说边走进客厅。

这个不要脸的女人竟然没经过我的允许，肆无忌惮闯进我的家门。好，我承认这不是我家，是我租的房子。但我是付了钱的！是我说了算的！这是我的地盘儿，不是办公室，轮不到你来撒野！几股怒火在陶菁菁胸中熊熊燃烧。她必须往这恶女人脸上猛啐口痰，以解心头之恨。

张丽娜必须感谢陶菁菁善良的母亲。就在陶菁菁的痰弹准备点火发射之时，耳边响起姚母的那句话，"闺女，好好工作，等转正了一切就好了！"在老妈的感召之下，陶菁菁把痰弹熄火入库。

陶菁菁竭力压制自己的愤怒，问张丽娜："你来干吗？"

张丽娜没急着回答陶菁菁的问题，她先将一大包水果塞在对方怀里，接着像只打翻了鱼缸的小猫在主人面前请求原谅。

"菁菁，对不起！我不该偷你的新闻！原谅我好吗？"

陶菁菁不知所措，索性不猜，直接问了："张丽娜，有话直说，别拐弯儿抹角的！"

"菁菁，我是来跟你道歉的啊！"

张丽娜裸露出一脸无辜的神情，好像是陶菁菁在欺负她。陶菁菁实在忍无可忍："张丽娜，别欺人太甚！你到底要干什么？"

"菁菁，我是带着诚意来向你道歉的呀！我不该偷你的新闻，我觉我这样特别伤害你！傅姐狠狠批评了我。"到这份儿上，张丽娜也没忘拍傅冬苓的马屁，职业马屁精就是这样了。

"菁菁，平时我对你的态度是不好。其实，我就是想对你严格一点，我期望你能做得更好。不然，我也不会带你去做副市长的专访。菁菁，你想想，是不是？"

陶菁菁琢磨琢磨张丽娜的话，还是有点说服力的。饮水思源，确实是张丽娜主动带她去采访副市长，就连周副总监的侄子她都没带。不过，陶菁菁还是不准备放下戒心，狐狸说的话总是甜言蜜语，张丽娜实在难以让人信任。

"别废话，你到底来干吗？"

"菁菁，我觉你做得专访真不错，内容很丰富，思想很深度，就是有经验的记者也不一定能做得出来。菁菁，你很有做记者的天分。再锻炼锻炼，肯定比我做得都好。"

恐怕人类的最大弱点就是虚荣心，这东西一旦得到满足，家仇国恨就都忘了。张丽娜不仅承认了错误，还肯定了陶菁菁的能力，并且赞扬了她的潜能。这一番大力赞扬后，陶菁菁立刻心花怒放。

"你……你坐吧！"

陶菁菁还给张丽娜倒了杯水，表示接受了张丽娜的道歉和赞美。张丽娜接过水杯，目光落在茶几上的两盒高级化妆品上。其实，那是陶菁菁要送给郑天华的，只不过一直没机会送出去。

张丽娜放下水杯，拿起一盒化妆品，两眼放光，爱不释手，"菁菁，你用这么高档的化妆品呀！"

"你要是喜欢，这盒送你！"

别以为是陶菁菁大方，送张丽娜化妆品完全出于人类本能中被奴役的惯性。总结陶菁菁这半年来的办公室经历，每天都生活在张丽娜的淫威之下，每天面对张丽娜的精神暴力和肉体摧残。时间久了，不仅习以为常，而且陶菁菁觉得张丽娜这么对她是理所应当的了，谁让张丽娜的地位在她之上呢！

陶菁菁没想到，这个高高在上的女人今天突然乞求她的原谅。在陶菁菁心里，张丽娜的突然道歉成了一份儿赏赐，她都感恩戴德了。送张丽娜化妆品完全是陶菁菁对张丽娜道歉的感谢。

这种感觉有点像被欺压的草民突然遇到了皇上。皇上不用做什么，只要握握草民的手，说几句关心的话，草民瞬间忘了平日官府的欺压，并感恩戴德地谢主隆恩。看来，陶菁菁这个草民早已习惯了跪在皇上脚下过日子了！不过张丽娜还没修炼到皇上那种你为他而死，他只给你题了个词，然后再也不记得你是谁的冷血境界。听说这化妆品陶菁菁要送给她，张丽娜还是受宠若惊的。

"菁菁，真的送给我啊？"

她这么一受宠若惊，陶菁菁又犯贱了，"丽娜姐，两盒您都拿着吧！"

张丽娜一愣，"这……这不好！不好！"

"没多少钱，您拿着吧！"

张丽娜抬头仰视着陶菁菁，就像仰视一位家有万贯的富二姐儿。

被人仰视的感觉真是爽歪歪，尤其是被一个昨天还骑在头上拉屎的人仰视，这种感觉更是爽中之极品。估计抽大烟也达不到这种境界。陶菁菁心里这个舒坦。

虚荣心，又是虚荣心在作祟！

"菁菁，身体不好，你就多休两天，别着急上班。我和傅姐说，肯定没问题。"张丽娜一边说一边把化妆品往自己包儿里塞。

几百块人民币就能换一次我做人的尊严，让这恶女人拍我的马屁，值了！尊严这东西原来没有想象中那么昂贵。以后一定要多多赚钱，多买些尊严回来吸一吸，过过瘾。陶菁菁似乎悟出了人生哲理。

留下一包水果，加上几句漂亮话，换回两盒高级化妆品，这样的买卖可不亏！离开陶菁菁的住处，张丽娜便跑回办公室请功。

从张丽娜那儿傅冬苓得到两条消息：第一，陶菁菁完全被张丽娜搞定，绝不会节外生枝；第二，陶菁菁绝非出身一般工薪家庭。张丽娜给出的佐证是，虽然陶菁菁没收入，但用化妆品的档次绝不是一般白领承担得起的。

不过，张丽娜只字未提陶菁菁送她化妆品的事儿。

睡梦中，电话铃声在陶菁菁耳边此起彼伏，可她就是动弹不得。魂魄在身体里不停地挣扎，完全失去了对肉体的操控，就像被关进了一间黑乎乎的地下室。老人说这叫鬼压身，科学说这叫梦魇。不管是老人对，还是科学对，自己被囚禁在自己的躯体里，反正挺恐怖。

喘着粗气，陶菁菁挣扎着从床上坐起来，电话铃声已经停了。翻开手机，屏幕上显示是张丽娜的未接来电。根据以往的经验，没及时接听张丽娜的电话，非被骂个劈头盖脸不可。

陶菁菁条件反射般怀揣着胆战心惊给张丽娜回了电话，"丽娜姐，对不起！我刚才睡着了，没听见您的电话。"

两个小时前，这个世界疯了三十分钟，张丽娜向陶菁菁道歉。两个小时后，这个世界又恢复了正常，陶菁菁向张丽娜道歉了。

"菁菁，打扰你休息了吧！真是不好意思。感觉好点儿没？"张丽娜的态度客气得不得了，如同陶菁菁是傅冬苓的后代。

陶菁菁心里感叹："拿人钱财，与人消灾，我那化妆品的效力原来能保持这么长久。早知道人心就值这两盒化妆品，半年前我就送她了，也不至于害得自己吃这么多苦。"

陶菁菁说话也开始不那么客气了，"哦，我没怎么好！头还是晕的。丽娜姐，你找我有事儿？"

"我和傅姐说你病得挺严重，我还给你要了两天病假。明后天，你在家好好养两天，不用来上班。"

收了贿赂，给人办事，张丽娜体内还存有点儿人性。比起那些拿了你钱财，却不给你办事儿的无良品种，张丽娜算是不错的啦！为了表彰张丽娜这个优点，陶菁菁还是要谢谢她。

"谢了，丽娜姐。"

"那你好好休息，我就不打扰你了。"

"bye bye！"

"bye bye！"

张丽娜欺世盗名的事儿就这么过去了。无论出于为朋友两肋插刀的仗义，还是为追求陶菁菁而献的媚，搞得周副总监为陶菁菁一个实习生大动肝火，还牵动了傅冬苓和郑天华，周郜功不可没。

一大早，吴全立就来找郑天华，胳膊肘下还夹了个厚厚的公文包。在郑天华的办公室，吴全立把自己的皮鞋前前后后擦了好几遍，油光锃亮的。

吴全立心满意足地跺了跺脚，"怎么样？"

郑天华精疲力竭地看着他，"你在你们公司也这么擦皮鞋？不怕员工笑话你？"

"在公司，我就不自己擦鞋了。"

"你还知道剥削了？"

"开玩笑！这不是要见你们总监嘛！看人看细节。细节在哪儿？不在穿什么西装，不在戴什么手表，这都是面子上的事儿。大家都知道要装店门面，所以要看人，这些都不重要！鞋就不一样了，踩在脚底下，最容易被忽略。被忽略的往往是最真实的！一个公司是不是一个有前途的公司，就得看最底层员工的工作状态，一个道理。"

郑天华手托着下巴，凝视着吴全立。

吴全立自豪地说道："觉得我说得特有道理是吗？"

"你真是人精啊！上学的时候，真没看出来！"

"我也是回国学的,不学混不开啊!"

"走吧!"

郑天华带着吴全立上了电梯。

电梯里没人,但郑天华还是压低了声音叮嘱道:"见了姜台,说话要谦虚。"

"我什么时候不谦虚啊!"

"做生意的没有不忽悠的。姜台可不是能被忽悠住的,他更喜欢踏实一点的。"

"放心,我知道。"

郑天华和吴全立来到姜台办公室门前。

郑天华刚要敲门,"等等!"突然被吴全立叫住,"我这领带没问题吧?"郑天华给吴全立正了正领带,"没问题!"

"哎……"吴全立似乎还有话讲。

"又怎么了?"

吴全立凑到郑天华耳边,"没有你,我真不行!"

郑天华瞥了吴全立一眼,没搭理他,伸手轻轻敲了两下门。

"请进!"

郑天华带着吴全立走进姜台的办公室。

"姜台,您好!"郑天华尊敬地说道。

姜台满面笑容地从办公桌后面走出来,"小郑,坐坐坐,你们坐!"

三人来到休息区。等姜台在沙发上坐稳了,郑天华和吴全立才开始往下坐。不管你是多大的民企总裁,坐多么豪华的名车,你还是乙方,到了甲方单位,给你把椅子,你都不敢坐沙发。

"姜台,我给您介绍一下。这是我在美国念书时的学长,吴全立,和季礼是同班同学。"

郑天华没提吴全立是传媒公司总裁,而是从私交开始谈起,除了出于谦虚谨慎,更重要的是在吴全立和姜台之间建立起相互信任的关系,减少会面的商业味道,加重人情味儿在这次会面中的戏份儿。

在东方文化中,谁是谁的亲戚、谁是谁的同学、谁是谁的学生、谁是谁的老部下,这些关系最为重要。他们是建立信任、区分派别的基石。没有关系,你是大老板,出手再阔绰,你的 Money 也送不出去。因为人家和你之间没建立任何信任,谁也不敢冒着掉脑袋的危险收你的钱。想送钱,你也必须有关系,人家收起钱来才相对踏实。

吴全立起身，恭恭敬敬地递上张名片。

姜台接过名片，"天华，你得向你这位学长学习啊！人家可是大公司的总裁了。"

"您太高抬我了！"吴全立谦逊地说道。

"听天华说，吴总对我们的节目外包感兴趣？"

"要是能与您合作，那是我的荣幸。"

"台里也正在寻找有资质的公司。吴先生，贵公司以前有没有做过类似的项目呢？"

"当然有，当然有！"吴全立打开公文包，拿出一打文件，递给姜台，"这里有我们公司的详细介绍，资质证书，还有以前做过的和现在正在做的项目。"

姜台从上衣口袋里掏出老花镜，一边看一边点头，"公司做得还是很有规模的嘛！不错，不错！"

"承蒙姜台夸奖！"

姜台放下文件，摘下老花镜，"这件事情也不是我一个人说了算。台里有相关的评审流程，我会把贵公司的材料交上去的。"

"真是谢谢您的帮忙！"说着，吴全立从西服口袋里掏出一张银行卡，推到姜台面前，"二十万，是点儿小意思，事后还有重谢。"

姜台看了看吴全立，又看了看郑天华，张口笑了。

"我有一个女儿和一个儿子，年龄比你们小一点，我老伴去年退休在家，再有两年我也该退了。退休之后啊，我也没别的想法，就希望能和家里人平平静静地生活。你们不会不满足我这个愿望吧！"说完，姜台将银行卡推回到吴全立面前，"你把这个拿回去。只要你们公司符合台里要求，你也是在帮我的忙嘛！"

吴全立尴尬看着姜台，拿回来也不是，不拿回来也不是。

"全立，我早就和你说过姜台不是那种人。你赶紧收回去！"郑天华赶紧说道，"姜台，您千万别生气。现在不都是以经济建设为中心嘛，有时候没这个，他们民营企业真是寸步难行。"

"俗话说，伸手不打送礼的嘛！"姜台一阵爽朗的笑声，"不过，钱可不是万能的。弄不好，还会招灾的。千万要谨慎，再谨慎！"

"是是是，您教诲得是。"吴全立赶紧道歉。

"这些材料我收着，有消息我通知你们。"

"让您费心了！"郑天华答谢道。

"别客气，那就这样？"

郑天华和吴全立赶紧起身。

"姜台，那我们就不打扰了！"

姜台也起身，"你们先回去，有消息我会通知小郑的。"

离开姜台的办公室，两人回到郑天华的办公室。

吴全立一屁股坐在椅子上："办事儿就怕遇到不明码标价的，不知道他嫌少，还是不想给办？"

郑天华从饮水机里接了杯水，递给吴全立，"我看，你是送礼送惯了，遇到好人就觉得是童话。"

"现在不求钱的也就在童话故事里有。人要像这杯水就好了，明明白白清清楚楚。"吴全立抻了个懒腰，"累啊！猜人就是耗神！"

郑天华给自己也倒了杯水，"你就别费心劳神了。只要你们公司资质合格，这事儿应该没问题。"

吴全立侧过身子，看着郑天华，"资质肯定没问题。问题是你合格了，甚至比合格还合格，人家也不选你，这就是为什么需要钱的原因。假如姜台真是个从童话里出来的，我怕什么啊！大家把实力拿出来，在阳光下好好晒晒！"

郑天华回到办公椅上，"放心吧！姜台不是那样的人。"

"名人要名，公知玩装，当官儿的喜权，商人逐利，老百姓整天琢磨着赚钱。所以，人人都有所欲求！难道姜台是圣人？"

"姜台求的是安全，人家不说了要安全退休嘛！还有就是朋友，多个朋友多条路。自己退了，还有儿女呢！"

"你这么一说我倒是摸出点儿门路来。他儿子和女儿做什么行业的？"

"闺女在政府部门工作，儿子是搞影视的。"

"可以合作嘛！我正想着投拍一部关于留学生的电视连续集，就到舟舟的学校拍。"

"老吴，你真是天生的生意人。"

"怎么说？"

"无孔不入！"

吴全立笑了，"我就当你是夸我。有时间帮我联系联系姜台的儿子，吃顿饭，交个朋友。"

郑天华叹了口气，"你真累！好吧，我记着。"

自从告别那座每天做白日梦的象牙塔，踏进电视台的办公室，陶菁菁就没一天踏踏实实地睡过觉。"自然醒"对她来说，是件可望而不可即的奢侈。既然张丽娜给她请了两天假，陶菁菁也就不客气了，睡觉，使劲睡，踏踏实实地睡到自然醒，醒了再睡个回笼觉。一宿连梦都没做，这简直是个奇迹。陶菁菁一睁眼，下午两点，错过了中午饭。不过不要紧，有张丽娜昨天拿来孝敬她的水果，还愁啥中午饭。吃水果，不仅能补充维生素 ABCD，还可以减肥。

心情好，头也不晕了。赖在床上，看了个偶像剧。换成以前，陶菁菁可没心情看这些麻雀变凤凰的骗人剧情，今天倒觉得还有点儿意思。时间在慵懒中过得真快，刚才看表还是下午两点，再看已经是六点了。陶菁菁决定先洗个澡，然后来个鸡蛋泡面。

刚脱光衣服，就有人敲门。

"周碧倩，你怎么又不带钥匙！"反正门外的也是个女人，谁对谁都没兴趣。陶菁菁也懒得穿衣服了，裹条浴巾出去开门。

开了锁，推开门。

"周碧倩，我都成你佣人了……啊呀！""扑通"，陶菁菁一屁股跌倒在地，唯一可以遮掩身体的那条浴巾也和她分崩离析。陶菁菁赤裸裸地躺在地上，整个一个门户大开。

陶菁菁扯着嗓子大喊："你别进来，别进来！"

可任凭她叫喊得再怎么声嘶力竭也是来不及了，周邰这小子已经居高临下地站在她面前。

陶菁菁抬头看着周邰，周邰低头看着陶菁菁。陶菁菁像只被剃光了毛的小绵羊，一览无遗地落入周邰的目光中。她用力蜷缩在地板上，伸手抓起那条毛巾，让它那有限的面积尽量遮挡住自己的隐私部位。

也不知道周邰这小子脑袋里想什么呢，竟然上前要搀扶陶菁菁起来。这种情况，陶菁菁能让他碰嘛！

"你别过来！出去！出去！我喊救命了！我真喊救命了……救命啊！"

谁说现在的邻里关系冷漠了？陶菁菁的叫喊声还没落地，楼上楼下、左邻右舍冲出来好几位老头老太太。

"要流氓！跑咱们楼里耍流氓来了！"

没等陶菁菁和周邰反应过来，几位常年在楼下广场上练太极的大爷大妈上来就把周邰按倒在地，用皮带将他捆了个结结实实。

第十三章

别拿自己不当爷

一位花白头发的老爷子撸胳膊挽袖子，雄赳赳气昂昂冲着周邵说道："小子，跑我们这儿要流氓来了。知道你大爷我是干什么的吗？"

一位大妈立刻接上，"赵大爷可是抗美援朝时侦察连连长！"

就在这时，另一位大妈突然叫喊起来，"快快快，快去叫救护车，这姑娘流血了。快……快叫救护车。"

大家低头一看，地板上果然一摊暗红色的血液。不仅如此，陶菁菁雪白的大腿内侧也留有暗红的血迹。那位老侦查连连长二话不说，上去就给了周邵一耳光。

"走走走，赶紧送这小流氓去派出所！"

在大家的簇拥下，周邵被带下了楼。留下两位戴红箍的大妈照顾陶菁菁。这两位大妈心肠真好，不停地劝陶菁菁，姑娘家遇到这样的事情是不好，既然发生了，一定要想开一点。时代不同了，也没过去那么封建了，所以千万别因为这种事情寻了短见。国家和政府一定会还受害者一个公道的。

陶菁菁哭笑不得，指着地上的那摊血，"那是……那是我大姨妈留下的。"

陶菁菁也没心情洗澡了，穿好衣服，赶紧跑去派出所，把事情说清楚。把周邵从派出所里捞出来，领回家。

"你没受伤吧？"陶菁菁问周邵。

"没事儿！好家伙，那几个老头老太太还挺有劲的。你没摔伤吧？"

"我摔什么伤啊！我又没被按倒在地！"

"可……"周邵指着地上的血迹，"不是摔坏了，你自己不知道吧？"

这问题差点没把陶菁菁气死,"那一耳光没把你扇出毛病吧?我大姨妈来了!"

"你姨妈来了?"

这小子还真是个没谈过恋爱的!姐姐我还得给你上生理课,还是堂实践性的生理课。陶菁菁没办法,只好对周邰进行一次免费的生理教育,"女人每个月都有那么几天,这句广告词总听过吧!"

周邰摇摇头,"不经常看电视。"

"月经,听过吧!"

周邰点头。

"我去洗澡,你老老实实在客厅里待着!不准乱想、乱动。"

进了浴室,陶菁菁第一件事儿就是把门锁得结结实实。不是她不相信周邰,她只是不相信男人,一种靠下半身思考的动物。

周邰这小子还挺守规矩。陶菁菁从浴室裹着毛巾出来,他还主动把眼睛用手遮起来。陶菁菁迅速窜进卧室,更衣。

梳妆之后,陶菁菁再次出现在客厅,"我这儿只有方便面,你要吃,自己去厨房泡。"

周邰从沙发上坐起来,"你还能见人吗?"

自从表明是周副总监的亲侄子,这小子在自己面前是越来越没礼貌,越来越放肆了!还真把自己当官二代了,顶多算个'官系户'。陶菁菁心里一团火,回敬道:"你不是人?"

周邰从沙发上站起来,揣起躺在茶几上的手机,"出去吃,我请!我爸今天给我开饷了。"

"你真是没出息。请人吃饭,要自己赚钱,不要管你老爸要钱!"

"我是出卖劳动力的,这是我的劳动报酬!"

"搓背,还是洗脚?"

"你就不能想点高档的工作!"

"你能做什么高档的工作啊?"

"擦车啊!"周邰伸出五指,然后卷起中间三只,"八百块,从我老爸那儿赚了八百块现大洋。"

"擦一次车给你八百块?"

"他说带八吉利。"

"那我得恭喜你!成为中国百年史上,摆脱廉价劳动力的第一人!"

"谢谢,谢谢!这么大力吹捧我。我请你吃顿大餐,以表示我由衷的感谢。"

"周郜就这点好，和他开玩笑，他从来不生气，绝对不小心眼儿。男人嘛就该这样，大度点儿，幽默点儿。千万不要只能开别人的玩笑，开不起自己的玩笑，鸡皮酸脸不像个爷们儿。"陶菁菁在心里一边赞赏周郜，一边随周郜下了楼。

楼下的街道边上，卧着周郜的Q7。挺漂亮的一车，前挡风玻璃上竟然贴着一条儿。上面的大致内容是"恭喜你，乱停车，被罚一百元人民大钞"。

陶菁菁幸灾乐祸地拍着周郜的肩膀，"你这么捐钱，可没人感激你！"

周郜伸手撕下罚单，"能和陶女士共进晚餐，再贴两张也心甘情愿。"

陶菁菁无奈地摇摇头，"嘴甜的男人不靠谱，知道吗？"

陶菁菁上了Q7，周郜一脚油门儿，一股强有力的推背感立刻贯穿了陶菁菁的全身，"坐在里面即使不用系安全带，都比窝在租的房子里更有安全感。"

感慨之后，陶菁菁问："你怎么又把这车给开出来了？"

"不开，我擦它干吗？"

"连你老爸的便宜你都占，真是没人性。"

"我看你一点儿有病的架势都没有！"

周郜一提这事儿，陶菁菁心升爽意，"张丽娜昨天来找我，专门给本宫赔礼道歉！"得意的笑容控制不住地从陶菁菁心里往上翻，就像喝醉了要吐一样，挡都挡不住，"哪天陪我到庙里拜拜，我得知恩图报。"

"不用去庙里，拜我就行。"

"这事儿和你有什么关系！见过No Face的，但像你这么No Face的，实属罕见。"

"欺负周副总监侄子的女朋友就等于欺负周副总监的侄子，欺负周副总监的侄子就是不给周副总监面子。你说周副总监能放过她们吗？"

"等等，你慢点儿说，我怎么没听明白！"

"我和我二叔说你是我女朋友，被蓄意祸害了！"

"谁是你女朋友？谁被祸害了？"

"做总监侄子的女朋友，你不吃亏！"

"周郜，你什么意思啊？把我陶菁菁当什么人了？"

"开玩笑也生气！你要当我女朋友，我还不干呢！"

"下车！再不停，我就跳了。"

"听我讲完，你再寻死不迟。在社会上混，家庭出身最重要。出身不行，那就得靠背景。比如哈佛毕业的，或者跟过哪个领导做过秘书之类的。背景还是赶不上趟,就得自己捞关系。你顶着个总监侄子女友的 Title,家庭出身有了,虽然是后天嫁接的,一样管用。地位一高,社会关系就会主动来找你,你就不用再费劲自己找关系了。而且,我这么个正人君子,又不想占你便宜,免费的不用白不用!"

周邰的话有道理,不过还是要问清他的目的。现在天上掉下来的看上去是馅儿饼,没准馅儿饼里藏的是炸弹。陶菁菁的保护意识还挺强,她质问道,"你干吗帮我?到底有什么目的?从实招来。"

"为人民服务啊!"

"去你的!说实话,不然我下车。"

"就觉得她们太欺负人,我就受不了好人受委屈!让所有人都体验一下当爷的感觉,这是我的梦想。我的座右铭是:别把自己不当孙子,也别拿自己不当爷。"

"切,歪理还不少!我也不想欠你的,今晚我请你。"

"别!你请我,那我不是白擦车了!"

周邰就是这种人,总是让身边的朋友陷进轻松愉快的气氛当中。即使帮了你,还请你吃饭,他也要搞得你心无愧疚。他还经常把智商藏起来,可能是攒着用来惩奸除恶吧!心怀善良,乐于助人,却从不图回报,估计是圣人的书读多了,他中了善良的毒。陶菁菁决定还是要去庙里拜拜,算是知恩图报,因为让她有了个周邰这样的朋友。

看来,周邰励志今晚要一次性消费掉他老爸赏给他的八百两纹银。否则,不可能来这种翻开菜单就吓陶菁菁一跳的餐馆儿。陶菁菁三天的伙食费都买不起汤里泡的几片小白菜叶。

"叫周碧倩一起来吧!她肯定没吃饭呢。"

虽然是周邰请客,可陶菁菁还是忘不了周碧倩,谁让两人是闺密呢!在女孩儿心里,闺密多多少少要比男性朋友更重要一些(注意:是男性朋友,有别于男朋友)。

男性朋友也别挑理,知道你们个个都是忠肝义胆的好哥们儿,可是毕竟性别不同嘛!有些生理和心理上的问题,女孩儿没法儿和你们交流。你们男人不也有男人的秘密吗?所以,五十步笑百步,谁也别生谁的气!

"给她打电话,问问她想吃什么。"

周邰这句话让陶菁菁觉得他还真有点儿爷们儿气质,平时小看他了。

电话拨通,响了两声。

"Hello! Who are you?"

"周碧倩,你这家伙也学坏了,中华人民共和国的公民在自己的土地上和另外一名中华人民共和国公民交谈,嘴里冒出来的是美帝鸟语。幸好你名字没换成一串儿字母,否则我坚决不找你吃饭。"

陶菁菁啰唆了一大堆,周碧倩没听到别的,只听到了最后俩字儿——吃饭。

"你要请吃饭?"

"今晚周公子慷慨解囊。"

"靠,不早说,我现在在外地。以后再有吃饭不花钱的事儿,提前一个星期和周女士预约。"

"你出差了?怎么不和我说一声?"

周碧倩抱怨道:"昨晚我没回家,你都没微信给我,也不关心我一下。有了小周子,你就把我给忘了。"

"你昨天就走了?"

"公司突然安排。我说我得回家拿几条内裤。老板说没时间了,去了再买,公司报销。哎,你想要什么颜色的?"

"真的假的?"

周碧倩咯咯地笑了,"傻妞,当然是假的啦!我又不是给老板生孩子去,他哪有那么好心给我买内裤?不过,今晚有帅哥陪你过夜,没我你也不会太寂寞。"

"你什么时候回来?"

"不知道,听公司安排!你和帅哥单独共进晚餐吧,不打扰你们二位了!放心,回去前,先通知你,坚决不抓奸在床。Bye Bye!"

"Bye Bye!"

周碧倩确实在外地,不过她一点都不遗憾今晚没赶上这顿白吃。

宾馆的房间里灯火通明,张军懒洋洋地倒在沙发上,遥控着对面的电视。收起电话,周碧倩从窗口回到沙发,靠在张军肩上。

张军举起遥控器,又换了个台,似乎不在意地问道:"晚上陶菁菁和谁吃饭?"

"一帅哥儿。"

张军目不转睛地盯着电视,"哪个帅哥?"

"陶菁菁的同事,听说是他们总监的侄子。"

张军转过脸,"总监的侄子?我怎么不知道?"

周碧倩的脑袋从张军的肩膀上抬起来,"怎么,嫉妒了?"

张军的声音带着不快的语气:"那小子打陶菁菁的主意吧?"

"我要告诉你,那个帅哥是想追求我,你是不是就放心了?"

张军没问下去,起身,拿起躺在床头柜儿上的手机,要给陶菁菁打电话。周碧倩紧随他身后,一把夺过手机,恶狠狠地摔在地上,部件四散奔逃。

"张军,你别他妈不要脸!"周碧倩发起狠来脸上的每块儿肌肉都横过来抖动,"告诉你,只有姐姐玩儿你的份儿,别给姐姐惹急了,不然姐姐废了你!"

张军不甘示弱,"你他妈的把电话给我捡起来!"

张军话虽然扔得狠,目光里却都是怯懦。光说不练假把式,那可不是周碧倩的风格。原地一脚,正中张军的命根子,拎包,转身,走人。张军真是名资深贱客,捂着下身开始追女人。

"倩倩,倩倩……"他像根儿尾巴耷拉在周碧倩屁股后面,"倩倩,你真误会了。我是想给我老板打电话,请假。明天陪你在苏州玩儿玩儿。"

周碧倩斩钉截跌地停住,"打,现在就给你们老板打电话!"

"手机不是让你摔坏了吗?"张军一脸为难的样子。

"用我的!"周碧倩伸手从包里掏出手机,摆在张军眼前。张军无奈地抄起周碧倩的电话。

八百大洋,两人吃顿饭,陶菁菁还头一次参加这么奢侈的饭局。周邨问陶菁菁想吃什么,陶菁菁随便说了"海鲜"俩字儿。没过一会儿,桌上全是海里游的。当然,它们生前是海里游的,上了餐桌已经是熟的了。

吃着吃着,周邨大叫:"你怎么流血了?"

陶菁菁赶紧低头,往身下看,什么事儿都没有。

"我说的是你鼻子,你往下看干吗!"

"流氓!"陶菁菁瞥了周邨一眼,然后摸鼻子。

"服务员,服务员,餐巾纸!"周邨就像在喊救护车。

周邨让陶菁菁扬起头,轻轻帮她把从鼻子里淌出来的血擦干净。然后,又在陶菁菁鼻孔里堵了一张。这可好,上面下面没一地儿让陶菁菁省心的。反正都这样了,接着吃,不吃都成地沟油了!

酒足饭饱,周邨结账。

"欢迎下次光临!"四个漂亮的妙龄少女服务员穿着大红的开口旗袍,在门口站成两排。

"鼻孔里塞着张被鲜血染红的餐巾纸，从美女丛中穿过，真是件丢脸的事儿。"陶菁菁正准备加快脚步从美女中间穿过。

周邰不失时机地嘲笑说："和你吃饭，还能占便宜，夹张纸出来。"

陶菁菁捂着鼻子，压低头，低声说道："滚！"

"换一张吧！都透了。"说着，周邰当着众美女的面儿，从裤兜里掏出一打餐巾纸，递给陶菁菁。

"去死啦，你！"

从周邰手里抢过餐巾纸，陶菁菁转身奔去了洗手间。拔出旧的，上面鲜红鲜红的，就像从身体里挖出来的子弹。再插颗新子弹进去，照照镜子。除了鼻孔里的"子弹"外，陶菁菁觉得自己的长相不比那四个漂亮服务员差。

周邰开车送陶菁菁回家，一路上没少取笑陶菁菁。看在豪华晚餐的份儿上，陶菁菁忍了。

车子停在楼下，周邰说："我送你上去！"

大半夜，孤男寡女，这话让人听起来特别暧昧。

"就四层楼，有什么可送的，我自己能上去！"

周邰笑了。别看光线不足，但陶菁菁能看出来，周邰正在用表情嘲笑自己。

"你笑什么笑？"

"你大姨妈在家，我能把你怎样？我要真有那心，也要选个干净日子下手啊！你说对不对？"

"这小子脸皮够厚的，还问我对不对！"陶菁菁气愤，"你敢！你忘了，我们楼上有侦察连连长，还想吃一耳光是吧！"

"真不用我送你？天这么黑，我怕楼道里有坏人。"周邰把脑袋探出车窗外，四下扫了一眼，"你们这小区，连个保安都没有，可不怎么安全。"

"该死的周邰，没事儿吓唬我，不能上他的当。"陶菁菁铁了心地说道，"放心，我们有连长，不怕流氓。"

"那好，我在楼下等着。你上去，锁好门，给我打电话，我就走！"

周邰这话让陶菁菁小有感动，她觉得自己是有点儿小人之心度君子之腹啦。

"那好吧！你……你上来吧！"

"算了，我还是别强人所难，在楼下等着吧。"

"矫情，你怎么这么矫情呢！是不是男的啊？我走了。"

楼梯里的感应灯一层一层地亮起。陶菁菁开了门、进了门、锁好门。回到房间，陶菁菁心里好奇，不知道周邰还在不在楼下。她偷偷往窗下看，周邰果然没走。

陶菁菁掏出手机，"我到了，你走吧！开车注意安全。"

周邰问："门闩上好了？"

"嗯！"

"那我真走了？"

这小子还真以为我会和他演电影，让他上楼，留他过夜。他还是死了这条心吧！想到这儿，陶菁菁断然说道，"真走，真走，你赶紧真走。对了，我明天不上班。"

"下班一起吃饭。"

"你还有钱吗？"

"回家我再擦遍车。"

"来之前，打个电话先。"

"没问题！"

一阵轻微的马达声穿透黑夜，爬上四楼，飘进窗口。站在窗边，往下看。两道银色的车灯在楼下匀速向前。两盏红色的车尾灯突然亮起，朦胧的车身猛的一停。接着，车灯转了个弯，消失在视野中。

陶菁菁再次拿起电话，"你喜欢吃什么？"

"你要亲自下厨？会吗？"

"那当然了！别废话，想吃什么？"

"我……我最喜欢吃土豆丝！"

"土豆丝？你真是玷污了'富二代'这仨字儿！"

"一个人在房间里挺无聊的，我陪你聊会儿。"

"想聊，把车停边儿上，打辆出租车。政治经济、天文地理、人文情怀，的哥肯定能满足你所有需求。挂了！"

"我……"

不等周邰说完，陶菁菁把他电话给挂了。陶菁菁的想法是，不能对这小子太发善心，要软硬兼施，保持师姐在师弟心中伟大崇高的形象，以及朦胧感。

"既然不能以身相许，又没能力许他个高官厚禄，只能给这小子亲手做顿饭吃，以做报答。谁知道，这小子要求还挺高！土——豆——丝，这么复杂的菜！本宫上网查查怎么切丝儿先。"

陶菁菁连夜学习土豆丝的制作方法。第二天，周邰果然来了，吃得跟猪一样香。代价是，陶菁菁娇嫩的小手上烫了俩泡，而且满屋子都是油烟味儿，就连被窝里都是，害得陶菁菁晚上做梦还在给周邰切土豆丝。

恼人的周一来了，陶菁菁的病假也结束了。早上起来，她的第一件事儿就是洗澡。不然，一旦被嗅到油烟味儿，很有可能被编出个和厨子有奸情的传闻不可。

陶菁菁进办公室的第一项工作，毫不例外打扫卫生。有件事儿陶菁菁始终搞不明白，为什么台里肯花大笔钱养着大批不干活的闲人，却不肯花点小钱请几位保洁阿姨打扫打扫卫生呢？

为了保持能够正常工作的最低清洁标准，各个栏目部都排值日表。每人一天，负责办公室清洁。陶菁菁的栏目部也曾经执行过一人一天的公平原则，可自从陶菁菁出现之后，公平就被挂到了墙上。值日表上的人名每天更替，可底下干活的却亘古不变，就陶菁菁一人。

"呦，小陶！你怎么打扫起卫生了？"冲到陶菁菁面前，抢下陶菁菁手里拖布的正是今天值日表上的王姐，"我来，我来！你去休息，你去休息！"

难道是在做梦？过了大半年，王姐终于反应过来每周一应该是她值日。这反应速度，脑瘫都比她迅捷！陶菁菁被这突如其来的热情惊呆了。看到弯腰弓背、呼哧带喘的王姐，陶菁菁竟然产生了罪恶感，"王姐，还是我来吧！"

"不不不，今天是我值日。"

这时又有人在背后呼唤着陶菁菁，"小陶，来得这么早啊！"

陶菁菁慌忙转身，唤她的是钱姐。这位姐姐除了盼咐陶菁菁干活的时候会赏陶菁菁两句话听，平时看都不看她一眼。

看到钱姐，陶菁菁就条件反射地问道："钱姐，有什么需要我做的？"

"没有，没有！哦，对了小陶，还真有件事儿。我表弟刚从加拿大回国，特地给你带了包枫叶糖。"

"我和她表弟前生不认识，今生不相识，他特地给我带的枫叶糖？"陶菁菁心里嘀咕，"不是我的听觉神经有疾，就是我的听觉神经有疾，肯定是我的听觉神经有疾！"

还没等陶菁菁寻思过味儿来，钱姐还真塞了包糖果给她，上面真还印着加拿大国旗。

钱姐的反常举动把陶菁菁的脑神经给闪了，她恍惚地说道："钱姐，谢谢您！"

"小陶，你看你，还和我客气什么啊！你忙吧，我就不打扰你啦！"

望着钱姐的背影，拿着她给她的糖，陶菁菁不由自主地想起黄鼠狼给鸡拜年的故事，让她惶恐不安。

就在这时，老单出现在陶菁菁面前，问道："菁菁，吃早饭了吗？"

"吃过了，单哥。"

"走，陪单哥去咖啡厅吃早餐去。"

陶菁菁觉得她运用母语的能力不比其他国人差，她刚才的表达没什么歧义，怎么老单就是没理解呢？没办法，以陶菁菁现在的地位恐怕没有拒绝的机会，只能陪老单去吃早餐。

咖啡厅里，吃早饭的人还真不少。没一会儿，老单端着餐盘回来了，将一大杯奶茶放在陶菁菁面前。

"咱们台里的奶茶，不比外面的差！"老单骄傲地说道。

望着面前的爱心奶茶，喝还是不喝，成了让陶菁菁很是为难的一个问题！喝？陶菁菁有乳糖不耐受症。不是什么大症状，就是喝了奶茶后，在她肚子里会生产大量的甲烷气体，接着就会出现"一鸣惊人"的排气现象。不喝？这可是有史以来老单对她的首次示好，陶菁菁不舍得拒绝啊！

老单边吃，边抱怨他老婆买衣服的事儿。二周前，他老婆花了一千多块买了件短袖。本以为是高档货，结果这星期成了一百九十九一件的处理品了。这不是让人最上火的，最让人上火的是，他老婆的那件"高档货"到现在为止一天都没穿过。

"退了啊！"陶菁菁说。

"你喝啊！"老单说。

"好吧，上帝把我降生在这个伟大的社会主义国家，目的就是让我舍己为人的。为了不伤害老单对我的热情好客，我喝！"陶菁菁心中突然涌出一股壮烈的情愫，举起杯，"咕咚咕咚咕咚"喝起来。

看陶菁菁一饮而尽，老单很高兴，继续说道："是想退，可商场说正在打折的商品不给退。"

"买的时候，不是没打折吗？"

"没错儿啊！但商场的解释是，虽然原价买的，但此商品现在打折，就不能退。就怕你来找差价。我问他们，这是谁规定的？他们说是相关部门规定的。"

"找他们领导！"

"这就是他们领导说的。"

"告他们啊！"

"我一个人告他们一个大商场？真没这力量，人家找律师拖也拖死你了。"

抱怨完衣服的遭遇，老单又开始扯他儿子上小学的事儿，控诉现在的人民教师逢年过节必收礼的现象。老单的结论是，这事儿也不能全怪老师，都是家长给惯的。

陶菁菁说："那就别送！不给他们养成习惯的机会。"

"你不送，别的家长送！当家长的就怕老师对孩子使黑招，安排到最后一排，看黑板都困难。没办法，只能送，还不能比别的家长送得少。"

老单说得没错，可陶菁菁现在没心思深究这事儿。下面的排气已经开始，咖啡厅里的其他人都被陶菁菁屁股底下的隆隆炮声崩走了。老单还真给陶菁菁面儿，稳坐钓鱼台，不紧不慢地享用他的早餐，津津乐道讲着他这一生的遭遇和不满。平时在办公室，说话大声都会被训斥的陶菁菁今天竟然得到了如此大的宽容。陶菁菁大感不解，"天上的神啊，您到底在和我开什么玩笑？跪求答案呀！"

最忙莫过星期一，不是陶菁菁自己的活儿多，而是前辈们把上周没做完的活儿都推给她做。做好了，光荣是他们的；做不好，陶菁菁得承担一切责任。每周一，陶菁菁就像台机器，不停地运转，也没人心疼给上上油，保养保养。

今天也是周一。平时陶菁菁这台有人用、没人养的机器却被闲置在办公椅上。一上午，连个收发快递的任务都没有，搞得陶菁菁这个实习生很恐慌，感觉自己就像颗人体上的毒瘤，早晚会被开刀切除。

既然没人发活儿，陶菁菁就自己找活儿，管他们要活儿。办公室里转了一圈，活儿没乞讨来，却找来句更让她毛骨悚然的话。那些每天恨不得把她忙死的同事们竟然异口同声："我这儿没什么事儿，你歇着吧！"

"歇着？难道他们内部已经集体表决，让我走人？我兢兢业业、任劳任怨、当驴作马为你们干了大半年，说走就让我走，还不通知我一声！实在是太险恶，办公室里实在太险恶了！"陶菁菁越想越愤怒，越愤怒越觉得自己委屈，越委屈越发觉得自己是要被扫地出门。

中午，几位办公室里的老资格们主动找陶菁菁吃午饭。坐在饭店的椅子上，陶菁菁的情绪完全不能集中在美食上，心想："这不明摆着嘛，知道我要被通知走人，请我吃顿散伙饭。早上，那几位为啥对我那么好，替我干活，送我东西，请我喝茶，肯定是在我走之前，他们发一下善心，让我感恩戴德！"

吃过午饭，陶菁菁要付钱，可几位前辈死活不同意。这让陶菁菁更加断定，这就是现实版的"最后一顿晚餐"！吃完这顿，估计下午领导就要找她谈话，宣布死刑的执行日,也许明天早上她就不用来上班了。

想到这些陶菁菁很难过,眼泪开始往外鼓。但,她还是用"正能量"阻止了自己的脆弱,"没什么可难过的!明天本宫舒舒服服地躺在阳光下,就是不睁眼,就是不起床,睡他个天昏地暗,谁也管不着。等本宫有了权财,让你们个个跪拜在姐姐脚下。本宫我高兴,赏你们百八十块的。不高兴,一脚踹开,给我滚。今天你们让我怎么滚,明天我就让你们也滚滚看。"

都说正能量能抵抗人生中所有不幸带来的沮丧,可陶菁菁的"正能量"却没有传说中无坚不摧般的神奇。回到办公室没一会儿,陶菁菁又恢复到忐忑不安的状态。她盯着领导的房门,等着领导找她谈话时刻的到来。死刑之前的寂静让陶菁菁焦躁,让陶菁菁发疯,让陶菁菁想赶紧死!

"周郐这小子今天竟然没来上班,肯定知道我要被赶走的消息,不好意思见我。不行,我必须给他打个电话,斥责他的虚伪。"

陶菁菁拿起手机,"喂,哪儿呢?干吗不上班?"

"我忙呢!"

仨字儿说完,周郐竟然挂了陶菁菁的电话。

习惯了周郐俯首帖耳的陶菁菁哪经受得起这般拒绝,"周郐你这个混蛋,用人朝前,不用人朝后。看我要走,用不着我教他编片子了,以前都是装的!虚伪,这个世界都他妈的虚伪!"

陶菁菁心里正骂得淋漓尽致,突然从身后传来张丽娜的呼唤声,"菁菁,开策划会了!"

"姐姐都要被你们搞走了,还假惺惺找我开策划会。虚伪,个个都是虚伪。"陶菁菁心中暗语。

周郐没来开会,但是郑天华来了。会上张丽娜总结了上周的工作情况,特别提出陶菁菁请病假期间,周郐做了大量工作,很辛苦。

"这不就是为开除我找借口吗?怪不得周郐不来上班!我就是一实习生,用不着费尽心机,直接说走人,我立马就走。"张丽娜的话再次刺激了陶菁菁。

接下来,由程晓弈分配采访任务。陶菁菁被分到了一大堆采访。

"这帮人真够孙子的,开除我之前,还给我安排这么多活儿。真是不用白不用,赶紧使劲儿用,人走了就没得用了!"

散会!

"菁菁,有时间吗?我们谈谈。"

陶菁菁原以为会是傅冬苓来宣布将她扫地出门,没想到找她谈话的却是郑天华。

"平时看她慈眉善目,没想到内心也如此龌龊。领导的笑脸和狐狸的甜言蜜语一样不可信!找我谈,那就谈谈。反正我要被走人的人,那就敞开了谈。"陶菁菁在心中写下"视死如归"四个大字。

"菁菁,一下子这么多采访,是不是有压力啊?"

"别装得跟亲善大使似的,知道有压力,还给我安排这么多!"陶菁菁心中愤慨。

"没压力!"这话陶菁菁是带着情绪说的,郑天华也听出来了。不过,郑天华还依然继续她的慈眉善目。

"压力大,学到的东西就多。如果有问题,可以问晓弈,或者直接找我。"

"装吧,你们就继续装下去吧!先肯定,后但是。先安慰,后开除。这些都是领导们惯用的虚伪伎俩,可我今天就不给你这个虚伪的机会。"思忖片刻,陶菁菁质问道,"郑姐,我的实习期什么时候结束?"

"这个……"郑天华还真被陶菁菁给问住了。

看着郑天华犹豫的样子,陶菁菁心里更是气,"这有什么可迟疑的!直接宣布日期,给个痛快的,别假情假意,让人看了恶心。"

犹豫过后,郑天华说道:"这个……我也不太清楚,要等上面领导的安排。"

"郑天华你也太虚伪了吧!开除我一个小实习生,还用得着上面领导安排吗?"陶菁菁愈加愤世嫉俗地想了。

结束和郑天华的谈话,陶菁菁回到工位,想起今天那些虚伪的面孔,气就不打一处来。

下班的时候,周邰这小子竟然出现在办公室。大庭广众之下,还拉陶菁菁上了他的车。

"你给我打电话的时候,我正在大使馆办签证!千万别误会我是故意挂你电话。"

"你能演得再逼真一点儿吗?我马上就要相信你了!"陶菁菁讥讽地说道。

周邰一笑,"没想到我在你心里这么重要。没接电话,把你气成这样。今晚,我应该庆祝一下。"

看陶菁菁没说话,周邰嬉笑地说道:"你怎么了?不会这么小心眼儿吧!真是在签证,不骗你。"

"我问你个事儿,你要说实话。"

"问问问！向前途发誓，有一句假话，未来事业灰飞烟灭。"

陶菁菁撇了周邰一眼，"我要被开除这事儿你知道吗？"

"开除你？怎么可能会开除你！"

看周邰的表情，陶菁菁判断他还真有可能不知道这事儿。陶菁菁把今天在办公室遇到的灵异事件滴水不漏地给周邰讲了。

听完之后，周邰竟然笑了，"这都是好事儿啊！"

"屁，这都是要被开除的前兆好不好！"

"有人值日，说明你已经告别扫地打水的地位了。他们找你吃饭，那是想拉你入伙儿。给你安排采访，那是领导想把你培养成真正的记者。你不是早就希望去采访吗？"

听周邰这么一解释，陶菁菁觉得还有点儿道理！不过，对这个还没毕业的小屁孩儿，陶菁菁还是不能完全信任。她决定必须咨询一下她的职业顾问，周碧倩同志。陶菁菁拿起手机，不幸的是周碧倩关机了。

带着颗没有安全感的心脏，陶菁菁在昏昏沉沉中迎来了又一个工作日。伴随着昨天的忐忑不安，她走进办公大楼，随后被吓了一跳。钱姐正呼哧带喘地打扫办公室的卫生，大理石的地面被擦得明晃晃耀眼。陶菁菁看了看表，她甚至比平时还早到了十分钟。

"菁菁，陪单哥吃早饭去。"老单突然出现在陶菁菁背后。

陶菁菁再一次被强行拉去了咖啡厅，这次她没客气，让老单给她带了杯凉白开。

"菁菁，什么时候转正啊？"老单问。

这问题让陶菁菁很沮丧："还转什么正啊，马上就要被清退了。"

"不可能！"老单脸上的表情就像陶菁菁在逗他，"谁敢清退周副总监的准侄媳妇儿，除非不想干了！"

"单哥，你说谁是周副总监的准侄媳妇儿啊？"

"小陶，你就别装了。你和周邰的关系全办公室的人都知道了。和周副总监的侄子谈恋爱，光明正大的事情，干吗掖着藏着的！大家都知道了，对你有好处。你就信单哥的，没错！"

陶菁菁突然从梦中惊醒。所有发生的灵异事件原来根儿都在这儿呢！一个"周副总监准侄媳妇儿"的传言竟让她这个小小的实习生一夜之间变成让众人俯首称臣的公主格格。

"原来我们都生活在魔兽世界里，等级越高，法力越大！"陶菁菁心中一片感慨。

老单又问："周副总监马上就要给你转正了吧？"

陶菁菁不想撒谎，但她也不想丢了周副总监给自己带来的关系红利，一夜升天的感觉实在是太美妙了！

"能不能转正，要按台里规定办。这和是谁的准侄媳妇儿没关系！"陶菁菁答。

"菁菁，还和单哥保密？"

"转正了，我请单哥吃饭。"

老单眼睛笑得眯成了一条缝，"哪能让你请，单哥请你！"

"单哥，您太客气了。有什么需要帮忙的，我一定尽心。"

越不正面回答，人们越猜；越猜，故事越真；故事越真，越多的人愿意去相信。这就是办公室，这就是办公室里人们喜欢做的事儿。

今天和昨天一样，没人找陶菁菁去干活，看来她在办公室跪小搓衣板儿的时代一去不复返了。和昨天一样，陶菁菁又闲了一上午，可她却没有了昨日的焦虑不安。中午，又有老同志主动找陶菁菁吃饭，陶菁菁拒绝了。半年来，这可是陶菁菁第一次直着腰板对那些老资格们说 NO，值得纪念。即使拒绝这些老资格，老资格们也不敢有什么意见，因为陶菁菁就是传说中"周副总监的准侄媳妇儿"，而且她要和传说中的男友周邰共进午餐。

"他们都说我是周副总监的准侄媳妇儿。"陶菁菁说。

"我知道！"

周邰的回答是如此平静，陶菁菁心里生气，"你怎么知道的？是不是你造的谣？"

"有人问我咱俩是不是同居。"

"谁问的？不要脸！"

陶菁菁这么严肃骂那个不要脸的，周邰竟然笑了，笑得那么淫荡。这让陶菁菁的火气更大，"你笑什么笑？男人没一个好东西。"

"反应夸张了点吧！还牵扯到所有男性同胞，这可不好。"

"你怎么和那个不要脸说的？"

"我说这是隐私。"

"不要脸呐，我告诉你啊，我有男朋友，你的花心别往我这儿栽，开不出玫瑰花来。"

"陶师姐，熄熄火。我知道您有男朋友。你要是觉得不妥，要不我出面澄清一下，说咱俩啥关系都没有。"

"不用，不用！他们愿意怎么想是他们的事情。只要你别想多了就行，我怕伤了你！"

周邰笑了，"那我还得重谢您呀！"

"那倒不用！你千万别自作多情就行，我不会爱上你的。"

"陶姐，您多虑了！把心用在采访上，做好本职工作，才是正事儿。"

"切，你还教育起我来了，我心里有数！"

因为一个谣言，没人再敢对陶菁菁呼来喝去。虽是件讽刺的事儿，却让陶菁菁告别了打杂的日子。看来，奇迹不是不可能在人间出现。

第十四章

谣言让你华丽转身

谣言的传播速度让禽流感望尘莫及,它的穿透力至今无一种武器与之匹敌。更有意思的是,当谣言被众人口口相传时,它摇身变成了人们心目中的事实,无须验证的事实!

不过谣言毕竟是谣言,谣言不是实力。要在办公室里真正获得一处安身立命之地,唯一的途径就是提高自己的业务水平。必须达到别人能做到的我都能做到,我能做的不是所有人都能做到的境界,才能让自己在办公室里立于不败之地。

陶菁菁来到程晓弈的办公桌前,毕恭毕敬地说道:"晓弈姐,有事儿请教你。"

虽然陶菁菁荣登本年度频道绯闻女王的宝座,成了周副总监的绯闻亲属,但为了提高自己的业务水平,她并没有摒弃谦虚谨慎的光荣传统。因此陶菁菁对办公室里每个人仍然保持谦虚的态度,在工作上他们都是她的老师、她的前辈。

"什么请教不请教的,有事儿你说。"程晓弈很谦虚。

"后天有个采访,我把要问的问题列出来了,您能帮我看看吗?"

都说同行是抢饭碗的,所以陶菁菁预测程晓弈很可能敷衍她。没想到,她看得还很仔细。

"采访要有主题,所有问题应该围绕主题设计,问题和问题之间要有联系。你每个问题都太独立,观众不知道你到底想说什么。"

程晓弈的建议十分中肯,作为绯闻女王的陶菁菁诚心接受。回去改之后,陶菁菁厚着脸皮再次来到程晓弈办公桌旁。

程姐姐的态度依然中肯:"问题要尖锐,但尖锐不是发牢骚,不是抱怨。要把事情的前因后果调查清楚，展现给观众。新闻不是煽动社会不满情绪的工具，舆论导向是最重要的。"

姜还是老的辣，看来陶菁菁还有很多要学习的。虚心使人进步，倾听使人成长。改，继续改！

和程晓弈既非远亲，又非近邻，三番五次地打扰人家，程晓弈会不会烦啊？三顾茅庐，让陶菁菁心里忐忑不安。

这次她鼓足勇气，又站到程晓弈面前："晓弈姐，真是不好意思，又打扰您了。"

陶菁菁把"你"改成"您"，以表达自己的谦逊和谦卑。事情远比陶菁菁想象得顺利。对陶菁菁的第三稿，程晓弈提出的是赞赏，说陶菁菁的采访既不回避问题，又表达了正能量。对程晓弈的帮助，陶菁菁心存感激。假如每个人都能真诚地对待别人，办公室里就不会存在什么斗争，这个世界也不会有什么战争。陶菁菁的愿望是多么的美好啊！是不是有点像选美大赛的嫩模，站在舞台上甜甜地说道："My wish is world peace！"声音听上去是那么娇美和无知。

可能是看到陶菁菁和程晓弈今天上午走得太近，吃过午饭张丽娜就主动找陶菁菁去喝咖啡。说实话，陶菁菁真没时间。可是张丽娜的做人方式大家都清楚，为了不给自己找麻烦，陶菁菁还是委屈自己，去了！

"菁菁，有男朋友吗？"

"又来打听，看来张丽娜还是不甘心我这只麻雀一夜之间变成了凤凰。唉，也能理解！从被自己统治，到和自己平起平坐，甚至比自己还坐高了一点，这事儿让谁碰上谁心里都会有落差。换成我，我也不会心甘。大家都是从猴子进化来的，谁都不比谁更完美。"想到这些，陶菁菁不自觉地叹了口气。

"菁菁，你怎么还叹起气来了？"

陶菁菁意识到自己又失控了，赶紧补充回答："有，有男朋友。"

陶菁菁可不是撒谎，读者见证，她确实有男朋友。

张丽娜顿时对陶菁菁肃然起敬，"周副总监准侄媳妇儿的事儿是真的啊？"

张丽娜逼得陶菁菁不得不玩儿语言暧昧，"丽娜姐，咱们谈点儿别的吧！在台里讲这事儿不好。"

"有什么不好的？"

看来，今天张丽娜死活非要搞个水落石出不可。

"总监的接班人还没定。等过了非常时期，再说！"

"菁菁，没想到你还挺有政治头脑！"

"我哪有什么政治头脑啊，就是随地捡了个人人皆知的事儿做借口，躲开张丽娜咄咄逼人的问题。唉，像张丽娜这种在办公室混久了的人就会多想！"陶菁菁心中感慨。

张丽娜继续问道："上午，程晓弈又找你干活儿了吧？以后甭搭理她，她自己的活儿让她自己干。不然，她老欺负你。懒得要死，不用和这种人客气！"

"要不是张丽娜提到程晓弈的名字，还以为这是张丽娜做的自白书呢！"陶菁菁心想。

张丽娜不死心，又问："程晓弈找你干吗呀？"

"上午，是我找晓弈姐咨询采访的事儿。"

张丽娜一脸不屑地说道："她就一策划出身，懂什么呀！下次有不明白的，菁菁你问我。"

大家对"周副总监的准侄媳妇儿"都很关心，张丽娜甚至是抢着关心。看来一个人起什么名字并不重要，重要的是这个名字和谁能拉上关系。

喝完下午茶，张丽娜抢着付账，这事儿不新鲜。最近一直是这种情况，同事们争先恐后地为陶菁菁买单。就连以前从没搭理过陶菁菁的几位也死去活来地要掏钱请她吃饭，好像和陶菁菁有八百年的交情。陶菁菁不让他们买单，就像判他们死刑似的。

"菁菁，你又没有工资，怎么能让你掏钱呢！等你转了正，请我们大伙吃顿豪华餐。"同事们给出的理由是多么的实事求是和让人感动啊！既然他们愿意，陶菁菁也就不推辞了。

在"周副总监准侄媳妇"的光环照耀下，陶菁菁的办公室生活开始了新的篇章。尽管上班舒适了、受人尊敬了、人格提升了，但心理上陶菁菁还是不能完全适应这个纸糊的绯闻王冠，内心的焦虑和不安与日俱增。

几天之后，周碧倩出差回来了。陶菁菁一进门，她就蹦到陶菁菁面前，手里晃着一新内裤。

"给你的！"周碧倩把内裤塞到陶菁菁怀里，"怎么就你一人儿？"

陶菁菁一愣，"本来就我一人儿。"

周碧倩淫笑道："干吗惊慌失措的表情！不是把你的性奴藏在卧室了吧？"

"什么性奴啊？别胡说。"

见陶菁菁一脸严肃，周碧倩牵起她的手，"行了，别装假纯了。晚上，咱俩外面儿吃去,我请。"

以往周碧倩出差回来,累得就像头死猪,躺在床上,陶菁菁得伺候她几天的吃喝拉撒。今天是宅男洗床单,十年不遇,周碧倩竟然兴致勃勃地要出去吃。看来,这差没累着她。

跟着周碧倩进了一家日本自助餐厅。服务员一水儿都是穿和服的美女,笑得跟花儿似的甜美。陶菁菁前腿儿刚进店,姑娘们就热情地涌上来,集体跟她整了句日语。她没听懂,估计是"欢迎光临"的意思。

惊诧间,她问:"姑娘,你们都是日本进口来的?"

一位美女服务员笑答,"我是'荷兰人'。"

"你是荷兰人?"这闺女真是给陶菁菁一个出其不意。

周碧倩拿起菜单,"你什么耳朵呀!她说她是河南来的,河北对面儿!"

"我说嘛!发达国家人民远渡重洋跑到发展中国家,就为从事服务业,精神得出多大毛病啊!"

周碧倩毫不留情地点了一大堆,河南闺女在一旁听得直瞪眼。

"咱俩能吃这么多吗?"她问。

周碧倩斩钉截铁回答道:"吃不了打包!"

可爱的河南闺女立刻说道:"美女,我们这儿是自助,不允许打包。"

周碧倩瞥了河南闺女一眼,没搭理她,继续看手里的菜单。

第一轮,周碧倩来了个风卷残云。打了一饱嗝,她放下筷子,嘴上开始没把门儿的啦,"我不在,和周部偷欢过几次啊?我抽屉里的安全套没了好几个。我买的可都是进口超薄的,有借有还,再借不难啊!"

"说点儿正经的成吗?"

"说什么啊?这个世界还有什么正经东西可谈吗?"

"当然有了。听完了,你得给我出主意。"

一听这话,周碧倩来了兴致,"你说,你赶紧说!"

陶菁菁把"周副总监准侄媳妇儿"的事儿和周碧倩交代了。

"万一我和周部的谣言被识破了,多丢脸啊!"

听了陶菁菁最后的总结陈词,周碧倩无奈地看着她,说:"这年头,也就你还为脸活着。不用卖肉,就有人为你的事业添砖加瓦,这便宜哪儿占去啊!你要是觉得这便宜你不好意思占,我把张军给你,你把周部让给我。"

"张军本来就是我的,这就不麻烦您了。"

"你还想两个都贴自己怀里呀?"

"怎么，你还要分一个不成？"

"那你也不能两个都占着吧！"

"你还真想要一个？"

"我是说，你总不能只顾自己左拥右抱，让其他姐妹独守寒床吧！大学四年，教授们可没少教育咱们要发扬人文主义情怀！你可是团支书出身，要想到劳苦大众。"

"那我就让给你一个！张军和周邰，你想让我赏赐给你哪个？"

周碧倩斜了她一眼，"用得着你让我？要让也是我让你一个。你要哪个？"

"我？我从一而终！"

周碧倩又是一脸的不屑，"为了你这句话，今天必须吃吐了。服务员，菜单！"

河南女孩儿拿着菜单跑了过来，"大姐，吃不了是要另计费的。"

周碧倩笑眯眯地说道："小妹妹，不想干了是不是？"

接着，周碧倩又点了一轮。只比上一轮多，绝不比上一轮少。周碧倩今天真是发挥正常，一点都没浪费，清场了。

吴全立的公司通过了资质审核。不过，打电话通知他的并不是姜副台长，而是台里的资质审核委员会。晚上，吴全立约郑天华吃饭。没想到，郑天华带着袁虹来赴宴。

袁虹带着十万个不满意，"老吴，请吃饭怎么不通知我呀？"

吴全立笑道："怕你们家律师多想！拧拆十座庙，不毁一门亲。"

"正式通知你们俩，我和律师在感情这条路上彻底断了。老吴，你可以放心大胆地请我吃饭了。"

郑天华吓了一跳，"你不是刚投资给律师开了家律师事务所吗？"

"失爱情，不失生意。他有人脉，我有资金，感情不能合作，赚钱还是可以合作的。"

听了袁虹的话，郑天华无奈地摇摇头。

袁虹接着说道："我这可是深得吴总的言传身教，是吧吴总？"

吴全立不置可否地笑起来，"只能说你有做生意的天分。"

"老吴，今天请天华吃饭，总有点儿什么主题吧？"袁虹逼问道。

吴全立反问，"请吃饭还需要什么理由吗？"

"你要是没什么不可告人的目的，那我可就不回避了。开始点菜吧！"

今天吴全立请吃金陵菜。服务员端上来的简直就是一盘盘精致的微型雕塑，漂亮得让人不忍下口，飘来的香气却又让人迫不及待。

"下星期，我去美国。一起去吧？"吴全立一边夹菜，一边问道。

袁虹不喜欢吴全立这样不明不白的问题，"你是跟我说？还是跟天华说？"

"你们俩呀！"

郑天华立刻回道："台里事情多，走不开。"

袁虹倒是很痛快，"我没事儿，我和你去。"

吴全立的脸上略带失望，不幸被袁虹抓个正着，"吴全立，你还真以为我要和你去美国？放心，我没那么二皮脸。逗你玩儿呢，别紧张！"

"老吴，你们公司的资质过了吗？"郑天华赶紧转移话题，以免事态恶化。

"我正想和你说呢！上午，你们台里的资质审核委员会给我来了电话，说我们的资质过了。"

"我就说嘛，应该没问题。"

吴全立看上去并没有郑天华那么如释重负，"资质过了，还得竞标，结果不好说。天华，你帮我约姜台的儿子出来吃顿饭吧！"

袁虹不依不饶，"我就说，他请吃饭肯定有目的。"

"袁虹，你也一起。"吴全立说。

"您公司的私事儿，我不参与，没合适身份！"

"以你们公司的名义投资姜台儿子的影视公司，我出资金，怎么样？"吴全立说。

谈到正经事儿上，袁虹也正经了，"给你当枪，那我们公司能拿到什么好处？"

"赚了是你的，赔了算我的。"

一日夫妻百日恩。吴全立和袁虹两人也是曾经一起过过日子的，尽管感情上吴全力给不了袁虹什么，但生意上他不会让袁虹吃亏。

袁虹似乎并不领情。

"赔了，那我们公司不是白让你当枪使了！这事儿，我得考虑考虑。"

袁虹的态度可以理解，单身又离异的女人自我保护意识自然排第一位。

"天华她们台的外包项目下来，给你们做，算你百分之二十的股份。"

"这还差不多。"

袁虹很是得意，把脑袋抬得比长颈鹿还高，可一边的郑天华却是一脸的严肃。

"全立，你这是变相贿赂，会出事情的。"

"他儿子搞文化，我也搞文化，双方合作，谈不上贿赂。"

郑天华的眉目之间仍有顾虑。

吴全立继续说道："天华，你放心！我绝不提台里的事情。再说，是袁虹和他们合作，和我没有直接生意关系。"

"全立，你必须保证不能牵扯台里外包节目的事情。"

袁红在一旁插话道："天华，你放心！我给你看着他，不会出事儿。"

郑天华这才勉强答应："我联系一下，先看看他们的反应。"

这年头找钱不好找，这钱主动找上门儿来的事儿一辈子也碰不上几回，吴全立一副胸有成竹的样子。谈完正事儿，袁虹又开始明里暗里地挖苦吴全立。看来，吴全立欠她的是用金钱补偿不了的。

中午，陶菁菁在工位上打盹儿。自从有了"周副总监准侄媳妇儿"的绯闻王冠，便无人再敢打扰陶菁菁的小憩。

突然，手机响起！

"谁啊这么不自觉？本宫休息也敢打扰。"虽说是个假的，可陶菁菁的脾气被养出来，确是真的。

陶菁菁从办公桌上摸起手机，不耐烦地说道："喂！"

"朕回宫了。"电话里传出张军的声音。

"不是又让我陪你的客户喝酒吧？我不去！"

"今天是咱俩恋爱四周年纪念日，我能不回来陪你嘛！"

对张军这史无前例的壮举，陶菁菁简直是感激涕零，决定晚上要开个Party，邀请周碧倩和周邰庆祝一下。

庆祝晚宴上，可能是头一次见面，周邰和张军两位男性同胞坐在一张桌上，还挺拘的。相互打了招呼之后，二位男士就各吃各的了，都没有建立邦交的意愿。

形势有些尴尬，周碧倩却异常兴奋。

"周邰，听奈丝说，你老爸是上市公司的老板。真的假的？"周碧倩靠在周邰肩膀上，问道。

"碧倩同志，你是不是有点儿多了？"周邰问。

周碧倩没搭理周邰，指着张军，"张军，你什么时候发财啊？你看看小周子，人家都开上Q seven了，你还租房子过日子呢！"

陶菁菁："租房子怎么了？有地儿住就行呗，幸福的定义对每个人都是不一样的。"

周碧倩一手搂着周邰的肩膀，说道："唉呦呦！奈丝，但凡你老爸和权势，或者Money沾点亲带点故，你还至于使劲拍你们领导马屁吗？张军你也是个爷们儿，怎么好意思让女朋友这么辛苦。"

"两人共同奋斗得来的幸福，才会去珍惜；白白送上门来的，不是过期产品，就是假冒伪劣。"陶菁菁反驳。

这晚，周碧倩就像和张军结了仇，明讽暗刺地朝着张军扔炸弹。陶菁菁当然是义无反顾地将炸弹捡起来，自己吞下去，绝不能伤害了张军。

晚宴结束的标志就是周碧倩喝高了，趴在周邯怀里使劲哭。目睹周碧倩喝多不是一回两回了，见到她这么死命地哭可是头一次，陶菁菁也不知道怎么办了。

周邯开车把三人送到楼下。周碧倩死活不肯从车上下来，非要周邯带她去游车河。没办法，周邯只好把她带走。

牛郎织女好不容易团聚一次，自然少不了亲密。整个过程，张军明显精神不集中。陶菁菁还没怎么着呢，他那头就结束了。

"明天必须回去吗？"陶菁菁问。

"嗯！"

"你们公司不会让你一辈子扎根在外地吧？"

"在这儿，咱们不也都是外地人吗？菁菁，有件事儿求你帮忙。"

"人都是你的了，怎么还这么客气啊！"

"我有个大客户，做手机的。最近，他们要有新产品发布，希望能上你们的节目，宣传一下。"

陶菁菁心里明白，这一定是张军在客户面前吹牛造成的结果。陶菁菁稍微犹豫了一下，"台里有规定，商业性新闻不让报。"

"你想想办法。"

"因为这种事儿，台里开除好几个了。"

张军将陶菁菁搂在怀里，贴在他身上，"菁菁，想想办法嘛！我都和客户说好了。要是上不了，我的信用就全没了。客户以后肯定不会再找我签单。现在钱不容易赚，好不容易遇到这么个大客户，丢了实在可惜。菁菁，想想办法嘛！"

想想张军在客户面前卑躬屈膝的样子，说好听是尊重客户，说不好听就是低三下四。想到那些画面，陶菁菁心里就很难过。

善良在陶菁菁内心再次占领制高点，她说道，"那我想想办法。不过……"

"菁菁，这事儿必须得有办法！把这个客户搞定，咱们离买房子就又近了一步。你也想咱们能早点儿结婚，对不对？"

看着张军乞求的目光，陶菁菁还能说什么呢。

"好吧！你早点儿睡吧，别累着。"

周碧倩整夜都没有回来。张军一晚上去了无数趟洗手间，看来他需要补补了。早上，张军还在蒙头大睡，陶菁菁起床准备上班。为了让张军休息好，陶菁菁这个小女人就连水龙头里的水都放得很细，以免水声惊醒了他。轻手轻脚地关好门，陶菁菁上班去了。

门外响起一阵钥匙开锁的声音，周碧倩推门进了房间。藏在门后的张军窜了出来，一把搂住周碧倩的小蛮腰，脑袋贴在她的耳根儿上，"干吗昨晚不回来？"

周碧倩推开张军，狠丢丢地说道："你和你娇妻的纪念日，你做郎君的特意跑回来，我怕打扰你们夫妻恩爱。"

"有个客户想上陶菁菁他们的节目，我不得不回来。你和那小子昨晚没那啥吧？"

"没工夫和你废话。洗个澡，我得上班了。"

张军嬉皮笑脸，"我也正好要洗澡。一起吧，省水。"

陶菁菁到办公室的时候，周邰正倒在椅子上，睡得就像头猪。

"喂，起来！"陶菁菁用力敲着他的办公桌，"昨晚带我姐妹儿去哪儿了？你必须负责任。"

周邰眼皮都懒得抬一下，昏昏沉沉地说道："负什么责任啊？"

"碧倩一女同志被你拐走，整宿没回家。你不负责任，谁负责任！"

"我把她扔电影院了，看了一宿午夜场。"

"干吗不把她送回家？"

"姐姐，你去问她呀！她回吗？"

这时，有同事进了办公室。陶菁菁也不好再问下去，这事儿暂时到此。周邰终于可以安心地睡觉，不用担心陶菁菁再次骚扰他。

一个成功的男人背后，一定有位运筹帷幄的女人给他添砖加瓦，陶菁菁就是这样的一个女人。中午吃饭，陶菁菁特意找了老单。老单在台里年头长，陶菁菁计划让老单给自己出出主意，把张军客户那条新闻上了。

"单哥，有件事儿需要请教您。"

看到"周副总监的准侄媳妇儿"如此尊敬自己，老单脸上乐出了一大朵牡丹花："周邰能找你这么个知书达理的女朋友，上辈子得积多少德啊！说吧，单哥有什么能帮你的，都包单哥身上。"

老单这么说，陶菁菁也就不客气了，"我有个朋友做手机的。他们公司有新产品要发布，想上新闻。您说能上吗？"

老单的表情显然没刚才那么仗义了，"这事儿……"

"要是不能上，那就算了。我也就是问问，有没有可能。"陶菁菁赶紧把话拉回来，以免让老单为难。

"也不是不能上！不过……"老单犹豫了片刻，"不过你可别说我给你出的招儿。"

陶菁菁赶紧点头。

"你就做一条关于高科技的新闻，再拿他们的产品做展示，不就成了吗？"

"策划归晓弈姐管，她能同意吗？"

"不试试，你怎么知道？新闻主题一定做成关于高科技的，别提产品的事儿。"

"那我试试？"

"你试试。不行……不行再想别的办法。"

有病乱投医！不管怎样，先按老单说的摸摸。下午，陶菁菁写了个选题，胆战心惊地捧给程晓弈看。

程晓弈看完选题，质疑的目光直勾勾落在陶菁菁脸上，"菁菁，你一个女孩儿怎么喜欢这种选题？"

做贼心虚，程晓弈这么一问，加上她审视的目光，陶菁菁立刻慌了手脚。

"我……我就是觉得挺好玩的。我看其他媒体有做低头一族这个选题的！所以……"

没等陶菁菁说完，程晓弈就把话接过去了，"也是，现在大家都玩儿手机，确实是个社会现象。我把选题拿给天华姐，看看她怎么说。"

听程晓弈这么说，陶菁菁心里踏实了，至少程晓弈并没提出反对意见。这是个好的开端，也是个好预兆，希望在郑天华那儿也能这么顺利通过。阿弥陀佛！阿弥陀佛！

当命运握在别人手里的时候，等待便是一种煎熬。直到下班，陶菁菁也没等来程晓弈的任何消息。晚上，张军又打来电话，催陶菁菁尽快把这事儿给落实了，他的那些上帝已经和他发飙了。

半夜，陶菁菁竟然梦到自己坐上了台长的宝座，把张军客户的要求全给办了。一高兴，陶菁菁醒了。再琢磨琢磨刚才的梦，虽说自己是大学毕业，可还是没脱离小农意识。要自己真成了台长，张军的那些混蛋客户算个屁啊！到那时候，无数人得拍自己的马屁。张军也不用再干他那个整天低三下四的活儿了，在家给带孩子，女人养家。

第二天上班陶菁菁就开始等，却始终不见程晓弈的身影。一打听才知道，她出差了，过两天才能回来。不是自己的事儿，真是不着急。干脆自己动手，丰衣足食吧！站在郑天华办公间门外，平复一下乱跳的心脏，陶菁菁推门走进办公间。

"小陶，有事儿？"

"郑姐！昨天，晓弈姐把我的选题交给您了吗？"

"晓弈给我了……"

关键时刻，陶菁菁那该死的手机突然打断了郑天华的讲话。陶菁菁赶紧掏出手机，是张军的号码。和领导谈话，她哪敢接呀！直接挂掉。

"不好意思，郑姐。您刚才说……"

"晓弈把你的选题给我了。最近太忙，你的选题我还没来得及看！不过，你来得正好，有两个采访正等着做呢！我一会儿把联系方式发给你，你赶紧和人家联系，尽快上了。等我忙完了，就看你的选题。"

"好的，郑姐！"

就这么，陶菁菁被打发出办公室。找了个没人的地儿，陶菁菁赶紧给张军回电话，怕他等着急了。

"干吗挂我电话？"张军很是不高兴。

"正和我们领导谈你的事儿呢。"

张军急不可待，"怎么样？领导同意了。"

"没说同意，也没说不同意，就说有时间她会看我的选题。"

"那就是没戏了，你们领导肯定不会看。"

"郑姐人挺好的！"

"这和人好不好没关系。领导上头有领导，她还得忙她领导交代她的任务呢！你的事儿她根本想不起来。完了，这客户算是丢了。"

"你别急，我再想想其他办法。"

"菁菁，一定要尽快把这事儿办了，客户都把我手机给打爆了。"

"好好好，我尽快。"

黔驴技穷。陶菁菁现在就是那条无计可施的黔驴。没别的办法，她只能硬着头皮再去找老单。老单并不在办公室，陶菁菁只好给他去了电话。幸好，老单没走远，就在台里。两人约好在咖啡厅见。

既然有求于人，就不能让人家老单掏钱请了。

陶菁菁把咖啡端上来，老单有点儿受宠若惊，"小陶，和你单哥还客气什么啊！"

"我有事儿求您。"

"说吧，什么事儿？"

"就是上次和你说上新闻的事儿。晓弈姐把我的选题给郑姐了，不过……"

"怎么，天华没批？"

"不是，郑姐说她现在没时间看。"

"没说不行，那你就等着呗！"

"我朋友着急。"

老单诡异地笑了，"小陶，不是收人家钱了吧？"

"没有，没有，真没有！"

"和单哥也不说实话？"

台里有规定，做有偿新闻是要被开除的。对于刚毕业不久的陶菁菁，这些规定还是很具有威慑性的。老单这么说，陶菁菁的小胆儿差点没被吓裂。

紧张过度，陶菁菁便口不择言，实话实说了，"单哥，我真没收钱。是我男朋友要我帮忙，他朋友的事儿。"

话一出口，陶菁菁就想抽自己一嘴巴，"完了，'周副总监准侄媳妇儿'的光圈儿算是戴到头儿了。从这一刻起，我又被重新打回小实习生的原型，而且还会遭到众人的嘲笑。再想让老单任劳任怨地为我出主意，已经是不可能的事情了。"

一慌张成千古恨！关键时刻，陶菁菁恨自己怎么就不能冷静一点！说出去的话，泼出去的水，事到如今，悔之晚矣！

诡异的笑容再次出现在老单的脸上，"小陶，你早说啊！你要早说，单哥就给你办了！"

"啊？"陶菁菁都惊叫了，"单哥，您什么意思啊？"

老单的脸上第三次透出诡异的笑容，"单哥明白，这事儿周部不好出来说，让你来找我。"

这和周部有什么关系？这个老单又胡思乱想到哪儿了？

"小陶，你把策划发给我，我给你找找人。在别的节目上行吗？"

"行，当然行，只要能上就行。"

"得，这事儿就包你单哥头上。"

老单还真没失言。没过两天，他还真把这事儿帮陶菁菁办了。

陶菁菁要请老单吃饭。老单拒绝了，说这是他应该做的。周邰，陶菁菁也要请一顿，心里老觉得欠他的。心里正想着请周邰吃饭，这小子竟然迎面撞过来。

"喂，你去哪儿？"陶菁菁叫住周邰。

"我叔找我。"

"晚上没约人吧？"

"干吗？"

"我请你吃饭。"

"你要请我吃饭，我肯定没约会啊！"

这意思就是他肯定去了，陶菁菁也不想多和他废一句话，"赶紧找你叔去吧！"

周邰晃晃悠悠地进了周副总监的办公室。见他二叔儿一脸恶气，估计找他没什么好事儿。

周邰嬉皮笑脸地问道："叔，你找我？"

"我问你，你是不是借我的名义私上新闻？"

这话把周邰问得一愣，"没有啊！"

"真没有？"

"真没有！我上新闻干吗呀！冤枉！"

"那怎么有人说周副总监的侄子私上新闻？"

"台里那些闲人除了胡说八道，就是胡说八道！叔，你给他找来，我和他当面对质。"

看自己的侄子这么坚决，周副总监的脸色轻松了一些，"我告你小子，不管是不是谣言，你以后都不准干这种事情。你给我记住咯！"

"叔，你放心吧！我是那种没觉悟的人嘛！"

毕竟是谣言，周副总监并不想把这事儿搞大，也就没再追究下去，给周邰上了一堂政治教育课之后，便放侄子走了。

陶菁菁主动请吃饭，周邰绝不会错过。隔个十分二十分钟，他就提醒陶菁菁，别忘了晚上的饭局。这让陶菁菁很烦躁，悔恨自己就不应该发这个善心。不过，既然说了，也就不能食言。

下了班，两人进了家餐馆儿。

拿起菜单儿，周邰看了陶菁菁一眼，问："防人之心不可无！先说说你请我吃饭的目的先。"

"放心，不求你办事儿，就是想谢谢你！小心眼儿，你就踏踏实实吃你的吧！"

周邰放下手里的菜单，"谢我？最近我没做什么善举啊？上个月我倒是给山区儿童捐了点儿钱，这和你也没什么关系啊！"

陶菁菁没接他的话茬，转而问道："对了，早上你叔找你干吗？"

周邰一声长叹，"无缘无故被他训了一顿。不知道哪个混蛋说我借我叔的名义私下上新闻。你说这些人是不是每天闲得无聊，就他妈的知道造谣！"

一口茶水卡在陶菁菁嗓子眼儿里，差点没把她噎死。

"要不要叫救护车？"周邰上来拍打着陶菁菁的后背，"和我共进晚餐也不至于这么激动，喝口水都能噎到。"

陶菁菁举手示意让他回到他自己的座位上。捶了半天前胸，陶菁菁这口气才算是缓过来了。

见陶菁菁没事儿，周邰问："对了，你还没说谢我什么呢？"

"哦……"赶紧再喝口茶，定定神，"自从做了周副总监的假侄媳妇儿，没人敢欺负我了。所以，要谢谢你。"

周邰满意地点点头，"你还挺有良心！"

"如果周邰知道假借他名义上新闻的事儿不是谣言，在他心目中有良心的肯定不是我了。为了保持我的正面形象，这事儿必须要烂在肚子里，坚决不能让真相大白于周邰面前！"陶菁菁下定决心。

上新闻的事儿算是无声无息地过去了。张军说得没错，郑天华没再找过陶菁菁谈选题的事儿。陶菁菁能理解，领导要忙领导的事儿。不疼不痒的事情都往后排，排来排去就给排没了。反正这事儿老单给她办了，她也没必要再去找郑天华。

纽约的一家酒店里，吴全立接到郑天华的电话。按照吴全立的意思，郑天华和姜台的儿子沟通过，表到了吴全立要投资合作的意思。姜台的儿子表示感谢，但以目前没有可以合作的项目为由，婉言谢绝。长这么大，生意做了这么多，吴全立还是头一次遇到这么个金钱打不动的主儿。看来这次真的要拼实力。这样也好，是输是赢全在自己，吴全立心里倒平静了。

"天华，舟舟放假，我带她回国吧！"

"也好，不过一定要注意安全！"

"这你放心，我把舟舟当自己的亲女儿看。"

没过几天，吴全立带着郑天华的女儿舟舟回到国内。下了飞机，舟舟第一件事儿就要去看自己的父亲。

董季礼安静地躺在医院的病床上，周围摆放着各种维持生命的电子仪器。他在这间病房已经生活了两年，断了那些仪器，他的生命就会悄然而去。可是，郑天华和舟舟始终坚信他会有醒来的一天。把女儿送进病房，郑天华退了出来，她不想打扰女儿和丈夫的独处。

坐在病房外的长椅上，透过玻璃窗，看着自己的女儿和躺在床上的丈夫，郑天华沉浸在从没有过的平静当中。一阵电话铃声打扰了郑天华的平静。电话是袁虹打来的，晚上她要宴请从美国回来的小美女。

郑天华和舟舟到的时候，舟舟的干爹干妈，也就是吴全立和袁虹已经聊了好一会儿。舟舟和袁虹的关系很好，有些事情不和她亲妈说，找她干妈聊。原因很简单，亲妈是个严厉的老师，而干妈则是忘年密友。

袁虹送舟舟一只玉坠。从成色上看，那坠子没有个万八千的下不来。

"袁虹，你怎么送她这么贵重的东西？"郑天华说。

"这是在五台山，大师给开过光的，保佑舟舟一生平安！"袁虹回答。

"你还真信教了？"郑天华问。

"有点儿信仰好，省得空虚，空虚人就会走错路。是吧，老吴？"

"我是党员，无神论者。"

袁虹瞥了吴全立一眼，又问舟舟，"舟舟，在美国，老师教点儿什么文化知识？"

"Think！"舟舟回答。

"舟舟，你这可够深奥的。给干妈解释解释。"

"就是思考啊！做什么事情都要思考。"

"够先进的啊！舟舟，以后回来可以当记者了。"

"我不当记者，我不想说假话。"

郑天华脸往下一沉，"别胡说八道。"

"舟舟可说的是实话啊！"袁虹说道，"舟舟点菜，想吃什么点什么，干妈请。"

舟舟眨了眨眼，"不用看价格是吗？"

袁虹笑了，"不用看价格，随便点。"

自从办公室的群众给陶菁菁戴上"周副总监准侄媳妇"这红顶子，陶菁菁诸事顺得不得了。可就在她春风得意之时，倒霉事儿也从天而降。这倒霉事就像装了最先进的制导装置，瞄准了陶菁菁的脑袋，她想躲都躲不开。

孤儿系列节目走近尾声，张丽娜和程晓弈在关于节目如何收尾上产生严重分歧。张丽娜要搞一期特别节目，通过颁奖晚会的形式，让孤儿们上台感谢社会给予他们的关怀。当然，被感谢的主要对象是副市长。

程晓弈极力反对。感谢关怀没错，但让孤儿上台送锦旗，就是在他们的伤口上撒盐。

"孤儿得到资助，就应该知恩图报。"张丽娜争辩道。

程晓弈半步也不退让，"知恩图报有很多种方式，好好学习也是知恩图报的一种。这些孩子已经失去了父母，决不能再去戳痛他们的伤疤，不能让他们从小就觉得自己是靠别人的施舍过日子。他们应该和其他孩子一样过正常的生活。"

"他们本来就靠别人的捐助生活，难道就不应该感恩吗？"

"如果你捐赠的目的是为了让别人感你的恩，那你就别捐。无论是感情上，还是物质上，捐赠应该是无偿的。"

"社会帮助孤儿，孤儿也应该回馈社会，为建立和谐社会做贡献。"

"做贡献可以，但他们绝不是用来为某些人树碑立传的工具。"

"我是专题小组的组长，这事儿我说怎么做就怎么做！"

"组长怎么了？就是台长也得听听民意。"

"好，那就民主表决。"

"张丽娜、程晓弈、周邰和我，一共就四个人。民主表决，这不是逼着我选边站队吗？这是什么世道？不吱声也会中枪。"陶菁菁心里这个气。

在精神文明层面，陶菁菁觉得程晓弈说得没错，她举双手赞同。但从人事关系方面来看这个问题，陶菁菁心里清楚，她要是举手支持程晓弈，不仅彻底惹恼张丽娜，连带着傅冬苓一块儿树敌了。可自己要是站在张丽娜一边儿，那就要得罪程晓弈和郑天华，而且良心上也过不去，实在对不起那些孤儿。陶菁菁的自私和善良在她的脑子里你一脚我一腿扭打在一起。

举手表决开始。不出陶菁菁所料，周邰这小子毫不犹豫地得赞成了程晓弈。周邰是周副总监的亲侄子，有足够的底气站在正义的一边。而陶菁菁和周邰比不了，她这个"周副总监准侄媳妇儿"的头衔是假的，她心虚，没底。

"菁菁，你表个态！"张丽娜看着陶菁菁。

程晓弈有周邰帮着，张丽娜孤零零一个人被甩在一边，求助的眼神儿让陶菁菁真是于心不忍。就在陶菁菁鼓足勇气，即将为张丽娜善心大发的一瞬间，程晓弈开口了，"菁菁，你说吧！没关系，只要对得起良心。"

"张丽娜请我吃过饭喝过茶，程晓弈帮我改过稿子，这都是人情！今天俩债主同时要我还债，而且我只能还一份，难呐！"陶菁菁又开始陷入纠结。

"前辈们，先听我说说。"关键时刻，周邰跳了出来，陶菁菁赶紧顺竿儿往下出溜，"好，你说！你说！"

"我觉得孤儿和其他孩子一样，应该过正常人的生活。帮助孤儿的人都是好人，我们媒体也应该积极宣传这些好人好事，但前提是不能伤害孤儿们。最后一期不如让副市长表彰那些在孤儿院默默无闻奉献的志愿者。丽娜姐，你觉得呢？"

"看来我上辈子没少做善事，积了不少德，这辈子遇到了周邰这个福星，关键时刻总能救我于水火之中。"陶菁菁心里充满了感激。

"周邰，你的这个想法可以考虑。不过，让孤儿感谢社会不能缺。"张丽娜依然保持着固执己见的态度。

你对了，那也得是我说你对了，你才对；而我是绝不会错的，要错也是你的错。很多领导对属下都是这样的态度。张丽娜绝对有做领导的潜质，态度在那儿摆着呢！

程晓弈憋不住了，"张丽娜，你是死心塌地地不讲理了是吗？"

"对，就不讲理了，怎么着？"

"还真没遇到过你这么不要……"说到这儿，程晓弈停了，很明显她在克制，"配当记者嘛你？"

"配不配你说了不算，可节目怎么做我说了算。"

得，两人又干起来了。不过，陶菁菁算是解脱了。上午的策划会无果而终，不欢而散。

吃过午饭，被通知策划会下午继续开。陶菁菁头疼啊！如果再逼她选边站队，她干脆投河自尽算了。

楼下就有条臭水沟，淹不死人，也能熏死人。反正都是解脱，陶菁菁也就不计较死法了。她伸头透过窗户往楼下瞄了一眼，水沟就静静地躺在楼下的树丛里。

第十五章

有后台的日子不平静

下午的策划会没到十分钟就结束了,最终的决定是按张丽娜的想法做。之所以这么有效率,因为傅冬苓现身了。她给出的理由很简单:孤儿送锦旗给领导,说明领导受到人民的爱戴,宣传的是正能量。

郑天华请了年假,专门腾出时间陪伴从美国回来的女儿,没能参加会议。程晓弈心里虽然不服,但也不能因为这事儿打扰了领导一家团聚。就这样,张丽娜大获全胜。剩下的活儿就是外联,既要联系孤儿院,又要联系市政府。

没两天,郑天华返回工作岗位。程晓弈自然不会继续沉默下去。听完程晓弈的汇报,郑天华直接赶去傅冬苓的办公室。

"天华,怎么没多陪女儿几天?"傅冬苓假惺惺地问道。

郑天华回答得很客气:"我在家时间长了,她嫌我烦。"

"美国式心理,父母不重要,自我才重要。这样教育也好,孩子独立早,也用不着你太操心。"

郑天华微笑着说:"孩子大了,让她自己成长吧!"

"天华,你找我有事儿?"

"是啊,想和您讨论一下关于孤儿这个专题。我觉得让孤儿献锦旗不合适,我们尽量不要打扰他们的生活。"

"天华,我明白你的心情。舟舟是你和季礼收养的孤儿,这事儿你总不能瞒她一辈子吧!"

"这事儿是不能瞒她一辈子,但也得等到她成人了,心智成熟之后才能告诉她。我们要给他们一个健全的童年,不能让他们幼小的心灵留下阴影。"

"我也同意你的想法,可选题已经报上去了。"傅冬苓脸上作无可奈何状。

"我去找频道领导,不能这么做。"

"别说找频道,就是找台长也没用。选题已经上报到市里了。"

到了这个份儿上,已经完全超出了郑天华的权力范围。正确,或者不正确已经不是她这个级别能够定义得了的了。

程晓弈以消极工作来抗议张丽娜对孤儿的残忍,结果所有外联工作全都落到了陶菁菁身上,既要联系孤儿院,又要联系市政府。时间、地点、人员,要把这些要素安排得妥妥当当,真是件劳心费神的活儿。点灯熬油,把陶菁菁累个半死,还是有一麻袋事情没落实。

"陶菁菁。"

在陶菁菁极其烦躁的时候,周邰竟毫不尊重地直呼她的大名。陶菁菁当然没有好心情给他好脸色看,"有事儿快说,有屁快放!"

"陶菁菁,你这是助纣为虐!"

"我怎么助纣为虐了?"

"明知道会伤害那些孤儿,你干得还挺兢兢业业,拍马屁也得有道德底线吧!"

"你混蛋!是,我是没有道德底线,那是因为我没有做总监的叔叔。我不做,就会失去工作,他们就得让我走人。我是实习生,没有靠山,你们就都冲着我来。我没有道德底线,你们谁有道德底线?张丽娜有?傅冬苓有?你做总监的叔叔有?他们要是有道德底线,今天我就不会做这份没有道德底线的活儿。你觉得你高尚,觉得你有尊严,那是因为你有个有钱的爹,有个有权的叔叔。没他们,你和我一样,为了生存,没尊严地干着失去底线的活儿!"这么长时间积攒在心里的委屈随着眼泪和鼻涕全都甩给了周邰这小子。

面对陶菁菁的愤怒和眼泪,周邰一下子不知所措,"菁菁,对不起!我……我没想这么多。"

"你没想这么多?你没想这么多,你就可以肆无忌惮地侮辱别人是吗?"

"真对不起,菁菁!"

"你高尚,你用不着和我这个低贱的人说对不起。我也没时间听,我还得干那些没有道德底线的活儿呢。"

"菁菁……"

"别喊我,我配不上和你这种高尚的人说话。"

就在赠旗仪式的各项事宜安排妥当的这一天，台里突然下达指示，所有和副市长有关的内容一律禁止播出。更精确地说，所有和前副市长有关的内容一律禁止播出。起因是，这个没"登基"多久的副市长突然被双规。陶菁菁所有的努力一夜之间化为乌有，白受委屈，白白辛苦。

陶菁菁给张军打电话，大哭一场，用眼泪祭奠那些她为新闻事业贡献青春的日子。

下班，周碧倩来电，约陶菁菁吃饭。周碧倩请客的餐馆可不是她一向热衷的小馆儿风格，菜单上小菜的价格都接近三位数。

"嫁大款了？"陶菁菁问。

"不用自己付账，不吃白不吃。别看数字，看菜名。要是客气了，那就是对自己的不公平。"

"你还有这么阔绰的友人？谁啊，我认识吗？"

"这道菜怎么样？二百六十八。"

"太狠了吧！不忍心下手。"

"点吧！你就当打击报复。"

这话突然让陶菁菁有所顿悟，她放下手里的菜单，"是不是周邰让你找我的？"

周碧倩嘻嘻一笑，"谁请不要紧，不吃白不吃。谁让他对你无理来着，这次咱们放放他的血。"

答案很明显了，陶菁菁坚决抬屁股走人。

"奈丝……奈丝……"追出餐馆大门，周碧倩挡住去路，"奈丝，我都答应他，找你出来一起吃饭了。你要这么走了，我多没面子啊！"

"他自己怎么不来？"

"不是怕你生气吗？让我先铺垫一下。"

"他人呢？"

周碧倩指向停车场。周邰正站在车边，带着一脸殷切的笑容向陶菁菁招手。

"要吃，你吃，我走！"

"坚决不吃？"

"坚决不吃。"

"要不让他送咱俩回家，就算给我面子成吗，奈丝？"

不等陶菁菁反应，周碧倩连拖带拽地把她拖上周邰的车。说实话，陶菁菁宁可爬回住处，也不愿上周邰的车。不过，让陶菁菁意想不到的是，周碧倩简直是力拔山兮气盖世，估计是项羽后裔的一个分支。大庭广众之下，她又不能和她在大街上过招，结果只能被周碧倩活生生塞进周郃的车里。

"周郃这小子还以为我原谅他了，嬉皮笑脸地和我套近乎。他肆无忌惮地伤害完我的自尊心，一张笑脸、几句美言就梦想能得到我的原谅？这种奇迹决不会出现在本世纪。"一路上，陶菁菁用冷漠和无视来宣誓她老死不与周郃往来的决心。

孤儿这事儿随着前副市长的落马被打入冷宫，无人问津。宣扬"官员正气"成了近日最火爆的选题，频道所有栏目部都在挖空心思寻找各种素材来宣扬各级政府的政绩。陶菁菁得到的任务是"寻找最美村长"，宣扬村级干部的光荣事迹。

在超级大都市人的眼里，陶菁菁这个来自四线小城市的就是乡下人。陶菁菁家乡虽小，可最高领导也是个戴市长花翎的。所以，陶菁菁这个"乡下人"也没去过真正的乡下。这次派她去村儿里出差，令她小有兴奋。

陶菁菁和老单下了车。一个四十多岁秃顶的中年男人带着一位花枝招展的女秘从停在村口的一辆黑色大奔里钻了出来。他那寸草不生的圆脑袋在阳光下闪闪发光，跟着他脑袋一起闪光的还有他脖子上挂的那根小手指粗细的金链子。

经由女秘书介绍，原来这位秃头就是本村村长。陶菁菁真觉得这哥们儿的造型和村长没什么关系，去横店影视城演个土匪头子倒是不用化妆，活儿肯定还不少。秃头村长的言谈举止很粗犷，完全符合他的土匪形象。

坐上村长的大奔，沿着宽广的马路，来到村委会。村委会的办公大楼简直就是第二座天安门，让陶菁菁和老单叹为观止。门前的小河上还架着一座金水桥。办公楼对面是一大片广场，广场中央的旗杆上飘扬着鲜艳的五星红旗。

村委会的各式干部列队迎接，城楼上还拉起了条幅。陶菁菁这么谦虚的人都感到身价倍增。再看老单，简直就是一副皇上回宫的架势。在众人前呼后拥下，陶菁菁和老单被引进一间宽敞的会议室，会议室里的摆设和装修相当眼熟。动了半天脑筋，陶菁菁终于回忆起新闻联播里国家领导人会见外国元首的场面。

陶菁菁、老单、光头村长先后落座，其他官员也随后落座。有服务员给每个人倒上茶水。村长清了清嗓子，开始了他的个人演讲。别看话说了不少，仔细一听都是吹捧自己的，其中心思想就一句——在我的领导下，形势一片大好，未来会更加光明。

三杯茶下肚，村长又带陶菁菁和老单去参观他的办公室。和频道总监的办公室比起来，秃头村长的办公场所简直就是台长级别的。墙上挂满了各种锦旗，有乡里发的、镇里发的、县里发的、市里发的，都是在表扬村长招商引资的先进事迹。既然提到招商引资，就得看看招商引资的成果。跟着村长又来到工厂区，果然工厂一座挨着一座。站在山坡上,居高临下望去,那些密密麻麻的厂房就像一座座冒着浓烟的坟头。

老单放下肩上的摄像机,说道:"我记得这以前是片林子,还是国家二级森林公园。"

"单哥,你怎么知道?"陶菁菁问。

"几年前,我来这儿拍过防沙工程的片子。"

秃头村长一只手挠着脑袋,得意扬扬地说道:"养林子得往里扔钱,砍了,建了这一大片工业园区,钱就进来了。钱是硬道理,GDP上不去,整啥都不灵。"

陶菁菁说:"我们想采访一下现在农民的生活状况。"

秃头村长哈哈大笑:"我们这儿早就没农民了。"

"没农民了?"

"我们这儿的人有的进城打工,有的就在这工厂里干活。都不种地了,不种地当然就没农民了。"

"没人种地,地不就荒了吗?"

"地不会荒的!没人种,我们就拿来搞房地产。不仅拉动GDP,农民也都搬上了楼。国家大力推广城镇化,不住楼怎么实现城镇化啊?走走走,我带你们去看看我们新建的小区。你们要是看好了,我打五折卖给你们。"

晚上,老单和陶菁菁被安排到村里新建的五星级酒店过夜。酒店装修得富丽堂皇,就是空旷得让人毛骨悚然。

午夜,大厅里的钟整整敲了十二下。一阵急促的敲门声在陶菁菁耳边响起,她猛地从床上坐起来,敲门声依然在响。

"谁?"陶菁菁战战兢兢地喊了一句。

敲门声停了,周围一片漆黑。陶菁菁每根汗毛都跳了起来,一阵阵凉风在陶菁菁背后吹来。

黑夜里,陶菁菁哆哆嗦嗦地伸手摸起床头柜上的手机。

"单……单哥,有……有鬼……"

"菁菁,做噩梦了吧?"

"单哥,没……我没做噩梦。你来一下,求你了!"

"你等着,我马上过去。"

陶菁菁恐惧的目光盯着房门。突然，敲门声再起，吓得陶菁菁一声惊叫。

"小陶，是我，开门！"这次是老单。

陶菁菁跳下床，给老单开了门。

老单眯着眼睛，挺着肚子，"没人呀！听错了吧，小陶？"

"没有，刚才真有人敲门。"

老单正要进屋，脚下踩到了什么东西。他弯腰，从地上捡起一个档案袋，"别说，还真有人来过。"

"什么呀，单哥？不会是炸弹吧？"

"什么炸弹！"老单从档案袋里掏出一打材料，"我猜应该是检举材料。"

不出老单所料，还真是一沓检举光头村长的材料，列举的罪行有贪污受贿、非法占地、强拆、贿选、组织黑社会、玩弄妇女等等。没想到，在这村儿里还能挖出这么一条大鱼。这可是头条新闻。惩奸除恶，做记者的义不容辞！陶菁菁兴奋得不得了。

老单却不以为然，把材料往沙发上一扔，"我去睡了。"

"单哥，怎么办？"

"凉拌！"

"为什么？"

"有两种可能：第一，都是真事儿；第二：因为嫉妒，诬告。"

"我看光头就不是好人。"

"好人坏人不是咱们定义得了的。材料上面既没有署名，又没见到举报人。你想查，都没人会站出来。不然，他们干吗不露面？别让人当了枪使。把这材料扔了！采访完，咱们明天走人。"

回到床上，陶菁菁睡不着。想想老单的话，也没错。

第二天早起，陶菁菁收拾好行囊，和老单出了空空荡荡的五星级大酒店，准备回城。上车前，浑身上下翻了个遍，她也没找到手机。

"陶记者，手机丢了？"光头村长问道。

"昨晚还用来着。"

"陶记者，别找了，我送你个新的。"说着，光头村长从怀里掏出一沓红艳艳的人民币，塞到陶菁菁手里，"拿着，买个新的。"

掂掂手里那沓人民币，沉甸甸的，四个 iPhone 摞一块儿也没这钱沉，这辈子陶菁菁还是第一次见到出手这么阔绰的。她本想抬头看看村长的豪迈表情，结果被他脖子上的金项链闪得直晕。陶菁菁转头看老单。老单凝视着人民币，似乎在思考什么。

"说实话，我现在缺的就是钱。既然已经缺钱了，我就不能再把职业道德也给丢了。"陶菁菁如是想，随后把激动人心的人民币塞还给光头村长，"我可能把手机忘房间里了。"

陶菁菁一路小跑，冲进电梯。房间的门开着，一位五十多岁的阿姨正在打扫卫生。

"您看到手机了吗？"陶菁菁问。

扫地阿姨指了指床头柜儿，手机正悠闲地躺在那儿。

陶菁菁揣起手机，正要离开，扫地阿姨突然把她叫住："记者同志，你这个忘拿了。"

扫地阿姨手里拿的正是昨晚被她扔进垃圾桶里的那份儿检举材料。扫地阿姨毕恭毕敬地将材料递到她面前。陶菁菁看到那双又粗又黑的手，上面裹着厚厚的茧子，还有几道很深的裂口。

陶菁菁接过材料，扫地阿姨又说："还是装书包里安全。"

陶菁菁把材料装进书包，转身要走。

阿姨突然说了句："谢谢你呀，记者同志！"

看着扫地阿姨饱经风霜的脸庞，不知道为什么陶菁菁突然想哭。

派出去的各路摄制组纷纷回到台里，傅冬苓催着让大家赶紧把收集的素材做成片子，说台里有令，要加强力度树立政府形象，不能让一个贪官毁掉政府的公信力。

大家都加班加点地赶活儿，只有陶菁菁占着电脑，发愣。其他同事采到的都是好人好事、好官、好公仆，就陶菁菁，采访个芝麻小官吧，不仅长得像土匪，大半夜的还有人举报他是个真土匪。这片子陶菁菁没法做，良心让她没法把嫌疑犯做成焦裕禄。

陶菁菁敲开傅冬苓的办公室，"傅姐，我们采访的那个村长有人检举他犯法。"

傅冬苓一愣，估计她也是第一次碰到这种事情。

陶菁菁将检举材料递给傅冬苓，"大半夜有人把这些材料塞进了我房间，您看看。如果您觉得没问题，那我就新闻上了；你要是觉得有问题，那就不上。"

傅冬苓翻了翻，问："也没个署名？"

"是啊！单哥觉得是有人告黑状。即使是真的，也没地儿查。傅姐，您说这村长能上新闻吗？"

傅冬苓犹豫了一下，"行了，你去忙你的吧！"

"片子还做吗？"陶菁菁问。

"你做你的。上不上，研究了以后再说。"

"能不能上新闻都不知道，还让我做，这不是浪费我时间嘛！"陶菁菁心里不痛快，带着"周副总监准侄媳妇儿"的冒牌头衔，她壮着胆子说道，"傅姐，上不了不是白做了吗？"

傅冬苓也不像以往那样呵斥陶菁菁了，平心静气地说道："还没最后决定，你先做出来。"

陶菁菁出了傅冬苓的办公室，表情跟被轰炸了似的，心想："别人的时间就不是时间？铺张浪费别人的青春，怎么就那么心安理得！"

不管陶菁菁态度如何，都不重要，重要的是领导的命令必须执行。陶菁菁这小胳膊始终是拧不过大腿，领导让做什么，她就得做什么。

陶菁菁走了以后，傅冬苓立刻给郑天华去了电话，说有重要的事情要和她商量。郑天华心里清楚，一定是个倒霉的事儿。如果是好事儿，太阳能从北边出来，傅冬苓都不会找自己。

"傅姐，什么事儿这么急？"

"天华啊，平时你负责筛选题，审片子，现在有这么个事儿，你看这人能不能上新闻。"

傅冬苓把检举材料递给郑天华。郑天华看了。她明白，这老狐狸又把责任往自己这儿推。想到这儿，郑天华赶紧说："傅姐，您是主编，您说能上那就能上；您说不能上，那就不能上。这事儿您决定就行。"

没糊弄住郑天华，傅冬苓赶紧满脸笑容地说道："我是主编，可也不能我一个人说了算。民主社会，不能搞独裁，是吧！这事儿还得咱俩商量商量。天华，你的意见很重要。你觉得能不能上？"

郑天华心里清楚，这新闻上或者不上，话都不能从自己嘴里说出来。如果自己说能上，以后出事儿就是自己的责任；如果说不能上，市里领导点的名，万一这是诬告，领批评的还是自己。

她犹豫了一下，说："这事儿确实不好办！"

傅冬苓急切地看着郑天华，等着她继续往下说，可郑天华偏偏不说了。

傅冬苓有点坐不住："总要有个解决办法吧！"

"是啊！您有什么意见？"

郑天华死活也不接这个球，傅冬苓心里很不高兴，脸色自然没有刚才好，"天华，你负责审片。你把这事儿上报给频道，看领导怎么说！"

"傅姐，这事儿是您直接接手的，细节我也不太清楚，还是您汇报给领导吧！"

郑天华就是不揽这活儿，傅冬苓也没办法，只好退而求其次，"明天频道周例会。会后，咱俩去找领导，显得咱们对这事情还是很重视的。"

频道的周例会都是傅冬苓和郑天华轮班参加，明天的会轮到的是郑天华。为了防止傅冬苓偷奸耍滑不来，郑天华决定给自己买份保险。

"呦，我正想跟您说呢，明天要送舟舟去机场，得和您换个班。下星期，我替您开会。不过，明天会议结束前，我肯定能回来。"

"怎么，舟舟要回美国了？"

"不是，参加大使馆组织的一个什么活动。送完舟舟去机场，我就回来。"

事到如今，傅冬苓也没办法不让郑天华送闺女去机场。

傅冬苓无可奈何地说道："送孩子要紧，明天我替你开会。会议结束之前，你一定要赶回来。我等你！"

第二天，郑天华没失约，和傅冬苓一起去了总监办公室。

老总监接过检举材料，戴上老花镜，仔仔细细看了一遍，笑呵呵地说道："看来这事儿不假啊！"

傅冬苓问："您的意思是，这都是真的？"

老总监又笑呵呵地说："我说不假，可没说事实确凿啊！"

"您的意思？"郑天华问。

"这事儿交给我吧！你们该忙什么忙什么去吧！"

"那麻烦您了！"郑天华说。

"我们就不打扰您工作了。"傅冬苓说。

出了总监办公室，两人都松了口气。

陶菁菁把赞扬疑似土匪村长的片子做完，拿给傅冬苓看，却被通知，这条新闻上不了，真把她气坏了。

"不能上，您早说，自己青春没了，就拿别人的青春来浪费！"不管陶菁菁怎么抱怨，她也只能忍了。

周郎连着几天都没来上班。尽管陶菁菁对他的气还没消，不过一段时间没见到他，陶菁菁对周邰的行踪还挺好奇。

中午，陶菁菁约老单一起吃饭，打听周邰的消息。

"单哥，最近周邰怎么没来？"

"他是你男朋友，你问我？"

陶菁菁决定对这个问题不做反应。

"吵架了吧？"老单又问。

陶菁菁牵强一笑，"小矛盾。"

"你们这些年轻人啊，一点儿小事儿就搞得老死不相往来的样子。这样下去，感情可就危险了。"

陶菁菁又牵强一笑，老单继续道："听说小周住院了，估计是被你气的。"

"啊！他住院了？怎么了？"

"这个就不知道了。"老单继续说，"菁菁，有个事儿单哥需要你帮个忙。"

"啊？"老单这么说，陶菁菁很吃惊，心想："我一个小实习生，能帮什么忙啊！"

"我有个侄女，上大二，想来咱们台实习。"

"这事儿得和傅姐，或者郑姐说吧？"

"前些日子，一个实习生以记者的身份在微博上胡说八道、发虚假消息吸引粉丝，结果被台里发现了。所以，最近对实习生管理特别严格。咱们频道的实习生归周副总监管，这事儿得他亲自批。你帮单哥说说。"

陶菁菁差点爆血管儿，心中怒吼："靠，我哪认识周副总监啊！侄媳妇儿的事儿只不过是个传说罢了。饺子煮过头，该到露馅儿的时候了。看来，这次非被打回小实习生的原形不可。"不过，陶菁菁还是准备死撑门面，不能立刻原形毕露，随道："哦，好吧！那我问问。"

吃过午饭，老单主动给陶菁菁结账，让陶菁菁更是心虚。除了虚，陶菁菁心里还惦记着周邰那小子。毕竟周邰对她不错，陶菁菁内心深处对他还是留有深厚阶级友谊的。

"作为师姐，打电话关心一下还是理所应当的。"陶菁菁给自己找了个理由，然后掏出电话。

"怎么突然想起给我打电话了？原谅我了？"周邰的声音。

嗓音洪亮，语气不着调，怎么听都听不出这小子是有病。陶菁菁心里琢磨。

"讲话啊！"

陶菁菁说:"听说你病了!"

"好了。"

"好了就行,挂了!"

"别呀!还没好彻底,嗓子还有点疼。"

"那你多喝热水。"

"要不你请我吃顿饭吧!估计好得就快。"

"嗓子疼,吃不了饭。"

"请我吃顿清淡的。我可请你吃了好几顿,你总得回报一下吧!"

"好好好,我请你吃。你在哪儿?下班,我去找你。"

"不用,下班我去接你。"

既然请了病假,就该把车停得远一点,可周邰这小子竟然堂而皇之地把车停在了台门口。在同事们的集体注目礼中,周邰将陶菁菁拉上自己的车。

"你干吗不停远点?"

"这多方便,你又不用多走路。"

"同事都看见了!"

"看就看呗!反正咱俩是绯闻夫妻,怕什么!"

"去去去,赶紧走!"

周邰懒洋洋地启动车子,驶离众人的目光。

"我可请不起海参鲍鱼。"陶菁菁说。

"喝粥就行。"

"你怎么了?还住院,不是得了传染病吧!"

"我没病。"

"没病,你请假?"

"我要是不放出住院的消息,你能给我打电话吗?"

"你真没病?"

"真没病!"

"停车,我下车。"

"我真有病!真的,病得还不轻。"

"你到底怎么回事儿?"

"自从惹您生气之后,我就得了心病。不思茶饭,午夜失眠,体力不支,最后,送到医院打一针强心剂,才从死亡的边缘转回来。"

周郆满嘴跑火车，让陶菁菁忍无可忍："停车，我要下车！"

"陶姐，我实心实意地赔礼道歉。给个机会，让我展示一下诚意和真心。"

"下车！"

"下车也行，总得请我吃完这顿饭吧！你答应的！"

"行，我就请你吃这顿饭。"

两人来到一粥店。虽然是个粥店，周郆这小子一口气直接把陶菁菁点破产了，下个月的饭钱都进去了。

不接受这小子的道歉，这小子就对我打击报复。我忍！我忍！吃完这顿饭，立马和他彻底恩断义绝。不行，不能就这么便宜了这小子。陶菁菁脸色从电闪雷鸣突然阳光四射："喂，饭可不能白吃！"

周郆把目光从菜碟转移到陶菁菁脸上，"除了卖身，其他条件都同意。"

"去你的！单哥的侄女想到台里实习，你帮帮忙呗。"

"你怎么关心起老单来了？"

"他找我帮忙。"

"这事儿他干吗找你帮忙？"

"明知故问，不安好心！"陶菁菁瞪了周郆一眼，"别废话，你帮还是不帮？"

"这个……"周郆贼眉鼠眼地寻思了一会儿，"你原谅我，我就帮。"

"反正又不是我的事儿，爱帮不帮！"

虽然嘴硬，可陶菁菁心里还是特别希望周郆能出手相助，否则身份败露，人可就丢大了，以后还怎么在台里混下去！周郆这小子还来真格儿的了，低头忙着扫菜，不理陶菁菁这茬儿了。

看着周郆，陶菁菁心里搓火，"喂，你到底帮不帮？"

这次，周郆连头都没抬，"帮不帮，这事儿取决你啊！"

为了保住"周副总监准侄媳妇儿"这个假头衔，不被同事笑话，陶菁菁算是被周郆这小子要挟住了。本来应该是周抬低声下气求得陶菁菁的原谅，目前的状况逆袭了。陶菁菁下决心，以后不能轻易占便宜，天上掉下来可不都是馅饼，大多都是套儿。

事到如今，自尊和面子都被假侄媳妇儿的 Title 搞上去了。不想从天堂掉回地狱，不想在同事面前丢面儿，陶菁菁也只能忍气吞声。

"好好好，我原谅你了。"

"你这态度……"周郆摇摇头，"不够诚恳！"

"靠！是你求我原谅你，还看我的态度？"

"你自己决定！"

"这小子还屌起来了，本宫忍啦！"陶菁菁压了压火儿，调整态度，"小周，我原谅你啦！真心的，原谅你的决心不掺半点虚假！"

"真的？"

"我发誓，真的！"说着，陶菁菁竟然不自觉地举起右手。

"这态度还差不多！"周邰心满意足地放下筷子，"我接受你的原谅！"

"老单的事儿，你到底帮不帮？"陶菁菁的语气又开始带上了火药味儿。

"喂喂喂，注意态度，态度决定成败！"

陶菁菁不说话了，恨丢丢地盯着周邰。她要用充满毒液的目光杀死面前这浑小子。

"别用这么恶毒的目光盯着我，咱俩又不是阶级敌人，咱俩是合作伙伴。"

没办法，谁让陶菁菁求人家呢？低矮的屋檐下，陶菁菁只能收起她的毒药目光。

"这还差不多！原谅我的态度还不错，老单的事儿包我身上。"

事情办完，被这小子羞辱一通之后，陶菁菁也就没必要陪他连吃带喝地，还得赔笑了。

陶菁菁站起身，"你自己吃吧，我走了！"

"刚开吃，就走？"

"我走，你继续。放心，账我会结，姐姐说话算话。"

"你答应要陪我吃饭的！"

"我说请你吃饭，没说要陪你吃饭。"

不想和这小子多废话，陶菁菁撅起屁股走人啦。来到前台结账，服务员告诉陶菁菁，账刚才有人结了。陶菁菁问谁结的，服务员指着她身后追赶过来的周邰。

"我送你回家。"

看来这小子还算有点儿诚意，就给他次机会。陶菁菁决定原谅周邰一回。

路上，陶菁菁坐在副驾驶座儿上，反省了一下自己：从台门口见面，到现在送我回家，周邰也没做什么对不起我的事儿。中间是有点要挟我的意思，那也是想求得我的原谅，而且我自己确实太矫情。

想来想去，陶菁菁有点不忍，问："吃饱了吗你？"

"我还没来得及吃，怎么饱啊？"

"去吃肯德基吧！"

"你不着急回家了？"

"别废话，吃不吃？"

"吃，吃，吃！你请！"

"切！"陶菁菁瞥了这小子一眼——不是讨厌，是觉得……这小子还挺可爱！

肯德基里灯火通明。周邰这次没多点，实事求是地要了个汉堡，陶菁菁叫了杯咖啡。

"只喝水？省钱？"

"不是，减肥！"

"就您这片汤体格，还减？再减，可就成皮影了。"

"去你的！再瘦的女孩子也嫌自己胖，这点你们男人是不会理解的，我也懒得和你解释。单哥的事儿，你可别忘了！"

"放心！我是那种不靠谱的人吗？"

陶菁菁仔细端详了一下周邰的面相，说："你这人吧……做事儿还挺靠谱的，就是说话让人听着极其不靠谱。"

"语言是表象，行动是实质。"

"可语言总是走在行动前边儿，你说话的方式会让人误会的。"

周邰不屑地说道："总比饭桌上胸脯拍得红肿，下了饭桌却躲躲藏藏的强吧！再说，误会是他们的损失，我又不损失什么！"

"你是不是觉得自己特独一无二，特鹤立鸡群？"

"那当然，必须的啊！"

"唉！"陶菁菁叹了口气，"自负难道也是种天分？说实话，小周子，我挺羡慕你的，任何时候都能把别人贬低在脚下。我就不行，抬头，上面全是脚底板；低头，没个人让我踩。"

"陶姐，你也太谦虚了。美貌就是你一长项，压倒众人无数！"

"和周碧倩同学比，我就是枝蒲公英，只能给别人清热解毒。"

周邰直勾勾地盯着陶菁菁。

"喂，干吗这么看着我？色狼！"

"你吧，长得是没周碧倩艳丽。"周邰突然说道。

"刚才还说我美貌压倒一切，你们男人的话就是不能 Trust。"

周邰继续盯着陶菁菁，"除了艳丽，纯净轻柔是另一种美丽。"

"算你还有眼力！"

"我还没说完呢！"

"好，那你就照着刚才的思路继续对本宫做出如实的评价，本宫洗耳恭听。"

"嗯……"周邰故做思索状，"纯净，百分百！柔美吗……"周邰摇了摇头，"还没看出来！"

陶菁菁举起拳头，"找死！"

"哎哎哎！拳头和柔美成反比。放下拳头，你就能立地成为人世间的另一种美丽。"

陶菁菁瞥了周邰一眼，"信你？才怪！"

谣言出炉之前，陶菁菁是替所有人值日打扫卫生的。谣言诞生初期，同事们开始捡起扫把值自己的日。当谣言被众人认定不再是谣言之后，他们竟然开始为陶菁菁值日了！不过，陶菁菁可不是那种得势就不是人的性格。看老大哥老大姐们争先恐后在她值日那天打扫卫生，陶菁菁心里特别不好意思，特别愧疚，就像欠了他们几世的人情，心理负担特别重。为了能让自己心理负担不至于超载，轮到陶菁菁值日，她六点半之前必到。不为别的，就为在其他人上班之前把自己的活儿干完。否则，又要为手中的拖布和同事们拉拉扯扯半天。陶菁菁讨厌这样的虚伪。谁的活儿谁干，就这么简单点儿事儿，干吗呀！

六点一刻，陶菁菁就到了办公室。你猜得没错，今天陶菁菁值日。不过，你肯定猜不到，办公室的卫生已经让陶菁菁的一个同事王姐干得差不多了。陶菁菁怀疑，为了今早能干上活儿，她昨晚就没回家。

见陶菁菁进了办公室，王姐满面春风地呼唤道："菁菁，你来得这么早呀！现在的大学生能够像你这么有责任感的还真是不好找。"

"王姐，今天我值日。"

陶菁菁去拿王姐手里的拖布，可王姐就像捍卫自己的私有财产般，紧握拖布不放。

"就这么点儿活儿，马上就干完了。菁菁，你去歇着！"

"别别别，王姐，还是我来吧！今天我值日，您去歇着。"

"咳，什么值日不值日的，谁来得早谁干呗！你去歇着。"

"还是您去歇着。"

"你去歇着。"

"不，还是您歇着。"

"我这人有一毛病，干事儿就得有始有终。你去歇着吧！"

"那多不好意思啊！我年轻，活儿应该我来干。"

"你一年轻人，应该把热情放在工作上。去工作吧！杂七杂八的事儿你就别管了。"

王姐和陶菁菁，四只手攥着个拖布，拽来拽去，不知道的还以为晚上要上演雷锋的话剧，她俩提前演习呢！陶菁菁不想丢人现眼，干脆也就不抢了，让王姐随意。拖完地，王姐收拾好拖布，从包里掏出一袋什么东西，放在陶菁菁办公桌上。

"我老公昨天出差回来，给你带了点当地的土特产。"

王姐不仅替陶菁菁干活，还送她东西，肯定有什么意图！陶菁菁不想转弯抹角地浪费时间，干脆直接问，"王姐，您有什么事儿吗？"

"收起来，收起来！"

陶菁菁只好把王姐送的东西放进抽屉里。不是陶菁菁贪财，实在不想因为一包东西拉拉扯扯，让其他同事看见不好。

王姐继续："听说老单侄女来台里实习的事儿是你给办的。"

"我……我就是传了个话儿。"

"你姐夫的妹妹的女儿今年大学毕业，也想来台里实习。菁菁，这事儿姐姐就麻烦你啦！"

有时候，助人为乐也是件麻烦事儿。陶菁菁要真是周副总监的准侄媳妇儿，实个习不是问题。可她不是，只是众多假象证明她是。怎么和王姐说呢？真要了陶菁菁的小命儿了！

"这……这个不太好办！"

见陶菁菁推辞，王姐赶紧又说："王姐这事儿只能求你了。在王姐心里，你是个热心肠的妹妹，不会不帮忙的。这孩子的前途我就交到你手里了，菁菁。"

怎么又扯上前途了？言下之意，我要是不帮，这孩子的前途就被我毁了。道德这个东西到底是让人伪善，还是用来绑架别人的呢？真希望自己生在一个道德沦丧的国度，就可以不管什么前途不前途的了，直接拒绝。可惜，生不逢时，竟然出生在一个有五千年历史的文明古国。陶菁菁心里起急，硬着头皮说道："王姐，那我试试！"

"菁菁，我知道你能行。姐姐就等你的好消息了。"

陶菁菁坐在椅子上神情恍惚，心乱如麻：我要是给王姐办，就得又去麻烦周郄。周郄和我往日无冤近日无仇，不能老给人家找麻烦。要是不给王姐办，我就得得罪王姐。我这个没根没底的小实习生，谁我也得罪不起啊！干脆……

第十六章

书本里没有的辟邪知识

周邰一来上班,陶菁菁就找机会把王姐的事儿和他说了。

周邰没说行,也没说不行,只是回了一句:"要是给她办了,以后,他们有事儿不都得来找你啊?"

这话给陶菁菁的心理暗示是他不想帮忙。有话不直说,让陶菁菁很伤自尊。

"你什么意思?帮不帮给个痛快的!"

陶菁菁这么一急,周邰满脸的无奈。

看来这小子真是不准备给我面子了。不帮拉倒!陶菁菁心里不高兴,转身要走。

周邰一把将她拉住:"我是为你好!我实完习走了,他们要再找你,你怎么办?"

陶菁菁琢磨了琢磨,周邰说得没错,她的身份本来就是假的,这么下去迟早要暴露。看来自己是委屈这小子了。

"那你说怎么办?"陶菁菁问。

"有两条路。"

"你说。"

"第一条路,做真的周副总监的准侄媳妇儿。"

"那我还是做我的小实习生吧!你还是断了这个念想吧。"

"第二条路,不给她办!"

这两个办法等于从肚子里泄漏出来的二氧化碳,连个响儿都不带,差点没把陶菁菁气死。

"得得得，不找你办了。有什么了不起的啊！"

周邰又是一脸坏笑，"怎么，求人办事儿，您就这态度？"

"就这态度！不帮就不帮，没什么了不起的！顶多我走人，不干了！"

看陶菁菁真动气了，周邰嬉笑道："这事儿你甭管了，我找她。反正她也知道你就是传个话儿的。"

"那你给她办不办？"

"不办，但让她别记恨你！"

"你还真把自己当上帝了！"

周邰可憎地微微一笑。陶菁菁也没有别的办法，既然周邰这么说，她就把他当一次上帝，临时相信他一次。

从这以后，王姐没再找过她，但对她的态度还是依旧热情。又过了些日子，王姐老公妹妹的女儿来台里实习了。看来，周邰还是帮王姐把这事儿给办了。陶菁菁去找周邰想问问详情，周邰却否定了她的想法。

"你没帮她办？那她怎么还对我那么谄媚？"

"你不会从中作梗，她还有机会走其他途径。如果她惹了你，你捣捣乱，她这事儿就算死路一条。她敢去招惹你吗？"

陶菁菁非常好奇周邰是怎么拒绝王姐的。对陶菁菁来说，拒绝别人比转正还难，她必须学习学习。

"你怎么跟王姐说 No 的？"

"我没和她说 No 啊！"

"喂，不装你能死啊！你不是说你没帮她办吗？"

"不帮她办，不等于非要当面说 No 吧！那多影响和谐啊！"

陶菁菁真是急不可待了，"你到底怎么说的？"

周邰动了动他那两根眉毛，"我让她把简历发给人事处，走台里招聘实习生的流程。我再找人，和人事处打招呼。"

"台里有招聘实习生的流程吗？"

"当然有！不然，你是怎么进来的？"

"我？找人呐！"

"有正常流程，干吗找人呢？"

"正常流程那是做给外人看的，不找人的结果就是石沉大海。"陶菁菁坚定不移地回答道。

"王姐这不走成了吗？"

"你这是个案。要是正常流程走不通,你怎么办?真的去人事处给她找人?"

"到时候,我就说,人我找了,可人事处说不符合条件的一律不能招。把责任推给人事处呗!"

陶菁菁鄙视地说道:"你可真不负责任。"

周邰却理直气壮:"我对她可没任何责任。"

"你这些驱鬼的招儿都是从哪儿学的?要是有培训,我报名。"

"这是人生阅历,没地儿学去。"

"屁,人生阅历!你还没我大呢!不是你爸教的,就是从你叔那儿学的。你这种家庭出身的,思想就是鬼。我得小心点儿,免得被你卖了,我还替你点钱。"

不管是人生阅历,还是从父辈那里耳濡目染,周邰确实比陶菁菁见多识广。看来,在办公室里光干活不行,还得学习,学习书本上没有的辟邪知识。虽然陶菁菁嘴上不服,心里确实服输。

周五晚上,栏目部的同事组织集体吃喝玩乐。这样的聚会每月都有一次,可之前陶菁菁从没有被邀请过。这次,陶菁菁的名字却赫然出现在 VIP 名单中。先是去吃饭,酒足饭饱之后又跑去唱 K。不出所料,两项活动陶菁菁和周邰都是免单。

从卡拉 OK 出来,已是深夜,天上落下蒙蒙细雨。有车的驾车走了,没车的跟着驾车的走了。没人主动要求送陶菁菁回家,因为周邰就站在她身边,所有同事都一致认为周邰会带陶菁菁回家。有个平时和周邰关系比较要好的年轻男同事还开玩笑地塞给他一个杜蕾斯。

"原装进口的,怎么搞都破不了。"那同事还朝陶菁菁挤眉弄眼地笑了笑。

陶菁菁心里这个气:这家伙好像帮了我多大的忙,我还要感谢他似的。

墨黑色的天空下,周邰对陶菁菁说道:"我送你回去。"

陶菁菁不是那种善于活动到下半夜的人,每次参加张军的活动都把她累得半死。今天折腾得有点儿凶,上车就开始睡。一觉醒来,车已停在楼下。车窗外的细雨已经升级为瓢泼大雨,噼里啪啦地砸在玻璃上,听上去就像机枪扫射。

出于客气,陶菁菁顺口说道:"要不要上去坐坐?"

周邰不怀好意地盯着陶菁菁,眉毛上下颤动地问道:"你不是暗示什么吧?"

"我呸!暗示你个头啊!就是和你客气客气。走了,晚安!"陶菁菁毫不犹豫地跳下车,头也不回地跑上了楼。

周碧倩还没睡,正倒在沙发上看电视。见陶菁菁进门,她便问:"又和你的小周子约会去了？"

"约什么会啊！同事请吃饭。"

"最近你的免费饭票不少啊！"

陶菁菁有气无力地把包扔在茶几上，说："大家都很给'周副总监准侄媳妇儿'面子！和我这个小实习生没关系。对了，明天中午还能白吃一顿，一起吧！"

"你同事请你吃饭，我干吗去啊？"

"你是传说中'周副总监准侄媳妇儿'的密友，他们不给你面子，就是不给我面子。除非他们不想在台里混了！"

"奈丝，你脑袋顶上的光环连 A 货都算不上，可别真把自己当成上帝旁边的了！"

脱掉高跟鞋，陶菁菁用力揉着支撑了她一天的脚巴丫子，道："放心！我纯洁低调的本色不会改。身份没败漏之前，能白吃一顿是一顿。明天咱俩去，等于白吃两顿。"

为了这顿和陶菁菁同事的饭局，周碧倩在脸上下了不少功夫。早起她就霸占了洗手间，梳妆打扮。任陶菁菁怎么催，她就仨字儿——马上好！

陶菁菁实在是等不起了，干脆直闯，一屁股坐在马桶上。周碧倩真是敬业，根本不在乎，继续一丝不苟地描绘自己那张脸。看着周碧倩一层一层往脸上涂涂料，陶菁菁都没心情做她该做的事儿了。

"吃顿饭，至于画成这样吗？又不是相亲。"

周碧倩手里的画笔在睫毛上刷来刷去，"不管是真是假，我也是和你们那个周副总监有间接关系的人，不能给人家丢面儿是吧！"

"你描轻点儿，别把我同事吓着。"

"放心，绝对吓不着。你们主持人脸上的粉比我抹得厚多了。"

无论从相貌，还是从气质说，带周碧倩参加同事的宴请不是件丢份儿的事。周碧倩一亮相，立马惊艳四座。可她倒好，见谁跟谁要名片，看谁跟谁拉关系，碰谁跟谁谈他们公司业务。这哪是陶菁菁带来的闺密，简直是公关公司的业务员。这让陶菁菁在同事面前实在抬不起头。

饭局结束，几个女同事要去逛商场，周碧倩蠢蠢欲动。陶菁菁心情不好，没兴致，不去。陶菁菁不去，她那些同事也不可能带周碧倩玩儿，周碧倩心不甘情不愿地和陶菁菁回了住处。

回到住处，陶菁菁忍耐不住，必须批评周碧倩："你至于嘛，刚见面就给人家发名片，去吃饭又不是见客户、揽生意！"

"我们干公关的当然要和媒体做好关系！"周碧倩理直气壮地说道。

陶菁菁想起周碧倩在饭局上的模样，气就不打一处来，冲着周碧倩吼道："丢了我的面子，竟然还振振有词！有事儿你找我不就行了？你是我朋友，至于拍他们马屁吗？"相识以来，她还是头一次和周碧倩大声嚷嚷。

周碧倩也不示弱："你还把自己当真货了？清醒清醒吧，你就一小实习生，明天就可能被开除。我找你？你靠谱吗，我找你！"

"我是小实习生，可你也不能丢我面子吧！"

"奈丝，我看你是掉梦里了，真把自己当总监亲戚了？没工作、没钱、没地位，你哪来的面子？谁能给你面子？咱们现实一点儿成吗？"

"是，我是没正式工作，我是没钱，也没地位，所以我自卑，所以我才在乎他们怎么看我。我只要他们对我一个小时的尊重，难道也不行吗？"

"奈丝，你太天真了。你以为那一个小时的尊重是属于你的吗？不是，它从来就没属于过你，也永远不会是你的。"

周碧倩说了实话。实话伤人，可陶菁菁不得不接受伤人的实话，因为周碧倩说的话是实话，没错。从这一刻起，两人没再争吵下去，而是抱在一块儿哭了。

机房里，陶菁菁憋了一肚子火。一上午，她没干别的，一心铺在和故障较劲上。唤来IT部门的高级技工，可在系统的顽抗下，高级技工也是穷途末路。唯一的办法，就是不断地重新启动。

"菁菁，忙什么呢？"

是郑天华，陶菁菁赶紧起身道："上个素材一上午也没上去，我都要疯了！"

郑天华饱经风霜地微微一笑，估计她做记者的时候也没少受这苦逼系统的迫害。

"菁菁，跟我来一趟。"

"好。"

扔下那破机器，陶菁菁随着郑天华上了电梯。如果陶菁菁没看错，郑天华按的是二十八层的钮儿。二十八层，那可是台里高级领导人物扎堆儿的地方，就连频道总监这一级别都在二十八层之下。

楼层有点儿高，陶菁菁有点晕。她又看了一眼：没错，就是二十八层。

难道要给我转正？转正还要台长亲自面试？没听人说还有这流程啊！早知道

这样，我就该换身行头！今天穿得实在有点邋遢，完全体现不出职业女性的一面。要不要解释一下，以免台长认为我不尊重他？靠，关键时刻鞋尖上怎么还有泥呢！陶菁菁抬脚，在裤腿儿上蹭了两下。

糟糕，蹭不掉！关键时刻，陶菁菁只能狠狠心了。

"菁菁，你干吗往鞋上摸口水？"郑天华目瞪口呆地看着陶菁菁。

陶菁菁极不好意思地站起身，"鞋上有泥！"

郑天华想笑，可又不好意思，憋得挺难受。就在这时，电梯咯噔一下停了，陶菁菁的心也跟着咯噔一下。郑天华出了电梯，陶菁菁稍迟一步，被两扇电梯门卡在中间。

"菁菁，你没事儿吧？"

"没事儿，没事儿！郑姐，我没事儿。"

跟着郑天华，陶菁菁来到一间会议室门前。门口站着个警卫，面无表情，伸手将郑天华和陶菁菁当场拦下。

郑天华和警卫说了两句，然后转向陶菁菁，"菁菁，你进去吧！"

"郑姐，您不和我进去啊？"

"没事儿，别紧张，进去吧！我在外面等你。"

转正这事儿陶菁菁盼了大半年，今天台长亲自面试，让她不紧张，这事儿还真难！

陶菁菁带着一脑门子汗，随警卫进了会议室。会议室装修得相当气派，比陶菁菁租的房子大多了。但不知道为什么，大白天的拉着窗帘，银光灯在屋顶上发着光。桌子后面坐着三个四十多岁的中年男子，一个戴眼镜，两个不戴。

陶菁菁内心挣扎：对于台长级别的高级干部，在任何情况下我都应该保持尊敬的态度。可对于这三位首长的穿戴，我不得不承认，是毫无创意的。三件同款白衬衫、三条同款黑色西裤、三双同款黑皮鞋、三张同样没有表情的扑克脸。这三人不太像台长，倒像是中国版的 FBI。

"请坐！"警卫的话切断了陶菁菁的思路。

陶菁菁坐在在三人对面的椅子上。三个男人的目光不约而同地全部集中在她脸上。陶菁菁一个小女子，让三个老男人这么随便地审视，她只能默默地低下头。

一个男人突然发问："你叫陶菁菁？"声音就像小学时教导处的老师，让人听了就发毛。

"嗯。"陶菁菁把头压得更低。

"我们是市纪检委的，找你调查些情况。"

这话让陶菁菁心里一亮：让我猜中了吧！不是台长，是中国版的FBI。不过，纪委找我干吗？我又没贪污受贿。我倒是想贪，可没那社会地位和权力啊！就连行贿我都找不到门路。

另一个男人将文件递到陶菁菁面前，"这个是你交上来的？"

陶菁菁仔细一看，是她收到的检举信的复印件。

"有人塞到我门里的。"陶菁菁老老实实地回答道。

"讲讲当时的情况吧！"

陶菁菁一五一十将那天在村儿里过夜发生的事情详详细细交代了一遍。其中一个男的似乎没听陶菁菁说的，又问她："你没见到人？"

她只好重复："我没见到人。"

另一个问："有其他村民反映过类似的情况吗？"

"没有。我们走到哪儿，村长就跟到哪儿，谁敢当面揭发啊！"

"那你认为这些事情是真的了？"问话的男人死死盯着她的双眼。这可能就是传说中的心理战。

"我……我不知道！不过……反正我觉得那村长长得不太像好人。开个大奔，脖子上还挂着根手指粗的金项链，脑袋油光锃亮的，携个女秘书。我可不是仇富啊，就是觉得他更像地痞流氓，不像是人民公仆。"

三个中年男人仍然不苟言笑，一脸严肃。听她说完，三人又问了许多村里的情况。陶菁菁如实回答。

一个多小时过去了，其中一个位看了看表，然后说道："你还有什么要反映的？"

"我？我没什么要反映的。我把信交给我们领导，我们领导就交给你们了。"

三个中的一个终于露出点笑容："谢谢你，小陶同志。如果我们有什么问题，还会找你的。"

他这么一笑，陶菁菁终于感觉到了点儿政府工作人员的人文关怀，赶紧回答："不用谢！您要是有问题，随时都可以来找我。"

接着，带笑的那位中年男人将陶菁菁送出会议室。看陶菁菁出来，郑天华便从会议室外的沙发上起身，迎了过来。

"郑姐，您没回办公室？"

"我等等你。"

"我没事儿，他们就问我关于检举信的事儿。"

"都说清楚了？"

"都说清楚了。"

"菁菁，没想到你的政治觉悟还挺高。做记者的就要像你这样，嗅觉要敏锐，不能什么片子都上。"

受到领导这么赤裸裸的表扬，陶菁菁想不美上天都困难。她下定决心，以后的工作必须更加努力完成，绝不辜负领导对她的厚望。

和中国的 FBI 亲密接触可不是谁想经历就经历的，必须够级别才行。这次亲身体验，在陶菁菁人生中也算是写下了浓重一笔呀！她激动的心情始终无法平息。

下班，回到住处。第一件事儿就是和老妈视频，炫耀一下。陶菁菁前前后后、添油加醋地给她老妈描述了一番自己的英雄事迹。本想请个功领个赏，没想到老妈差点从电话里冲出来，把她给吃了。

"陶菁菁，我警告你，以后这种事情你少参与！他们要是再找你问话，你就说不知道。明白吗？什么都不知道！"

陶菁菁幼小单纯的心灵被她妈这么一吼，完全乱了阵脚："为什么呀？"

"你还是个小孩子，刚进社会，很多事情你不懂！"

陶菁菁老爸还是很讲道理的，对她老妈说道："你干吗呀！菁菁也是好心，别和孩子这么讲话。"

有人撑腰，陶菁菁赶紧顺杆往上爬，"就是！我也是好心，为民除害有什么不对啊！"

陶菁菁老妈不仅没被陶菁菁和她老爸拿住，反而吼得更凶："要除害，也轮不到你去除害。为什么检举的都不署名？不就怕打击报复吗？就你，傻了吧唧地让人当枪使。别人躲都躲不及，你还抢着往前冲。以后离这种事情远点儿，这些人都不是善茬儿，狠着呢！"

陶菁菁老爸又参与了："我不同意你的观点。要是大家都躲躲藏藏的，不出来维持正义，那坏人不就为所欲为了吗？"

老妈把枪口转向老公："你这么多年维护正义，得到什么了？奖金奖金你拿得最少，科长科长你混不上。除了被排挤，你得到什么了？"

陶菁菁得替她爸说两句："妈！你别老说我爸。在我爸心里，正义比金钱更重要。"

"屁话！没有钱怎么供你上学？毕业这么长时间，你赚过一分钱吗？现在的社会复杂得很，背后没人撑腰，那个村长敢那么为所欲为吗？你社会经验少，别瞎参与。"

"有人撑腰，也不能违反法律吧！在古代，王子犯法还与庶民同罪呢！何况现在是法制社会。"

"那就是说给老百姓听听，你看哪个王子犯法与庶民同罪啦？"

"妈，你这都是老观念。我们领导还表扬我了呢！"

"你们领导不是你妈。领导关心的是你为他们做多少事情，你妈关心的是你的人身安全。"

陶菁菁不服气："我就不信，光天化日他们还敢一刀捅了我？"

"你这孩子，是不是非把你妈气病了，你才安心？"

一旦讲理讲不过陶菁菁，陶菁菁老妈就会使出她的杀手锏。做女儿的怎么也不忍心把自己的亲娘气病了，所以陶菁菁只能退让妥协。

"行了，行了，妈！他们再问我，我就说不知道还不行吗？"

"做事情别太激进，三思而后行。不然，吃亏的是自己。"

"我知道了，妈，您放心吧！以后，有这事儿我就躲远点。"

"一个人在外，要注意安全，要知道怎么保护自己。"

"是，我知道啦，妈。"

结束和老妈的视频，陶菁菁很郁闷。本来是个英雄形象，怎么在她妈眼里就成了个捅马蜂窝的、不懂规矩的小屁孩儿了？举报坏人有错吗？

来到客厅，周碧倩正半卧在沙发上看选秀比赛。陶菁菁一屁股坐在她边上，"周碧倩同志，我很郁闷……"

"别说话，别说话！"周碧倩目不转睛地盯着屏幕。突然，一只手"啪唧"拍在陶菁菁的大腿上，"我靠，怎么选她呀！调都跑陕北去了。什么评委呀都，肯定有内幕。"

一怒之下，周碧倩把电视关了，然后才想起陶菁菁，问："奈丝，你刚才说什么？"

陶菁菁把今天的事儿和周碧倩说了。果然，周碧倩没像陶菁菁妈那样立刻否定她。给陶菁菁的行为定性之前，周碧倩做了实地调研。

她的第一个问题是："能升职吗？"

陶菁菁摇摇头："升不了。"

"奖金有吗？能给你多少钱？"

"哪有钱啊！"

"那你能得到什么好处？"

"领导表扬我啊！"

"能给你转正吗?"

"那领导可没说。"

周碧瞪大了眼睛,诧异地看着陶菁菁,好像在非洲草原发现了熊猫:"那你图什么呀?到村儿里,人家好吃好喝好招待,你还揭发人家?你这不是没事儿找事儿吗?"

"是好吃好喝好招待,可他侵害了公共利益。也不能因为好吃好喝好招待,就把罪行一笔勾销吧!"

"侵害公共利益?"周碧倩放声大笑,"奈丝,你也太搞笑了。你什么利益被人家村长侵害了?"

"公共利益不是我一个人的利益,我是说那些村民的利益。"

"村民和你有毛关系?有你叔,还是有你姨?"

"和我是没什么直接关系。如果那些事情都是真的,他就是违犯了法律,就应该受到惩罚。"

周碧倩懒得和陶菁菁争辩了,索性伸了伸懒腰说:"好吧,奈丝!就算你说得没错。咱们就等等看,看这个倒霉村长能不能受到法律的制裁。我睡觉去了,你自己好好反省反省。"

"我反省什么啊我?我又没做错。哎,别走啊,把话说清楚。"

"好好好,你对,你都对,你是包青天再世!我困死了,晚安!"

周碧倩走了,把陶菁菁一人儿晾在沙发上。

坏事易出门,好事也能够传千里。陶菁菁检举村长的事儿在办公室里传开了。

"菁菁,你管那么多闲事干吗?小心惹祸上身。你看人家老单,把这事儿推得干干净净。以后,多余的事儿少干。"这是张丽娜的态度。

"事情都到这种程度了,就别想太多,该干吗干吗。不就一个村长吗,天也塌不下来。"程晓弈的看法。

周邰竖起大拇指:"真让人佩服!原来您就是传说中的刘胡兰和江姐啊!"

周邰这张乌鸦嘴让陶菁菁很生气,怒斥道:"你能不能举两个不就义的,咒我死是不是!"

办公室里有说陶菁菁多管闲事的,有钦佩她刚正不阿的,也有担心她人身安全的。陶菁菁也没心情想那么多了,就像程晓弈说的该干吗干吗,好好工作,争取早日转正,这才是她的终极目标。至于她是做错了,还是没做错的问题,留给别人和历史来评判吧!反正,陶菁菁自己觉得她没错!

今天窗外的天很蓝，可傅冬苓的办公间里却是阴云密布、电闪雷鸣。狂风暴雨从傅冬苓的血盆大口呼啸而出，横扫过张丽娜心惊胆战的脸蛋儿。这次傅冬苓发火可真不怨张丽娜，是她自己没事儿到处打听，结果打听出一噩耗，频道要送郑天华去党校学习。这说明什么？这说明频道副总监的位置很有可能落到郑天华的头上，傅冬苓不火才怪呢！

"傅姐，送郑天华学习也属正常。上次不是送您培训，这次也该轮到她了。"

"张丽娜呀张丽娜，我培养你这么多年，怎么……怎么你就不开窍呢？上次是频道安排的集体培训，这次就送她一个人去培训。你告诉我，正常在哪儿？"

张丽娜本想开解一下傅冬苓，结果招来劈头盖脸的一顿教训。张丽娜赶紧拍马屁地说道："傅姐，要不我去打听打听，看看上面到底是什么意思？"

傅冬苓藐视地看了张丽娜一眼："我都打听不出来，你能打听得出来？"

"我找陶菁菁问问！她不是周邰的女朋友吗，没准儿她知道点儿什么。"

傅冬苓犹豫了片刻，觉得让张丽娜打听打听也好，没准能挖出什么消息来。想到这儿，傅冬苓的脸色放缓，对张丽娜说道："那你就去打听打听。不过，不要直接问，明白啊？"

"我明白！"

张丽娜领命出了办公室。

中午，陶菁菁上眼皮和下眼皮不自觉地往一块儿凑。就在陶菁菁将要昏昏欲睡的时候，张丽娜突然出现在她面前，"菁菁，我请你喝咖啡去。"

这阶段，张丽娜的免费咖啡陶菁菁可没少喝。人这物种说来真是奇怪，以前陶菁菁是想尽办法拍张丽娜的马屁，以求拉近自己和张丽娜的关系，却始终遭张丽娜的恶语中伤；现在，陶菁菁不用拍张丽娜的马屁了，张丽娜倒主动请陶菁菁喝起咖啡，搞得好像陶菁菁和她是办公室闺蜜一样。

来到咖啡厅。张丽娜带着一脸黑咖啡的面色，坐在陶菁菁对面的椅子上，不停地唉声叹气。陶菁菁没主动打听怎么会事儿，以免又蹦出个祥林嫂来，把自己当成免费的精神垃圾桶。

见陶菁菁没主动询问，张丽娜抿了口咖啡，自言自语道："我好心好意劝她，搞得我一身骚！我又不想当总监，和我较什么劲呀！"

张丽娜这么一说，陶菁菁就没法回避了，再回避，就是不近人情。怎么说，这咖啡也是张丽娜请的，怎么也得假模假式关心一下，尽一份同事间的友谊。

"丽娜姐，您这是怎么啦？"

"你知道郑姐要去培训的事儿吗？"

"知道啊！周邰和我说过，怎么了？"

看周围没认识的同事，张丽娜压低声音："估计郑姐要被升为副总监了。"

"真的？"

张丽娜露出惊讶的表情，就像陶菁菁不知道台长是这栋大楼里最高领导一样，"你不知道？"

"不知道！"

"周邰没和你说过？"

张丽娜的语气明显是怀疑陶菁菁在说谎。这事儿陶菁菁也看出来了，她用力把头摇成拨浪鼓，以证明自己的清白。

"这么大的事儿，你也不关心关心。问问周邰呀！"

"这和我没什么关系吧？"

张丽娜伸过脑袋，神秘兮兮地说道："当然和你有关系了，而且关系紧密。如果郑姐成了副总监，她可以帮你转正啊！这么大的事情，你怎么不去打听打听呢？"

想想也是，打听清楚，拍马屁也有个方向。"嗯，那我问问。"陶菁菁回答。

听了陶菁菁这话，张丽娜脸上似乎透出一丝成就感。

回到办公室，陶菁菁仔细想来，和张丽娜这番对话真是奇怪。原以为张丽娜受了什么气，要抱怨一通，结果她却问了一大堆关于郑天华的事儿。莫名其妙！不过还是要打听打听。很多时候，办公室里的小道消息决定着你人生前进步伐的快慢。未雨绸缪很重要，同志们！

为了打探消息，下班陶菁菁主动约周邰吃饭。看陶菁菁主动约自己吃饭，周邰很高兴，主动要求由他来付款。

"没问题！"陶菁菁一点没客气。

"陶姐，您也不谦虚谦虚？"

"谦虚什么？有什么好谦虚的！谁让你是大款的后代，而我是来这个城市创业的穷一代呢！请吃饭，你是应该的！"

饭馆儿里的菜单装帧得十分精致，一页一页印的全是山珍海味。

陶菁菁没好意思点，把菜单递给周邰："你点，我听着！保准儿不挑食。我真是太有善心了，简直是爱民如子！"

周邲接过菜单,"约我吃饭,不是又有人找你办实习吧?"

"我就这么点儿境界?"

周邲撇了撇嘴。

"你什么意思?"

"说吧,有啥事儿?"

"没事儿!"陶菁菁回答得相当冷静,"就想吃你一顿。"

周邲把菜单交给陶菁菁,"想吃什么就点!"

陶菁菁接过菜单,没急着看,先让服务员报了遍周邲刚才点的菜。然后,她把最后两个肉菜给去了。实在太多,两人根本吃不了,浪费。

今晚,吴全立也约了郑天华一起吃饭,这一次袁虹没出现。不是袁虹不想来,是她正在外地出差中,鞭长莫及。这算是给吴全立一个单独和郑天华吃饭的机会,否则每次袁虹必出现。

"和综艺频道合作的事儿进展得怎么样了?"郑天华问。

"竞标的材料今天都交到台里了。"

"要不要我帮你问问?"

"不用!"

"哟,这可不是您的做事风格啊!"

"你们姜台不是吃钱的人。这样最好,大家都凭实力。"

"那倒是!对了,下星期我要去党校学习。"

"我知道。所以临行前,请你吃顿饭。"

"你怎么知道的?"

"上星期和你们管人事的吃了顿饭。"

"这事儿不是你找人安排的吧?全立,我的事儿我自己处理。"

吴全立突然握住郑天华的手,动情地说:"天华,干吗把你我的界线画得那么清楚?难道我就不能帮你吗?"

菜上来了,色彩和味道很有诱惑力。不过,陶菁菁今天外出就餐的目的不是吃食,主要是打听情报。

她努力把自己摆成一副非常随意的架势,问道:"听说郑姐要升副总监啦?"

周邲眨巴了两下眼睛,"听谁说的?"

"张丽娜今天和我说的。"

"她的话……"周邰不屑,"太不靠谱。"

"所以问你吗?"

"我觉得你现在应该直接去问郑姐本人。"

陶菁菁竖起大拇指,"您的智商真是高,我怎么就没想到呢?我该给她打个电话,让她向我汇报一下。"

"打电话多费劲啊!你转过去,直接问郑姐不就得了。"

"小儿科,糊弄我!"

尽管陶菁菁不信,但还是不由自主转过身。靠!陶菁菁简直不敢相信自己的眼睛。靠里侧的座位,郑天华的手正握在一男人手里。

郑天华没急着把手抽出来,平静地说道:"全立,我知道你想要什么,可我给不了。"

"我什么都不要,只要你高兴就行。"

"全立,我和季礼都很感谢你对我们的照顾。"

郑天华把躺在病床上的老公唐季礼拉出来,吴全立也就没什么好说的了。他老老实实放开郑天华的手。

郑天华举起面前的红酒,微笑道:"老吴,祝你和我们台的合作顺利。"

那男人拿起面前的酒杯,眼角的余光正好碰到陶菁菁好奇专注的目光,吓得后者一身冷汗,赶紧低头转身,压低声音对周邰说:"咱们走吧!"

"干吗?菜还没上全呢!"

"让郑姐看见了不好。"

"你现在是周副总监的准侄媳妇儿,和我吃饭光明正大,有什么不好的?"

"笨蛋!我是说看见她和她老公那样儿,不好!"

"你不说,她怎么知道你看见了。"

"好好好!赶紧吃,吃完了赶紧走,别让她看见。"

可惜了这一顿美餐,吃的是急三火四,啥味道也没尝出来。庆幸的是,在郑天华发现陶菁菁和周邰之前,两人已经逃之夭夭。

第二天早上,没等陶菁菁的屁股在办公椅上坐稳,张丽娜就找她去喝东西。

张丽娜迫不及待地问道:"你问周邰了吗?"

"问什么?"

"郑姐升副总监的事儿啊!"

张丽娜这么一提醒，陶菁菁才想起来，嗫嚅道："昨天我问周邨来着。不过看见郑姐和她老公，就把这事儿给岔开了。"

张丽娜一惊，"你看见郑天华的老公了？"

"对啊！昨天吃饭的时候，看见的。别看两人年龄不小，可还挺恩爱，吃饭的时候手还牵着手。到了中年，不知道我男朋友会不会对我这么好！"

"郑天华的老公？你没看错吧？"

"当然没看错，他俩就坐我后面。她老公来过咱们办公室一次，我见过。"

"他俩真的手牵手啦？"

"当然啦，亲眼看到的！不信，你问周邨，当时他也在。"

张丽娜没再打听郑天华是不是要升职的事儿，咖啡没喝两口，就迫不及待地要回去工作。什么时候开始，张丽娜这种人也热爱上工作了？陶菁菁奇怪。

回到办公室，张丽娜径直钻进了傅冬苓的办公间。傅冬苓正无精打采地堆在椅子上，带着俩黑眼圈，不比国宝逊色多少。看来她昨晚一宿未眠。

张丽娜带着一脸的喜悦，就像挖到了块和田玉，"傅姐，有件重大的事情，我要跟您汇报。"

傅冬苓在办公椅上哼了一声，"你说！"

"郑天华在外边和一男的好上了！"

傅冬苓诈尸般地从椅子上坐起来，"听谁说的？"

"陶菁菁昨晚看见郑天华和一个男的吃饭来着，两人手还牵着手。"

"没看错？"

"陶菁菁说郑天华和那男的就坐她后边，周邨也看见了。这事儿应该不会看错。"

傅冬苓从椅子上一跃而起，"她老公在病床上躺了两年，大家都说她是贞洁烈女。没想到，她郑天华也有挺不住的时候。"

"傅姐，那咱们……"

"你清楚该做些什么，事情闹得越大越好。"

"傅姐，我明白！"

领会了傅冬苓的意思，张丽娜离开办公间。

第十七章

重伤

　　谣言止于智者，这话说得真是经典中的经典。可事实却是社会中的谣言就像接力赛，一棒比一棒跑得快。没两天，郑天华在外面偷人的故事便在台里广泛流传，成了人们茶余饭后津津乐道的谈资。

　　程晓弈火冒三丈地从陶菁菁的办公桌前经过，冲到张丽娜面前。气氛一下子紧张起来，战争的阴云笼罩了整间办公室，所有的目光都聚焦在程晓弈和张丽娜的身上。

　　程晓弈眼睛里喷着怒火，对张丽娜叫喊道："张丽娜，你到处胡说八道什么！"

　　张丽娜幸灾乐祸地看着程晓弈，"你说我胡说八道什么了？"

　　"别在这儿装人，就是你造的谣！"

　　张丽娜理直气壮地站起身，"程晓弈，你别血口喷人好不好！我造什么谣了？"

　　"你……"程晓弈脸都青了，"就是你在背后说郑姐的坏话！"

　　"眼见为实，肯定是有人亲眼看见的。程晓弈，你把事情搞清楚了再来兴师问罪，别一大早跟疯狗似的到处乱咬。"说这话的时候，张丽娜得意得很。

　　"那你说，谁亲眼看到的？"

　　"这个我不能说，我不能出卖朋友。"

　　张丽娜的眼神开始往陶菁菁这边瞟，陶菁菁浑身的汗毛都竖起来了：这种事情怎么又要往我这里扯啊？和我又有什么关系？

　　"张丽娜你要是不说清楚，这事儿就没完！"程晓弈不依不饶。

　　"我……"张丽娜一边装委屈，一边看陶菁菁，似乎再说，"菁菁，你怎么还不站出来啊！我挡不住了。"

全办公室的目光顺着张丽娜都转移到了陶菁菁身上，包括程晓弈。

"我怎么办？和我半毛关系没有，干吗看我呀！不行，我得说些什么，不能就这么背黑锅。"陶菁菁肉笑皮不笑地问道，"丽娜姐，你们干吗看我啊？"

"菁菁，"张丽娜说，"你上次不是说你看见郑姐和一男的一起吃饭，他俩还手牵着手吗？"

"啊，是我看见的。那不是郑姐的老公吗？"

从程晓弈的目光中射出无数把利剑，"陶菁菁，我没想到你竟然是这种人！"

"晓弈姐，我……"

"你什么你？你以为你有总监的关系，就可以胡说八道了是吗？"

"我没有，我说的是事实，我没胡说八道。"

"咣当！"傅冬苓办公室的门开了，"吵什么吵？菜市场啊！都给我回去工作去。菁菁，你进来。"

众目睽睽之下，陶菁菁被莫名其妙地叫进傅冬苓的办公间。

"菁菁，你坐！"傅冬苓今天的态度一反常态，和蔼可亲得就像陶菁菁的亲姐，"菁菁，到底怎么回事儿？我看你这孩子不像是造谣的人啊！"

陶菁菁委屈地回答道："傅姐，我真没造谣。"

傅冬苓掏出两张面巾纸递给陶菁菁，"别哭！慢慢和姐说！"

"我真看见郑姐和她老公一起吃饭，她老公还握着她的手。"

"天华不可能和她老公一起吃饭！"

"怎么不可能？您不信，您可以问周邰。他就在下面做片子，我给他打电话。"

"菁菁，不用打电话，这事儿就是不可能。天华的老公因为工伤，成了植物人，在医院躺了两年了。怎么可能在一起吃饭呢！"

陶菁菁脑子嗡的一下。要不是年轻，估计非当场爆血管儿不可。陶菁菁惊慌失措地问道："那……那和郑姐一起吃饭的男的是谁啊？"

"你问我，我怎么会知道呢？"

"傅姐，我……我不是故意的。我真不知道郑姐的老公是植物人，我真没造谣。"

"菁菁，我明白，我明白。不过……"傅冬苓无奈地摇摇头，"怎么说，这事儿都是从你嘴里传出去的，怎么办？"

"我没传，我真没传。我就是想说郑姐和她老公很恩爱，没别的意思。"

"你也别急。找时间，我和天华聊聊，帮你把事情说清楚。"

"谢谢您了，傅姐。"

"好，回去好好工作吧！别多想。"

不想碰见谁，偏偏碰见谁。陶菁菁从傅冬苓的办公室一出来，迎头便撞见刚从外面回来的郑天华。陶菁菁的心突突直跳，就像欠了郑天华几辈子的债。

"郑姐！"

郑天华冲陶菁菁笑了笑，没再说什么，和她擦肩而过。郑天华进了自己的办公间。紧跟着，程晓弈也进了她的办公间。

谣言是从我这儿流传出去的，大家肯定觉得我这人特别无耻，真是没脸见人了。陶菁菁这样想着，躲在电脑后，压低脑袋，眼角的余光死死盯着郑天华办公间的玻璃门，好像随时会有一头猛兽从门里咆哮而出，一口将她吞了。

"喂，干吗呢？鬼鬼祟祟的。"

这一声差点儿把陶菁菁心脏吓碎，抬头一看是周邰。

"该干吗干吗，别和我说话。"陶菁菁将音量放到最小，生怕引起大家注意。如果大家再用那种眼神盯着她，她只能改为昼伏夜出。光天化日之下，真是没脸再见父老乡亲了。

周邰偏偏把音量放到最大，像个大喇叭："你说什么？你大点儿声！"

"出去说，出去和你说。"

陶菁菁猫腰儿，钻到办公桌外，牵着周邰，溜出办公室。周邰跟在陶菁菁屁股后面，进了楼梯间。

"干吗鬼鬼祟祟的？偷了游击队的地雷了？"

"小周子，我闯祸了！"

"怎么？得罪台长了？不是不帮你，我没那么大能量啊！"

"本宫深陷危难之中，这小子还冷嘲热讽，真想把他那张烂嘴割下来。"陶菁菁急得要命："你有点儿正经的成不成？"

"好好好，我正经。你说。"

陶菁菁把情况详细地和周邰阐述了一番。

周邰挠挠脑袋，"对啊，我也看到那男的了。你说的都是事实，没造谣啊！"

"是，是事实！我真没说过郑姐偷人。现在大家都认为这话是我说的，可我真没说！"

"你别着急！郑姐这人还不错，我找她给你解释解释。"

"你和她怎么解释？"

"就说谣言不是你传的呗。"

"你这是此地无银三百两，别给我添乱了成吗？你走吧，这事儿不是你总监侄子的身份能解决的。"

"要不……"周邰眼珠一转,"要不你自己去找郑姐,把事情说清楚。"

"我……我不敢。这不是自投罗网,自寻死路吗?"

"我认为不是。中国人遇事喜欢往后躲,你就逆向思维一把,冲上前去,直面自己应该承担的责任。做错了就认错,这是做人的最基本条件。"

"喂,我哪儿做错了?我就是想夸夸郑姐夫妻恩爱。"

"你错就错在嘴太快,话太多。言多必失、祸从口出,多说不义必自毙,这些成语老师没教过你呀!"

"仁兄,多行不义必自毙,好吗?"

"我知道!多说和多行结果都是一样。嘴快话多者,必自速其亡。"

"你别害我?"

"放心,我不会害你的。别忘了你现在是'周副总监准侄媳妇儿'的身份,你去认错那是相当给她面子啦!"

频道例会结束,傅冬苓不紧不慢地走出会议室。脚上高跟鞋敲打在大理石地面上,发出"咯哒咯哒"的响声。

王副总监的秘书陈健东从后面赶上来,"傅姐。"

见是王副总监的秘书,傅冬苓满面笑容地说道:"健东,有一阵子没见了。"

"被送去培训了一个月,昨天才回来。"

"要升职了吧?"

"没有,没有,我们做秘书的能升什么职啊!"

"好多大领导可都是秘书出身!"

"那也轮不上我!"陈秘书话锋一转,问道,"对了傅姐,听说周副总监的侄子和侄媳妇儿都在你们栏目部实习?"

傅冬苓明白,陈健东这是替王副总监打听消息来了!这种事儿最麻烦,周副总监的亲属都在自己手下实习,怎么解释都会被王副总监认定自己是周副总监的人。换成别人遇到这种情况,非蒙冤入狱不可。可傅冬苓是人精,在办公室里摸爬滚打了半辈子,绝处逢生的事儿没少干,一个小秘书可难不住她。

傅冬苓心平气和地回答道:"周副总监的侄子是在我们那儿实习。至于侄媳妇儿,这事儿我还真不清楚!郑天华应该清楚这事儿,我们栏目部实习生都是她负责招的。你也知道我和郑天华的关系,她负责的事儿我也不好过问。"

"那是,那是!傅姐,听说郑天华的事儿了吗?"

傅冬苓故意装傻："你指的是？"

"听说郑天华和别的男人搞上了，而且有人在办公室里为这事儿还打起来了？"

傅冬苓微微一笑，"健东，你的消息可真是灵通啊！"

"傅姐，到底有没有这事儿啊？"

"大家都说是有人亲眼见到的。不过，这都是人家的私事，咱也管不着。"

陈健东随着点头，"是啊，是啊！老公在医院里躺了两年，是个女人都受不了。正常，正常。"

两人互相吹捧了一阵之后，便散了。这一次，傅冬苓不仅逢凶化吉，还做到了嫁祸于人。

陈健东回到王副总监的办公室。

"王总，我刚和傅冬苓聊过。周副总监的侄子确实在她栏目部实习。不过，是郑天华给办的。"

王副总监点点头，"看来，郑天华是周副总监那边的人。今后，你要多注意！"

"您放心，我会多注意的。"

王副总监问道："对了，听说郑天华在外面找了个男的？"

"是啊！傅冬苓说是有这么件事儿。"

"是吗？"

"傅冬苓亲口说的。郑天华的手下为这事儿还在办公室里和人打起来了。"

王副总监眼珠在眼眶里兜了一圈儿，"无风不起浪啊！虽然这都是私事，但作为频道重点培养的青年干部，德才兼备才行啊！这样不洁身自好的，影响太恶劣啊！重用这样的人，底下会闹的！"

秘书陈健东连连点头，"是啊！是啊！"

"行，你去忙吧。"

打发走秘书，王副总监起身去了总监办公室。

见到王副总监进来，老总监笑眯眯地说道："建德啊，坐坐坐。今天找我有什么事情吗？"

王副总监一副天将降大事的面孔，"有件非常重要的事情要向您汇报啊！"

"哦？什么大事，让王大总监亲自出马啊？"

"最近很多人向我反映郑天华私生活不检点的问题，这事儿在全频道闹得很大呀！"

"都是些谣言，不必大惊小怪！"

"无风不起浪呀！我听说，是有人亲眼见到的。"

老总监眉头一紧："是吗？这我还没听说。"

王副总监继续，"虽然这是私事，可作为台里重点培养的青年干部，生活作风至少要检点吧！为了这事儿，还有人在办公室里大打出手，造成极坏的影响。我看派郑天华去学习的事儿，得重新考虑啊！"

"建德，那你的意见是？"

"我的意见是……暂时不要派郑天华去学习。不然，万一底下人不服，闹起来，局面就不好收拾了。到时候，我们想保护她也保护不了了。以德服人，郑天华现在服不住啊！"

听了王副总监的话，老总监略加思索，但没立刻表态，"这事情我会考虑的。还有别的事情吗，健德？"

"没了，没了。您忙，您忙！"

王副总监走了。老总监给周副总监去了电话，没一会儿周副总监出现在总监办公室。

"领导，有什么事儿，这么急？"周副总监问道。

"最近有没有听到什么闲话啊？"

"闲话？"周副总监犹豫了一下，"没听说什么闲话啊？"

"刚才王副总监来找我，说有人反映郑天华私生活不检点的问题。你没听说过？"

周副总监略有所思，"听说了一些。不过，都是谣言，不可信，不可信！"

老总监点点头，"这次风来得不小啊！"

"谣言传多了，假的也成真的了。真是应了那句话了，众口铄金积毁销骨啊！"

老总监又点点头，"我看，天华这次是躲不过去了，得避一避了！"

"是啊，是啊！避避风头也好。"

老总监再次点点头。

下午，郑天华应邀来到总监办公室。老总监亲自给她倒了杯茶，郑天华赶紧起身。

老总监语重心长地说道："天华啊，闲话已经在台里传开了。"

"老领导，这种话您也相信？"

"我当然不信！不过有句话，叫人言可畏。现在社会上的风气……"说到这儿，老总监摇了摇头，"你越有能力，越容易遭人陷害。天华，你还是暂时避避风头，对你今后的发展有好处。"

郑天华握着水杯，"我明白！"

"培训的事儿暂时放一放，回家休息几天。过一段时间，大家也就把这事儿给忘了。现在不做事比做事更对你有利。"

"我听您的！"

就这样，去党校培训的事儿泡汤了，但郑天华不怪老领导。老领导让她避避风头，完全是出于好意。人在，流言在；人走了，茶不仅要凉，流言蜚语也会消失殆尽的。

想了好几天，陶菁菁终于攒足勇气，决定去找郑天华承认错误。不管怎样，这场闹剧是因为自己而起的，自己就负有一定的责任。

陶菁菁走进郑天华的办公间，程晓弈也在。见陶菁菁进来，程晓弈恶狠狠地往死里盯着她。

"菁菁，找我有事儿？"

从语气和态度上判断，陶菁菁看不出郑天华有怀恨在心的迹象。不过，不能被表象欺骗，陶菁菁还得按计划做。

陶菁菁带着虔诚的语气和表情道："郑姐，对不起！"

郑天华没说话，程晓弈站起身说："天华姐，我先出去了。"

为了表示诚意，陶菁菁赶紧说道："晓弈姐，您不用出去。"

程晓弈没搭理陶菁菁，只是看着郑天华。

"你们俩都坐，别站着。"

郑天华表了态，程晓弈也就踏踏实实地坐下了。可陶菁菁没坐，依然保持立正姿势，用身体语言表达她致歉的诚意。

"郑姐，诬陷你的谣传是因我而起的，所以我必须跟您道歉。我是看到您和……和朋友一起吃饭，我错以为是您的爱人。我只是想表达您和您爱人非常恩爱，我很羡慕，没想到给您找来这么大的麻烦。"

"菁菁，你还很年轻，很多事情不是你表面看上去那样简单。以后说话一定要小心，回去工作吧！"

郑天华的话让陶菁菁很不踏实。

陶菁菁再次道歉说："郑姐，真对不起！"

"菁菁，回去工作吧！"

就这样，陶菁菁被请出了郑天华的办公间。说实话，陶菁菁也不知道郑天华是原谅她了，还是没原谅她。她觉得，如果自己是郑天华，也是很难这么轻易原谅给自己造谣的人。这能怪谁呢？只能怪自己多嘴。

陶菁菁离开办公间，可办公间里的讨论并没有结束。
"天华姐，您相信她说的话吗？"程晓弈问道。
"看不出陶菁菁放出这种谣言对她自己有什么好处，很有可能是被利用了。"
"那就是傅冬苓和张丽娜搞的鬼。"
说鬼到，鬼就来了。程晓弈话音刚落，傅冬苓推门而入。见程晓弈也在，傅冬苓忙问："你们忙呢？那我一会儿再来。"
郑天华说道："有事？"
傅冬苓看了一眼程晓弈，没说话。
程晓弈起身，"天华姐，我先出去了。"
看程晓弈出了办公间，傅冬苓转头对郑天华说道："天华，听说培训取消了？"
说话时，傅冬苓一脸的遗憾，可眼眶里闪动的却是幸灾乐祸的目光。所以说，眼睛是心灵的窗口。
"哟！这么快您就知道了？"郑天华语气里带着讥讽和不屑。
"领导刚来过电话，说给你安排几天休假。"傅冬苓深深叹了口气，"你说这个陶菁菁，小小年纪怎么到处胡说八道！"
郑天华不慌不忙地说道："不能怪陶菁菁，她也是被人利用。"
"天华，你说得对，这种可能性很大！陶菁菁是周邰的女朋友，周邰是周副总监的侄子，这关系还真挺复杂。"
郑天华实在是厌倦了傅冬苓假惺惺的样子，"您还有别的事儿吗？我这儿还忙着呢！"
"你忙你的。忙完了回去休息两天，这事儿别往心上去，过去就过去了。"
郑天华心里明白，傅冬苓根本就是来看热闹的。同时，借机挑拨一下自己和周副总监之间的关系。傅冬苓和谣言绝对脱离不了关系。
郑天华休假了。休假前，她嘱咐程晓弈，这个月的节目策划案必须由她批准，临时加的选题也必须经过她的审批，否则一律不能播。
"天华姐，您休假还要工作啊？"
郑天华没解释，只是让程晓弈按她的话去办。

八卦新闻就像一阵风，随着郑天华的休假，很快就刮过去了。办公室里渐渐恢复了平静，无风也无浪。

陶菁菁的处境并有没有她想象中那么糟糕。根本没人指责她造谣生事，同事们对她依然是喜笑颜开，依然有人请她喝茶吃饭。

下班回到住处，陶菁菁把这奇怪的现象讲给周碧倩。

"奈丝，你是不是特别期待自己遭别人恨？"

"当然不是！我就是不明白，郑姐的事儿怎么说我也是有责任，可同事们对我是热情依旧。就没人批评批评，或者找我谈谈心什么的，这事儿好像就没发生过。"

"这事儿和他们自己又没什么关系。再说，你头上扣着顶'周副总监准侄媳妇儿'的帽子，谁没事儿闲的和领导亲戚过不去呀！准侄媳妇儿这帽子虽然是假冒伪劣的三无产品，只要没人检举，还是能糊弄一阵子的。"

"那我要是和台长搭上关系，不知道会被尊崇到什么地步？真是好奇！"

"你要是和台长搭上关系，还实习什么记者啊！直接送你去主编培训中心，出来直接走马上任。"

在陶菁菁的人生中，这还是头一次被卷入这么大的风浪之中。既然现在大家都相安无事，她也要休休假，平静平静。去傅冬苓那里请假，傅冬苓二话没说就批了，还问陶菁菁要不要再多休两天。看来，领导家的亲戚确实好办事。

请了假，陶菁菁本想跑去张军那儿看看自己的男神。结果张军说忙，没时间接待陶菁菁。陶菁菁只好在家宅着。

看陶菁菁在家百般聊赖，周碧倩毅然决然地请了年假陪她。陶菁菁抱怨张军不识好人心。周碧倩跟着说男人都没良心。

陶菁菁说自从张军被调到外地工作，对她很冷淡。周碧倩让她别指望男人，女人应该自己找乐子。

陶菁菁觉得张军还是有责任心的，非要买车买房才娶自己。周碧倩说，光口头表示没诚意，娶了才证明有责任心。

"姐妹儿就是姐妹儿，闺密就是闺密，总是站在我这边儿说话，不让我受欺负，真让我感动！"陶菁菁对周碧倩是感激涕零。

晚上，周邰来了。

"怎么没上班？病了？"周邰还挺关心陶菁菁。

"没病，就是不想上班！"

周碧倩冲周邰说道："我家奈丝现在可真把自己当成你总监叔叔的亲戚了。架子、品味、态度都摆脱了贫下中农应该具有的谦逊谦卑，完全是有钱人家少奶奶的感觉。这档次上去了，你可要负责到底！"

周邰："我师姐可是忠贞不渝，等着远方的男人回来娶她呢！"

"闭嘴，你俩都闭嘴，别挤对我！"陶菁菁又问周邰，"你干吗来了？"

周碧倩嘴快，"他是来请咱俩吃饭的呗！"

真是自投罗网，被周碧倩盯上，周邰只能乖乖请客。陶菁菁实在不忍心让周邰破费，故意选了楼下的小菜馆儿。

进了菜馆儿，周邰鄙夷的目光扫过每个角落，"这儿没地沟油吧？"

"气死我了！我为这小子着想，他还瞧不起人，就该让周碧倩狠狠宰他一刀。"

周碧倩似乎听到了陶菁菁的内心世界，立刻说道："那还不赶紧换地儿！我知道一家，特有情调。"

周邰应声道："走着！"

"我真觉得你俩真该凑一对儿，一个愿意花钱，一个不怕花钱，两人还都姓周，生个孩子即随父姓又随妈姓，少了多少争端。考虑考虑！"陶菁菁说道。

"周大少看中的是你，不是我！我跟着蹭两顿饭就心满意足了。"

又坐了半个小时的车，终于到了一个周邰和周碧倩都满意的地儿。餐馆里到处摆着书架，书架上还真挤满了图书。孔子的、庄子的、孟子的、老舍的、巴金的、托尔斯泰的，古今中外的名人都在这儿聚齐了。

就在这充满书卷气的餐馆，几位吃客围着个圆桌杯觥交错，个个吃得汗流浃背。其中一个位男吃客骂道："我们老板真他妈的过分，没几天就和前台的小姑娘好上了。"

另外一个接道："你们新老板不是老外吗？"

男吃客更是气急败坏："这些老外就知道泡中国小姑娘！这些女的也够贱的，见到老外就投怀送抱。"

另一个又说："那你还不站出来，替中国爷们儿出口气？"

"不稀搭理这帮鬼子！一帮狗屎，狗屁能力没有，还都是高层。外企也他妈不开眼，找了这帮怂蛋来管理公司。"

又有人问："听说你买房子了？多大面积？"

吃客回答道："不大，四十五平。对了，这顿你们请啊！哥们儿我还完房贷，这月没钱了。"他擦了把头上的汗，"真他妈热！服务员……服务员……服务员……"

撕心裂肺一声吼之后，一个服务生快步来到桌前，"您还需要什么？"

"你把空调开大点儿，热死人了。"说着，吃客儿顺手抽出一支香烟。正要点起，被服务员拦下，"先生，我们这儿不能抽烟，院子里有专门吸烟的地方。"

吃客恶狠狠地瞪着服务员："操！老子花钱消费，连烟都不能抽啦！"

"对不起，先生！为了不影响其他客人，我们这儿是不能吸烟的。"

"其他客人？我就是客人。谁要是不喜欢，让他找我来。"

吃客把烟点着了，吐了口烟圈。

"先生，请您到外面吸烟。"

吃客气急败坏地转过头，"你还没完没了了。叫什么名字？把你们经理找来。"

听了这话，服务员转身走了。看着服务员离去的背影，吃客狠狠地往服务员离开的方向啐了口痰，骂道："一个破服务员跑老子面前装人来了。不想干了！"

没过一会儿……

"先生，我们这儿不能抽烟，请你到外边的吸烟室。"

吃客不耐烦地再次抬起头。面前除了刚才的服务生，还有一位穿着休闲装的中年男士。

"你谁啊你？"吃客问。

中年男士彬彬有礼地回答道："我是这儿的经理。"

"经理？去，把你们店主找来，不想开店了是不是！"

中年男人继续彬彬有礼，"我就是店主，店主就是我。您还是请到外面吸烟！"

"大爷花了钱，凭什么不能抽烟？"

"因为这里还有其他客人，请您不要影响其他客人进餐。"

"谁？我影响谁了？站出来我看看！"

那哥们儿这么一叫嚣，还真有其他客人看不过眼，挺身而出。这个其他客人就是坐在陶菁菁对面的周邰。

"你影响我了！"周邰说话的劲儿还真有点儿英雄气概。

"你谁啊你？"说着，那哥们儿做了个起身的动作，看架势要动武。等他整个躯体全部站直了，陶菁菁放心了——身高还不到周邰的下巴。

"先生，您要是继续闹事的话，我们只好报警了。派出所就在对面，很方便。"店老板说得很客气，同时给身边的服务生使了个眼色，服务生心领神会地往外跑。

吃客见势不妙，把手里的烟掐死在饭桌上，坐回到椅子上。

菜上来，周碧倩和周邰两人吃得活蹦乱跳，你一言我一语有说有笑，完全没把刚才发生的当回儿事儿。陶菁菁胆小，边吃边瞟着对面那桌儿，心脏还为刚才的事件突突直跳。用过晚膳，店主给他们打了五折，还送来两个大果盘儿。看来好人不白做！

出了餐馆，在去停车场的路上，刚才和周邰发生口角的那哥们儿带着几个人跟在三人身后。直到三人在周邰的 Q7 前停下脚步，后面的那几位也不往前走了，就站在离他们几米远的地方。

其中一个人说："开 Q7 的不是官二代，就是富二代，惹不起！走吧！"

带头的那哥们儿看样子还很不服气，恶狠狠地盯着周邰三个。

"喂，你可别打架！"陶菁菁紧紧拉着周邰。

"打就打，怕什么！"周碧倩还来劲了。

周邰启动车子。Q7 前方边的两盏大灯猛地亮了，晃得那几个哥们儿直揉眼睛。Q7 迎面朝那几个人撞了过去，那几位赶紧慌忙躲闪。

车子驶出胡同，周碧倩感慨万千，"和你们这些有钱有权的在一块儿，就是有安全感！"

"有屁安全感，没事儿找打架。"陶菁菁完全不赞同周碧倩的想法。

"这帮人，白天在他们老板面前跟孙子似的。出来花几个小钱就把自己当大爷了，一群奴才。"周邰说。

陶菁菁瞥了一眼周邰，"愤青！社会就这样，你愤得过来嘛你！"

周碧倩挑逗地说道："奈丝，你现在真是越来越有官家少奶奶的风范了！反正明天不上班，去泡吧吧！"

"我困了，回家睡觉吧！"

陶菁菁的建议立刻遭到周碧倩的反驳："回什么家啊！你在这儿有家吗？还是跟姐我及时行乐才是正道。"

周碧倩要去酒吧，陶菁菁想回去睡觉。就在选择左拐，还是右转的时候，周邰这小子竟然投了周碧倩一票，让陶菁菁十分气愤。人单力薄，寡不敌众，陶菁菁被绑架了。

伴随着酒吧里强劲的音乐，周碧倩摇身变成了一位舞娘，在舞池中央转啊转啊！一群男人围着周碧倩也转啊转啊转！这场面陶菁菁好像在探索发现节目里见过，几只雄鸟围着一只雌鸟展开翅膀转来转去，嘴里还不停地吹着流氓口哨。

周碧倩从舞池里晃着就上来了，"你俩干吗呢？别傻坐着啊！"接着，她拿起桌儿上的啤酒瓶，一口气给干了，接着又跳进舞池，不见了人影。

"你怎么不去玩儿？"陶菁菁问周邰。

"没劲！"

"那不回家睡觉？"

"更没劲！"

"跳楼有劲，你跳吗？"

"你跳，我就跟着跳。"

"有病！一会儿早点儿走，不然周碧倩同志又得喝多。"

陶菁菁的预言还真准。当周碧倩再次晃晃悠悠地从舞池里回来的时候，身边带着个帅哥。

"我给你们介绍一下，这位是……"周碧倩用眼皮翻了翻帅哥，"你叫什么来着？"

"韶华。"

"对对对，韶华。"周碧倩指着陶菁菁和周邰，"这俩是我朋友，你们自己介绍自己。"说完，周碧倩倒在沙发上，一动不动了。

"不好意思啊！她醉了。"陶菁菁对那帅哥歉意地说道。然后，和周邰一起把周碧倩架出酒吧，扔上车，直接杀回住处。

这一晚，陶菁菁没干别的，躺在周碧倩的床上，看着她，就怕她吐一床。幸好炎热的夏天已经过去了，虽然白天还留着夏季的残热，到了晚上凉风习习，还挺舒服。周碧倩翻了个身，一条大腿压在陶菁菁的一条腿上。看样子，她还挺享受这种睡姿。

踹开周碧倩的大腿，拿起手机，陶菁菁给张军发了条微信，问他在干吗。半天他也没回陶菁菁。陶菁菁又给他发了一条，说周碧倩喝醉了。这次他倒是回得挺快，"她又和谁喝酒去啦？"

"晚上和我们同事去酒吧了。"

"看别人灌她，你为什么不拦着？"

"她自己要喝，我拦得住吗我！"

"没事儿少参加你们同事聚会！"

张军这话陶菁菁不愿意听："我和同事出去怎么了？我要不和同事搞好关系，怎么给你上新闻？"

"好好好，那我谢谢你了。以后，你随便，你想干吗干吗，但别把周碧倩带坏了。"

"周碧倩是我朋友，我带她出去和你有什么关系？你干吗那么关心她呀？张军你什么意思啊？"

张军立刻回，"我没什么意思，我的意思是你有病！"

"你才有病呢！"

从这刻起，张军没再回陶菁菁任何微信。

"不回就不回，有什么了不起的！你有脾气，可本宫脾气也不小。"陶菁菁把手机扔在一边。

不知道过了多长时间，"叮咚"一声，手机里滚出条微信，"睡了吗？"

"现在想起讨好我来了，本宫的气还没消呢！"陶菁菁直接回："睡不睡用不着你关心！"

没一会儿，"今天我有得罪过你吗？"

"刚惹了本宫，就装傻充愣！"气得陶菁菁喉咙冒火，干脆不回了。

微信又来了："提个醒呗，到底我怎么得罪你了？"

"周碧倩喝醉了，你和我较什么劲？有本事你就永远别回我微信。"陶菁菁的微信刚发出去，电话就响了。

陶菁菁接起电话，吼道："属公鸡的吧你！发烧了？还是精神了？报时也不看个时间。"

"我得问清楚，我哪句话又触动您那敏感的神经了？"电话里传来周邯的声音。

一怒之下，陶菁菁把周邯的微信看成张军的啦！

"对不起，对不起！我看错了。"陶菁菁赶紧道歉。

"是不是和男朋友互掐呢？"周邯问。

"不该问的别问！回去睡觉吧。明天长了眼袋，你可就不美丽了。**Bye Bye**！晚安！"

"等等，等等！你是不是把我当闺蜜了？"

"是，不然把你当什么？不过，你比周碧倩矮一个等级。"

"这不公平吧？"

"谁让你是男的呢！"

"世界妇女不是强烈要求男女平等吗？大家各占一半天。"

"不好意思,让你们男同胞误会了!那只是我们的基本诉求。在局部地区,条件允许的状况下,我们要全面占领一切制高点。"

"女人是不是都这样啊?"

"你现在还是个爱情白丁。等你谈了恋爱,有了女伴,亲身体会一下,感受更深。"

"你们是想通过爱情要挟男人,以达到你们改变世界目的是吗?"

"你小子脑袋还算好用。以后遇到爱情,要小心,别成了女人手里控制的武器。我这是作为闺蜜 Free 给你的,千恩万谢的话留到明天再说。姐姐,我要睡觉了。不然起了皱纹,就没法儿改变世界了。Bye Bye!"

就这样,陶菁菁把周邰给打发了。

休假结束。上班第一天,陶菁菁就听到一爆炸性新闻——栏目部多了个助理主编的职位,要在众多记者里选拔出来一位。

茶水间里,陶菁菁碰到了老单。

老单凑到陶菁菁跟前,没话找话地说道:"菁菁,助理主编的位置你不使使劲?找找周副总监?"

"单哥,别逗我了。我一实习生,哪有资格!"

"这么个位置,看来张丽娜十拿九稳了。"

"为什么?她业务能力多一般呀!"

老单拿起大茶杯,喝了口茶,"这个和你说的能力没多大关系。"

"没能力怎么干工作?"

"能力分好几种。比如你,想转正,就得要有人际关系的能力。和周副总监搭上亲戚就是能力。再比如,你想得个什么新闻奖,这就得靠你的业务能力了。张丽娜来栏目部的时间最长,比我还早两年,而且是傅冬芩一手培养起来的。至于能力嘛……当了这么多年的记者,没犯过什么大错误。不给领导找麻烦,领导让干什么就干什么。这些也是一种能力啊!"

正说到这儿,张丽娜走进茶水间。老单不说了。

"老单,和小姑娘聊什么呢?菁菁可是周副总监家的人,你还有啥想法?不想干了吧你!"

老单也没正经地回答道:"菁菁年纪太轻,我看咱俩差不多。"

"谁和你差不多,你个老帮菜。去去去,我和菁菁有话说。"

把老单赶走,张丽娜来到陶菁菁身旁,"菁菁,周邰呢?"

"楼下做片子呢！"

"晚上我请你俩吃饭，周邰回来和他说一声。"

"行，那我和他说。"

和张丽娜也没什么共同语言，陶菁菁借口忙片子，离开茶水间。

周邰这小子真不够意思，再次以和同学聚会为名，下班就溜了。剩下陶菁菁一人儿，单刀赴会。餐馆儿里，张丽娜的气色就像刚清理过的古河道，朝气焕发。

对了，忘了和各位说说助理主编是个什么地位了。如果把社会新闻部比作一座微型水泊梁山，那主编就是这座山头儿的头把交椅，副主编为二把交椅，助理主编排行老三。虽是两人之下，但也是几十人之上，助理主编的位置还是很拉风的。

"菁菁，以后工作上有什么困难，和我说。丽娜姐都给你解决了！"还没当选，张丽娜的言谈举止俨然已经坐在了助理主编的座位上。

"谢谢丽娜姐。"

"菁菁，你还和我客气什么呀！你给咱们栏目部做了不少贡献，其实我都看在眼里呢！以前，姐姐想帮你，可没那力量。以后，在工作上有什么要求，你就和我说。千万别客气！"

"丽娜姐，你这话说得我都感动了！"

张丽娜笑了，"周副总监最近怎么样？身体还好吧？说实话，我特别想向周副总监请教怎么才能管理好一个团队。"

陶菁菁能说什么，她只能说："哦！"

"菁菁，想吃什么你就点，别客气。服务员，再拿一菜单！"

张丽娜已经开始琢磨着为自己建立与上层的关系网了。看样子，做助理主编的事儿内部已经定了。陶菁菁实在困惑，到底什么是能力？要想升职又要具备什么样的能力？和领导关系好就能掩盖业务能力差的事实吗？

"菁菁，今晚你就让你老公跑去和他那些狐朋狗友鬼混去了？他得陪你呀！"

"我老公？"这话让陶菁菁大惊，婚还没结，哪里来的老公？

张丽娜嬉笑道："周邰呀！"

陶菁菁突然明白了，她皮笑肉不笑地"哦"了一声。

"菁菁，不能让男人太自由了，必须给他们拴条绳儿。出去溜达可以，但是必须要在你的视线范围内。走远了，就得给拽回来。"

陶菁菁无奈了，困惑地问道："丽娜姐，你说的是遛狗吧？"

"哎！"张丽娜眼睛一亮，"对对对，就和遛狗差不多。给男人完全的自由，就是女人对自己的自虐。埋下一地雷,过段日子自己往上踩。"

从这一刻起,张丽娜便把助理主编的身份乔装打扮成陶菁菁的闺密,开始传授陶菁菁如何制服自己的男人。不过,陶菁菁听说张丽娜至今还没有男友。张丽娜的那些道理,她也就是听听,随声附和一下,表示同仇敌忾。不过,陶菁菁实在是没胆量去实践。

郑天华提前结束休假,回到办公室,第一件事儿就是找程晓弈。

郑天华将一深褐色笔记递给程晓弈,"有几条新闻策划上没有,也没经过审批。"

程晓弈接过郑天华手里的笔记本,仔仔细细看了一遍。那几条没经过审批的新闻都是张丽娜做的,被领导抓了个正着儿,程晓弈暗自高兴,"张丽娜呀!张丽娜!你真是活该倒霉!"

"张丽娜没和我说过。如果是临时加的新闻,应该您批了才能上。"程晓弈用力摇着头,似乎表示张丽娜的罪过真是难以原谅。

郑天华的脸色更加难看,"台里严格要求,没经过审批的新闻不允许上。张丽娜做了这么多年记者,这还用人教吗?这就是知法犯法,没把台里的规定放在眼里。如果大家都像她这么做,把我们社会新闻部改成广告投放部好了。"

程晓弈提醒说:"会不会是傅冬苓批的?要是这样的话,拿她也没办法。"

郑天华心里清楚,这种私上新闻的事儿,张丽娜绝不会事先请示傅冬苓。因为这种事情没法请示,总不能和领导说我要上几条朋友的新闻。领导和下面的记者关系再好,影响自己前途的事情领导是绝不会同意的。

但是,在张丽娜没承认私上新闻之前,如果傅冬苓得知消息,无论她批没批,为了保护张丽娜,她都得说这些新闻是她批过的。必须先找张丽娜,只要张丽娜承认这些新闻没经过任何人审批,是私上的,即使傅冬苓想保张丽娜,也保不住了。

"你去,把张丽娜找来!"

程晓弈领了郑天华的口谕,得意扬扬地出了办公间。

很快,张丽娜被宣到郑天华的办公间。

郑天华面色严厉地训斥道:"张丽娜,台里明令不经审核的新闻禁止播出。你还私上新闻!"

撞在枪口上,张丽娜还是死不承认。她翻了两下眼睛,"我可没上私上新闻!"

郑天华把笔记本摔到张丽娜面前,"是不是觉得我不在,就可以胡作非为了你!你自己看看!这些新闻没经过审批,不是私上是什么?"

证据确凿,张丽娜没法再抵赖下去。不过,毕竟是傅冬苓面前的红人,当然不会束手就擒。张丽娜不服不忿地说道:"不就是没审吗,又没犯什么政治错误,有什么大不了的!再说,又不是就我一人干这事儿!"

郑天华一手"啪"地拍在桌子上,"好!你说,谁还私下上新闻?我一起处理。"

和郑天华工作了这么多年,程晓弈和张丽娜两人还是头一次见到郑天华发怒。

张丽娜哼哼唧唧地说道:"反正不是我一个人!"

"你这事情必须按台里的规定处理。"郑天华说。

"随便,愿怎么处理就怎么处理。没别的事儿,我出去了。"

张丽娜甩头走了。郑天华也没挽留,这正是她要的效果。现在证据确凿,张丽娜不仅知法犯法,还顶撞领导。二罪合一,到此刻张丽娜所犯罪行算是坐实了。

休假这段时间,郑天华没干别的,每天盯着自己的节目。她知道,按照张丽娜的性格,趁自己休假,她一定会为所欲为。放松警惕就容易犯错。没想到,张丽娜还真给郑天华面子,没枉费她的一片苦心。

张丽娜离开郑天华的办公间没多久,傅冬苓就慌慌张张进了郑天华的办公间。所有人都下班了,只有郑天华、傅冬苓、程晓弈和张丽娜四人还在加班。

第十八章

筹码

郑天华办公间里发生的事情说简单也简单，说复杂也复杂。简单，是因为按照规定，张丽娜私上新闻的事是要上报到台里总编室纪律委员会的。复杂在傅冬苓不同意上报到纪律委员会，希望能在栏目部这个层面解决。当然，傅冬苓的意见不仅违反台里规定，而且郑天华坚决不同意。

傅冬苓拉着脸，拍着桌子叫道："郑天华，你这是公报私仇！"

郑天华不急不躁地笑了："哟，傅姐，瞧您这四个字儿用的！我倒是想知道我和张丽娜有什么私仇？傅姐您给解释解释。如果真是什么公报私仇，那我郑天华就是滥用公权，我可以接受任何处分。"

傅冬苓冷冷地说道："有些事情，大家心里都明白，不用说得那么清楚吧！"

"傅姐，大家谈的都是公事，还是把事情从心里拿出来，摆在桌面上的好。"

"有人说你生活作风有问题，频道决定取消你的培训，你耿耿于怀！"

听了傅冬苓的话，郑天华似乎很是惊讶，"傅姐，不是您亲口对我说谣言是陶菁菁说的吗？要真的公报私仇，我也是要找陶菁菁。怎么又和张丽娜扯上了关系？难道您的意思是，谣言的始作俑者是张丽娜不成？"

在郑天华面前，傅冬苓武功尽失。强攻不下，她只能绕道而行，用软刀子。一把笑容如突来的春风洋溢在傅冬苓的脸上，"天华啊，不管你和张丽娜有没有过节，我们当领导的应该从大局考虑问题呀！"

就在这个时候，吴全立突然给郑天华打来电话。郑天华毫不掩饰地当着曾经给她造谣的傅冬苓和张丽娜的面，接起了电话。原来，综艺频道节目外包的结果出来了，三分之二的节目归了吴全立的公司。这个结果超出了吴全立最初的预测。

"天华，晚上吃饭一起庆祝一下吧！把袁虹也叫上。"吴全立在电话里说道。

"还没下班，估计去不了。要不，周末去袁虹那儿！她请了好多朋友。"

"也好！那就周末见。"

郑天华合上电话，坐回自己的办公椅。

傅冬苓急不可耐地接着说道："天华啊，你想想，一旦这件事上报到总编室纪律委员会，会影响我们整个栏目部，甚至是整个频道。今年的先进文明奖就拿不到了，大家的奖金就没了。"

郑天华不慌不忙地转向张丽娜，"听到没有，现在因为你一个人，影响了整个频道的名誉。大家辛辛苦苦工作了一年，因为你的错误，连奖金都拿不到。"

张丽娜这回没了早前的不吝，低头站在一边，一声不吭。

傅冬苓赶紧接过话茬，"天华，我还是觉得这件事在我们栏目部里处理好，不要影响到整个频道。这不仅是你我要考虑的问题，这也关系到老总监能否光荣退休的问题。"

别看傅冬苓拿整个频道和老总监对郑天华威逼利诱，但郑天华纹丝不动的表情让傅冬苓猜不出此刻她脑子里到底在想什么。

郑天华盯着傅冬苓，语气平静地回道："傅姐！如果您决定这事儿就在栏目部里处理，我也无话可说。但是，如果让总编室纪律委员会知道我们对这种违反台里条例的行为瞒报，您可要承担全部责任。"

一提到责任，傅冬苓立刻改口，"当然，我只是建议。要怎么处理，还要根据台里的规定。"

郑天华就知道，一碰到要承担责任的事儿，傅冬苓一准儿往后躲。她绝不可能为了一个张丽娜，而放弃自己的利益。

"好，傅姐，就按您说的办。根据规定，上报到总编室纪律委员会。"

"我什么时候说要上报到纪律委员会了？"没过一分钟，傅冬苓就矢口否认自己刚说过的话。

郑天华一脸鄙夷的微笑，"那您说说，怎么办？只要您能承担责任，您可以决定不上报纪律委员会。"

"天华，你没理解我的意思。我是说，我们可以报，但不要报到那么高的级别。到频道这个层面就可以啦！张丽娜毕竟是名老记者，没功劳，也有苦劳。她自己也认识到自己的错误，应该给她一次机会嘛！"

张丽娜赶紧点头哈腰地说道："郑姐，我知道我错了。您就原谅我这次吧！"

郑天华看看傅冬苓，又看看张丽娜。最后，目光落到程晓弈的脸上。

没过两天，张丽娜因私上新闻，被频道通报批评。与此同时，傅冬芩正式宣布程晓弈的工作岗位由新闻策划正式转为记者，策划工作暂时仍由程晓弈继续做。

在自己爱将张丽娜受到处分的时候，傅冬芩竟然为敌对分子程晓弈树碑立传，这种太阳从西边升起来的事情勾起了陶菁菁的好奇心。

找了个机会，陶菁菁向老单打听："单哥，张丽娜不是傅姐的人吗，怎么还被通报批评了？"

"这个……"老单停顿了一下，冒出俩字儿，"正常！"

"为什么正常啊？"

老单四下看了看，说："郑天华本来是要去培训的，结果背后被人使了绊儿，没去成，心里堵着口气儿。张丽娜上新闻没经过审批，这种违反台里规定的事儿，郑天华知道了，不可能不追究。"

"如果郑天华因谣言的事儿报复张丽娜，那么郑天华办完张丽娜，下一个办的肯定就是我。"听老单这么一说，吓得陶菁菁一身凉汗，毕竟这谣言根儿是在她这儿。

陶菁菁急问："单哥，你是说郑姐这是报复啦？"

听陶菁菁这么理解，老单赶紧把自己择清楚，"我可没这么说。张丽娜不私上新闻，也不会有这事儿。她违反规定让领导知道了，领导肯定得管呐！不然还要领导干吗！"

尽管老单否定了陶菁菁的想法，可陶菁菁还是有大祸要临头的预感。她清楚，老单想表达的意思和她理解的没什么区别。老单只是不把话说得像陶菁菁那么直白，而是变着法儿勾引陶菁菁往那个方向去猜。

陶菁菁给老单的话下定论，老单肯定是死活不承认的，以免惹祸上身。唉！在办公室里，大家都喜欢拐弯儿抹角，说一句话要花太多的心计，整明白一句话更是劳心费神。好累啊！

老单继续说道："助理主编的位置张丽娜这次是坐不上了。"

"程晓弈呢？"陶菁菁问。

老单摇着头，"不会让她坐上去的。在这事儿上，她已经得到好处了。"

"单哥，我没明白，她怎么得到好处了？"

老单又四下看了看，见没熟人，说道："私上新闻这事儿可大可小。往大里说，这是严重违纪，是要上报到总编室纪律委员会的，搞不好就被开除。往小里说，内部处理一下就可以了。傅冬苓给程晓弈转成记者，郑天华也就不深究张丽娜了，所以这次只在频道内部做处理。"

"晓弈姐以前不就是记者吗？"

"她是去采访，可她在台里的正式职务是节目策划。傅冬苓一直不给转。"

"那……那这不就是交易吗？"

"你以为什么呢？"

"那助理主编的位置谁来坐啊？"

老单笑了笑，"暂时不会有人坐。等张丽娜这事儿过去了，她和程晓弈为这职位还得一拼。"

"这也太复杂了吧！"

"要想在办公室里发展，必须学会权力制衡和利益交换。不过，想玩转儿这两件事儿，可不是一朝一夕的功底。必须经历被制衡和被交换，才能真正掌握办公室里的葵花宝典。菁菁，路还长着呢，你还得慢慢锻炼呀！"

听老单这么说，陶菁菁咧咧嘴，办公室的残酷实在是超出她的想象。

虽说张丽娜是因自己犯错误才被通报批评的，但陶菁菁心里仍有余悸，毕竟郑天华和那男人的事儿是从她嘴里传出去的。会不会遭到郑天华的报复，陶菁菁心里真没底。她把自己的担心和周邰说了，却遭到周邰的嘲笑。

"我觉得你应该把精力放在担心天会不会掉下来，更靠谱！"

"去死！和你说正经的呢！最受不了你这种玩世不恭的态度，你是周副总监的侄子，咱俩能一样吗？从我的角度思维思维，成吗？"

"放心吧！郑姐不会像对张丽娜那样对你的。"

"可郑姐和那男人的事儿是从我这儿传出去的啊！"

"你不是和郑姐解释过了吗？"

"谁知道她信不信呢！"

"放心，你有周副总监准侄媳妇护体，不用怕。"

"穿个假防弹衣上战场，早晚被击毙。假的永远真不了。"

"要不就假戏真做，怎么样？"

周邰又开始没正经的啦，陶菁菁也懒得搭理他。

突然，陶菁菁想到了什么，"你说那男的不是郑姐的老公，为什么两人还手牵手呢？"陶菁菁被自己提出的问题吓了一跳，"这么说，谣言是真的啦！那郑姐的秘密就是我宣传出去的啊！完了，她肯定会报复我的！"

周邵叹了口气,"唉,你是有被迫害妄想症吧!你放心,只要我二叔在,你就不会有问题。"

"那你以后有了真女朋友怎么办?你总得结婚吧!所以,我早晚会被揭穿的,她肯定会报复我的。"

"我结婚还早着呢!你别想那么远。我劝你去看看精神科医生,以免病情加重。我还没结婚,你却进精神病院了。"

周碧倩曾经和陶菁菁说过,办公室里的领导们对待自己的敌人,是宁可妄杀一千,也不会让一人漏网。陶菁菁的第六感不停地闪着红灯,很快郑天华和程晓弈就会像对付张丽娜一样,对自己下手。想到这些,陶菁菁就想大哭。

周末,袁虹在自己的别墅组织 **Party**。除了邀请了郑天华和吴全立,还有一些袁虹生意上的朋友。郑天华和吴全立还没到之前,袁虹带着客人们参观她的别墅。

一位朋友拿起卧室床头柜上袁虹和吴全立的合照,"袁虹,这是你老公?"

其他朋友也围了上来,"郎才女貌,你们挺配的嘛!什么时候带出来让我们见见啊?"

袁虹敷衍地说道:"早上他去接个朋友,一会儿就回来!"

人们出了卧室,袁虹偷偷将照片塞进抽屉,随后也下了楼。

吴全立接上郑天华,来到袁虹的别墅。对吴全立来说,这可算是故地重游。在这间别墅里,他和袁虹也曾双宿双飞过。也是在这间别墅里,两人决定散爱情不散友情。

吴全立一进别墅,便被客人们认了出来。

"袁虹,你老公回来了!还不赶紧介绍一下。"

这句话清清楚楚地落进了吴全立的耳朵里。他注视着袁虹,听袁虹怎么解释。

袁虹难堪地笑了笑,"他叫吴全立,做传媒公司的。大家……"

袁虹的话没说完,就被吴全立截下,"各位好,自我介绍一下。我叫吴全立,袁虹的前夫,现在和袁虹是生意伙伴。"

几乎所有人的目光聚焦在袁虹脸上。

袁虹的笑容就像用水泥捏出来的,僵硬在表皮上。为了挽救袁虹于水火之中,郑天华赶紧主动和众人打招呼,没话题找话题,和众人聊开了。她现在的任务就是转移大伙的注意力,别集中在袁虹身上。郑天华是什么人啊!很快便让别墅里又恢复了热闹,大家该吃吃,该喝喝,是老公,还是前夫,已经没人在乎了。刚才的尴尬就像一场雷阵雨,雨尽云消了。

袁虹上了二楼，郑天华紧随其后。两人进了卧室。关上门，袁虹的眼泪"啪嗒啪嗒"往下掉。女人外表再怎么坚强，也逃不出水做的灵魂。外面的壳儿越硬，内心越脆弱。

"老吴这次做的是有点过分。袁虹，你别往心里去。"郑天华知道袁虹心里苦，知道袁虹委屈，可又能说什么呢？总不能大骂吴全立狼心狗肺。袁虹的心需要解锁，而不是结怨。

袁虹掏出面巾纸，"他也太狠了！"

郑天华也觉得吴全立这次做得太过分，一点面子都没给袁虹留。但她还得替吴全立解释，决不能在袁虹和吴全立之间搓火，搞得两人不相往来，毕竟大家还都是朋友。

"老吴也没想那么多！平时，他就是个心直口快的人。"

"天华，你不用替他解释。反正，这次他是伤透我的心了。"

袁虹重新补了妆，脸上恢复了平静，气色也正常了。两人出了卧室，回到Party。袁虹又和大家寒暄起来，就像什么事儿都没发生过。

吴全立来到袁虹面前，"袁虹，综艺频道的项目我拿到了。以前说好的，给你们公司做。"

"谢谢吴总好意。不过，我实在受不起您的照顾！"

"袁虹，咱们不是说好感情归感情，生意归生意嘛！"

"我没你那么冷静，也没你那么无情！"

袁虹端着酒杯，转身走了，把吴全立一个人晾在一边。

吴全立和郑天华离开袁虹的别墅，天已经黑了。高速公路收费站依然排着长队。

突然下起雨来，郑天华关上车窗，"老吴，你今天过分了！"

吴全立漫不经心地踩下刹车，"我说的是实话。"

"在袁虹朋友面前，你不该那么说。"

吴全立掏出十元钱，递给收费口的工作人员。吊杆自动抬起，车子驶进高速路。

"我不那么做，她就会永远活在过去。我说的话也许现在伤了她，可从长远看，我是在帮她。"

"你们男人就是愿意站在自己的角度上看问题，从来不为女人想想。"

"一刀砍在手指头上，你说男人更疼，还是女人更疼？"

郑天华没回答。

"其实，一样疼！只不过男人醒得早，女人更喜欢逗留在过去的时光里。好像痛苦就是真爱。痛苦真的代表真爱吗？"

"你不了解女人，更不了解袁虹。离开你对于袁虹来说是正确的选择。"

"天华，你这话我同意。所以，我必须让她从幻觉里醒过来。"

"那你就离她远点儿，别总是一副施恩的态度。"

"不是施恩，是帮助。"

"金钱就能帮助袁虹愈合伤痛吗？你的帮助只不过是你内心的自我安慰。全立，做人不能太自私。"

"我把综艺频道的项目全部给她做，这叫自私吗？"

"如果你觉得什么都能用金钱衡量的话，我就无话可说了。"

车子沿着高速公路飞驰而去，留在车后的是一片黑色的寂静。

从浴室出来，郑天华用毛巾擦干自己的头发。门铃突然吵闹起来。郑天华抬起头，看了一眼墙上的挂钟，已经过了午夜十二点。

走廊上的灯亮着，灯光下站着的正是袁虹。

郑天华赶紧开了门，"这么晚，你怎么来了？"

"自己睡不着，到你这儿过夜来了。不会不方便吧？"

"去，说什么呢！你随便坐，我给你倒水去。"

袁虹一屁股坐在沙发上，"你这房子里怎么一点儿男人味儿都没有啊？"

"有男人，你还能随时来吗？"郑天华把水递给袁虹，"因为白天的事儿，睡不着了？都过去了，你就别瞎想了。"

"我没事儿！"袁虹似乎毫不在乎的样子，"吴全立说得没错，他就是我的前夫，是我自作多情。"

"想开了，大半夜还往我这儿跑？"

袁虹没回答，把话题转了，"吴全立要把你们综艺频道的外包节目给我做，我没同意。"

"这样也好。"

"不，我得把这活儿接过来。"

"你要和他合作？"

"感情是感情，生意是生意！他出钱，我出力，公平交易。他不欠我，我也不欠他，这就是买卖。"

郑天华担心地说道："我怕你把生意和感情混在一起。"

"我又不是清纯少女，没那么二。天华，明天帮我把吴全立约出来吧！"

爱情是两人情感的合作，生意则是金钱上的合作，能把这二者分清楚，受的伤也许会少一些。但很多人认为这种思想是冷酷、是无情。仁者见仁，智者见智，看你怎么想了！

秋天坐地铁要比夏天感觉舒服。尽管人还是一样多，一样挤，可车厢里的人味儿没那么呛了。地铁停在陶菁菁要下车的一站，车厢里没有下车的路。陶菁菁挥舞双臂披荆斩棘，挤出一条道路。陶菁菁一口气从车站一直冲进办公室。还好，只晚了一分钟，一分钟不算迟到！

"陶菁菁！"程晓弈的声音。

"刚上班就有活儿！看看，我有多忙。忙点儿好，忙起来生活充实，忙起来就会有希望，忙的人不会丢掉工作。越忙实现转正的梦想就越近。"自我鼓励之后，陶菁菁转身，"早，晓弈姐！"

程晓弈并没有给陶菁菁分配什么任务，她直接把陶菁菁带进了郑天华的办公间。这办公间陶菁菁来过无数次，可自从张丽娜出事之后，每次郑天华吩咐陶菁菁做什么事儿，她都心惊胆战，害怕张丽娜式的命运降临在自己头上。

办公室里，人们脸上的微笑就像舞台上的大幕，大幕之后隐藏的心机和目的让陶菁菁这样的职场菜鸟想都想象不出来。所以，尽管郑天华面带微笑地让她坐下，但这种表面的友善并没有解除陶菁菁内心的恐慌。

陶菁菁半拉屁股贴在椅子上，另半拉屁股悬在空中，颤颤巍巍地问道："郑姐，找我有事儿？"

"小陶，嗓子不舒服？"郑天华问道。

"没……没……没有！"陶菁菁赶紧咳嗽两声，清清嗓子，"早上起来，说话不太利索。"

"小陶，你知道晓弈现在既要采访，又要负责节目策划，工作量太大。我希望你能协助晓弈把节目策划做好。通过这项工作，你可以更好地了解节目的制作流程，对你的职业发展是有好处的。"

天上掉下馅饼来了！郑天华让陶菁菁负责做节目策划，这对陶菁菁来说这确实是个好消息。

陶菁菁赶紧表决心:"郑姐,我一定努力工作,完成交给我的所有任务。"

郑天华满意地笑了,"从现在开始,你的工作就是协助晓弈做节目策划。晓弈,你有什么问题吗?"

"我没问题。"

从这天起,陶菁菁便开始接手节目策划工作。不过,陶菁菁本以为这是份儿协助的活儿,没想到程晓弈把策划工作全都交给了她。程晓弈自己成了甩手掌柜,除了采访,策划的事儿根本不管了。

周六一大早,陶菁菁就起来了,研究星期一要交上去的节目策划案。傍晚,她从椅子上起来,去嘘嘘。后脚还没出洗手间,就被周碧倩拦腰劫下。周碧倩想要去楼下大排档吃烤串儿,可陶菁菁没兴趣。最后,还是被周碧倩吃串儿的执着精神拉下了楼。

"奈丝,最近你眼袋很重!我看你是肾虚,我给你点两串儿烤腰花。中医说得好,吃啥补啥!"

"精神问题,吃啥都没用!"

"又怎么了你?有周邰给你撑腰,你现在不是呼风唤雨吗?"

"唉!不怕贼偷,就怕贼惦记。"

"奈丝,自从毕业之后,我发现你演变成红楼里的林黛玉。林黛玉怕丢了爱情,你是怕丢了工作。人家葬花,你葬什么呀?"

"我准备把自己葬了!"

"又是哪块儿乌云遮你头上了?"

"郑天华让我和程晓弈一起做策划,结果程晓弈根本不管。做策划我没有任何经验,这不等着要出错吗?万一这是郑天华指示晓弈给我挖的一个坑儿,一失手我就成了第二个张丽娜,等着被处理吧!别说转正了,肯定让我走人啦!"

"那你就干脆推了这活儿,不做!"

"推了?我还有点舍不得,不想失去一个转正的机会。继续干下去?我又提心吊胆。我现在失眠,完全睡不着。如果想减肥,根本不用参加什么减肥班,也不用买那些减肥药品,做上一两件让你老板记恨在心的小事,肯定能达到立刻美的减肥效果。可这么下去,我非崩溃不可!怎么办啊?"

"你呀,就是贪心。有什么舍不得的?不就是一策划的活儿吗?"

"倩倩,你是酒足饭饱的人,不理解挣扎在求职路上的心情。"

"你们没有流程吗?"

"什么流程？"

"审批流程啊！策划做好之后，各级领导的审批流程。审批过了，领导签字。审批不过，还得重新做。一旦有问题，签上名的都有责任。"

"我们领导倒是审，但从来不签字，口头的。"

"不签字？那出了事儿，领导不承认怎么办？"

"就是啊！我就担心这个。她们挖一坑儿，给我戴个眼罩，一推，正好栽赃陷害。"

"那你就找领导签字。签了字，出了错，领导想推卸责任也推不了。"

"我让领导签她就签？我要是有这法力，直接命令她们给我转正。"

"那你就要想办法了。"说到这儿，周碧倩眼睛突然一亮，似乎想到了什么，"奈丝，你现在负责策划啦？"

"废话，刚才不是和你说了吗？"

"那播什么节目都是你说了算？"

周碧倩的问题让陶菁菁那点儿虚荣心开始膨胀，她飘飘然地说道："差不多吧！"

"那以后我们公司有什么活动，就可以上你们节目啦！"

"开什么玩笑！是要经过领导审批才行！"

"我们现在正策划一个全国性的珠宝设计大赛，你就先写策划里，批不批再说。不白做，有劳务费。你们老板不给你钱，我们给你呀！我做你经纪人，给你揽活儿。到时候，咱俩四六开。我四，你六。我们公司有人做平面媒体的，赚了不少钱。现在，电视台终于有人了，我可要发大财啦！"周碧倩的眼睛里冒着金光，就像个拉皮条的。

"商业新闻可不行！"

"放心！我们的大赛完全是针对学艺术的学生，属于公益事业，给大学生一个展示才华的平台。"

"写策划里行，不过成不成我可说了不算。"

"知道你能力有限。对于穷人的一块钱，我们还是采取非常感谢的态度。"

整晚陶菁菁都在想周碧倩的话，当然不是关于什么珠宝设计大赛，而是让她的领导签字画押的事。如果程晓弈和郑天华能在策划书上签下她们的大名，那她就安全了。

周一，陶菁菁将做好的策划案给了程晓弈。程晓弈草草看了两眼，没提任何意见，就要交给郑天华去审。

"这完全是不负责任嘛！我第一次做策划，肯定问题不少，这么交上去，非挨批评不可。"这些想法让陶菁菁不得不问："晓弈姐，没什么要改的吗？"

"看看天华姐有什么意见没有？"

"您不提提意见？"陶菁菁问。

程晓弈不耐烦地回答道："你要是这么没自信，拿回去自己改好啦。你什么时候自己觉得满意了，我什么时候拿给天华姐审批。"

"程晓弈肯定还在因为谣言的事儿记恨我！好吧，为了减轻她对我的仇恨，她说怎么办就怎么办吧！"陶菁菁这样想着，随后放弃抵抗。

下午，程晓弈通知陶菁菁，郑天华让她今天就把策划案发给栏目部里的记者，让记者按照策划案准备下周的采访。

以前做片子，领导的意见能堆出一箩筐。可这次，对陶菁菁做的第一份策划案，郑天华和程晓弈两人竟然都没任何异议，这可不像领导的正常风格。不会是策划有什么问题，而她们不说吧？等发出去，记者都来投诉，郑天华和程晓弈正好借刀杀人。想到这些，陶菁菁心里就慌。

"晓弈姐，你是节目策划的负责人，还是你发吧。"陶菁菁推托说。

程晓弈不冷不热地回答："你做的策划，就该你来发！我发，算什么呀？不知道的还以为我抢功，欺负你呢！周副总监家的人，我可惹不起！"

陶菁菁索性说道："我一个实习生给记者发策划案，吩咐他们干活，这样不太好吧！晓弈姐，要不您在策划上签个字，我复印几份儿发给她们。"

程晓弈白了陶菁菁一眼，"就是一策划案，什么吩咐不吩咐的！我不用签字，你也不用费劲复印，直接发电子邮件就行。我一会儿发邮件和大家说一下，以后策划都是由你来做。"

想推，这事儿还推不掉了。回到工位，陶菁菁仔仔细细把策划从头到尾又检查了几遍，就怕里面藏着颗炸弹。尽管心里不踏实，但下班之前，陶菁菁不得不把策划发给栏目部里的记者。

下班回到住处，陶菁菁担心得要死，可周碧倩却优哉游哉地在房间里打网游。

陶菁菁坐到周碧倩身后的椅子上，"烦死我啦！烦死我啦！办公室怎么这么复杂呀！还是你们公关公司人简单。"

周碧倩盯着电脑屏幕，"简单个屁啊！都是中国人，我们办公室里的人和你们那儿没什么区别。抢业务的时候，个个都是流氓。"

"那你怎么这么悠闲,而我这么痛苦?"

"一呢,我是流氓中的流氓,不怕流氓。谁跟我抢单,我就和他们泼;二,我业务好,部门的业绩得靠我提升,所以领导向着我;三,有人传我和经理上过床。只要不耽误姐姐赚钱,都把他们当成屁给放了,不用想那么多!"周碧倩转过身,"奈丝啊,奈丝!性格决定命运,你就认命吧!"

"倩倩,我真是羡慕你。你就像防弹衣,什么子弹都击不穿你。可性格这东西,想学也学不来!看来我只能服从上天的意志,扮演好奈丝的角色。"

周碧倩停下手里的鼠标,"别这么悲观!奈丝也有奈丝的好处,至少能博得善良人的同情和关心。比如我,天天给你做免费的精神垃圾桶。知足吧!唉,上次说的珠宝设计大赛的事儿怎么样了?"

"给你交上去了。如果批了的话,会有记者联系你们的。"

周碧倩抱起陶菁菁的脸蛋儿猛亲了一口,"奈丝,你终于体现了你的人生价值。别忧伤了,我今后会不断让你展示自我价值的!"

一直到了晚上八点,陶菁菁也没等来程晓弈的邮件,却等来了一大堆记者发给她的质疑微信。虽然每条微信的字数不同,但内容基本一致,都是怀疑陶菁菁发的策划是不是经过郑天华审批过的。

从人的本性来说,陶菁菁对同事的不信任应该感到气愤和悲伤,可她非但不悲伤不气愤,反而兴高采烈。陶菁菁现在盼的不再是程晓弈赶紧发邮件出来给她说明,而是祈祷程晓弈千万把发邮件这事儿给忘。

午夜,就连墙上的时钟都睡着了,也没看到程晓弈的电子邮件。陶菁菁松了口气。睡了,睡了,计划从明早开始。

陶菁菁昨晚没失眠,早上起来还很精神。上班第一件事儿,她就越过程晓弈,直接去找郑天华说事儿。

"小陶,这么早!有事吗?"

郑天华的态度一如既往的热情,一点都看不出要陷害陶菁菁的意思。不过有句话,叫"笑里藏刀"。自从张丽娜东窗事发,陶菁菁对办公室里的每个人都是疑心重重,特别是郑天华和程晓弈。

陶菁菁小心翼翼地说道:"郑姐,关于节目策划,我有些想法。"

"小陶,你坐,你坐!我也正想找你呢!策划案我看了,做得很不错,很有创新意识!在工作上要有什么想法、困难,或者需要什么资源,你就和我说。"

既然领导这么说,那陶菁菁还客气什么!她从手机里翻出昨晚记者们质疑她的微信，摆在郑天华面前，"郑姐您看，这是昨晚同事发给我的。"

郑天华从头到尾看了一边，皱了皱眉头，说道："小陶，你别多想。大伙儿就是想确认一下策划案是不是审过了。如果没有审，他们的活儿就白干了。"

陶菁菁赶紧解释："我明白，我明白，我没多想。我找您是想说，我们要不要建立一个审批流程？以后不管谁来做策划，必须按照审批流程走，必须有您的审批，否则任何新闻都不能上。这样就再没人敢私上新闻了。"

郑天华的目光微微一亮。陶菁菁感觉领导对她的建议还是感兴趣的。

陶菁菁斗胆继续说道："以后做完策划，我就发邮件给晓弈姐审批。审批过了，我再把晓弈姐的审批邮件和策划案发给您批。您批了之后，我把您的审批邮件，附上策划案一起转发给所有记者，同时再抄送给您……"边说，陶菁菁边观察郑天华的表情。郑天华听得很认真，目光中略带思索。不管她同意不同意，至少目前没有打断陶菁菁的讲话，那陶菁菁就继续说下去。

"以后，就以您的审批邮件为准。没有您审批邮件，任何新闻都不准上。这样，可以避免有人私上新闻。以后，不管换成谁来做策划，必须遵守这个流程，以您的审批邮件为准。郑姐，您说呢？"

郑天华微微点头，说："做事是应该讲究流程。外国企业之所以效率高，就是因为人家做什么事情都有流程可循，而且必须要根据流程办事。小陶，你这建议不错！"

陶菁菁试探地问道："郑姐，那以后咱们就走这个流程？"

"可以啊！你去把晓弈找来，看看她有什么建议。"

既然郑天华满意，程晓弈自然不会有反对意见，这件事儿就这么通过了。郑天华让陶菁菁回去做个审批流程图发给她。

很快，陶菁菁就做好了，发给了郑天华。下午，郑天华就通过 **Email** 的形式向所有人宣布了《策划案审批流程》，邮件里还附上了陶菁菁做的流程图，加以说明。

陶菁菁没想到，郑天华这么痛快就同意了她的建议，而且这么积极推行。陶菁菁开始怀疑自己是不是以小人之心度了郑天华的君子之腹。不管怎样，她的精神包袱算是放下了，终于可以放开手脚，踏踏实实地努力工作了。

晚上回到住处，陶菁菁把这好消息告诉了周碧倩。周碧倩对郑天华痛快的态度却不以为然。

"奈丝，知道什么是权力吗？"周碧倩问。

"管人呗！"

周碧倩叹了口气，看样子对陶菁菁的答案她很失望，"实习生，就是实习生！我告诉你什么是权力。权力就是签字，权力就是盖章，权力就是批准。没有领导的签字，没有领导的盖章，没有领导的批准，你的事情就通不过，你就被卡死。通过流程，确定自己的权力。你是帮你们领导加强她的权力，她能不痛快地答应吗？"

"没你说得那么复杂！"

周碧倩拍着陶菁菁的肩膀，"奈丝，等你做了领导，你就明白我今天说的话了。"接着，周碧倩又叹了口气，摇着头，"唉，估计我是看不到了。"

如果郑天华真的像周碧倩说的那么阴险狡诈，那……陶菁菁不由自主地又开始担心会不会遭到郑天华的报复。

陶菁菁和周邰一起出去采访。中午，两人随便找了个吃快餐的地儿。刚出餐馆，周邰就蹲在地上，叫唤肚子痛。看来，这馆子已经不卫生到了极点，反应这么快。

"你别蹲这儿，去洗手间呀！"

陶菁菁这话刚说完，周邰就倒在地上，疼得龇牙咧嘴。陶菁菁弯腰去扶他，可周邰太重，她一个弱女子实在是无能为力。看着豆大的汗珠从周邰额头上像雨点一样密集地往下掉，陶菁菁完全乱了阵脚。情急之下，陶菁菁只能涕泪横流地高喊"来人"和"救命"。

陶菁菁的喊声确实招来了不少围观的民间大夫，七嘴八舌给周邰诊断病情，就是没一个帮陶菁菁把周邰扶起来的。终于，一个高中模样的大男孩儿勇敢地走到陶菁菁面前，帮她把周邰塞进一辆出租车，送到了医院。

周邰被抬进了急救室，陶菁菁再去找那个见义勇为的男孩儿表示感谢，可那位少侠早已消失得无影无踪。

上次为了赢得陶菁菁的原谅，周邰谎称住院。这次，他是真格儿地住进了人民医院，肚皮上还开了一刀，从里面取出一段发了炎的盲肠。

过了两天，陶菁菁和周碧倩买了水果去医院看望周邰。这小子住的竟然是独门独院的豪华病房，电视保姆一应俱全。看陶菁菁和周碧倩进来，周邰迅速把手里的游戏机藏好，装成一副几十年病魔缠身的惨烈表情。

"行了，行了，别装了！"周碧倩说道，"就一阑尾手术，又不是做阉割当太监。功能还在，你仍然是个没缺陷的男人。"

周郃还继续伪装成病魔缠身的样子,"刚做完手术,疼啊!"

周碧倩伸手从枕头底下摸出周郃藏的游戏机,"疼你还玩儿?没收,我保管几天。我们奈丝给了你第二次生命,你怎么感谢吧?"

周郃笑嘻嘻地说道:"要不我以身相许吧!不过,做二房我可不干!"

"行,你俩现在就拜堂成亲。"

陶菁菁干脆不吱声,让他俩自娱自乐。

陶菁菁从医院回到台里,台门口正巧遇到老单。老单礼节性地关心了一下周郃的病情。听陶菁菁说周郃的急性阑尾已经没事儿了,老单点点头。接着,他问陶菁菁:"菁菁,你申请了吗?"

"申请什么?"

"频道正准备派记者到地震灾区!"

陶菁菁急不可耐地说道:"我去,我去!在哪儿报名?"

"天华那儿。"

作为一名记者,能够到抗灾最前线报道,这是陶菁菁梦寐以求的事情。和老单告别,冲上电梯,直奔郑天华的办公间。

听了陶菁菁主动要去地震灾区,郑天华皱了皱眉头。

"菁菁,灾区条件非常艰苦,而且随时有生命危险!"

"越艰苦,越危险,越好!我不怕。"

郑天华看了看陶菁菁,说:"菁菁,你回去等通知吧!"

陶菁菁盼啊,等啊,去灾区的名单终于出炉了。程晓弈和张丽娜的名字都在名单之中,而"陶菁菁"这仨字儿却不见踪影。

陶菁菁垂头丧气地回到工位。她不明白,自己对工作那么热情,凭什么不让她去。

"菁菁,郁闷什么呢?"

陶菁菁抬头,原来是张丽娜。

"我申请去灾区,郑姐没批。"

张丽娜挤了挤眼睛,示意陶菁菁出去说。随着张丽娜出了办公室,两人在咖啡厅的角落找了个位置。

"丽娜姐,找我有事儿?"

"知道郑天华为什么不让你去吗?"

陶菁菁摇摇头。

张丽娜压低了声音，"就是因为上次你说她和别的男人在一块儿，她这是报复你。"

"不至于吧！去灾区又不是发奖金，不去又不损失什么。"

"菁菁，你可真单纯！去灾区可是个立功受奖的机会。上次水灾，去的几个记者回来都成主持人了。傅姐本想借这次机会给你转正，郑天华死活不同意你去。这不就是对你打击报复吗？"

听了这话，愤怒的火焰在陶菁菁胸膛中熊熊燃起：平时看她笑呵呵的，原来内心比毒妇还毒。上次的事情，我又不是故意的，而且我也诚恳地向她道了歉。她还要断了我的前程。不行，我一定要去找这个毒妇把事情当面说清楚……等等，等等……陶菁菁你要冷静，要冷静，别中了张丽娜的圈套，她也不是什么好鸟！

陶菁菁寻思之后，问道："丽娜姐，那她为什么让你去啊？"

"我？"张丽娜微微一愣，"她可没那好心让我去。她想让程晓弈去，等程晓弈回来，就有机会坐助理主编的位置。傅姐没同意。傅姐说，让程晓弈去，就必须派我也去。知道吗？"

交易，又是交易。陶菁菁猛地拍案而起，拔腿就走。

"菁菁，你干吗去？"

"我去找郑天华理论。"

"喂！"张丽娜拦住陶菁菁的去路，"你千万别去找她，找她也没用。"

"她凭什么不让我去？"

看阻拦不住陶菁菁，张丽娜央求地说道："那……那你可别说是我说的。"

"丽娜姐，我决不提你。"

每次去郑天华的办公室，陶菁菁都会敲门，那是因为陶菁菁尊敬她。现在她已经不再值得陶菁菁尊敬，陶菁菁也没必要敲门，直接推门而入。

兔子急了也能吓老虎一跳。看陶菁菁气势汹汹地闯进办公间，郑天华一愣，站在一边的程晓弈也是一愣。

"菁菁，你找我有事？"

尽管程晓弈也在，陶菁菁也顾不了那么多了，指着郑天华的鼻子质问道："你为什么不让我去灾区？"

郑天华又是一愣，"菁菁，你还年轻，灾区太危险。"

"危险？危险你还派程晓弈去？上次没去成培训，你报复完张丽娜，这次你又来报复我！"

郑天华脸上的肌肉微微一动。突然，一记耳光重重落在陶菁菁脸上。

"陶菁菁，别以为你是周邰的女朋友，我就不敢打你！你知道天华姐为什么不让你去吗？"程晓弈指着陶菁菁的鼻子，"因为天华姐的老公就是在去地震灾区的采访中不幸遇到山地滑坡，成了植物人。在医院已经躺了两年。你是实习生可以不去，而我是记者，台里规定必须去！"

"嗡"的一下，陶菁菁脑壳里一片混乱。她真不知道是该相信张丽娜，还是该相信程晓弈。

"晓弈！"郑天华喊道，"赶紧向菁菁道歉！"

程晓弈狠狠地瞪着陶菁菁，猛然转身，愤然离开郑天华的办公间。

郑天华坐在椅子上，好久没说话，她的眼眶里似乎有什么东西在闪动。陶菁菁的满腹仇恨瞬间化成了内疚。

"郑姐……"

"菁菁，这事儿怨我！是我没和你沟通，就做主了。是郑姐不对，郑姐应该和你解释清楚，和你商量。"

陶菁菁的眼泪抑制不住溢出了眼眶。这一次，陶菁菁真的是欠郑天华几辈子都还不清的感情债了。

"菁菁！"郑天华继续说道，"如果你这么想去灾区，那我就让你去。到了灾区，要注意安全，那里的状况是你想象不到的。"

就这样，陶菁菁被派到了地震灾区。跟陶菁菁一起的是栏目部资格最老、最有经验的摄像，老单。对于郑天华的安排，陶菁菁不知道怎么感谢她才好。陶菁菁决心一定要把关于灾区的新闻做到最好，以做回报。

下了直升机，徒步来到一座大山环抱的小镇。建筑不是倒了，就是歪了，地震的巨大破坏力已经让小镇面目全非。一条蜿蜒的公路在小镇中间穿过，延伸进山里。

军队封锁了公路。陶菁菁和老单来到驻扎在当地的军队指挥所，接待陶菁菁和老单的是一位连长。陶菁菁说明来意，并出示了介绍信。连长说，进山的路被泥石流破坏了。要想进山，只能等。这种情况下，陶菁菁和老单只能等了。

因为地震发生突然，救援物资还没有赶到。军队的帐篷都给了当地的灾民，战士们只能在公路两边的岩石上休息。

深夜，突然下起大雨，战士依然在抢救埋在瓦砾下的生命。一段残垣断壁内，陶菁菁和老单中间夹着摄像机，躲在陶菁菁那把随身携带的小雨伞下。

"陶记者，陶记者……"

黑夜中，"陶记者"三个字穿过密集的雨点，轻轻落到陶菁菁的耳膜上。随着声音，一个二十岁左右的小战士急匆匆地跑到她和老单面前，来了个立正，行了个军礼。

"陶记者，这是我们连长交给你们的。"

小战士手里是两件墨绿色的军用雨衣。真是雪中送炭呢，赶紧穿上。接着小战士将陶菁菁和老单带进一个一人多高的水泥管子里，管子里很干燥，可以躺下睡觉，这可是五星级酒店的待遇。

安排好一切，小战士要走。

"喂！"陶菁菁赶紧叫住他，"你们连长呢？"

"山上掉下的石头又把公路堵死了，我们连长正带着人抢修呢！"说完，小战士跑了。

天渐渐发白，雨比晚上下得还大。连长正组织力量，冒雨将当地的居民转移到山下的县城。

"连长，这么大雨为什么要转移居民？"陶菁菁问。

连长指了指面前的大山，"下了一夜的雨，会造成山体滑坡，必须撤到安全的地方！你们也赶快转移。"

听到滑坡，听到危险，陶菁菁很兴奋，对老单说："我们来几个滑坡的镜头吧！"

老单差点把脑袋摇成个三百六十度，强烈表示玩命的事儿他不干。

连长高声喊道："魏小未，魏小未……"

昨晚给陶菁菁送雨衣的那名小战士从不远处撒腿跑到连长面前，腰板笔直地来了个立正。

"魏小未，你负责把两位媒体同志安全送到山下的县城。"

"是！"

还没等魏小未敬完军礼的手放下，脚下的大地突然开始剧烈晃动。与此同时，从头顶上方传来轰隆隆的巨响，如同万马奔腾。

有人高声大喊："滑坡了，山体滑坡了！"

陶菁菁还没来得及抬头往山顶看，就被那个叫魏小未的战士夹在腋下。

一阵狂奔之后,魏小未停下脚步,陶菁菁被放了下来。大地还在不停地晃动,头顶上的巨响离他们越来越近,听上去让人毛骨悚然。

眨眼的工夫,大大小小的石块如雨点般沿着山坡滚落下来。大半个小镇被结结实实地拍在石块之下,刚才站的那块平地上躺着一块直径四五米的巨石。昨晚刚修复好的公路,再次被滚石切断。

连长一面组织居民下山,一面组织抢救被山石阻断的公路。如果公路被阻断,救援物资就送不进山,深山里的几个村落就会断水断粮。

叫魏小未的战士护送陶菁菁和老单,随着灾民向山下的县城出发。一走就走了三个小时,陶菁菁已经是拖着两条腿在挪动了。

"小魏同志,还要走多远啊?"陶菁菁问。

"天黑之前就能到。"

"天黑?"陶菁菁看了看表,"这才刚过中午啊!"

魏小未摘下陶菁菁的双肩书包,背在他自己身上。

"你不累?"陶菁菁问。

"不累。平时拉练,都习惯了。"

"你多大了?"

"十九。"

"高中毕业?"

魏小未点了点头。

"你怎么不上大学?"

"农村娃,穷,没钱。"

"退伍之后,你想做什么?"

"去你们大城市打工,我们那儿的年轻人都出去打工了。反正,不想种地。"

"为什么不想种地?"

"穷啊!到大城市打工,赚了钱,可以上学。听说有人在城里的学校做保安,后来上了大学。以后,我也要做保安,上大学。"

魏小未说这话时,激动的目光中充满了对未来的渴望。一个在城里最让人瞧不起的保安工作就能让出身农村的魏小未充满向往和期待。陶菁菁的鼻子有点酸,眼泪往外鼓。她觉得他上大学的愿望好渺茫啊!不过,陶菁菁还是衷心地祝福他。

傍晚时分,终于进了县城。魏小未同志帮陶菁菁和老单安排进一座军用帐篷,又弄了几瓶矿泉水和几十块压缩饼干。这种情况下,也没什么好吃不好吃了,能吃饱就是最大的恩赐。

一大早，魏小未就跑来通知陶菁菁和老单，上山的路被泥石流冲断了，正在抢修中。陶菁菁问他什么时候能进山，陶菁菁想到山里的几个村子去采访受灾情况。魏小未说，估计要一两天的时间。

"菁菁，还要上山吗？"老单有点犹豫了。

陶菁菁却很坚定："上，不上就白来了。"

"你还要弄个新闻奖？"

"单哥！得了奖，有我的一半，也有你的一半。"

老单笑了，"我这条老命就陪你这个小丫头等了！"

傍晚的时候，魏小未又来了。他说，路就要抢修好了，明早就能走。这是个振奋人心的消息！

天蒙蒙亮，魏小未把陶菁菁和老单从梦中叫醒。通知他们，半个小时后出发。就着一瓶矿泉水，陶菁菁把一大块儿压缩饼压进了肚子。

在陶菁菁打开第二瓶矿泉水的时候，老单说道："少喝水，女同志没地方上厕所。"

陶菁菁两天没大号了，肯定是便秘了，估计和压缩饼干有关，再不喝水，陶菁菁非彻底停止新陈代谢不可。在老单的警告下，陶菁菁只喝了半瓶。

魏小未再次出现在他们的帐篷里，塞给陶菁菁和老单一打尿不湿。

"你给我这个干吗？"陶菁菁问。

"我看好多记者都有这个。我给你们要了几个，也许有用。"

说完，魏小未走了。

"你穿不穿？"老单问。

"我不穿，丢人！我又不是控制不了自己。"

老单也没多说什么，出去了。

第十九章

一个朴素的梦想

出发前,陶菁菁他们和魏小未道了别,感谢他的帮助。陶菁菁和老单被安排上了一辆绿色的军用卡车,车棚里左右两排全是二十岁左右的男士兵,就陶菁菁一个女同志。

卡车沿着盘山公路驶进山里。右边是高不见顶的陡峭悬崖,左边靠着深不见底的峡谷。卡车小心翼翼地沿着山路前行。士兵们个个不苟言笑,正襟危坐,只有陶菁菁和老单偶尔聊上一两句。

车子沿着山路缓慢继续行驶。一个小时过去了,两小时过去了,三个小时过去了……

早上喝的流体开始在陶菁菁的肾里聚集,产生强烈的压迫感。这种压迫感通过脑神经,强烈刺激着陶菁菁管理开闸放水的开关。

"单哥,我想上厕所。"

老单看了陶菁菁一眼,"坚持坚持。"

陶菁菁又坚持了一个小时,汽车仍在继续行驶,没有停下来的意思。陶菁菁真后悔没听老单的话,真该把尿不湿穿上。

"单哥,我坚持不住了。"

"到下一个镇子,车才能停。再坚持一下。"

"就不能现在停一下吗?"

"山路危险,随时有滑坡的可能,所以不可能给你停。"

"单哥,你不想去厕所?"

老单诡异地一笑,"我有尿不湿!"

陶菁菁无语了，只能看着那些坐得笔挺的战士，"他们不需要吗？"

"他们是军人，练过。"

如果以后有机会选择自杀方式，陶菁菁宁愿渴死，也决不选让尿憋死。膀胱一爆炸，肚子里都是尿，太不卫生，想捐器官做点儿贡献都没机会了。

"单哥，我坚持不住了。你快想点办法，求你了！"

看到陶菁菁痛不欲生的表情，老单无奈，和身边的军官耳语了几句。那军官看了陶菁菁一眼，陶菁菁的脸顿时火烧火燎。

军官起身，站在车厢中间，高声喊道："大家注意了！在我右边的，脑袋向右转。在我左边的，脑袋向左转。好，没有我的命令，谁也不准动。"

军官也把脸转了过去，背对着陶菁菁。老单迅速从包里掏出张尿不湿，塞到陶菁菁手里，"赶紧穿上！"

"单哥这……"

"你动作快点儿！撑不住，脑袋可就转过来了。"说完，他也把脸转了过去。

虽然大伙儿都背对着陶菁菁，可光天化日之下，在一大群男人堆里脱裤子，这要是换成在古代，陶菁菁这样的女子早就上吊自尽了，真是给广大女性同志们丢了脸。

现在不是矫情的时候，还是赶紧脱吧！别让人家把脖筋扭了。到时候，陶菁菁不仅对不起全体女性同胞，更对不起这一车等她换尿不湿的老爷们儿。换装完毕，大家的脖子又回到正常位置。还好，没一个往她这边瞄的。

穿上尿不湿，陶菁菁还是不忍放开闸门。憋了几分钟，最后由不得陶菁菁了，决堤可不是她主动选择的。最开始，感觉就像小时候尿裤裆。尿完之后，感觉底下有点沉，但真的不湿。人类创造了飞机大炮，创造了宇宙飞船，还创造了尿不湿的尿不湿，真是伟大呀！

几天之后，灾区的采访任务结束，陶菁菁和老单返回县城。返回台里之前，陶菁菁去找魏小未告别，感谢他赠送的尿不湿，在危难之际，救自己于水火之中。

陶菁菁找了一圈儿，也没看到魏小未，正好碰到那个连长。

"连长同志，您把魏小未发配到哪儿去了？"

连长告诉陶菁菁，几天前抢修道路，山体崩塌，魏小未牺牲了。

陶菁菁的心一下子凉了，特别痛，痛得眼泪不由自主地往下滚。做一名保安，考上一所大学，这样的梦想在城市人眼里都觉得可笑。十九岁的魏小未却带着他朴实的梦想，永远留在了大山里！

飞机降落在跑道上。随着台里第一批从灾区返回的记者，陶菁菁走出机场。主编、副主编、总监、副总监，大大小小的领导来机场欢迎他们的归来。可陶菁菁对这隆重的场面没有一点兴致。她要向活在这座繁华都市里的人们讲述魏小未的故事，她要让人们知道在那座青山下埋葬着一个朴实得不能再朴实的梦想。

台里为从灾区返回的记者们举行庆功会，表彰他们历经险阻、克服种种困难在第一时间发回灾区的报道。大家都去参加晚宴，只有陶菁菁没去，她躲进了机房。

做完关于魏小未的片子，夜已经深了。伸了个懒腰，陶菁菁要回到她那张久违的床榻上，好好补一补觉。这个时间，地铁公交早就收工，可选择的公共交通只剩下出租车。

走到台门口，将所有的兜翻了个遍，只找出一枚一毛钱的硬币。陶菁菁突然想起来，离开灾区之前，一股热血让她把身上所有人民币都捐了。

看来，回来的第一晚陶菁菁就要在办公室的硬板凳上度过了。转身往台里走，突然两道车灯刺得她睁不开眼。车子迎头开来，停在陶菁菁面前，跳下来的竟然是周邰。

"你怎么在这儿？"陶菁菁问。

"庆功宴你没去，家也没回，电话不开，那就剩下台里的机房了。看你做片子做得很认真，就没敢打扰你。上车，我送你回去。"

陶菁菁已经没力气说感谢的话，使出全身力气爬进周邰的车。

"喂，你几天没洗澡了？"周邰堵着鼻子。

陶菁菁自己嗅了嗅，味儿还真不小。怪不得，做片子的时候，旁边的人都跑了。

"还没吃晚饭吧？我请你吃饭去！"

"飞机上吃了。送我回家吧，我就想睡觉，到了叫我！"两秒钟之后，陶菁菁便晕倒在周邰的车上。

再睁开眼的时候，已经是第二天早上。懒在床上，陶菁菁用力回忆昨晚是怎么躺到这儿的。可那段记忆如同被抹掉一样，一点儿线索都没有。

走出卧室，厨房里隐约传出周碧倩和一个男人的笑声。周碧倩开始往家里招男人了？是件好事儿，标志着她终于告别单身了。

从洗手间出来，周碧倩端着早餐出现在客厅。

"菁菁，吃早饭了。"

陶菁菁低头看了一眼她手里的盘子，里面有煎鸡蛋、煎香肠，还有烤面包。餐桌上还摆着三杯牛奶。

"你找了个老外？"陶菁菁问。

"什么老外！周邰做的。"

"厨房里是周邰？"

"对啊！昨晚，他把你抱上楼的。我就留他住了一晚。"

还有这事儿？赶紧跑去厨房，还真是周邰。他正在煎鸡蛋，还穿着陶菁菁老妈上次来给她买的围裙。

周邰用锅铲指了指旁边的碟子，"这是你的！我煎鸡蛋的手艺绝对一流。吃完之后，记得表扬我！"

把周碧倩送到公司，周邰和陶菁菁又往台里赶。进办公室的第一件事儿，就是把昨天做好的片子给郑天华审。

让陶菁菁没想到的是，这片子竟把郑天华看哭了。

"小陶，灾区的战士一定会感谢你的。"

"没什么，我只不过做了一件记者该做的事情。郑姐，我还有件事儿要和您说。"

"你说。"

"上次，我误会您了。对不起，郑姐！"

郑天华笑了，"好，我接受你的道歉！回去好好工作吧！"

能够得到郑天华的原谅，陶菁菁算是了结了一段心事。

陶菁菁转身要走，又被郑天华叫住，"小陶，你昨天没参加庆功宴。频道给你们放三天假，你回去好好休息休息。"

在灾区，不是地震，就是下雨，每天还得提防滑坡塌方，没睡过一个整觉。这三天假放得真是及时。

下午，郑天华进了傅冬苓的办公间。

"小郑，找我有事儿？"

"傅姐，我想和你谈谈关于陶菁菁的事儿。"

"陶菁菁又怎么了？"

"小陶在咱们栏目部实习快一年了，工作积极，态度认真，而且也有能力。这次去灾区采访，表现得非常出色。我们应该考虑考虑她转正的问题。"

"这个……"傅冬苓犹豫了一下，"咱们现在没名额呀！要不……这事儿和周副总监商量商量。他要是能出马,这事儿肯定没问题。"

"行,那我去找周副总监。"

郑天华起身要走,傅冬苓突然又说:"小郑,你先等等。等我忙完了手上的事儿,咱俩好好商量商量。事缓则圆,先别着急,以免出什么差错。"

在这个周王二位副手为总监的位置掐得你死我活的时刻,主动提出给周副总监的亲戚转正,是要得罪王副总监的。傅冬苓不想招惹麻烦,所以一开始她把这事儿往周副总监那儿推。

不过,傅冬苓没想到,为了陶菁菁,郑天华还真要去找周副总监,这岂不是让郑天华在周副总监那儿得了宠信。傅冬苓只好使出杀手锏——拖!把这事儿往后拖。腾出时间,她好想个两全其美的办法,既不得罪王副总监,但也不能让郑天华一个人在周副总监那里抢了风头。

坚持坐地铁回到住处,倒在床榻上,陶菁菁便不省人事。一阵焦急的电话铃声,陶菁菁不得不从床上爬起来。窗外的天黑漆漆的,马路上连个车影都没有。电话还在响,是张军打来的。

自从上次吵架之后,陶菁菁和张军一直保持冷战状态。张军没给陶菁菁来过一个电话,陶菁菁也没主动搭理过他,去灾区她都没告诉他。

"菁菁……菁菁……是你吗,菁菁?"

张军满嘴酒意,肯定又是刚刚伺候完客户。想想自己的男友为了生活那么拼命,也真是不容易,陶菁菁也就不和他计较上次的事情了。

"你还不回去睡觉?"陶菁菁问。

"菁菁,有件事儿,我得求你帮忙!上次吵架是我不好,我认错。如果你原谅我了,你就帮我这个忙好吗?"

张军连男人的自尊都不要了,低三下四地求她,陶菁菁的心比他们吵架时还痛。不论怎么吵,他都是陶菁菁的男友。遇到困难,她不帮他,谁还能帮他!想到这些,陶菁菁鼻子发酸。

"你别这么说好吗?你这么说,我心里特别难过!"

"菁菁,你真好!"

"你说吧,有什么我能做的?"

"帮我弄三张你们台那个'好歌人人唱'节目的票成吗?有个客户特别想去。"

陶菁菁就知道,张军找她肯定是为了他的客户。当然,为他的客户,也就是为了两个人的将来。不过那个"好歌人人唱"是综艺频道的节目,而陶菁菁在新闻频道工作，不认识他们那里的人。

就在陶菁菁为难的时刻，张军突然在电话里哭了，"菁菁，我知道我又让你为难了。作为一个男人，总是要自己的女人出手相救，我真是没脸做男人了。"

陶菁菁也跟着掉起了眼泪，"军，你别哭！不就是几张票嘛，我明天找人要。你千万别为难自己，你也是为了咱俩的将来！其实，最不容易的是你。"

"菁菁，那你原谅我了？"

"傻瓜，我早就不生气了。"

"那票呢？"

"我明天就去问！你放心，别太为难自己。赶紧睡觉去吧！"

结束和张军的电话，陶菁菁开始盘点在台里认识的所有关系，列了个求助名单。以"最有可能"为标准，将名单上的人排了个序。明天，她要一个一个地寻求可能。

早上起来，周碧倩见陶菁菁第一眼，就被吓了一跳。

"奈丝，你怎么哭成金鱼了？同事又欺负你啦？"

"没有！昨晚张军给我打电话了。"

周碧倩身体一震，迫切地问道："他和你分手了？他怎么说？"

"不是分手！他和我道歉来着。"陶菁菁把昨晚和张军的对话跟周碧倩讲了。闺密嘛，有什么不可讲的呢！

周碧倩咬牙切齿地骂道："王八蛋！"

"你干吗骂他呀？"

"哦……"周碧倩用手撩起挡在额头前的头发，"大半夜他把你招惹哭了，我能不骂他吗？"

尽管周碧倩骂了张军，可陶菁菁心里还是挺感谢周碧倩对她这么关心。

"你也别怪他！他挺不容易的。"陶菁菁赶紧替张军解释，"倩倩，我先走了。"

"你不是放假吗？"

"我去台里给张军联系票的事儿。"

陶菁菁走了，房间里只剩下周碧倩一个人。她从茶几上拿起手机，拨通了张军的电话，冷嘲热讽地说道："听说昨晚你给菁菁宝贝儿打电话了，还把人家小女生感动得涕泪横流啊！"

张军笑嘻嘻回道："她们台的一个选秀节目，现在特别火。我有个客户想去现场看看，我找她弄两张票。"

周碧倩酸溜溜地说道："别老拿客户说事儿。想陶菁菁，你就承认呗！"

"别生气呀！你不是要过生日了嘛。把这客户搞定，我给你买条施华洛世奇的水晶项链。"

"我可不是陶菁菁，没那么容易骗！"

"我哪敢骗你呀，我心中的女神！"

周碧倩狠丢丢地说道："以后，给陶菁菁打电话，必须先到我这儿申请。"

"好，一定申请，一定申请。"

"别忘了，你说的施华洛世奇！"

"忘不了！"

进办公室的首要任务就是给张军找关系，要票。陶菁菁按昨晚整理出的名单，按顺序一个接一个地联系。为什么要一个接一个地联系？因为前一个不给力，只好联系下一个。下一个又变成了前一个，个个不给力。就这样循环下去，名单上的那些"可能"都变成了"不可能"。

电视台成百上千个栏目，又不属于同一个频道，互相不认识很正常。垂头丧气地堆坐在椅子上，想起张军在客户面前挺不起腰的样子，陶菁菁就很难过。

"喂，不在家睡觉，你怎么跑这儿来了？"说话的是周邰。

昨晚，陶菁菁没把周邰放在求助名单上，因为她不想让他觉得自己的男朋友没本事。但现在也只能找周邰帮帮忙。

"你认识'好歌人人唱'的人吗？"

"什么好歌人人唱？"

陶菁菁就知道这个从国外回来的，对祖国的娱乐事业一窍不通。

"综艺频道的一个娱乐节目，我朋友想要两张票。"

周邰坏坏地笑了，"什么朋友啊？假都不放了，跑办公室来。"

"你管呢！"

"你男朋友给你的任务吧？"

"别废话，就说你有没有本事要来票吧！"

"你买两张不就得了！"

"你是不是在台里混的啊？这种观众票都是内部发的，不外卖。"

周邰眼眶上的眉毛不怀好意地蠕动了两下，"我要是能给你弄两张票，我有什么好处？"

"请你吃饭。"

周邰撇着嘴,摇着头,"没兴趣!"

"那你说!"

周邰挠着脑袋:"这个……"

陶菁菁立刻警告他:"你别太过分啊!"

"回报是……给我按肩。每天一次,一次二十分钟,一共五天。"

"不行!办公室人太多,我不给你按。"

"到我车里,没人看见。你要是不同意,那就算了。"

陶菁菁心想:"这小子又打什么鬼主意?不管那么多了,先把票要来再说。"

"Deal 不 Deal?赶紧地。我可要改主意啦!"周邰威胁道。

"好,Deal 就 Deal。"

周邰伸出小拇指,"拉钩,以免我上当受骗。"

陶菁菁使劲瞥了他一眼,"放心,姐姐不会骗你的。"

"好朋友明算账。拉钩是对我权益的保障,也是对你人格和信誉的证明。"

这小子还真小心眼,拉就拉!

周邰办事效率还真挺高,还没到午饭时间,两张"好个人人唱"的入场券就摆在了陶菁菁办公桌儿上。

周邰得意地说道:"从今天中午开始啊!"

"坏了,上了这小子的当!他肯定认识'好歌人人唱'栏目部的人。在我面前装不知道,就想占我便宜。要怪只能怪自己太单纯!"陶菁菁这个悔啊,但既然拉了钩,就得对自己的人格和信誉负责任。按按肩没什么了不起的,就当饭后运动了。

吃过午饭,到了陶菁菁偿还债务的时间。在办公室里,实在不好意思。陶菁菁跟着周邰来到台里的地下停车场。

周邰不慌不忙,"请吧!这儿肯定没人看看。"

陶菁菁瞪了周邰一眼。两人上了后座,周邰关上车门,竟然开始脱衣服。

"喂,你要干吗?我可要喊抓流氓了!"

"不脱衣服,怎么按?"周邰脱了上衣,躺着车的后座上,"来吧!"

说句心里话,这小子皮肤还真白,而且也挺嫩。除了他那让人恶心的体温外,揉起来手感还不错,肌肉嘛也挺结实。陶菁菁正想着,周邰大声疾呼:"你大点儿劲!客户不满意,可要投诉的!"

"好好好,我大点劲儿,按死你!"

陶菁菁开始用力。可能是把周邰按舒服了，周邰竟然哼唧出声来，听上去就像在干那种事情，让陶菁菁恶心。

"喂，你能不能闭嘴！恶心。"

"陶姐，您这可是专业级的啊！我投资，开个按摩店得了。"

"去死！"

两人正说着，突然有人敲车窗玻璃。陶菁菁转过头，原来是行政部的巡查员。陶菁菁赶紧开了车门，周邰也从后座上爬起来，开始穿衣服。

行政部的巡查员目不转睛地往车里看，"你们俩，哪儿的？光天化日之下，在停车场玩儿车震。这是办公场所，不是你们家卧室！出来，出来。"

这话臊得陶菁菁脸上像是浇了一盆滚油，火辣辣的。陶菁菁和周邰被押解到行政部，等候处理。通知领导是必然的。陶菁菁原以为和上次一样，保释他们的会是郑天华，没想到出现在行政部的竟然是傅冬苓。这下可要悲剧了！

傅冬苓将袁大头拉到门外，嘀咕了一会儿。再回到办公室，袁大头可不是刚才一副斗争阶级敌人的表情，完全换上了一副热爱祖国花朵的笑容。

"年轻人谈恋爱，很正常，很正常！不过，下次找个没人的地儿。停车场，大庭广众之下，叫人看见了影响不好！行了，你们也是第一次，和你们领导回去吧！"

不用猜，完全是周副总监这副名头起到了关键性作用。回办公室的路上，傅冬苓一改往日要吃人的表情，笑呵呵地说道："你们这些年轻人啊！真是开放到一定程度了，什么都敢做。"

陶菁菁捅了捅周邰，让他赶紧解释，可周邰这小子竟然一个字儿都不放。趁傅冬苓不注意，陶菁菁用尽全身力气在周邰胳膊上拧了一把，用眼神狠狠地对他说道："说不说！"

周邰揉着胳膊，"傅姐，我们真没做什么。我就是让菁菁给我按按肩。她觉得办公室人多，怕影响不好。最后，我俩就转移到车上了。"

傅冬苓又笑着说："你们年轻人的事儿，我这个年龄是理解不了了。不过，下次一定要注意。让周副总监知道了你们这么明目张胆，非教育你们不可。"

"倒霉！看来不管怎么解释，这停车场玩儿车震的帽子是摘不掉了。这能怪谁？只能怪周邰！"陶菁菁越想越生气，瞪着憎恨的目光，看着毁坏她名声的周邰。

办公室是个纸包不住火的地方。张丽娜主动找陶菁菁去喝下午茶，没别的事儿，就是打听车震事件的详细细节。陶菁菁越解释，张丽娜越认为车震是真事儿。还恬不知耻地问陶菁菁，和周部在台里洗手间做过没有。陶菁菁无奈地都想笑。

回办公室的路上，看到周部。

"你们俩聊，你们聊聊。"

张丽娜识趣地走了，走之前还冲他俩鬼魅地一笑。走廊里就剩下了陶菁菁和周部这对儿绯闻男女。

"你干吗去？"陶菁菁问。

"我叔找我。"

"你叔知道这事儿啦？"

"电话里没说，我去打探一下。"

"那好吧！回来告诉我。还有，这可都是你闯的祸，别往我头上赖。"

"我是那种人嘛！放心吧！"

周部走了，一下午都没回来。直到下班，他才出现在办公室。一打听，果然是为了中午"车震"的事儿。周部被整整批评了几个小时。

"你叔叔不会找我吧？"陶菁菁担心地问道。

"他干吗找你啊！再说，你是个女孩儿，他也不好意思和你谈那种事情。"

陶菁菁重重地在周部身上凿了两拳，"都是你出的馊主意，败坏我的名声。以后我怎么见同事？"

周部看着陶菁菁，嘿嘿傻笑。虽然是周副总监的侄子，他也没办法封了人家的嘴，陶菁菁只能怪自己倒霉了。

下班，周部并没有回家，而是跟陶菁菁回到住处。基于大家都懒得做饭的意愿，周部叫了必胜客的外卖。周部、周碧倩，还有陶菁菁围坐在电脑前，看陶菁菁做的灾区报道。

片子看完了，大家都停嘴不吃了。

周碧倩抱怨道："奈丝，干吗做这么煽情的片子！我都没心情吃了。你看，鸡翅我一块儿都没吃呢！"

"你吃啊！"陶菁菁说。

"怎么吃？大年三十，你能一边看《一九四二》，一边吃饺子吗？"

尽管毁了这顿丰盛的晚餐，可陶菁菁觉得自己成功了，只能委屈了周碧倩。

第二天上班，陶菁菁毫不意外地收到无数的点赞和支持。能够得到同事们的认可，陶菁菁心里当然很高兴。不过，还有一个人卡在她心里，放不下，这个人就是程晓弈。

陶菁菁并不是记恨程晓弈给自己一耳光，而是陶菁菁觉得自己应该向程晓弈道歉。陶菁菁诚心诚意地认为，要是换成自己，自己也会给那个胡搅蛮缠的陶菁菁一耳光。

"晓弈姐，我能和你谈谈吗？"

程晓弈一脸还无动于衷的表情。

"今天要是不把这事儿解决了，我就不走了。"陶菁菁下决心，赖着不走。

看陶菁菁不动，程晓弈起身出了办公室，陶菁菁紧随其后。

两人来到屋顶的天台。

程晓弈问道："有事儿赶快说，我忙着呢。"

"晓弈姐，我和郑姐道歉了。我也要和你道歉，那天确实是我的错。"

"我动手也不对。"

"晓弈姐，以后做片子，我还得请教你。"

"什么请教不请教的，有事大家互相帮忙！"

"谢谢你，晓弈姐。"

"陶菁菁……"

"嗯……"

"昨晚灾区的片子做得不错，我都看哭了。我想给那个小战士家里捐些钱，你能帮我联系吗？"

"当然可以啊！要不咱们在频道搞一个义捐活动吧！"

就这样，陶菁菁和程晓弈重归于好。两人把搞义捐活动的想法汇报给郑天华。郑天华很支持，而且当场就捐了一千块。

郑天华办公桌上的电话响起，是周副总监打来的，让郑天华赶紧去一趟。

"小郑，你坐你坐！"周副总监客气地说道。

郑天华坐在沙发上，周副总监又让秘书给她倒了杯茶水。

"小郑啊，周邰在停车场的事儿，你听说了吗？"

这事儿在频道都成传奇了，郑天华当然听说了。不过，这种事情不好直接回答，郑天华只好笑笑，"都是大家传的，您别往心里去。"

周副总监一脸愁云，"影响很不好啊！影响很不好啊！你们那个实习生陶菁菁什么时候结束实习啊？"

"还有两个月！"

周副总监点点头，"我看还是提早结束实习吧！"

郑天华一惊，"周副总监，陶菁菁和周邰……"

话还没说完，就被周副总监打断了，"我知道，我知道！不过，这事情影响实在恶劣。这个时候，我这个副总监必须表个态啊！不能说大义灭亲，但总不能因私人关系一笑而过吧！"

"陶菁菁的能力还是很强的！如果就这么走了，可惜了！"

"小郑啊！你应该了解我现在的处境，容不得一点差错啊！"

郑天华心里为陶菁菁感到惋惜。如果陶菁菁不是周邰的女友，她为陶菁菁抗一抗，不至于落到走人的地步。可惜啊，生不逢时。权力斗争之下，牺牲的只能是弱者。不管怎样，郑天华还是想争取把这事儿拖一拖，也许会有转机。

郑天华说："陶菁菁刚从灾区回来，现在就让她走，影响不太好！要不等到月底？"

"天华啊，这事儿尽快吧！"

回到办公室，郑天华把程晓弈叫进了自己的办公间。听说周副总监要让陶菁菁走人，程晓弈嘴都惊歪了。

"真的让陶菁菁走吗？"

"周副总监亲自下的命令，展示自己大义灭亲的态度。"

"那周邰呢？"

"没说。"

程晓弈愤愤不平，"要大义灭亲，那也是让周邰走人。让陶菁菁走，叫什么大义灭亲！"

郑天华无奈地笑了笑，没加任何评论。

"就这么让陶菁菁走人，太不公平了！"

"先让小陶休假，休到这个月末。如果再没什么转机，只能彻底走人了。"

"陶菁菁有做记者的天分，而且工作也很努力，可惜了！"

"是啊！"郑天华说道，"晓弈，你去把小陶叫进来吧！"

随着程晓弈，陶菁菁进郑天华的办公室。

"晓弈，你回去工作吧！"

程晓弈走了，郑天华给陶菁菁倒了杯茶。

"小陶,有件事儿必须告诉你。"郑天华将茶水端到陶菁菁面前。陶菁菁赶紧起身,接过茶杯,"什么事儿郑姐?"

"你坐,你坐!"

陶菁菁坐回椅子上。

"小陶,我说了你千万别多想!"

郑天华低沉的语调让陶菁菁心里突然慌得很。

"周副总监让我通知你,你不能再实习了。"

"郑姐,我没明白什么意思。"

"就是说,明天你不用来上班了!"

"为……为什么?"

"因为停车场的事儿。"

"在停车场,我什么都没做。周邰让我给他按肩,我就给他按了。我们真的什么都没做!"

陶菁菁哭了。

郑天华握住陶菁菁的双肩,"郑姐先放你两个星期的假。看看到月底,有没有什么转机。"

带着眼泪,陶菁菁走出郑天华的办公间。

"菁菁,你怎么哭了?"周邰挡在陶菁菁面前,追问道。

"别和我说话!"

陶菁菁跑去洗手间,周邰紧随其后。

程晓弈一把拽住周邰,"你追也没用,我建议你去找你叔叔。"

"和我叔叔有什么关系?"

"你叔叔要大义灭亲,让陶菁菁走人!"

"凭什么走人?"

"因为他是领导,说了算!"

周邰拔腿冲向周副总监的办公室,"砰"一把推开大门。

"二叔,你凭什么让陶菁菁走人?"

周副总监的脸腾地掉下来,"你在和谁说话?书都读哪儿去了?"

"二叔,为什么要开除陶菁菁?"

"她是实习生,实习期满了就得走人。"

"陶菁菁的实习期还有两个月,你以为我不知道!"

周副总监一巴掌拍在桌子上,"让她走人还不是因为你。你以为这儿是你老爸的公司,可以为所欲为。光天化日,在停车场里,啊……不像话!"

"叔,我都和您说了,我们俩在停车场里什么都没做,都是谣言。"

"谣言?全频道的人都戳我的脊梁骨,说我纵容亲属在台里为所欲为,这就不是谣言?"

"别人愿意怎么说,是他们的事情。事实是我们什么都没做,身正不怕影歪。"

"我告诉你小子!在这里,你身子正不正不是你自己说了算!多长点儿心眼儿,不然吃亏的是自己。你女朋友不在这儿工作,也饿不死。你可以在你父亲的公司给她找份儿工作。"

"这不是在哪儿工作的问题!不能冤枉人家,不公平!"

"不要在我这儿讲什么公平不公平,出去!"

周邰回办公室时,陶菁菁已经打包走人了。

一阵电话铃声让陶菁菁从恍惚中清醒,她才发现自己已经站在了电视台的大门外。来电话的是陶菁菁的父亲,父亲说看了陶菁菁做的灾区新闻,做得非常好,他还给灾区捐了钱。父亲说他女儿天生是做记者的料儿,鼓励陶菁菁再接再厉,只要努力工作,一定能够梦想成真。

陶菁菁能说什么呢?她让父亲放心,她一定会继续努力。然后借口工作忙,把电话挂了。

"我会努力,甚至努力一百倍,一千倍,一万倍。可又有什么用!没有人给我努力的机会。"望着电视台闪闪发光的玻璃大楼,陶菁菁的眼泪不停地往下流。

既不是上班时间,也不是下班时间,地铁车厢里显得有些空荡。地铁停停走走,陶菁菁脑子里一片空白。到了下车的站台,陶菁菁不想踏出车厢,她恐惧车厢外那个让她浑身冰冷的世界,陶菁菁宁愿在这铁皮的世界里过一辈子!

周碧倩打来电话,"奈丝,你在哪儿?"

"地铁。"

"什么时候到家?"

"不知道!"

陶菁菁把电话挂了,关了机。她只想安安静静地坐着,谁也别来打扰她,就当她在这个世界上不存在。

地铁一圈一圈一圈…………

陶菁菁不知道周邰和周碧倩是怎么找到她的。陶菁菁被他俩架出了车厢,又被放到了床上。接着，陶菁菁便陷入了昏昏沉沉的状态。郑天华、傅冬芩、周邰、张丽娜、程晓弈，还有单哥在脑子里一个个闪过去闪过来，循环回放。

客厅里，周碧倩对周邰说："你回去吧！奈丝应该没事儿。"
"这次都怪我。"
"就是你害奈丝丢了工作！"周碧倩毫不客气地指责道，"你赶紧给奈丝找份儿工作，补偿你的罪行。"
"放心，我会负责到底的。"
周邰带着自责走了。
周碧倩回到自己房间，拿起手机，拨通了张军的电话。
"我告诉你，奈丝让电视台给开除了。"
"陶菁菁被开除了？我让她给我要的票不会没戏了吧！"
"你就别惦记你那两张票了！这次给奈丝刺激大发儿了，你给她打个电话吧！别想不开，在跳楼了。"
"这可是你让我打的啊！"
"今天别打，她刚睡着。"

早上，下起了小雨。楼下早餐摊大姐支起了棚子，几个打扮得花枝招展的小白领举着花伞慌慌张张地跑去地铁站。陶菁菁站在窗边，看着匆匆上班的人们。
电话响了，是张军打来的。
"听说，你被开了。"
陶菁菁没回答，因为她心里很难过。
张军继续，"给你爸你妈打电话啊！让他们找找人。"
陶菁菁还是没有回答，因为她不想让父母为自己难过。
"你也不能在家待着吧！"
"我去找别的工作。"
"那还不如让你爸找人给你说说，没准儿还能回去。对了，我让你帮我要的票要来了吗？"
"要来了。"
张军松了口气："那就好，那就好！我让他们找你拿票。我还有事儿，晚点儿给你打电话。"
张军挂断了电话，外面的雨下得更大。陶菁菁坐在电脑前，本想找工作，结果不由自主地定了张后天回家的火车票。

　　下午，周邰来了。陶菁菁给他开了门，还给他倒了杯水。实话实说，陶菁菁并不记恨周邰，这事儿不怨他。只是看到周邰，她心里会一阵阵地隐痛。
　　"菁菁，对不起，这事儿都怪我。"周邰的道歉很真诚。
　　"这和你没关系，命里注定的。"
　　"菁菁你这么说，我心里很难过。真的！"
　　陶菁菁笑了笑。不用镜子，她也知道，自己笑得很难看。
　　"我和我爸说了。他说他会在他们公司给你安排个工作。过两天，你就可以去上班。"
　　"谢谢你！我后天要回家了。"陶菁菁很感激周邰，不过还是拒绝了。
　　"回家？你不回来了？"
　　"我想在家里住一段时间。"
　　"那等你回来，什么时候想上班都行。"
　　"谢谢你的好意，我想自己找份工作。"
　　"为什么？"
　　"自己找的工作，可能更有尊严吧！小周子，你一直都在帮我，我很感激。不过，我想一个人待会儿。等我回来，咱们再聊好吗？"
　　"那你好好休息！后天我送你。"
　　"再说吧！"
　　周邰走了。对周邰的理解，陶菁菁真的很感激，她也很感谢周邰曾经对自己的帮助，只是她现在真的想自己待着，不想见人。

　　回家之前，大部分时间陶菁菁都花在睡觉上。睡觉对她来说就像喝酒，喝醉了就什么都不想了。启程这天，周邰一大早就来了。陶菁菁问他怎么不去上班，他回答说那个班对他来说已经没什么意义了。
　　周邰把行李放进车里，陶菁菁和周碧倩拥抱告别，就像即将永别的战友。和周碧倩告别，周邰开车送陶菁菁去了火车站。站台上，周邰不停地挥动着手臂，直到距离让陶菁菁再也看不见他。

　　郑天华来到总监办公室，老总监让秘书给她到上茶水。老总监先是询问了栏目部最近的情况，接着表扬栏目部关于地震灾区的新闻做得好。

郑天华谦虚地说道："老总监，谢谢您的夸奖。我们不都是您培养出来的吗？"

听了郑天华的话，老总监笑得很开心，"下星期三，市里要举行颁奖典礼，表彰各行各业在这次地震中做出贡献的先进工作者。你们那个实习记者陶菁菁新闻做得非常好，市领导高度赞扬，榜上有名。你回去通知她，让她好好准备一下。台里领导很重视，千万别搞砸了。"

"这个……"郑天华一脸难色。

"怎么，有问题？"

周副总监的家事，郑天华不好说，但有问题又不能不让老总监知道。

郑天华微微咳了两声，"陶菁菁已经走了，不在台里工作了。"

老总监一愣，"多少人削尖了脑袋想来我们这儿工作都进不来，她还看不上了？"

"那倒不是！陶菁菁和周副总监的侄子在谈恋爱。为了避嫌，周副总监就让陶菁菁离开咱们台了。"

老总监脸色一沉，"避什么嫌！要避嫌也是让他侄子走人。天天喊重视人才，重视人才，就这么重视人才？陶菁菁是市里树立的青年榜样，我看他周副总监怎么向领导交代。"

"领导，那……"

"天华，你先回去忙！"

第二十章

别想白占了便宜

郑天华走了。老总监拨通了周副总监的电话,"言山啊,我这里有个很重要的事情需要你亲自安排一下。"

"领导,有什么事情您吩咐。"

"下个星期三,市里要举行颁奖典礼,表彰全市在这次地震中做出杰出贡献的先进工作者。郑天华她们栏目部有个叫陶菁菁的实习记者,获得了市里的优秀新闻奖。作为青年代表,市领导点名要她参加,台领导也很重视这件事。你通知她们,让陶菁菁好好准备。"

"这个……"

"言山,有什么难处吗?到市里领奖,这可是给咱们台添荣誉的事儿,可别办砸了,领导们都看着我们呐!"

周副总监赶紧回答:"那是,那是!我让他们一定好好准备。"

老总监接着说道:"听说,这个陶菁菁和你还有点私人关系啊!"

"是啊,是啊!和我侄子谈恋爱呢!"

"将门聚英雄啊!你这个未来侄媳妇很有能力呀。好好培养,一定是个人才。"

"谢谢,领导关心!一定好好培养,一定好好培养。"

"那这事儿我就交给你了,一定要让陶菁菁好好准备。"

"好的,好的,我立刻通知让她准备。"

郑天华回到办公间,屁股还没坐稳,就被周副总监的电话叫去了。

"周总,您找我?"郑天华问。

周副总监一副热情洋溢的表情,"天华,你坐,你坐!"

郑天华坐在沙发上。

周副总监问道:"天华啊,小陶最近工作怎么样啊?"

"您说陶菁菁?她已经走了。"

这话竟然让周副总监一惊,似乎这事儿他全然不知,"走了?她……她实习期没结束,怎么就走了?"

郑天华心里这个恨!明明是周副总监自己下的命令,转脸他就不认账了。可总不能和领导掰扯这事儿!没办法,谁让遇到这么个领导呢!倒霉就倒霉吧,郑天华只好忍气吞声。

"周总,您有什么事儿吗?"

"陶菁菁的新闻在市里获了奖,我正准备让她去领奖呢!你看,你们怎么还让她走了!"

郑天华实在忍无可忍了,"您不是说,尽快让她走吗?"

"我什么时候说让她现在走了?我是说实习结束后,尽快让她走,不是说现在。"

郑天华真是后悔刚才没忍住,完全是在浪费时间和唾沫。郑天华也不想再争什么了,干脆承认错误。

"那是我领会错了!"

郑天华坐在沙发上,看着周副总监在办公室里踱来踱去。

"天华啊!"踱了半天,周副总监终于说话了,"你得想想办法把陶菁菁找回来呀。这次她得了奖,市里和台里都很重视。她要不去领奖,我们的麻烦可就大了。"

郑天华庆幸当初没完全听周副总监的话,赶走陶菁菁,只是让她回家休息两周。否则,可就没法收场了。不过,郑天华可不想在周副总监面前亮出底牌。把话说死了,万一出什么差错,陶菁菁不回来,那就是自己过错了。

"要不,我给陶菁菁打个电话,听听她的想法。"郑天华说。

周副总监停住脚步,"好,好!天华你赶紧给她打电话,让她立刻回来。"

回家的旅途并不是想象中那么轻松。望着窗外不断变化的风景,陶菁菁在心里一遍又一遍演练如何在父母面前掩藏被扫地出门的事实,预想了各种突发状况和应对措施,这是件累心的活儿。她去了趟洗手间,发现自己的头发都白了好几根儿。

就在费尽心机编瞎话的时候,电话响了,是郑天华打来的。看到郑天华的名字,陶菁菁心里不知为什么一阵难过。郑天华在她心里是个好人,不管自己心里怎么难过,还是要懂礼貌的。

陶菁菁接起电话,"郑姐!"

"菁菁,现在方便讲话吗?"郑天华很客气。

"方便!"

"明天有时间吗?来台里一趟。"

"郑姐,我回家了。"

"你回老家了?"

"嗯!"

"菁菁,有件事儿要和你说。你做的灾区那个片子获得了优秀新闻奖,市里要给你颁奖,周副总监让你回来上班。"

这本是个好消息,陶菁菁却突然沉默了。

"菁菁,这是个好机会。"郑天华说道。

"郑姐,我……我还是不回去了。"

"为什么啊?"

"没什么,就是心里难过。"

"菁菁,千万别冲动。机会难得,错过了就没了。市里领导给你颁奖,台领导很重视,让周副总监务必把这件事儿办好。你要是不回来,周副总监很难向上面交代。咱们老总监很快就退休了,这个时候对周副总监很关键。他是周郁的叔叔,你要考虑到这一点啊!"

郑天华的话让陶菁菁突然悲哀。她感觉自己就像工具,人家用的时候就拿出来用用,不想用的时候就被随手丢在一边。

"郑姐,我明白您的意思!我不是冲动,我不想像条狗一样被呼来唤去,我想活得有尊严。"

"菁菁,我能理解你的心情。不过,尊严不是唾手可得的。得到尊严之前,没有不付出代价的。"

"谢谢您,郑姐。最近好多事情都太突然,我需要想一想。如果决定回去的话,我会给您去电话。"

"菁菁,我理解。郑姐还是那句话,机会错过了就找不回来了。"

"嗯,我明白。"

陶菁菁挂上电话,望着窗外飞逝的景色,心绪又起波澜:郑姐是个好领导,在办公室里就像一位大姐姐。不像有些二货，当了个芝麻小官儿便自以为君临天下，对下属就像奴隶主对奴隶呼来唤去，随意践踏别人的人格和尊严。陶菁菁感激郑姐，也尊重郑姐，可她实在不想再踏进那间让她想起来就会心痛的办公室。

看到郑天华进来，周副总监迫不及待地问道："天华，怎么样？"

"刚给小陶打过电话，她说要想一想。"

"想一想？什么意思？市里的奖，她也不要了？"

"她有这个意思，但还在考虑之中。"

周副总监从写字台后面转出来，"天华啊，必须想办法让她回来啊！耽误了市里的表彰大会，在台领导面前不好交代！在这关键时刻，不能出任何差错！不然……不然事情就麻烦了。"

把陶菁菁赶走的是周副总监，陶菁菁不回来，受影响的也是周副总监，这事儿和郑天华一点毛关系都没有。所以，对周副总监的这番话，郑天华选择沉默，不参与了。周副总监如同热锅上的蚂蚁，开始在办公室里来回打转。

"天华啊，你得想想办法！上级交给的任务，咱们必须完成啊！总不能让我去求一个小实习生吧！"

郑天华紧紧地皱着眉头，故作思考和为难状，心想："你怕丢了面子，那也不能让我为了你的前途，跪在陶菁菁面前，求她回来吧！当初怕影响自己，把人撵走。现在又想让人回来，还是你自己想办法吧！"

周副总监就像冬天动物园里的狗熊，在笼子里转来转去，嘴里不停嘀咕着："市里也是，那么多优秀记者，表彰谁不好，非要表彰个小实习生。一个乳臭未干的毛孩子，有什么可表彰的。"

他又走了两步，转过身，"市领导点名，台领导又很重视。这陶菁菁要起倔，不回来，那事情可就不这简单了！王建德肯定会在台领导面前打我的小报告！他这种人，为了总监的位置，什么无耻的事情都干得出来。"

周副总监这么一嚼王副总监的舌头根子，郑天华立刻起身，"周总，要不我先回去好好想想，看看有什么办法没有！"

"好好好！天华，你回去一定要仔细想想，一定得把陶菁菁找回来！一定要尽快，时间不等人啊！"

郑天华拔腿迅速逃离周副总监的办公室。她可不想聆听周副总监对王副总监的恶评。领导之间的斗争，离得越远越好。以免城门失火，殃及池鱼。

天色渐暗。一声火车长鸣之后，陶菁菁终于踏上了家乡的土地。空气中到处飘散着让人熟悉的味道，一股如释重负的气息扬满全身。坐上六路公共汽车，一路狂奔直到家门口。

陶菁菁的出现让开门的父亲吓了一跳，"菁菁，你怎么回来了？"

"从灾区回来，台里赏我半个月休假。"

这话陶菁菁在火车上已经演练了无数次。无论从选词上，语气上，还是表情上，都无懈可击。淳朴的父亲显然被陶菁菁给蒙住了，不过这只是第一关，最难办的是陶菁菁的母亲。对于母亲，陶菁菁不得不用"狡猾"两个字来形容。从小到大，母亲的火眼金睛拆穿了不少陶菁菁的小秘密。

"妈……妈……"陶菁菁边喊，边往屋里冲。

母亲靠在床头，消瘦了许多，脸色蜡黄。

母亲有气无力地问道："菁菁，你怎么突然跑回来了？工作有问题啦？"

"台里放假了。妈，你怎么了？"

"不过年不过节的，放什么假啊？"母亲继续追问。

"去灾区采访的记者，台里给放半个月假，算是奖励。"

母亲这才放松她那紧张的目光，拉着陶菁菁的手，"菁菁啊，你都瘦啦！工作一定很辛苦吧！"

"妈，我没事儿！您怎么啦？"

"妈没事儿。这几天眩晕症又犯了，躺两天就好了。菁菁，还没吃饭吧！老陶，还不去给闺女做饭去。"

父亲很快就做了一桌丰盛的晚宴，招待陶菁菁。饭桌上，父母免不了打听工作上的事儿。陶菁菁只能搪塞和敷衍，还好没出什么纰漏。

"多少人想进国企都进不去，菁菁你一定要好好珍惜，努力工作。"

自从开始这个实习工作，这句话老妈重复了不下一万遍，以前听了就恶心，今天，老妈这话让陶菁菁想哭。

陶菁菁赶紧回答："妈，除了国企，还有很多工作可以选择。前几天，还有家外企主动找我，让我去他们那儿上班，工资比电视台给的高多了！"

当然，陶菁菁是在说谎，主要是为了以后找工作做铺垫，给父母一个心理准备。

母亲一改往日对陶菁菁的专政态度，心平气和地说道："那些外企工作都不稳定，今天看着不错，明天就可能被裁员。你表姐以前就在外企，一个月工资上万。年初经济不景气，公司裁了几千人。现在她还没找到工作，只能在家带孩子。"说到这儿，母亲停下来喘了两口气，"电视台工资虽然比不上外企，可它是国有单位，工作稳定，待遇也不错。妈不求你能挣个金山银山，妈就希望你能安安稳稳地过日子。"

看到母亲气喘吁吁的样子，陶菁菁心里难过，"妈，您放心，我会努力工作的！"

母亲抚摸着陶菁菁的头发，"你能有份儿稳定的工作，扎下根，妈就放心了。"

陪陶菁菁坐了一会儿，母亲就回屋休息去了。吃过饭，陶菁菁自告奋勇承担起刷碗的工作。父亲帮着把碗筷儿拿进厨房，水池前当然是陶菁菁的身影。

"菁菁，爸有件事儿要和你说。"

"爸，你有啥秘密说吧！不过，你要是有小三儿，可不行！"

父亲回头，关上了厨房的门，看来还真有秘密。

父亲压低声音，"你妈不让我和你说。听了之后，别去问你妈。"

陶菁菁放下手里的洗碗布，"爸，你别吓我！"

"菁菁，你要有心理准备。"

听父亲这么说，陶菁菁心咯噔一下，"爸，不是我妈得了什么绝症吧？"

父亲点点头。

陶菁菁的心就像被速冻一样，冰凉冰凉的，"爸，我妈到底怎么了？"

"胃癌。"

陶菁菁的眼泪控制不住地往下流，"那我妈……"

父亲赶紧帮陶菁菁把眼泪擦干，"别哭，千万别让你妈看到。"

"我妈知道吗？"

父亲又点点头，"菁菁，你也别太担心。你妈已经做了手术，切除了半个胃。医生说，癌细胞已经得到了控制。"

"什么时候做的手术？"

"两个多月前。你妈不让说，怕影响你工作。"

眼泪，不是说控制就能控制得住的。陶菁菁还是哭得很伤心，父亲将女儿拥在怀里。离开厨房之前，陶菁菁把脸上的眼泪洗干净，不能让母亲看到。

一整晚，陶菁菁没睡。为自己，她宁愿上街讨饭，也不愿坐回那间让自己作呕的办公室。为母亲，陶菁菁需要放弃自己，实现母亲的心愿。是背弃母亲的希望，还是掩埋自己的真实，鱼和熊掌不能兼得，矛和盾注定戳在一块儿，陶菁菁心痛如灼。

一大早，郑天华就被周副总监叫了去。

"天华啊，今天是不是再给陶菁菁去个电话啊？"周副总监问道。

"可以，不过她要是不同意回来怎么办？"

"你是她的领导，你劝劝她嘛！我相信，凭你的能力，一定能把这件事情办好。"

郑天华心想："老狐狸，又往外推卸责任。"

"那我回去就给她去电话。不过，她能不能回来，还得是她自己定。"郑天华说。

"你先给她打个电话，看看什么情况。她要是不想回来，就随她去，不用求她。你就在这儿给她打，现在就给她打。"

陶菁菁的手机响了，是郑天华打来的。是该做决断的时候了，为了母亲，陶菁菁决定回到那间办公室。

"郑姐！"

"小陶，昨天的事情考虑得怎么样了？"

"郑姐，我还是不回去了吧？"

"菁菁，你要想清楚啊！"

"姐姐！其实我想和您一起工作，不仅能学到很多东西，而且也很难找到像您这么好的领导。可是，我的实习期就剩下两个月了。回去了，这两个月对我的意义也不大。您说呢？"

"郑姐明白你的意思，我会把你的意思转达给上级领导。"

"谢谢您，郑姐。"

和郑天华的电话就这么结了。陶菁菁不确定最后的结果是什么，但她已经被赶出了电视台，所以最坏的结果也不会比现在更坏。

这次，陶菁菁不仅要回台，而且还要成为正式记者。陶菁菁很清楚这是她最后的机会。

既然周副总监在陶菁菁身上有所需，那周副总监也要满足陶菁菁的需求，这就叫各取所需，谁也别想在谁身上白占了便宜。为母亲，为自己，陶菁菁决定要搏一搏。

在职场上闯荡了这么多年，郑天华心里明明白白地知道陶菁菁想要什么。她觉得陶菁菁的要求并不过分，白白干了差不多快一年了，怎么也得给人家一个名分。

总不能需要人家的时候，让人家来干两个月；不需要人家的时候，就让人家滚蛋。

郑天华收起电话，周副总监追问道："她怎么说？"

"她想回来。不过，她也很犹豫？"

"犹豫？这么好的机会，还有什么可犹豫的？"

"陶菁菁的实习期还有两个月，可能她觉得再工作两个月对她没什么意义吧！"

周副总监皱起眉毛，不说话了。他也明白这个道理，工作两个月确实对陶菁菁的前途没什么意义。

"周总，要不就算了吧！"

郑天华这么说，并不是想放弃陶菁菁，她是在探周副总监的底，看看陶菁菁的胜算有多少。

"是啊，是啊！小郑，你先回去。有事儿，我再找你。"

郑天华走了，周副总监心神不宁。看来，这次不给陶菁菁点儿甜头，恐怕她是不会回来的。换成自己，自己也不会回来。不过，在一个小实习生面前低头，周副总监也绝不甘心。

他拿起电话，"老领导，我是周言山啊！"

老总监："言山，有什么事儿吗？"

"您上次说的那个陶菁菁，已经离开咱们台了。让她回来，我怕影响不好啊！"

"言山啊，我知道你是想避嫌。你作为领导，关键是时刻你应该抛开自己的利益，从大局出发。陶菁菁是市领导树立的青年先进形象，这也是给咱们台和咱们频道增光添彩的大好事。台领导千叮咛万嘱咐，一定不能出岔子。你要是不让陶菁菁回来，让我怎么向台领导解释？到时候，我只能实话实说。言山啊，千万别因小失大呀！"

"是是是，我明白，我明白。"

"这件事儿，你赶紧办。让台领导追着屁股问，就不好了。"

"我尽快，我尽快。"

郑天华再一次被叫进周副总监的办公室。

"天华啊，你给陶菁菁去个电话，让她赶紧回来。如果她表现得好，实习之后，会考虑给她转正的。"

郑天华并没有急着打电话。原因很简单，这电话自己要是打出去，陶菁菁回来了，两个月以后周副总监不认账，没给陶菁菁转正，不仁不义的名头可就落到了自己头上。害人之心不可有，防人之心不可无。

"周总，转正这么大的事情，我打电话不合适吧！我一个副主编的话，陶菁菁不一定买单。"

"你就这么说。她要是不回来,就让她永远不要回来了。现在打,你现在就给她打。"

郑天华看出来,周副总监这是非要把责任往自己头上栽。官大一级压死人,郑天华也没办法,只好再给陶菁菁去了电话。

郑天华再次给陶菁菁打来电话。

"郑姐!"

"菁菁,你回来吧!周副总监说,如果你表现得好,频道会考虑给你转正的。"

"郑姐,谢谢您。不过,有些事情我不太明白。什么叫表现得好?总要有个标准!还有,即使表现得好,频道也只是考虑给我转正是吗?也就是说,表现得好,也不一定能转正是吗?"

"菁菁,具体细节我也不太清楚。这样,我给你问问。"

"郑姐,真是麻烦您了。毕业之后,经历了太多事情,所以我不太敢相信了,希望您能理解。"

"菁菁,你的意思明白,我会把你的意思转达给领导。"

郑天华把陶菁菁的问题转达给周副总监,气得周副总监直拍桌子,"这个陶菁菁,学会讨价还价了!这么小就学得这么精明算计,怎么指望她踏踏实实地好好工作!"

郑天华没接茬。她心里很理解陶菁菁,之所以这样做,也是被一次次欺凌事件锻炼出来的。不精明,不算计,怎么让这些没背景没爹拼的年轻人在这个社会上生存?想要让他们一心一意把热情投入到工作上,全心全意地为人民服务,那也要给他们一个公平的环境作为前提。

"天华,你给她打电话。只要她回来,实习完之后,就给她转正。"周副总监不得不亮出底牌。

"周总,我觉得还是以您的名义给陶菁菁去电话比较好,她不至于怀疑了。"

"好,你就说是我说的。"

陶菁菁再次接到郑天华的电话。郑天华这次很肯定地告诉她,周副总监同意,只要陶菁菁回去,实习一结束就转正。

陶菁菁知道她赢了,可她却笑不出来。从实习的第一天起,陶菁菁就希望通过自己的努力成为一名真正的记者。可她万万没想到,梦想的实现竟然是一场讨价还价的闹剧。

她到底实现了一个什么样的梦想?成为一名真正的记者?还是求得了一份儿工作而已?想到这儿,陶菁菁突然想哭。

陶菁菁告诉父亲母亲,台里有急事,让她立刻回去。母亲听了很高兴,她觉得这是台领导对女儿的重视,让女儿努力工作,只要得到台领导的认可,就有机会转正。陶菁菁告诉母亲,台里刚刚决定要给她转正了。听到这个消息,母亲的眼泪在脸颊上滚落。

转正本应该是件让人高兴的事情,可陶菁菁却难过地在返程的火车上哭了几个小时。刚下火车,陶菁菁就被台里的电话招回了办公室。

陶菁菁再次跨进那座五颜六色的玻璃大厦,回到了那间刚刚离开不久的办公室。所有的同事都知道她要去市里领奖的事儿,一个个跑到陶菁菁面前,向她道喜,似乎陶菁菁被清走的事情从来没有发生过。还没到午饭时间,张丽娜就殷切地过来邀请陶菁菁共进午餐。

周邯出去采访了,中午没什么事儿,陶菁菁也就应了张丽娜。

陶菁菁屁股刚在饭店的椅子上坐稳,张丽娜就明知故问地说道:"菁菁,听说你要去市里领奖了?"

"嗯!"陶菁菁点点头。

张丽娜露出一脸的羡慕:"菁菁,你命真好。周副总监给你办了这么件大事儿!"

"我领奖和他有什么关系?"陶菁菁突然不解了。

"菁菁,你就别腋着藏着了。要不是周副总监给你这个侄媳妇儿在市里弄了个大奖,台长能亲自点名让你回来,还要给你转正?"

张丽娜这番话惊得陶菁菁下巴差点没掉下来,自己是通过努力得到的新闻奖,怎么顷刻之间演变成周副总监的功劳?

"丽娜姐,谁和你说的呀?"

"频道的人都知道了,你还不承认!"

"我和周邯清清白白,他们没人相信。周副总监和我得奖毫无关系,人们却坚信他帮我走了后门。这个世界到底怎么了?人们怎么烧得都黑白不分了?谣言面前,我无力辩解。我不想再做一个为黑是黑、白是白而争得头破血流的傻瓜。在这里,没有人在乎黑白,也没有人在乎我努力的过程,他们只看重结果。既然大家都往那方面想，干脆我也推波助澜，让他们坚信我背后势力的强大。"想到这些，陶菁菁微微一笑，"丽娜姐，这种事儿你让我怎么说呀！"

张丽娜谄媚地笑道："明白，明白！菁菁，有机会帮我在周副总监面前多美言几句呗！"

陶菁菁还是微微一笑，"行！"

"菁菁，你还想吃什么，随便点！服务员，服务员……"张丽娜高声叫道，"把菜单拿来。"

张丽娜从服务员手里迫不及待地拿过菜单，恭恭敬敬地递到陶菁菁面前。既然张丽娜这么心甘情愿，陶菁菁也不想折了她的面子，点就点吧！还不能点少了，不然好像自己瞧不起人家，不领情似的。

晚上下班之前，周邰给陶菁菁来了电话，让陶菁菁等他。他要请吃饭，庆祝。坐了一晚上的火车，陶菁菁实在没心情，只想回去睡觉。于是，这顿饭改在了明天。

地铁上，陶菁菁本想通知周碧倩自己回来了，想想，还是决定给周碧倩个惊喜！

想到能和自己闺蜜再次重逢，陶菁菁心情终于出现了一份喜悦，心里积攒的苦闷终于可以找个知她懂她的人倾诉了。女人这一生可以无儿无女无老公，但一定要有个无话不谈的闺密，郁闷的时候只有闺密能耐心聆听你喋喋不休的抱怨，也只有闺密永远和你站在一起，无论你是对，还是错。

陶菁菁停步于楼下，抬头仰望，在西阳的映射下暗红色的墙砖显得格外的沧桑。虽然只离开几日，感觉却犹似经年。钥匙在钥匙孔里转了个身，"啪嗒"一声门开了。

"倩倩，我回来了！还不赶紧出来迎驾。"

随声，陶菁菁推门而入。周碧倩在家，陶菁菁的男友张军也在，两人赤身裸体地叠拼在客厅的沙发上。

此情此景让陶菁菁呆傻在门口，张军和周碧倩也被陶菁菁的突然出现惊得动弹不得，时间死死地凝固在这狭小的空间里。

"奈丝……"

周碧倩嘴里的这两个字突然让陶菁菁发现自己还活着，转身冲下楼梯。没走几步，她停了，她决定回去。再次推门而入，举起手机，这对狗男女瞬间一丝不挂地定格在手机里。该是离开的时候了,这个地方肮脏得让陶菁菁一秒钟都待不下去。

如果说电视台让陶菁菁走人是晴天霹雳,那劈完之后,她仍然活着。可现在,陶菁菁对是否要继续在这个世界生存下去都产生了疑问。友谊和爱情鬼混在一起,朝她的心脏猛地就是几刀,撕心裂肺的剧情让陶菁菁对生存已经毫无知觉。

夜幕下的城市,灯红酒绿,各色人流在漂亮的玻璃建筑之间穿梭往来。陶菁菁不知道该去哪儿,偌大的都市找不到一处容身之地。

周邰来了,把陶菁菁拉上了他的车。周邰问她为什么不哭,哭出来就能释怀。陶菁菁说她哭不出来,只想找个地方躲着。

周邰的车停在市中心一栋公寓楼下,电梯毫无声息地到了三十二层。在走廊的尽头,周邰开了门。

"你就住这儿吧!东西你随便用,每天下午会有阿姨来打扫卫生。"周邰说,"我明天去给你拿行李。"

"你住这儿?"陶菁菁问。

"偶尔会来住,但一般都住我父母那儿。这儿不会有人来,你安心住吧!"

"谢谢你!"

"别客气,你还没吃饭吧!我叫外卖。"

"不用麻烦了,我也不想吃。"

"不吃饭怎么行!"

"我真的不想吃。很累,我想睡会儿!"

"你好好休息,明早我过来接你上班。"

周邰走了。公寓里空空荡荡的,陶菁菁的心也空空荡荡的。望着四壁,一种莫名的恐惧突然来袭,孤独就像把尖刀刺在她的心口上。

打开房间里所有的灯,试图用灯光驱走心中的恐惧,可陶菁菁失败了。她站在窗边,透过巨大的玻璃,整个市区一览无余,让人有种纵身一跃的冲动。

陶菁菁伸手推开落地窗,一阵冷风迎面吹来,冷得让人发抖。上前一步,站在窗口。向下望去,如同一座闪着金光的深井。此刻陶菁菁不再畏惧寒冷,也不畏惧黑夜,更不畏惧让人毛骨悚然的陡峭。闭上双眼,松开双手,身体不由自主地缓缓向窗外飘去。

一栋红砖垒成的旧楼里,张军和周碧倩已经穿回遮羞布。

"你不是说陶菁菁回老家了吗?"张军大声质问周碧倩。

周碧倩吼道:"怎么,被发现了,后悔了?你去找她啊!"

"你有病吧你!我什么时候说要去找她了?"

"你心里想什么,我还不知道!这么长时间,你为什么不和她挑明了?你不就是舍不得吗?"

"我不是和你说过嘛,我是有事求她帮我办。"

"好啊,那你去求她啊!你现在就去,下跪磕头,求她原谅你。"

"说点儿人话成不成!她都被开除了,我求她个屁啊!"

"不行!你必须去找陶菁菁,现在就去。"

"为什么?"张军问道。

"为什么,为什么,你用脚趾头想想。"周碧倩怒斥道,"要照片啊!让她把照片删了,我可不想光着和你上网。"

急促的电话铃声将陶菁菁飘出窗外的半个身体拖了回来。桌上手机不停地响着,那是张军送给陶菁菁的。那是陶菁菁实习的第一天,下着大雨。下班的时候,离着老远,陶菁菁就看到张军举着伞站在楼下等她。那是他第一次来接她下班,也是最后一次。多么美好的记忆啊!

手机还在不停地响。临走之前,陶菁菁想给它最后一次道别的机会。陶菁菁拿起手机,屏幕上显示的是张军的名字,她的心不由自主地隐隐作痛。不过,陶菁菁决定接了。

"菁菁,你在哪儿?都这么晚了,一个女孩儿在外面危险。告诉我,你在哪儿,我去找你。"张军急三火四地询问道。

如果不是他和周碧倩的那一幕,陶菁菁还真以为他在关心自己。陶菁菁没有回答,留给张军的是她愤怒的喘息声。

"菁菁,都是我的错!是我对不起你!你可千万别想不开。你在哪儿?我去找你,我给你认错。"

"不必了!"

"菁菁,你别这样,我心里难过得很。我对不起你,我自己都想扇自己几个大耳光。给我个机会,我们好好谈谈成吗?"

"没什么可谈的。"

"菁菁,咱们俩在一起这么多年,有过太多的美好时光。现在想起来,真的很怀念。我知道我不是人,能给我一次机会,让我在你面前诚心诚意地说声对不起,行吗?"

"张军,你觉得一句对不起就可以了吗?"

"不不不,我不是那个意思。我的意思是给我一次悔过的机会。"

"我不是上帝,你不用在我面前忏悔。"

"菁菁,我知道我犯的错不可饶恕。看在你我这么多年的感情上,你拍的那张照片能不能别放在网上?"

此刻,陶菁菁突然清醒了,自己和张军的感情就值那张狗男女的照片。陶菁菁觉得自己真是傻,竟然要为这个贱男人寻短见。陶菁菁真想抽自己一大耳光。

"菁菁,菁菁,我求你了!你让我干什么都行。"电话里再次传来张军的声音。

陶菁菁不想再听到这个贱男人声音了,她只能挂了电话。再一次站在窗边,陶菁菁伸手关好窗户。

早上,周邰来接陶菁菁上班。

陶菁菁今天很忙,忙到根本没有时间想那对狗男女。直到晚上下班,周邰提醒她要去拿行李。车子停在楼下,陶菁菁的心不由自主地一阵作痛。

"周邰,这是钥匙,你去帮我上去拿吧!"

"好,你在车里等我。别乱跑啊!"

陶菁菁努力地笑一笑。

收拾好陶菁菁的物品,周邰正准备离开,偏偏碰到刚回来的周碧倩和张军。

张军一把拦住周邰,看了眼周邰手里的行李,大叫道:"谁允许你进来的?"

"我帮菁菁拿行李。"

"你凭什么拿她的东西,给我放下!不放下,你就别想离开这儿!"

周邰冷冷一笑,"恐怕你没有这个权力。"

"权力?你这是私闯民宅。你赶紧把行李放下,不然我报警了!"

周邰淡定的微微一下,"那你报好了。"

说完,周邰要走。张军冲上去,抢夺周邰手里的行李,可没成功。张军恼羞成怒,一拳打在周邰的眼眶上。

张军恶狠狠地晃动着拳头,"这就是做贼的下场,打你白打,知不知道!赶紧把行李给我放下!"

周邰看了看张军,什么都没说,拎着行李下楼了。张军企图追上去继续纠缠,被周碧倩一把拉住。

周邰将行李放进后备厢，上了车。

"你眼睛怎么了？"陶菁菁惊叫道。

周邰凑到后视镜前，左眼眼眶已经发紫了。

"没事儿！以后你可以彻底地把这地方忘了。"

"张军打的？"

"没事儿，小意思！"

陶菁菁已经出离地愤怒，打开车门直冲上楼。开门的正是张军这个混蛋，什么也别说了，说了也是多余，上去先给这混蛋一大耳光。

张军揉了揉腮帮子，"你他妈敢打我！"

张军举起巴掌，可那巴掌走了一半的路就停了。紧紧握住张军手腕的正是周邰。张军用力挣脱，可手腕依然被周邰紧紧握在手里。

手动不了，可他的嘴没闲着，"他妈的，你这臭婊子！跟别的男人跑了，还他妈腆着脸回来。"

这种贱男人，和他多说一个字都是废话。对准他的裤裆，陶菁菁就是一脚。张军应声倒地。看到趴在地上的张军，陶菁菁的心情豁然开朗，牵着周邰的手，下了楼，冲上车，扬长而去。

回到公寓，陶菁菁余怒未消，"我非把这对狗男女的照片发网上不可！"

"什么照片？"周邰问。

"狗男女的裸体照。"

周邰拿过手机，看了一眼，竟然没经过陶菁菁的允许把照片给删了。

"喂，干吗删我的照片？"

"这是心魔！删了，把这事儿忘了，重新开始。"周邰捂着眼睛，"刚才没感觉出来，现在还挺疼。"

看着周邰发紫的眼眶，陶菁菁的心竟然莫名其妙地乱跳起来，去厨房煮了个鸡蛋，贴在周邰被打得发紫的眼眶上。

"疼……疼……"周邰喊得比刚才还凄惨。

"不会吧？我这可是跟电视里学的，应该好用啊！"

"你这鸡蛋也太烫了。"

"是啊，我刚从锅里捞出来的。"

"快点……快点……看看烫出泡来没有？"周邰喊着。

看着面前这个龇牙咧嘴的熊猫眼，陶菁菁突然想笑，可从眼眶里滚下来的却是眼泪。周邰伸手轻轻将眼泪从陶菁菁的脸颊上抹去。瞬间，陶菁菁的眼泪如决堤的江水，喷涌而出，势不可挡。

　　再见了过去！再见了周碧倩！尽管陶菁菁恨她，但是她还是怀念彼此曾经的美好时光。至于张军，陶菁菁不希望他被车撞死，她没那么恶毒，但也不希望他这辈子过得愉快。

　　陶菁菁和周邰光明正大的恋人关系正式开始。每天他接她上班，送她下班，吃过晚餐一起刷碗。他从来没要求在陶菁菁这里过夜，陶菁菁也没留过他，两个人似乎陷进了柏拉图式的精神恋爱。

　　总要有一个人先开口。陶菁菁决定这个星期五晚对周邰下手。这次，她要证明，女孩子也可以主动说："我喜欢你！"

第二十一章

终于明白

女孩子要主动示爱,当然不能在大庭广众之下,毕竟脸皮没有男生厚嘛!所以,陶菁菁选了个灯光比较暗、人流比较少的餐厅。当然了,这种餐厅一般都比较 Romantic,还有人拉小提琴。

对了,忘说了,虽然现在还是实习期,可台里已经开始发给陶菁菁劳务报酬了。这要多谢市里发给她的大奖,没有那个奖,领导们永远不会知道还有这么一个叫陶菁菁的小人物。

点的菜上齐了,表白的时刻到了。陶菁菁的小心脏"扑通扑通"跳得厉害,眼看就要跳出嗓子眼儿了。

陶菁菁一口气把杯子里的红酒干了,鼓足勇气,"小周子,我……我有事要和你说。"

"这么巧,我也有件事儿要和你说。"

周邰这反应完全打乱了陶菁菁的计划,她可没准备 B 计划。她决定还是让周邰先说,没准他会主动向自己求爱,那不就省事儿了吗?

"好,你先你说!"

"No,No,No!Lady first!"

"喂,你尊重一下女同志好不好。让你先说,你就先说。"

周邰放下筷子,"我说了,你不准有任何不良反应!"

陶菁菁举起右手,"我发誓,绝对不会有不良反应!"

"我……我……"

陶菁菁实在等不及了,"别吞吞吐吐的,赶紧的!"

"我……我后天要回美国了。"

"怎么办？我怎么办？他要回美国，我还要继续我的求爱计划吗？冷静，冷静，陶菁菁，你要冷静！先打听清楚了再说。"惶恐之中，陶菁菁稳了稳自己的心绪，问道："怎么这么突然？"

"教授推荐我去读研究生，让我回去面试。"

"还回来吗？"这个问题对陶菁菁来说至关重要。

"最快也得两年。"

这个答案无疑对陶菁菁的求爱计划投了反对票，她只能让自己笑得甜一些，"是吗？那我恭喜你了！读完之后，一定要回来，为祖国做贡献啊！"

"你没事吧？说话怪怪的。"

"我？我没事啊！就是有点儿太突然，我还没想好送你什么礼物呢！"

周邰笑了，"咱俩还客气！等转正了，别忘了通知我，让我也高兴高兴。"

陶菁菁强颜欢笑，"那必须的，你还得寄份儿礼物给我。"

晚上，陶菁菁回到公寓。蒙上被子，默默地掉眼泪，没出声。

周邰走的这天，陶菁菁借口要上班，没去送他。陶菁菁不想在周邰面前哭得那么难看，唯一的办法只能是不去。临上飞机前，周邰给陶菁菁打了最后一个电话。两人相互祝福，相互玩笑了一阵之后，周邰就飞了。陶菁菁躲在洗手间里，好久都没有出来。

第二天上午，快递给陶菁菁送来一束百合，上面的签名竟然是周邰。全办公室的人都来看陶菁菁的百合，送给她最多的一句话就是"有情人终成眷属"。听到大家的祝福，陶菁菁心里难过，她不知道自己和周邰算不算"有情人"。

周邰离开之后，同事对陶菁菁依然热情如故。原因很简单，周邰走了，不代表陶菁菁就不是周副总监的准侄媳妇，况且还有那一大束百合给陶菁菁和周邰的关系捧场。

没了周邰，无助的情绪总会时不时袭上陶菁菁的心头，偌大一个城市找不到一个可亲可近的朋友。她唯一能做的就是将自己淹没在繁忙的工作中，让工作占领所有的时间，以防孤独和无助的袭扰。

郑天华把陶菁菁叫进办公室，让她做一条关于反腐的新闻。看了一下素材，陶菁菁突然有种对光明满怀希望的感觉。正义还是掉了个头，回来了。那个曾经被她检举的光头村长，终于坠入法网，被绳之以法。

陶菁菁不想在新闻里为谁唱赞歌，因为惩奸除恶本是法律的本职工作。就像老师要做好教学工作、警察要抓违法乱纪、税务局要检查逃税漏税，把本职工作做好是应该应分的，没什么可表扬的。陶菁菁要通过她的新闻告诉大家，邪恶之所以肆无忌惮就是因为人们的冷漠和软弱。如果不勇敢地站起来，总是事不关己高高挂起的态度，你就会成为下一个受害者。

张丽娜进了傅冬苓的办公间。
"你把窗帘拉上！"
张丽娜老老实实拉上百叶窗。
然后，傅冬苓问道："你确定郑天华收了公关公司五万元的公关费？"
"我朋友从那家公司刚离职，她不确定郑天华到底收没收。不过，当时肯定有五万元媒体公关费，不是走正常费用的。"
"郑天华给他们上新闻了吗？"
"上了，还连续做了三期，是程晓弈做的。"
"那就是有问题了。"傅冬苓脸上透出一股冷笑，"不管她收没收钱，反正新闻她是给上了，咱们就当她收了那五万块钱。你现在就去写封检举信，发给台里所有的领导。明白吗？"
"明白！"
傅冬苓叮嘱道："记住，千万不要署名。"

在一个无风无雨天气晴朗的日子里，陶菁菁和摄像老单出去采访。中午，找馆子吃饭。栏目部规定，工作餐一人不能超过三十元人民币。陶菁菁和老单两人加起来才能吃六十元，这样物美价廉的馆子可是不好找。中餐吃不起了，陶菁菁和老单决定去吃西餐。
肯德基，中午特价，套餐每份儿十五。陶菁菁和老单装了一次大款，一人点了两份儿，正好六十元，终于吃上了一顿不用自己添钱的工作餐。
"你知道郑天华和程晓弈被停职了吗？"老单问道。
"啊？不可能吧！"
"今早儿内部传达的，还没公开宣布。"
"凭什么给郑姐停职？"
"有人给上面的领导写信，举报郑天华和程晓弈做有偿新闻。"
"什么有偿新闻？"

"就是上个月那个珠宝设计大赛,一连放了三期。听说那个大赛是一家珠宝商赞助的,为了能上新闻,给了郑天华五万块钱。"

听完这话,陶菁菁一身冷汗,因为那大赛是她联系的。当时,陶菁菁和周碧倩还是闺密。陶菁菁记得,当时周碧倩说她们公司和全国各大美术院校共同举办珠宝设计大赛,参赛的都是各大美术院校的学生。陶菁菁让她帮忙,上条新闻。这事儿要是办成了,周碧倩的老板答应给周碧倩加薪升职。当时陶菁菁没多想,就写了个策划。程晓弈批了,郑天华也批了。不过,周碧倩从来没提过什么珠宝商,更没说过五万块钱的事儿。

"单哥,是诬告吧?"

"为了副总监的位子,相互举报,老套路了!"老单见怪不怪地说道,"收钱这种事情是真是假,不好说。不过,无风不起浪!举报信也不能胡写,也得有个来龙去脉。领导们可不都是傻瓜!"

张丽娜喜出望外地闯进傅冬苓的办公间,"傅姐,郑天华和程晓弈被停职了。举报信还真没白写!"

傅冬苓恶狠狠地瞪了张丽娜一眼,"想让全世界都知道信是你写的,对吗?不想惹麻烦,就要管好自己的嘴!"

"傅姐,我知道,我知道!以后,我肯定不说了。"

"知道就好!"

"傅姐,您说这事儿能把郑天华她们搞掉吗?"

"只要公关公司不承认有这笔钱,谁拿她也没办法。"

"那不是白写信了!"

"也不全是。只要事儿闹出去,她郑天华的名声也臭了。"

张丽娜心领神会,"就是!她说没收,谁信啊!反正,做贼的帽子是给她扣上了。"

"写信的事情不准再提,懂吗?"

张丽娜赶紧点头,"懂,我懂!"

"如果郑姐和晓弈姐被开除了,就是被我牵连。郑姐和晓弈姐平时对我都不错,见死不救可不是我陶菁菁的性格。"陶菁菁胡思乱想了一晚上。

天亮,陶菁菁从床上爬起来。尽管提起周碧倩这仨字儿,陶菁菁就想呕。可为了郑天华和程晓弈，她决定必须去找周碧倩，把事情搞清楚，不能让好人蒙冤。

陶菁菁给周碧倩去了电话。周碧倩接到电话时，惊诧得就像亲眼看到外星人袭击地球。估计，她觉得陶菁菁这辈子都不会再和她联系。和周碧倩约好在一家咖啡厅见面，那里的气氛相对柔和一些，可以缓解陶菁菁想抽周碧倩的冲动。

"菁菁，没想到你还会来找我！"

"这个世界上没想到的事情不是很多吗！"陶菁菁冷冷地回答道。

"菁菁，如果你找我谈张军，我只能向你道歉，可我让不了！"周碧倩倒很爽快。

陶菁菁轻蔑地一笑，"周碧倩，你也太高估自己和张军了。我找你不是为你们那点儿恶心事儿。我问你，上次珠宝设计大赛是不是有五万元的媒体公关费？"

显然，陶菁菁的问题让周碧倩出乎意料。她一愣，问："你怎么知道？"

"我问你，有没有？"

"是有。"

"给谁了？"

"菁菁，你是来找我要钱的吧？没想到，你也变得这么物质了。"

"我问你，那钱到底给谁了？"

"上次你帮我联系上你们节目，是应该给你劳务费。我承认我自私，为了讨好老板，就没给你要你那份儿钱。可菁菁你也不是为了钱才帮忙的，对吧！"

"周碧倩，你别废话。那五万块钱到底给谁了？"

"我就是牵个线搭个桥，具体事宜都是我们经理负责。我把联系方式给她，她直接和你们记者联系的，给没给钱我就不知道了。"

"那这事儿和我们副主编应该没关系了？"

"你们记者和主编怎么分钱，你应该比我清楚。问我，不是问错人了吗？要是没有别的事儿，我走了。怎么分钱，回去问问你们自己人。"

周碧倩起身要走。她盛气凌人的态度让陶菁菁实在忍无可忍，陶菁菁决定出手，让周碧倩知道知道自己这个"奈丝"也不是好惹的！

"等等！"陶菁菁厉声喝道。

"陶菁菁，这事儿我帮不了你。"

"周碧倩，你回去告诉张军，别整天打电话骚扰我，我和他没戏了！"陶菁菁也站起身，"这种贱男人你也要？"说完，扬长而去。

陶菁菁太了解周碧倩了，她知道张军每天还在纠缠自己，一定不会放过张军。不过说实话，张军从来没给陶菁菁打过电话，陶菁菁就是想整治整治这对狗男女。

您可能觉得陶菁菁这人太阴险，可总不能在流氓面前读"四书五经"来感化他们吧！对付流氓的办法就是比流氓还得流氓。

袁虹气势汹汹地闯进吴全立的办公室，吴全立的秘书像根尾巴跟在后面。

"吴全立，你这不是害天华吗？"

吴全立摆手让秘书下去，亲自给袁虹搬了把椅子，"你先坐下，听我说。"

"说什么说！你让天华给你下边的公关公司做宣传，为了这事儿天华被停职了！"

"宣判死刑之前，你总要给我点时间让我辩护一下吧！"

"行，你说！你要是说不通，这事儿没完。"

"行行行！我要是说不通，我把董事长的位置让给你。"吴全立给袁虹倒了杯水，"我压根儿就没找天华，是公关公司私底下联系上了她们栏目部的一个人，那人又找了晓弈。晓弈把这事儿和天华说了，天华给我来电话，说要不要帮忙。我说算了，又不是什么大事儿。后来，晓弈又来电话，说给我们活动上了。就这么点儿事儿！"

"那五万元公关费是怎么回事儿？"

"你也知道公关公司的工作方式。后来，我是想把这钱给天华，天华没要。"

"那你还不赶紧把事情澄清了！"

"我主动去天华她们单位，那岂不是此地无银三百两吗！我看了她们做的新闻，都是关于艺术院校学生的创意，和商业品牌没关系。"

"那我们也不能眼看着天华背黑锅吧！"

"他们电视台会派人来调查的。他们要什么材料，我们就交什么材料，公司账目都可以让他们查。对了，给综艺频道做的节目，你们可别耽误了。"

"行了，这个不用你操心，过两天就把带子给你送来。你别把天华坑了就行。"

郑天华和程晓弈始终没来上班，老单那儿也没什么新消息。连累郑天华和程晓弈，又帮不上什么忙，一上火，陶菁菁嘴上起了个大泡。陶菁菁有种不祥的预感。按照往常的经验，吉祥的预感总会不准，不祥的预感肯定发生。

在焦急的等待中，老单终于带来了郑天华的消息。调查组对郑天华和程晓弈的调查终于结束，结果就四个字"查无实据"。这是个振奋人心的消息，陶菁菁激动得鼻涕泡都冒出来了。

"那郑姐可以回来工作了？"陶菁菁问老单。

老单摇摇头。

"单哥，什么意思啊？不是查无实据吗？"

"傻丫头，事情哪有那么简单！"

"那……那郑姐她们？"

"郑天华和程晓弈被调到别的栏目去了。"

这个消息让陶菁菁既高兴又失落。高兴，因为郑天华和程晓弈没事儿；失落，是因为好不容易遇到个好领导，结果竟然没有缘分。

"她们没错，为什么把她们调走啊？"

"避嫌呗！如果再回到原栏目部，闲话不就多了吗？调走也好。"

陶菁菁还是没太明白，既然清白，为什么还要避嫌，也许这就是所谓的内部规则吧！

早上外面刮起了飕飕的西北风，冻得陶菁菁直哆嗦。风虽寒冷，但把几天的雾霾吹散了，天空终于露出了蔚蓝的底色。陶菁菁端着水杯，在茶水间的窗边晒了会儿太阳，终于有了点暖意。

回到办公桌，开始忙着写稿子。也许是在自己办公间里晒太阳晒得高兴了，傅冬苓竟没用她的高音喇叭，而是亲自走到陶菁菁办公桌前。看到傅冬苓，陶菁菁身上那点暖意顿时荡然无存。

"小陶，忙着呢！"

傅冬苓的语调和蔼可亲得可以和央视的"鞠萍姐姐"媲美。

陶菁菁赶紧起身，"傅姐，您有事儿？"

"周副总监让你去他办公室一趟，你赶紧去吧！"

周部的叔叔要见陶菁菁？这可是猪进澡堂子，把人类惊呆了。陶菁菁满腹狐疑地来到周副总监办公室门口。她整理整理头发，轻轻敲门。

"请进！"

陶菁菁推门进了办公室，"周总，您找我？"

"你是陶菁菁？"

"嗯，我是陶菁菁。"

"进来，进来，坐坐坐！"

周副总监笑眯眯的样子并没有陶菁菁想象中那么可憎。陶菁菁往前走了几步，坐在周副总监办公桌对面的椅子上。

"小陶啊，今天找你来是想通知你，你转正的事情已经落实了。从今天起，你就是电视台的正式员工了。"

尽管上次郑天华说周副总监答应会给陶菁菁转正，可她没想到这事儿会这么痛快。在陶菁菁心里，周副总监这人还算有信用。

"周总，谢谢您了。"

"你就不用谢我了，这是你通过自己的努力争取来的。如果你是混饭吃的，说什么我也不会答应给你转正。成为正式员工以后，你要再接再厉。对工作，不能松懈！"

"您放心，我一定会加倍努力的！"

"那就好！我已经和人事处说了，你去他们那儿办手续吧！"

转正成功，还没等陶菁菁自己做宣传，人们就自发地奔走相告。各种饭局扑面而来，同事们热情洋溢地用请客吃饭来表达他们对陶菁菁的恭喜。

不过，不是所有人都为陶菁菁雀跃。

"菁菁，以后你也要小心一点。"老单给陶菁菁倒了杯饮料。

"单哥，您说的我没明白。"

"你和周部好，周副总监给你转了正，那你就是上了周副总监的船。在和王副总监来往密切的人眼里，你就是周副总监的嫡系部队，他们眼中的一根儿刺。"

"大家都在一个部门工作，应该只有一个目的，那就是把节目做好。什么嫡系不嫡系的，这些人真够无聊！我只知道工作，让那些贱人自己嚼舌头去吧！"

"周副总监这条船，你不想上，这些人也得把你抬上去，这事儿，由不得你。这就是社会，你离不开，逃不掉。河水污染了，鱼虾也只能忍着！"

"单哥，我说点儿事儿，您可忍住了！"

老单抬头看了看陶菁菁，"悠着点，单哥心脏不好。"

"单哥，我一直觉得……觉得你这人挺不靠谱，油嘴滑舌，人鬼通吃，没什么做人的标准。不过，我今天才知道，您还是挺善良一人。"

老单笑了，"咱也没什么后台，只能谁也不得罪。生存之道，你慢慢就懂了。"

"单哥，你不生气吧？"

老单又笑，"菁菁，单哥心里清楚，你是个好孩子。不过，以后要改改嘴上把不住门儿的习性。不是每个人都像单哥。"

频道的老总监终于卸甲归田，告老还乡。两位副总监、四只眼睛都死死盯着总监这个还没人补上的空缺，频道的气氛有点硝烟弥漫的感觉。

不知道为什么，办公室里那些每天对着陶菁菁笑呵呵的脸皮们突然集体消失，大家见了陶菁菁就像见了传染病患者，都躲着走。还是老单人好，偷偷告诉陶菁菁，频道总监退休不久，周副总监终因功力不够，被调走了。现在，整个频道完全成了王副总监的天下。老单还让陶菁菁多加小心，陶菁菁很感动！

正式任命还没下来，王副总监就迫不及待地玩儿起新官上任的那三把火。第一把火，便是人事调整，所有和周副总监关系好的主编和副主编要么去了其他频道，要么被安了个虚职，反正没一个能留在原位上。

自从王副总监掌权后，可忙坏了傅冬苓。每天在王副总监办公室出来进去，上蹿下跳，忙着汇报工作。

"冬苓啊，听说周言山的什么亲戚在你们栏目部，是吗？"王副总监问道。

"哦，也不算什么亲戚，那女孩儿以前和周副总监的侄子谈过一段恋爱。周副总监侄子回美国以后，两人就断了。"

傅冬苓这么遮遮掩掩地回答，可不是为了保护陶菁菁，完全是为了自己。如果傅冬苓直接回答"是"，在王副总监眼里她可就成了周副总监的人了。傅冬苓可没那么傻，她现在为陶菁菁说话，就是为她自己说话。

"工作能力怎么样啊？"王副总监又问。

"在栏目部里打打杂，也看不出什么能力来。"

"有能力的，我们一定要好好培养。但是……"王副总监清了清嗓子，"可不能因为是谁的亲戚，就浑水摸鱼啊！"

傅冬苓连忙点头，"那是，那是！"

从王副总监的办公室出来，傅冬苓长出了口气。今天要不是自己反应快，明天就是被调离栏目部的日子。

回到办公间，"张丽娜，张丽娜……"

傅冬苓的叫喊声立刻刺激了张丽娜的动感神经。她不敢怠慢，撒腿跑进傅冬苓的办公间。

傅冬苓稳坐在自己的位置上。自从老对手郑天华离开栏目部，傅冬苓看上去有点儿发福。心宽体胖，这话说得真没错。

"傅姐，您找我有事儿？"

"你把陶菁菁手里的采访都要过来。告诉她，以后不用做采访了。"

"不做采访，让她做什么呀？"

"不用她干什么，老老实实坐在椅子上，别给我惹祸。"

"这个……"张丽娜有些犹豫，毕竟曾拿过陶菁菁两盒高级化妆品，而且前一段时间她和陶菁菁相处得还不错,"总要有个合适的理由呀!"

"理由?"傅冬苓瞪起双眼,"理由就是王总现在说了算,你得保住自己的工作。你就告诉陶菁菁,台里有规定,刚参加工作的没资格去采访。"

"她都来了一年了。"

"让你去,你就去。要不要我带你去王总那儿,你和他解释?"

张丽娜本想给陶菁菁说个情,看傅冬苓怒不可遏的架势,她只好放弃这次仗义勇为的机会。

陶菁菁本以为自己这"周副总监准儿媳妇"早就失去了光环。没想到,张丽娜竟然主动请她喝咖啡。一杯咖啡不算什么,可这个时候,张丽娜还能这么对自己,确实让陶菁菁感动了一把。

"丽娜姐,找我有事儿?"

张丽娜一脸为难的表情,"菁菁,有件事儿我说了,你可别怪我!我也是被逼无奈。"

"丽娜姐,你说吧!"

"傅姐让我通知你,以后你不用做采访了。"

"为什么?"

"谁让周副总监战败了呢!"

"不采访,我做什么?"

"傅姐没具体说让你做什么。她不说,你就待着呗!反正你是正式员工,她也开除不了你。工资照发、假期照有,又不用干活,多好啊!"

张丽娜为人尖酸刻薄,欺软怕硬。不过,此时此刻陶菁菁能够感觉到她的真诚,陶菁菁也很感谢她的真诚。

傅主编在陶菁菁的问题上果然雷厉风行!当天下午,陶菁菁负责的采访全部被移交给栏目部,陶菁菁成了个闲人,每天除了吃饭、喝水、打盹儿、去洗手间,剩下的大把时间就是游荡在各大网络商城。京东、淘宝、亚马逊、当当、一号店、团购、海淘,无一放过,每天签到。很快,陶菁菁便成了办公室里的网购女王。

网购这东西就像吸毒,一天不买点儿什么,陶菁菁就像丢了魂儿似的,焦躁不安,情绪极差。到了夜深人静,莫名的恐惧总让她彻夜难眠。

陶菁菁找到老单,"单哥,我完蛋了,这辈子只能在鼠标的点击声中度过了。"

"没风没雨的,你这日子过得不也挺悠闲嘛!"

"单哥,我不想干了!"

老单一愣,"你傻吧你!这么稳定的工作上去哪儿找去啊?王副总监五十的人了,你才二十出头。你熬几年,把他熬退休了,不就行了吗?"

熬?至少要熬十年啊!想想,陶菁菁就毛骨悚然。她感觉生命似乎正从自己的体内一点一滴地流失,惶恐不安成了陶菁菁每天的精神洗礼。

两个星期之后,陶菁菁决定戒"毒",决不能让自己还未绽放的生命就这么完蛋了。要想戒"毒",唯一的办法就是去找傅冬苓。

看陶菁菁进来,傅冬苓的脸拉得老长,"我现在很忙!你有什么事,改天再说。"

既然要戒毒,陶菁菁自然不怕她的托词,"傅姐,就一句话。"

"那你赶紧说!"

"我是来辞职的。"

傅冬苓一愣,"刚转正,你就辞职?"

"是啊!"

"怎么,有意见?大家对你都不错啊!"

"您想多了!我就想做些有意义的事情,这儿没有我想要的。"

傅冬苓寻思片刻,说:"你辞职可以。但按照规定,你要把手上的事情交接清楚,才能离开。"

听了傅冬苓这话,陶菁菁想笑,自己的全部采访都已经上交了,还能有什么掖着藏着的?

"傅姐,按照台里规定,辞职是要提前一个月和上级领导说的。一个月的时间应该足够做工作交接了吧?你要觉得不够,我就再多待一个月。"

"那倒不用,咱们就按台里的流程走。"

自从提交了辞职报告,傅冬苓便亲自监督陶菁菁的工作交接,要求陶菁菁每天向她汇报交接进展,生怕陶菁菁藏了什么重要的事情不向组织汇报。

害别人的人活着也很痛苦。在他们眼里,每个人都是潜在的敌人。他们无时无刻不在怀疑,对自己的利益严防死守。像傅冬苓这样的领导,每天不仅要提防上级,还要防着下级,真是操心!怪不得,嘴里总挂着"累"这个字。心胸坦荡一点,估计就没这么"累"了。

一个月很快就过去了!

昂首挺胸,陶菁菁跨出那金光闪闪的办公大楼。整座城市虽然雾霾笼罩,可四九年的心情依旧油然而生。对于未来，陶菁菁不知道会遇到什么。但她知道，有一种东西比低三下四保住一份工作更重要，那就是快乐。

尽管不喜欢电视台的那份儿工作，可陶菁菁确实从中得到了好处。很多公关公司和视频网站得知她有电视台的工作经验，纷纷伸出橄榄枝，薪水高到陶菁菁觉得在做梦。对刚辞掉的那份工作，奈丝小姐突然迸发出感激之情，没有那些经历，也不会有今天如此多的机会。

有生以来，第一次被需要、被重视，陶菁菁信心暴涨。"自信"与"自负"之间就隔着一层薄纸。很快，陶菁菁突飞猛进的"自信"聚集成"自负"。于是，她拒绝所有 Offer，决定创业。

一年之后，袁虹给陶菁菁打来电话，说她要结婚了，邀请陶菁菁参加她的婚礼。陶菁菁去了，婚礼上的男主角是家科技公司的副总，长得很踏实，和袁虹姐也很配。陶菁菁为他们祝福。

"菁菁！"

陶菁菁转过身，原来是郑天华，两个人见面都很高兴。

"菁菁，我正打算找你呢！"

"郑姐，有什么我可以帮忙的吗？"

"频道要开一档新栏目。你工作踏实，能力又强，我觉得你非常适合在这个栏目做。"

"谢谢您！不过，我真是没什么信心，两次都被赶出来了。"

郑天华笑了，从包里掏出张名片。

陶菁菁接过郑天华的名片，"您现在是频道副总监啦！恭喜恭喜！"

"菁菁，回来吧！现在是竞聘上岗，凭你的能力，一定会干得很出色。"

"郑姐，在这座冷漠的城市里，您竟然还想着我这个小实习生，我真的很感动。谢谢您，郑姐！"

袁虹的婚礼结束了，祝福的人们各奔东西。陶菁菁很高兴能遇到郑天华，也很感谢郑天华对自己的信任，但是她没有接受郑天华的邀请。

人生总是痛并快乐着，之所以快乐也许就是因为知道痛是什么滋味儿吧！找到一份儿自己喜欢的事情做，远比这是份什么样的工作更重要！

尾声

时光如电,又是两年从身边一晃而过。现在陶菁菁的生活是什么样子?让我们采访一下这位创业女青年。

提问:"陶姑娘,你的创业道路崎岖吗?"

陶菁菁:"何止崎岖,有时候简直想寻短见。"

提问:"准备什么时候动手?"

陶菁菁:"不动手了,本姑娘刚融来一笔投资,还是美金。"

提问:"不介意的话,透露一下成功秘籍。"

陶菁菁:"第一,找到自己喜欢做的事情;第二,努力做自己喜欢做的事情;第三,诚实;第四,机遇。四件事儿缺一不可。"

提问:"能问个关于私生活的问题吗?"

陶菁菁:"想知道我有没有男友?没有,本姑娘至今单身!"

提问:"你都是成功女性了,干吗单着?"

陶菁菁:"宁缺毋滥呀!没有男人,女人一样生活得很好。要是只为了结婚,凑合个不合格的男人,那我的生活就彻底不美好了!"

提问:"最后一个问题……"

陶菁菁:"等会儿,我接个电话!您好,哪位……你让我猜?要么你说,要么我挂电话,你选一个……你什么时候回来的……请美女共进晚餐可以,不过美女是有要求，不求最好，但求最贵……当然了，人会变的，还要不要见面了……晚上七点，我们第一次吃饭的地方见。你要是不记得，千万别问我……不见不散！"

提问："谁的电话？"
陶菁菁："周邰的。他美国大学毕业，回国了，要见我。"

提问："呦，您这是瞬间就要摆脱单身的节奏啊？"
陶菁菁："他要是求婚，本姑娘可以考虑。最后能不能博得本姑娘的欢心，那还要看他的表现！好了，访问到此为止！本姑娘要先打扮一番，给周邰这小子一惊艳亮相，别以为国外大学毕业就了不起了！压压他的势头，以便婚后好控制！"